Story by Fuse, Illustration by Mitz Vah

후세 지음
밋츠바 일러스트
이소정 옮김

전생했더니
슬라임이
었던 건에
대하여 21

Regarding
Reincarnated to Slime

루미너스 발렌타인

『들어라, 내 이름은
루미너스 발렌타인이다.
신이자 마왕이며
루벨리오스를 통솔하는 자다.』

초장부터 거침없는 폭로.
신을 믿는 자들이 신앙심에 의심을 품으면 어쩔 셈이냐며
루미너스의 수하들이 머리를 싸맸을 정도다.

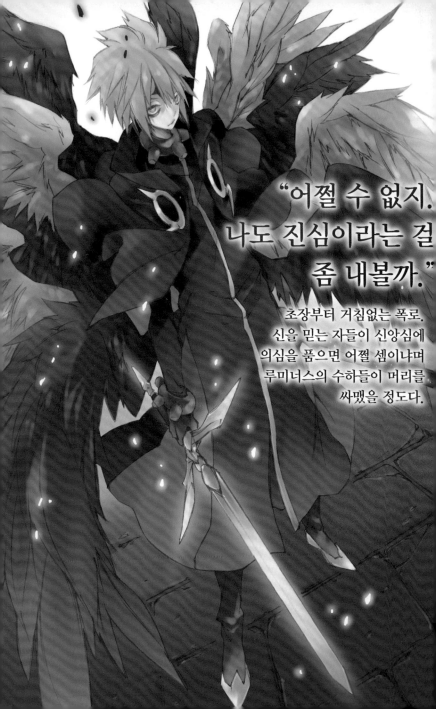

"어쩔 수 없지.
나도 진심이라는 걸
좀 내볼까."

초장부터 거침없는 폭로.
신을 믿는 자들이 신앙심에
의심을 품으면 어쩔 셈이냐며
루미너스의 수하들이 머리를
싸맸을 정도다.

전생했더니 슬라임이 었던건에 대하여 ㉑

Regarding
Reincarnated to Slime

목차 — 미궁침식 편

결의의 때

Regarding Reincarnated to Slime

마물들은 몸을 떨었다.

그들의 희망은 리무루였다, 그 사실을 절감하면서.

그 보고는 마물의 나라 간부들을 전율케 하기 충분했다.

베니마루가 눈을 뜬 곳은 소우에이가 옮겨와 눕혀놓은, 미궁 안 휴양시설에 있는 의무실 침대 위였다.

신수 공방전 이후 얼마 지나지 않았다.

너무나도 큰 상실감으로 인해 자고 있을 때가 아니라며 벌떡 일어난 것이었다.

베니마루 옆에 누워 있던 가비루와 게루도도 마찬가지였다.

같은 시각, 마치 짜기라도 한 듯이 동시에 깨어난 것이다.

미궁 내에 마련된 '관제실'에 모인 간부들.

'성마십이수호왕' 중에는 8명.

미궁 수호를 맡고 있던 디아블로, 제기온, 쿠마라.

중상임에도 몸을 일으킨 베니마루, 가비루, 게루도.

고부타의 그림자에 숨어 상처를 치유하고 있던, 란가.

그리고 잉그라시아 왕국에서 긴급 귀국한 테스타로사.

책임감 강한 테스타로사가 모든 것을 부하에게 내던지고 달려온 것만 봐도 일의 중요성을 엿볼 수 있었다.

당연하게도 슈나를 필두로 한 정치 담당 리그루도 일행, 고부타, 아피트 등의 기타 간부들도 모여 있다.

현재 전투 중인 자를 제외하고 움직일 수 있는 자는 총출동한 상태였다.

'관제실'의 주인이 된 라미리스도 그 보고에 숨을 죽였다.

현재 미궁은 한창 적 세력의 공격을 받고 있었다. 그러나 지금 이 정보는 그런 상황과는 비교가 안 될 정도로 중요했다.

라미리스는 믿기 힘들다는 얼굴이었다.

베레타와 트레이니도 말을 보태지 않을 뿐 동요를 감추지 못했다.

베루도라를 배웅하고 자리를 지키고 있던 카리스도 평정심을 유지하지 못하는 모습이다.

그 보고를 가져온 것은 '분신체'를 통해 가장 가까이서 상황을 지켜보고 있던 소우에이였다.

소우에이가 고한 것이다.

리무루가 사라졌다, 라고.

"리무루 님이 소실되었다는 것이 사실인가?"

모두를 대표해 베니마루가 그렇게 물었지만, 소우에이의 말을 의심하는 것은 아니었다.

오히려 반대다.

자신의 안에 있는 리무루와의 연결고리가 사라진 것을 느꼈기 때문에, 그 말을 부정하고 싶은 마음에 물어본 것뿐이다.

"그래…… 확실해. 내가 호위를 들어갈 틈도 없었어……."

후회 어린 목소리로 그렇게 대답하는 소우에이, 하지만 그 누구에게서도 불평의 말은 나오지 않았다.

소우에이의 보고를 듣고, 그곳에 있던 사람이 누구였든 결과는 똑같았을 것이라는 생각이 들었기 때문이다.

당연하다. 모두의 신뢰를 한몸에 받고 있는 그 리무루 본인이 손 쓸 새도 없이 적의 책략에 빠져버린 것이다. 지금은 불평하며 의미도 없는 책임 추궁을 하기보단 앞으로의 대책을 고민해야 할 때였다.

'관제실'에 침묵이 감돌았다.

그런 와중, 갑자기 굉음이 울리며 책상이 부서졌다.

"내가 붙어 있었는데도 이런 일이 생기다니……."

평소 냉정하고 어떠한 상황에서도 격앙되는 일이 없는 소우에이가 분노를 참지 못하고 책상을 때려부순 것이다.

테스타로사도 눈을 감고 소우에이의 말에 동의했다.

그렇게 생각하는 것이 정상적인 반응이었다.

(저도 아무것도 하지 못했어요…….)

자신 역시 아무것도 할 수 없었다. 경애해 마지않는 리무루를 전장에 나서게 하고 말았다는, 떨칠 수 없는 짐이 테스타로사의 마음을 짓누르고 있었다.

그렇기에 소우에이의 말에 반박할 수 없었다. 위로조차 할 수 없었다.

그저 자신의 무력함을 통감할 뿐이었다.

그것은 테스타로사뿐만 아니라 이 자리에 있는 모든 이들의 공통된 심정이기도 했다.

하지만 이에 반응한 것은 디아블로였다.

"자만하지 마세요, 소우에이. 당신이 무슨 짓을 했든 헛되이 죽는 자가 한 명 더 늘어났을 뿐이겠죠."

멸시가 담긴 서늘한 눈초리로 소우에이의 발언을 단칼에 부정한다.

"큭……."

디아블로의 말에는 사양이나 배려가 없었지만, 진실이었다. 소우에이도 그것을 알았기에 아무런 대꾸조차 하지 못하고 입을 다물 수밖에 없었다.

애초에 여기서 반박의 말을 내뱉을 정도로 소우에이는 무책임하지 않았다. 자신의 부족함을 부끄러워하며 리무루를 잃은 중압감을 감내할 뿐이었다.

디아블로가 실망스럽다는 듯이 한숨을 내쉬었다.

"말이 지나쳐요, 디아블로."

그렇게 말한 건 테스타로사다.

테스타로사는 한숨을 한 번 내쉬고 말을 이었다.

"이 자리에 있는 누구라도 밀림 님의 폭주를 앞에 두고는 마찬가지였을 거예요. 디아블로, 그건 당신이라도 마찬가지 아닌가요?"

반박할 수 없는 박력으로 테스타로사는 디아블로를 응시했다.

테스타로사는 총명했기에 디아블로의 속셈을 이미 간파했다. 즉 스스로 악역을 자청하여 이 자리에 있는 사람들에게 분노의 감정을 싹트게 하려는 것이다.

절망과 마주하기 위해서는 감정을 고양시켜야 했다.

탄식만으로는 사람은 쉽게 절망에 빠져버리는 생물이니까.

살아갈 기운이 필요한 것이다.

그것을 얻는 가장 빠른 방법은 분노의 감정을 불태우는 것이 었다.

디아블로는 그것을 누구보다 잘 알고 있었다.

그리고 그것은 테스타로사도 마찬가지였다. 그렇기 때문에 디아블로의 생각을 읽고 그 결말까지도 내다보았다. 그리고 그 결말은 테스타로사로선 용납할 수 없는 것이었다.

"디아블로. 여기서 모두의 분노를 최대한 부추겨놓고 본인은 추방당하려고 한 거죠? 그래놓고 곧장 펠드웨이와 싸우러 가려고요?"

테스타로사가 확신을 갖고 물었다.

"칫."

이래서 이 여자는 질색이라니까. 그렇게 생각하며 디아블로가 혀를 찼다.

오래된 인연인 만큼 숨길 수 없는 것이다.

디아블로는 언뜻 보기에 냉정해 보였지만, 그 속은 자포자기나 다름없는 상태였다.

왜 저를 함께 데려가지 않으신 겁니까, 리무루 님—— 하며, 슬픔으로 이성을 잃기 직전인 스스로를 억누른 것만으로도 한계였던 것이다.

테스타로사는 그런 디아블로의 심경을 정확히 꿰뚫어 보고 있었다.

그래서 더욱 가차 없는 말로 그를 추궁했다.

"당신, 리무루 님 앞에서 추태를 보였다지요?"

"뭐?"

"고작 시간이 정지된 것뿐인데 못 움직여서 결국 아무것도 못한 거 아닌가요? 꼴사납게."

그 말을 듣고 디아블로가 반발했다.

"쿠후후후후. 그러는 당신도 잔챙이를 상대로 놓쳤다고 들었는데 아닙니까?"

디아블로의 눈은 웃고 있지 않았다.

테스타로사에게 진짜 살기를 향한 것이다.

'관제실'이 단숨에 일촉즉발의 분위기가 되었다.

침묵이 지배하는 그곳에서, 모두가 슬퍼하며 절망했다.

지난 전투로 만신창이가 되었던 게루도와 가비루도 심각한 표정으로 입을 다물고 있다.

쿠마라는 창백한 얼굴로 부들부들 몸을 떨었다.

베니마루는 분노의 파동을 억누르듯 주먹을 꽉 쥐었다.

라미리스는 당장이라도 울음을 터뜨릴 것 같은 얼굴로 고개를 숙였다.

곤란한 상황이 오면 언제나 리무루가 나서 주었다.

그런 리무루가 지금은 없는 것이다.

누구보다 불같은 성격의 시온이 이 자리에 없었던 것은 어떻게 보면 행운이었다.

자칫하면 시온의 언행에 모두가 이끌려서, 자멸할 것을 알면서도 뛰쳐나갔을 가능성도 부인할 수 없었기 때문이다.

──하지만 그것은 어디까지나 가능성의 이야기였다.

이 자리엔 아직 흔들리지 않는 자가 있었다.

부동의 침묵을 깨고, 제기온이 움직인 것이다.

끼고 있던 팔짱을 풀고 몸을 일으킨다.

그리고 무거운 입을 열었다.

"시시하군. 왜 쓸데없는 걱정을 하고 있는 거지? 리무루 님이 사라졌다고 해서, 그게 무슨 큰일이라고."

제기온은 부동이었다.

오히려 모두의 동요가 의문스럽다는 것처럼 그렇게 쏘아붙인다.

제기온의 그 태도에서는 리무루가 소멸했을 리 없다는 강한 믿음이 느껴졌다.

"우리의 주인이신 리무루 님이라면 설령 시공의 끝이라 해도 귀환하실 거다. 그러지 않았다는 건 무슨 이유가 있다는 거겠지."

제기온이 강한 어조로 단언했다.

그것은 이 자리에 있는 모두가 듣고 싶었던 말이었다.

모두의 마음에 희망이라는 이름의 불이 반짝였다.

그런 일동의 반응을 보고 제기온이 말을 이었다.

"유치하군, 너무나도. 우린 부모에게 버림받은 아이가 아니다. 잘 생각해라. 그리고 느끼는 거다. 우리들은 아직 리무루 님의 가호를 받고 있지 않은가!"

물 흐르듯 흘러나온 제기온의 말에서는, 그 사실을 추호도 의심하지 않는다는 신념이 느껴지고 있었다. 그 어떤 일에도 동요하지 않는 모습을 보임으로써 모두의 불안감을 날려버리려는 것이었다.

역시 제기온 공이라며, 테스타로사도 감명했다.

테스타로사는 한결 마음이 가벼워졌고, 어느새 입가에는 희미한 미소마저 짓고 있었다.

그렇게 느낀 것은 테스타로사뿐만이 아니었다.

맞는 말이라는 것을 모두가 깨달았다. 이 자리에 모인 모든 이들이 제기온의 말에 수긍한 것이다.

'영혼'을 잇는 유대감은 차단된 것처럼 느껴졌지만, 그것이 곧 리무루의 소실을 의미하는 것은 아니었다. 자신들이 느끼지 못할 뿐, 아직 따스한 기운에 감싸인 듯한 감각이 남아 있었다.

그것은 단순한 잔재인가, 아니면——.

냉정해져라, 하고 제기온은 말했다.

연결은 끊어졌을지라도 '리무루의 가호'는 사라지지 않았다.

그것을 알아차린 사람도 있었지만, 자신이 너무 희망적으로 생각하는 것은 아닐까 하고 불안해하고 있었다. 어설픈 희망을 품을 바엔 차라리 아무것도 기대하지 않는 편이 낫지 않을까, 하고.

그러나 그것은 실수였다.

끝까지 포기하지 않으면 길은 열리는 법이다.

고민하는 것은 나중에 해도 그만이다. 지금은 자신이 할 수 있는 일을 묵묵히 하자.

모두가 마음속으로 그렇게 맹세했다.

희망은 연료가 되고, 곧 뜨겁게 타오르기 시작한다.

"우리들은 지금 리무루 님께 시험받고 있는 것이다. 모든 것을 리무루 님께 의지해야 할 만큼 우리는 취약하지 않다. 그런데도 리무루 님 없이는 아무것도 할 수 없다고 한다면……."

부모에게서 독립하지 못하는 연약한 자라면 자연의 섭리에 따라 소멸하면 그만이다── 라고, 제기온은 강한 신념을 담아 그렇게 쏘아붙였다.

그 말에는 누구나 공감할 수밖에 없었다.

"맞는 말이야."

크게 고개를 끄덕이며 베니마루가 동의를 표했다.

생각해보면 만났을 때부터 줄곧 의지만 하고 있었다.

베니마루는 과거의 실패를 떠올렸다.

리무루와의 연결이 끊긴 일로 동요한 나머지 동료들에게 막대한 피해를 끼치고 말았던 파르무스 내습 사건을.

그때 베니마루는 맹세했던 것이다.

리무루에게 의지하지 않고도 모두를 이끌 수 있는 그런 심복이 되겠노라고.

그리고 다시는 그런 참극을 반복하지 않겠노라고.

그 결의를 신참인 제기온의 지적으로 인해 떠올릴 수 있었다. 리무루의 뒷일을 부탁받은 심복으로서 뼈아픈 깨달음이었다.

리무루가 부재한 지금, 모든 책임은 베니마루의 어깨에 달려 있었다. 지금이야말로 베니마루가 바로 서야 할 때였다.

아무리 불안한 마음이 들어도 그것을 드러내서는 안 된다. 그것이 지도자의 책임이고 의무다.

그래서 베니마루는 당당하게 웃어 보였다.

"홋, 리무루 님이 돌아오셨을 때 걱정을 끼치지 않도록, 우리만으로도 괜찮다는 걸 증명할 때가 왔네."

여느 때처럼 그렇게 말한 베니마루에게 고부타가 고개를 끄덕이며 밝게 답했다.

"맞습니다요! 리무루 님이 사라졌다고 해서 죽음이 확정된 것도 아니잖습니까! 그 사람은 끈질기니까 무슨 일이 있어도 반드시 돌아올 겁니다요!!"

이 발언에 쓴웃음을 지은 것은 리그루였다.

"고부타! 넌 여전히 입이 너무 험해!"

고부타에게 주먹을 휘두르며 리그루가 말했다.

"맞아. 우린 늘 리무루 님께 의지만 했어. 베니마루 님의 말대로 리무루 님께 부끄럽지 않도록 움직여야겠지."

그 말이 맞다며 간부 일동이 고개를 끄덕였다.

"맞아요! 언제까지 어리광만 부리고 있으면 안 된다고요!"

고부타의 농담 섞인 말에 저마다가 분노하거나 웃음을 터뜨렸다.

현 시점에서 더는 고개 숙여 한탄하는 사람은 아무도 없었다.

한탄의 시간은 이제 끝났다.

"그 말이 맞소! 나 역시 리무루 님이 부재한 것만으로 불안을 느껴버렸소. 이런 식이라면 리무루 님께 웃음을 사고 말 거요!"

가비루도 반성의 말을 꺼냈다.

"소우에이 공의 말씀이니 리무루 님이 사라진 것엔 의심의 여지가 없다만…… 리무루 님이 패배하는 건 있을 수 없는 일이다. 필시 무슨 계책이 있으신 거겠지."

게루도 역시 진중하게 자신의 생각을 밝혔다.

이 말 역시, 그럴 가능성도 부정할 수 없다는 것을 모두에게 상기시켰다.

"그렇지, 그렇지! 뭐, 난 처음부터 리무루를 믿고 있었으니까 전혀 걱정하지 않았지만!"

기운을 되찾은 라미리스도 씩씩하게 말한다.

미궁 멤버들도 이에 고개를 끄덕였다.

"그 말이 맞아요! 리무루 님이 패배한다는 건 있을 수 없어요!"

쿠마라가 말했다.

각자가 희망을 입에 담기 시작하자 단숨에 활기가 돌아왔다.

그 모습 보고 베니마루도 생각했다.

리무루 님께 의지하고 있던 것은 나뿐만이 아니었구나── 라고.

어리광을 부릴 생각은 없지만, 있는 것과 없는 것은 전혀 다르다.

그저 그곳에 있는 것만으로 모두가 안심할 수 있는 것이다.

그 사실을 깊이 통감하면서 베니마루가 말했다.

"의지라고 말하면 듣기엔 좋지만, 그건 책임 전가와 종이 한 장 차이니까 말이지."

가벼운 발언이지만 그 말의 무게는 무거웠다.

모두가 짐작 가는 것이 있는 것인지, 표정을 다잡는다.

"언제나 그분께 모든 것을 맡겨오기만 했다. 이것도 좋은 기회다. 우리들만의 힘으로 이 난국을 극복해내는 거다!"

베니마루의 선언에 리그루도가 크게 고개를 끄덕였다.

"그렇죠, 맞는 말씀입니다! 다 같이 웃으며 리무루 님을 마중할 수 있도록 최선을 다해 노력합시다!"

여기에 소우에이도 가세했다.

제기온에게 가볍게 감사를 표하고 반성의 말을 꺼낸다.

"니끼지 냉징을 잃다니…… 미안하다, 제기온. 덕분에 냉정해질 수 있었어."

그곳에 있는 것은 평소와 다름없는 쿨한 남자였다. 그림자를 다스리는 자로서 아직 멀었다는 것을 자각했는지, 언제 흐트러져 있었냐는 듯한 모습으로 조용히 결의를 불태웠다.

그것을 시작으로 모두가 차례차례 결의를 내비쳤다.

그리고 마지막으로 디아블로가 웃기 시작했다.

"쿠후후후후. 이런, 제가 자극을 줄 필요도 없었나 보군요."

여상히 말하는 디아블로의 말에 제기온이 답했다.

"넌 너무 과해."

"그렇습니까? 여기서 눈을 뜨지 못한다면 리무루 님의 수하로서 실격 아니겠습니까?"

"그렇다고 적을 앞에 두고 쓸데없이 힘을 소모할 필요는 없겠지."

그렇게 받아치는 말에 디아블로는 쓴웃음을 지었다.

커다란 스크린에 비춰진 영상에는 미궁 내를 돌파해 나가는 '적'의 모습이 있었다. 제기온의 말처럼 지금은 내부 분쟁을 벌일 때가 아니었던 것이다.

그렇지만 이것은 필요한 과정이었다.

적어도 여기서 의식을 전환하지 못하면 앞으로 있을 전투 뒤에 기다리는 것은 패배뿐이었다.

디아블로는 그렇게 판단했다.

하지만 이제 그럴 걱정은 사라졌다.

"맞습니다, 제기온. 리무루 님께서 실망하시지 않도록 저희들끼리도 충분히 싸울 수 있다는 것을 증명해야겠지요."

여기서 우울해하고 있을 틈은 없다. 미궁에 침입한 어리석은 자들을 신속하게 제거함과 동시에 얼음 속에 갇혀 있는 카레라 일행을 구출해야 했다.

모두의 의식이 전환된 지금이라면 그것도 불가능한 일은 아니었다.

"맞아요. 당장 이 세계를 평정하고 리무루 님을 되찾아오죠."

미소를 지은 테스타로사가 말했다. 그리고 이어서 앞으로의 방침을 전했다.

"울티마에게 베루도라 님이 가셨다면 더 이상 걱정할 필요는 없을 겁니다. 그렇다면 전 카레라를 구하러 다녀오겠어요."

흠, 하고 디아블로가 고개를 끄덕였다.

"왜 도와줬냐면서 시끄럽게 굴 것 같긴 하지만, 밀림 님의 부하들도 구해내야 하니까요. 부탁합니다."

그 말을 신호로 테스타로사가 움직였다.

방침이 승인된 이상 그녀에게 망설임은 없었다.

테스타로사를 배웅한 뒤 베니마루가 디아블로에게 시선을 돌렸다.

"그래서 디아블로, 너는 어쩔 거지?"

대형 스크린에 시선을 던진 디아블로가 의미심장한 미소를 지으며 진심을 밝혔다.

"펠드웨이를 처리하고 리무루 님께 이 세계를 바칠 생각이었는데, 마음이 바뀌었습니다. 이 땅의 수비를 견고히 해두지 않으면 리무루 님의 명령을 어기게 될지도 모르니까요."

참으로 심상한 말투였지만 그 내용은 흘려들을 수 없는 것이었다.

제기온도 움찔, 반응했다.

모두를 대표해 베니마루가 물었다.

"호오? 녀석들이 위협이라고 생각하는 건가?"

베니마루도 적의 모습으로 눈을 돌렸다.

그곳에 비친 적의 정보에는 대략적인 존재치도 산출되어 표시되고 있었다.

베가, 디노, 피코와 가라샤, 그리고 후루키 마이. '칠흉천장'의 다섯 명이었다.

각각이 백만이라는 수치를 가볍게 넘어섰고 천만을 넘는 자도 있다.

확실히 위협이라고 부를 만한 집단이었지만, 베니마루는 디아블로가 신경 쓸 수준은 아니라고 생각했다.

"물론 지금의 나는 완전한 상태는 아니지만 여기엔 제기온도 있으니까. 너는 개의치 말고 자유롭게 움직여도 상관없어."

그 말을 듣고도 디아블로는 마음을 바꾸지 않았다.

"확실히 해두려는 겁니다. 물론 제기온을 믿지 않는 것은 아니에요."

이에 제기온이 개의치 않다는 듯 답했다.

"신경 쓰지 마라. 나는 내 역할을 다할 뿐이다."

미궁 안의 모든 존재를 지켜내겠다는 신념이, 그 말에는 담겨있었다.

"방침이 정해졌다면 나는 이만 가겠다."

제기온은 여전히 동요하지 않았다.

등을 돌리고 걷기 시작하는 제기온에 이어 아피트도 인사를 하고 떠났다.

미궁에는 제기온이라는 최강의 수호자가 있다.

두려워할 것은 아무것도 없었다.

그 듬직한 모습에 라미리스의 표정도 누그러졌다.

"뭐, 뭐 그런 거지. 제기온이 있으면 우리는 안전한 거나 다름 없어."

이 말에는 침묵을 지키던 베레타와 트레이니도 고개를 끄덕일 수밖에 없었다. 분하지만 제기온의 실력은 누구나가 인정하고 있었다.

"난 회복에 전념하도록 하지."

그렇게 말하고 게루도가 눈을 감았다.

지금은 쉬는 게 일이라며, 조급해지려는 마음을 억누르고 제 역할을 다하기 위해서.

"나도 나설 차례가 오기 전까지 쉬어두겠소!"

게루도보다는 낫지만 가비루도 큰 상처를 입었다. 그리고 게루도 이상으로 마력 소모가 심해 이른바 연료가 바닥난 상태였다.

눈에 띄는 상처는 치유되었지만 체력 회복이 그것을 따라가지 못하고 있었다.

게루도와 마찬가지로 지금은 쉬는 것이 정답이었다.

가비루는 얼음에 잠겨버린 구 유라자니아도 걱정이었다.

동료인 카레라 일행도 걱정이지만 뜻밖에 연인이 된 스피어의 안부도 신경 쓰였다.

마음 같아서는 부상 따위는 무시하고 뛰쳐나가고 싶은 심정이었다. 하지만 가비루에게는 책임이 있다.

지금 자신이 할 수 있는 일, 해야 하는 일, 그것을 올바르게 파악하고 실행해야 했다.

가비루는 떠오르는 여러 생각을 억누르고 온전히 요양에만 전념했다.

이리하여 마물의 나라 간부들은 움직이기 시작했다.

조금 전까지의 불안은 불식되었고, 그 표정에는 힘이 넘쳐났다.

강한 의지로 빛나고 있었다.

그들은 이제 제기온이 입에 담았던 것처럼 리무루 없이는 아무 것도 할 수 없는 어린애가 아니었다. 각자가 자신의 역할을 올바르게 받아들이고 그것을 완수하기 위해 전력을 다하는 모습이었다.

마왕 리무루라는 이름에 먹칠을 하지 않도록.

돌아온 리무루에게 그들의 실력을 인정받고 칭찬받기 위해.

이들은 마침내 리무루의 비호 아래에서 날아오를 때가 된 것이다.

제1장

멸망해가는 도시

Regarding Reincarnated to Slime

와줬구나—— 라고 루미너스는 생각했다.

　베루도라는 의연한 모습이었다. 다구류루를 앞에 두고도 겁먹은 기색은 없다.

　당연하다.

　시간이 멈추면 아무것도 할 수 없는 루미너스와는 달리 '정지세계'에서도 당연하게 움직일 수 있었으니까.

　베루도라를 보고 있으려니 지금까지 자신이 느낀 절망감은 무엇이었을까. 그런 생각에 루미너스는 스스로가 바보스러워졌다. 죽음을 앞두고 팽팽해졌던 긴장감이 풀리면서 묘한 안도감이 치솟는 것을 느꼈다.

　그러나 그것은 인정하고 싶지 않은 감정이었다.

　(어이가 없군. 베루도라가 와줬다는 사실만으로 이 내가 안도하다니…… 있을 수 없다!)

　그런 식으로 마음 속에 솟아난 기분을 떨쳐버린 루미너스는 현상황으로 의식을 돌렸다.

　"크아하하하! 내가 왔도다!"

　그렇게 전한 후에도 베루도라는 계속해서 큰 소리로 웃고 있었다. 이런 위기 상황 속에서도 평소와 다름없는 느긋함이었다.

　그것이 루미너스에게 큰 안도감을 주었다.

멈춰 있던 시간 속에서 그 목소리는 누구에게도 닿지 않았다.

'정지세계'를 발동시킨 다구류루 이외에는 베루도라의 목소리를 들을 수 있는 자는 없을 것이다.

그런데도 그 능청스러울 정도의 큰 웃음소리는 평소와 똑같아서──.

『뭘 멍하니 있는 거야!』

그 독설은 과거 원수였던 이의 입에서 나왔다.

(아아, 그랬지. 이 녀석도 있었나.)

루미너스는 뒤늦게 울티마의 존재를 떠올렸다.

이 '정지세계' 속에서 어떻게 베루도라가 시공간을 초월했는가 했더니 울티마가 관여하고 있던 모양이었다.

(그렇다면 납득…… 할 리가 없지 않느냐──!!)

조금 전까지만 해도 '정지세계'를 인식하지 못했던 루미너스에게 지금 눈앞에서 벌어지는 현상은 이해할 수 없는 영역이었다.

하지만 그것이 현실이라면── 울티마의 말처럼 멍하니 있을 때가 아니었다.

루미너스는 의식은 있지만 몸을 움직이지 못하는 상태였다. 그런 혼란스러운 루미너스에게 울티마의 가차 없는 질문이 날아왔다.

『그래서 느낌이 어때? 상황 인식 정도는 할 수 있겠어?』

루미너스는 당황하지 않고 대답했다.

『흠, 그래. 상황을 인식한 건지는 모르겠다만 일단 위기를 벗어났다는 건 이해했다.』

그 말을 듣고 울티마가 씨익 웃었다.

『호오, 처음 겪는 '정지세계'인데도 목소리를 인식하고 대화까지 할 수 있다니 너도 제법이잖아. 역시 내가 인정한 놀이 상대야♪』

이렇게 말하는 울티마도 '정지세계'를 여러 번 경험한 것은 아니었지만, 그것은 굳이 말할 필요 없는 정보였다. 자신의 수준이 더 높아 보일 만한 태도를 취하면서 상황에 맞춰 움직이려는 것이다.

『대화가 가능하다는 건 즉 '보인다'는 뜻이지?』

『그래. 그 괘씸한 사룡이 다구류루와 서로 대치하고 있는 모습이 말이지.』

루미너스의 초감각은 어렴풋하게나마 상황을 받아들이기 시작했다.

태연하게 움직일 수 있는 것은 베루도라와 다구류루뿐. 울티마도 입으로는 잘난 척했지만 아직 익숙하지 않은지 움직이는 수준까지는 이르지 못한 모습이었다.

『흠흠. 그렇다는 건 '정보자'의 간섭까지는 가능하다는 거구나.』

빛도 없고, 소리도 전달되지 않는.

그 무엇도 파악할 수 없는 '정지세계'——.

그 내부를 인식하기 위해서는 영자나 광자보다 작은, 세계의 근간과 이어지는 특수한 물질에 간섭하는 것 외엔 방법이 없었다.

그 물질이 바로 울티마가 말하는 '정보자'라는 사실을 루미너스도 곧바로 알아차렸다.

『이 '정보자'인지 뭔지를 자유롭게 움직일 수 있게 되면 정지된 시간 안에서도 움직일 수 있다는 거냐?』

『정확해. 난 이제 좀 느낌을 잡은 것 같아.』

사실 울티마는 이미 손발의 감각을 되찾은 상태였다.

그렇게 되면 이야기는 빠르다. 호흡하듯이 '정지세계'에서 자신의 뜻대로 움직일 수 있었다.

『나도 질 순 없겠지.』

루미너스도 감각을 더욱 곤두세웠다.

자신의 내면과 주위에 떠도는 물질을 파악하고, 그중에서 시간에 속박되지 않은 '정보자'만을 선별하여 그것을 의도적으로 움직일 수 있도록.

루미너스의 손가락 끝이 꿈틀거렸다.

『제법이잖아.』

『경쟁하다보니 말이지.』

시간은 멈췄지만 유예는 없었다.

베루도라와 다구류루의 싸움이 어떻게 될지는 알 수 없었다. 그렇기 때문에 싸움의 결판이 나기 전에 몸을 움직일 수 있게 만들어둬야 했다.

루미너스와 울티마는 경쟁하는 마음으로 서로의 감각을 빠르게 일깨운 것이다.

●

시간에 저항하기 시작한 자들 옆에서, 베루도라와 다구류루의 대화는 계속되고 있었다.

"베루도라인가. 절묘한 타이밍에 등장하다니 무슨 장치라도 해뒀나?"

'정지세계'가 진행되는 와중에 '공간전이'를 하는 것은 다구류루 입장에서도 이해할 수 없는 일이었다. 눈에 보이는 범위 내라면 몰라도 멀리 떨어진 땅에서 정확한 지점으로 찾아오다니, 상식을 벗어나도 한참을 벗어났다.

"홋, 당연한 걸 묻는군. 히어로란 언제나 멋지게 등장하는 법이지."

다구류루의 물음에 기세등등한 얼굴로 그렇게 대답하는 베루도라. 원하는 대답은 아니었지만 베루도라다운 말에 다구류루는 납득했다.

그런 다구류루를 향해 베루도라가 실로 바보스러운 제안을 해왔다.

"그나저나 다구류루여. 물어볼 것이 있는데."

"뭐지?"

"시간이 멈춘 상태로 있으면 내 멋진 모습이 모두에게 전해지지 않겠지?"

"그래, 뭐 아쉽겠지만……."

무슨 말을 꺼내는 거야, 이 녀석은—— 다구류루는 그렇게 생각했지만, 얌전히 이야기를 들었다.

시간은 한번 멈춰놓으면 유지하는데 큰 노력이 들지는 않는다. 그렇다고는 해도 적잖이 귀찮기는 했기에 원래대로라면 상대를 해줄 필요는 없다. 이런 부분에서도 다구류루의 원만한 성품이 드러났다.

베루도라가 말했다.

"어차피 움직일 수 있다면 시간을 계속 멈추고 있는 의미는 없지 않나. 그러니까 다시 한번 제대로 시작하게 해다오."

"으음?"

"시간이 움직이기 시작하는 타이밍에 맞춰서 내가 한 번 더 등장하고 싶다는 거다. 루미너스가 보는 눈앞에서, 이렇게 네 주먹을 파앗! 하고 막아내는 거지."

"……."

"그렇게 해서 루미너스를 감동시킬 필요가 있다."

"……이유를 물어봐도 되나?"

"크아하하하하! 뭐, 간단한 얘기야. 내가 옛날에 이런저런 일을 많이 저질렀거든. 그 일로 루미너스에게 아주 약간의 원망을 사고 말았다. 그러니 여기서 내 좋은 이미지를 심어줘서 빚을 져두면 모든 일을 없던 셈 칠 수 있다는 거지."

단 한 톨도 자신에게 도움 되지 않은 이야기를 들은 다구류루는 어이가 없었다.

그가 아이를 달래듯이 대답했다.

"흠. 나로서도 '시간정지'는 해제할 생각이지만 네놈의 장난에 어울려 줄 이유는 없는데?"

완벽한 정론이었다.

그랬다, 다구류루가 베루도라의 말에 맞춰줄 의리는 없는 것이다. 이야기를 들어준 것만으로도 이미 충분히 호의를 베풀었다고 할 수 있었다.

사실 '정지세계'에서 움직일 수 있는 자를 상대한다면 굳이 시간을 정지시킬 의미는 없었다. 쓸데없이 힘만 소모되니 무의미하다.

하지만 그것은 상대가 한 사람이었을 경우의 이야기다.

시간을 멈춘 상태를 해제하는 순간 다구류루는 베루도라뿐만 아니라 루미너스까지 상대해야 했다.

지금은 쓰러져 있지만 루미너스의 힘에 의해 시온도 부활할 것이다.

그렇게 되면 지금보다 더 귀찮아질 테니 '정지세계'를 계속 유지하는 것에 의미는 있었다.

하지만 울티마뿐만 아니라 루미너스까지 '정보자'를 인식한 기척이 느껴졌다. 이대로라면 지금의 우위성을 잃는 것이 아닐까——다구류루는 그것을 염려했다.

만약 그렇다면 적에게 경험치를 쌓게 해주는 것이나 다름없었다. 그러기 전에 당장이라도 '정지세계'를 해제해 버리고 싶은 참인데, 베루도라가 계속 고집을 피워댔다.

"왜 그렇게 매정해! 내가 이렇게까지 고개를 숙이고 부탁하는데 좀 들어줄 수도 있지 않나!!"

그러면서 끝까지 자기중심적인 이론을 당연하다는 듯이 펼쳐 온다.

하아아아…… 못 말리겠군, 하고 다구류루가 피곤한 얼굴로 크게 한숨을 내쉬었다.

그리고 그런 다구류루의 심정을, 루미너스는 누구보다 잘 이해했다.

(이 망할 도마뱀, 나중에 죽여주마!)

루미너스가 얼굴을 붉히며 격분했다.

지금 움직일 수 있었다면 틀림없이 발차기를 한대 날려줬을 것이다.

어쩌면 이 분노로 움직일 수 있지 않을까, 하는 생각이 들 정도로 베루도라의 태도는 건방지기 그지없었다.

'정지세계'라 루미너스가 듣지 못할 거라고 생각해서 그런 것인지 조금의 주저함도 없이 속내가 술술 새어 나왔다.

나중에 꼭 쓴맛을 보여주겠노라며, 루미너스는 마음속으로 다짐했다.

자유분방한 베루도라.

기막혀하는 다구류루.

분노에 불타는 루미너스.

조용히 '정보자'를 이해한 울티마.

조금도 교차하지 않는 생각, 혼란이 가중되는 상황 속에서 신기한 현상이 벌어졌다.

그것을 일으킨 자는 시온이다.

눈은 여전히 감고 있고, 전신의 상처는 막히지 않은 채 피가 계속 흐르고 있다…….

그랬다, 그것은 부자연스러운 일이었다.

'정지세계'에서는 아무리 큰 부상이라도 피가 흘러나오는 일은 없어야 했다. 심장마저 멈춰 있으니 당연하다.

그런 상황에서 시온의 피가 흐르고 있다는 것은——.

비틀거리며 시온이 움직였다.

핏발이 선 눈을 부릅뜨고 마치 유령처럼 몸을 일으킨 것이다.

"음?!"

다구류루가 경악하는 그 앞에서, 기묘한 분위기를 두른 시온이 크게 심호흡을 했다.

"시온…… 너, '정지세계'를 이해한 건가?"

다구류루가 저도 모르게 중얼거렸다.

"으음, 시온, 지금은 내가 말이지…….."

자신의 차례를 빼앗길 것 같다는 위기감을 느낀 베루도라가 머뭇거리며 시온에게 말을 건넨다.

그러나 그 말을 가로막듯이 시온이 입을 열었다.

"——베, 베루도라 님…… 저, 저 자는, 제 사냥감입니다. 야, 양보해주실 수, 없을까요?"

대검을 지팡이 대신 짚고 어깨로 숨을 몰아쉬며, 시온이 베루도라에게 부탁했다.

"그, 그래."

베루도라는 마지못해 우물거리며 고개를 끄덕였다.

도저히 안 된다고 할 수 없는 분위기였다.

시답잖은 생각을 하고 있던 베루도라와 시온은 애초에 마음가짐과 기백이 다른 것이다.

베루도라에게 남겨진 선택지는 시온의 요구에 따라 멋지게 폼을 잡고 지켜보는 것뿐이었다.

"흠, 좋다! 내가 조금이나마 힘을 빌려주지. 마음껏 싸우도록 해라!"

쓰러질 것 같은 시온을 부축하며 베루도라가 그렇게 대꾸했다. 그리고 그대로 시온이 회복할 수 있게 에너지를 쏟아부었다.

(음?! 빌려준다고는 했지만 조금의 사양도 없이 뺏어가는 군…….)

시온에게 뭉텅이로 에너지(마력요소)를 빼앗긴 베루도라는 휘청거릴 뻔한 다리에 필사적으로 힘을 주었다.

"가, 감사합니다……."

"신경 쓰지 마."

상큼하게 웃지만, 마음에서는 눈물이.

베루도라는 그렇게 시온을 배웅했다.

*

다구류루는 우뚝 솟은 벽처럼 유유히 서 있었다.

그 앞에 선 시온이 기쁜 얼굴로 대검을 겨누었다.

"기다리게 했네요. 그러니 이번에는 조금 더 즐겁게 해드리죠."

"흠. 그럼 어디 한번 기대해 볼까?"

두 사람은 가볍게 고개를 끄덕이며 다시 자세를 잡고 마주했다.

"기대에 부응해 드려야겠군요!"

정지된 세계 속에서 다구류루와 시온의 진짜 싸움이 시작되려 하고 있었다.

……………….

………….

…….

시온은 뼈아프게 반성했다.

시온의 마음 속에서는 격정이 소용돌이쳤다.

다구류루에게 좋을 대로 휘둘리고, 조금도 상대가 되지 못했다는 것에 대한 분노.

자신의 휘하, 친위대인 자들이 쓰러져가는 것에 대한 분노.

불합리한 현실을 마주한 것에 대한 무력감.

한심함과 분통함, 그리고 강자에 대한 선망.

그 모든 것을 삼키고, 냉정한 판단력으로 모든 감정을 억눌렀다.

분노는 원동력이다.

예전처럼 폭주 따위는 하지 않는다.

자신이 무엇을 할 수 있고 무엇을 할 수 없는지, 그것을 생각했다.

시온은 망설이지 않았다.

상대하는 적을 미워하는 것이 아닌, 그 '영혼'으로 관찰했다.

선이냐 악이냐── 그 자체로는 아무 의미가 없다는 것을 시온은 이미 알고 있었다.

싸움이 한창인 와중에는 쓸데없는 정보 따위 방해만 될 뿐이다.

제압이 가능한가 불가능한가. 그것만이 중요했다.

시온은 소용돌이치는 감정을 그대로 놔둔 채 있는 그대로를 받아들였다.

리무루의 말을, 시온은 실천한다.

그것이 얼마나 터무니없고 난해한 이상론이라고 해도 올곧게, 묵묵하게.

그 결과 시온은 사물의 본질을 '영혼'으로 직감할 수 있게 되었다.

다구류루와의 전투에서도 시온의 직감은 발휘되었다.

다구류루가 지닌 바닥이 보이지 않을 정도의 압도적인 저력을 시온은 싸우기 전부터 피부로 느끼고 있었다.

전에는 깨닫지 못했던 그 온화한 겉모습에 숨겨진 날뛰는 영혼, 그 폭위.

어쩌면 그것이야말로 시온이 지향해야 할 궁극의 완성형이었다.

그것을 구현한 다구류루의 모습에 시온은 전율했다.

냉정하게 생각한다면 다구류루와 시온이 가진 힘의 차이는 역력했다. 승부가 안 된다는 차원을 넘어서서, 같은 싸움판에 나란히 서지도 못할 상대였다.

하지만 그렇다 해도.

시온에게 '후퇴'라는 두 글자는 존재하지 않았다.

리무루의 작전은 완벽하다. 완벽해야 하기 때문에, 여기에 시온이 배치된 사실에는 이유가 있을 것이다.

그러니 명령이 없는 한 시온이 후퇴할 이유는 없었다.

그것이 시온의 생각이었다.

순수하게 리무루를 믿은 것이다.

어떻게 보면 사고를 포기한 거나 다름없다. 하지만 시온에게는 리무루의 명령이 최상이자 전부였다.

(리무루 님이 아무런 수도 쓰지 않고 우리를 헛되이 죽게 하실 리가 없습니다. 이 상황에도 분명 의미가 있을 터……. 그렇다면 전 새로운 명령이 내려지기 전까지 전력을 다해 따를 뿐.)

망설임이 없는 자는 강하다.

시온은 죽음조차 두려워하지 않고, 물러서지 않겠다는 결의로 전선을 유지했다.

그런 시온의 모습이 루미너스의 마음을 움직였다.

고귀한 흡혈공주는 그 몸이 더러워지는 것을 무척 싫어했다. 그렇기에 루미너스는 만반의 대책을 세워 완벽한 포진으로 덫을 짜둔 것이다.

그것이 무너졌으니 더는 승리의 가능성은 남아 있지 않았다.

시온이 알고 있는데 현명한 루미너스가 그 사실을 알지 못했을 리가 없다.

이 자리는 최대한 남은 전력을 보존하면서 라미리스의 미궁을 수호하는 리무루 세력과 합류하는 것이 정답이었다.

시온도 그렇게 생각했기에 루미너스가 그런 선택을 한다 해도 원망할 마음은 없었다. 그러긴커녕 '현명한 루미너스라면 당장 이 전장에서 도망치겠지. 적어도 그러기 위한 시간 정도는 벌어야 한다'라고, 그런 생각으로 각오를 하고 있었을 정도였다.

(루미너스 님의 도움은 의외였습니다. 저 혼자였다면 한참 전에 쓰러졌겠죠. 그렇지만, 후후후, 그분답다고 하면 그분다운 선택이네요.)

마왕 루미너스는 시온이 생각했던 인물상과는 달랐다. 하지만 시온은 그 사실이 기뻤다.

신뢰할 수 있는 동료가 있다는 것은 그 자체만으로도 든든한 일이다. 설사 여기서 떨어지게 되더라도, 아니, 그렇기에 더더욱 마지막으로 루미너스의 진심을 느낄 수 있어서 시온은 기뻤다.

다구류루는 강하다.

실제로 검을 맞대보며 시온은 그 사실을 실감했다.

다구류루는 아직도 그 힘을 숨기고 있을 것이라고, 시온은 그렇게 확신했다.

그가 진심을 낸다면 자신은 손 쓸 새도 없이 그 힘에 삼켜질 것이라고.

패배는 확실하다.

하지만 그마저도 리무루의 의도대로라면, 시온에게 부여된 역할은 하나뿐이었다. 다구류루의 본질을 꿰뚫어 보고, 계승하는 것이다.

그런 결의 아래, 시온의 무모하다고도 할 수 있는 도전이 반복되었다.

자신의 본질과 흡사한 다구류루. 자신이 지향해야 할 모습이라고도 할 수 있는 다구류루를 본보기로 삼듯이 시온은 검을 휘둘렀다.

이 싸움의 기억을 자신의 '마음(심핵)'에 새기듯이.

그리고 루미너스의 권능에 의해 '죽음과 소생'을 반복한 끝에——.

시간이 멈췄다——.

——시온의 인식 끝에서, 세계에서 빛이 사라졌다.

아직이야! 아직 끝나지 않았어!!

기백으로 포효하려 했지만 시온의 몸은 더는 반응하지 않았다.

정지된 채 일어설 수 없었다. 일어서긴커녕 입을 여는 것조차 할 수 없었다.

조금도 움직이지 않는다.

의식만이 계속 떠돌며 남아있다.

하지만 시온은 포기하지 않았다.

세계에서 빛이 사라져가는 모습이 뇌리에 서서히 박혔다.

그 순간에, 이 불가사의한 현상으로 이어지는 원인이 있을 것이다──.

(그렇다면 그걸 재현하면 그만인 이야기입니다!)

그것은 말도 안 되는 논리였다.

'용사'처럼 거대한 운명에 이끌린 것이 아닌 한 유니크 레벨의 권능으로는 시간을 지배하기란 불가능한 것이다.

하지만.

그런 진리 따위 시온이 알 바도 아니었고 알고 싶지도 않았다.

거기에 가능성이 있다면, 나머지는 실행하면 되는 것이다.

시온은 유니크 스킬 '잘 처리하는 자(요리인)'를 발동시켜, 자신의 몸을 구성해 나갔다. 그 결과 몇 번이고 몇 번이고 최적화를 반복해 나가던 그녀의 육체는, 이번에도 시온의 요구를 받아들이고 말았다.

중요한 것은 오직 결과.

시온은 논리를 뛰어넘어, '정지세계'를 자신의 것으로 만들어버렸다.

하지만 그것은 과정일 뿐이다.

목표는 아득히 먼 곳에 있었고, 시온은 여전히 도전자였다.

....

....

......

칼날이 번뜩였다.

그것은 비유였다. 빛이 없는 세계에서 검에 빛 따위는 나지 않는다.

하지만 그렇게 표현할 수밖에 없는 날카로운 시온의 검격이 다구류루를 덮쳤다.

물리적 결합력이 모두 상실된 '정지세계' 속에서 다구류루는 스스로의 의사로 육체를 지배하고 있었다. 자신의 육체를 금강석보다 더 단단하게 굳히고 두 팔로 시온의 일격을 받아냈다.

그 결과 다구류루는 양쪽 무릎까지 땅에 박히고 말았다. 위쪽에서 내려친 칼의 위력을 받아내지 못하고 그 기세에 휘말린 탓이었다.

눈을 부릅뜨는 다구류루.

'정지세계' 안에서는 공기의 진동이 발생하지 않는다.

모든 연결고리가 사라져버렸기에 의사의 개입이 없는 곳에서는 에너지 전달이 발생하지 않기 때문이다.

의사의 지배하에 있는 육체로 분자를 직접 헤집는 것과 다름없는 상태가 되는 것이다.

그렇기 때문에 대지를 박차고 나가며 추진력을 얻을 수도 없다. 힘의 충격이 그대로 대지를 도려내고 지금의 다구류루처럼 다리가 사로잡힌 상태가 되기 때문이다.

'정지세계' 안에서는 물리법칙이 성립하지 않는다.

마법법칙이라고 해도 거의 모든 것들이 성립되지 않아 발동하지 않을 것이다.

그런 특수한 조건 속의 전투가 일반적인 양상과 다른 것은 어찌 보면 당연한 이야기였다.

다구류루는 혀를 차더니 남아 있는 힘을 뽑아내 시온의 검을 되받아쳤다. 이번에는 반대로 시온의 두 다리가 땅에 박혔다.

그런 식으로 검과 주먹의 교차가 몇 차례 이어지자 두 사람은 자연스러운 흐름으로 싸울 수 있게 되었다.

다구류루는 감을 되찾았고, 시온은 상황을 통해 학습한 것이다.

싸움은 격렬했다.

그것은 겉으로 보이는 격렬함뿐만 아니라 권능에 의한 공방까지 포함되어 있었다.

다구류루는 얼티밋 스킬(궁극능력)을 소유하고 있지 않았다. 그 자신이 궁극의 생명체이자 '용종'에 가까운 존재이기 때문이다.

단지 주먹을 휘두르는 것만으로 물리법칙을 무시할 정도의 파괴력이 발생한다. 그 힘을 방출하면 특수한 파동이 대지와 대기에 간섭하여 국지적인 파괴를 일으킬 수 있었다.

하지만 그러한 초능력은 이 '정지세계'에 한해서는 별 의미가 없었다.

다구류루의 힘은 큰 제한을 받게 되고 권능은 제대로 발동되지 않는다. 여기까지 와서야 하늘이 시온의 편을 들어주기 시작한 것이다.

*

시온이 묵묵히 검을 휘둘렀다.

힘의 낭비가 사라지고 속도가 더욱 높아졌다.

그럼에도 다구류루에게는 닿지 않았다.

다구류루는 맨손으로 시온의 칼을 모두 받아치고 있었다.

"호오, 이 정도로 부딪치고 있는데도 칼날이 상하지 않다니."

그 찬사는 진심이었다.

다구류루의 경화된 육체에는 '만물파괴'라는 권능이 깃들어 있었기 때문이다.

그렇기 때문에 그 찬사에는 진심이 담겨 있었고, 시온에게도 진심으로 칭찬한다는 것이 전해졌다.

"당연하죠! 제 애도는 리무루 님이 주신 거니까요. 매일같이 애정을 쏟아서 지금은 제 몸의 일부나 다름없습니다!!"

그 말 그대로 시온은 매일같이 검을 손질하고 자신의 요기와 친숙해지게 했다.

실제로도 신체의 일부라 해도 과언이 아니었으며 시온의 성장에 따라 '신 고리키마루'라는 갓즈(神話)급에 이르렀을 정도다.

그렇기 때문에 '정지세계' 속에서도 부서지지 않았다. 심지어 다구류루의 '만물파괴'도 견뎌냈는데, 그것은 시온에게 행운이라고 할 수 있었다.

그리고 진정 행운이었던 것은 시온이 다구류루를 계속 본보기로 삼고 있다는 점이었다.

다구류루는 그 모습 자체가 현상(現象)이라고 할 수 있었다.

얼티밋 스킬에 상당하는 경화변신, 만물파괴, 마법무효, 속성중화, 격진파동── 그밖에도 다양한 권능을 가진 궁극의 생명체. 그것이야말로 '어스퀘이크(대지의 분노)' 다구류루였다.

원래대로라면 그런 다구류루를 상대로 시온이 이길 방도는 없었다.

물리도 마법도 초월한 파괴신이나 다름없는 존재. 그것이 다구류루였으니 근접 전투 같은 것은 자살 행위나 다름없었다.

하지만.

시온은 학습했다.

유니크 스킬 '잘 처리하는 자(요리인)'의 '자신이 원하는 확정된 결과를 이끌어내는' 권능으로—— 완전한 인과율 조작으로 매 순간 자기 자신을 최적화해 나감으로써.

그리고 지금 시온은 다구류루를 모방했다.

'정지세계'를 학습했듯이, 다구류루의 초월적인 능력조차도 자신의 것으로 만들고자 탐욕스럽게.

"믿을 수 없군. 그 정도의 힘으로 나와 호각이라고?"

일진일퇴의 공방.

그랬다, 다구류루가 경탄한 대로 시온은 조금도 밀리지 않았다. 압도적으로 격이 높은 자를 상대하면서 호각의 싸움을 이끌어내고 있는 것이다.

그 비밀 또한 유니크 스킬 '잘 처리하는 자(요리인)'의 '확정결과'에 있었다.

이 권능은 시간이 멈춘 세계에서는 그야말로 무적이었다.

원인도 결과도 시간의 흐름 너머에 존재하는 이상 '정지세계'에서는 시온의 의지가 모든 부분에서 우선시되었다. 적에게 사용하는 공격은 계속해서 최대 효과를 발휘하고, 한번 막아낸 공격은 시온에게 통증을 주는 것조차 불가능해지는 것이다.

최대 에너지(마력요소)양에서는 10배나 가까운 차이가 있음에도 불구하고 시온이 다구류루와 호각을 이룰 수 있었던 이유가 이것이었다.

하지만 그렇다고 해서 시온이 다구류루를 능가하는 일은 없었다.

　모방만으로는 진짜와 맞설 수 없다.

　끝이 없다고 생각될 정도의 공방을 거치면서 그것은 서서히 두드러졌다.

　──하지만.

　시온의 행운은 아직 끝나지 않았다.

　잊어서는 안 되는 것이, 이 자리에는 베루도라도 있었다.

　"흠. 이제 슬슬 내가······."

　베루도라는 만반의 준비를 하고 시온과 교대할 생각을 하고 있었다.

　이번에야말로 방해는 없겠지. 그렇게 확신하고.

　그러나 그때, 가느다란 손가락이 베루도라를 건드렸다.

　"음?"

　무심코 의식을 돌린 순간, 강렬한 탈력감이 베루도라를 덮쳤다.

　"끄아아아악?!"

　당황한 베루도라의 시선 끝에 있던 것은 만신창이 상태에서도 몸을 일으킨 루미너스였다.

　점점 힘이 빠져나가는 베루도라에 비해 루미너스의 혈색은 점점 좋아졌다.

　"흥! 늦게 온 벌이다."

　성에 찰 때까지 베루도라의 생기를 흡수한 루미너스가 내뱉듯 그렇게 말했다.

　그 대사에는 약간의 수줍음도 담겨 있었지만, 당연하게도 베루도라는 눈치채지 못했다.

그로 인해 괜히 더 루미너스의 노여움을 사는 것인데, 베루도라가 그 사실을 짐작하게 되는 것은 아직 더 먼 날의 이야기였다──멀긴커녕 아예 오지 않을지도 모르지만…….

베루도라의 생기를 빼앗아간 루미너스는 '정지세계'를 완전히 파악했다.

다구류루와의 전투로 잃었던 힘도 되찾았고, 복장까지도 어느새 새것처럼 재생되어 있었다.

"네놈은 거기서 보고 있도록 해."

베루도라 따위는 방해된다는 듯이 루미너스도 다구류루와 싸우는 시온의 옆에 나란히 섰다.

그리고 또 한 명.

울티마도 준비가 끝난 상태였다.

"시온 씨한테 질 수는 없으니까. 날 잊어버리면 곤란하지 ♪"

성장 속도로는 따라올 자가 없는 울티마는 경험만 축적하면 모든 상황에 대응이 가능했다. 이미 '정보자'를 완벽하게 이해하고 자신의 피와 살로 뒤바꿨다. 현실세계와 마찬가지로, 혹은 그 이상으로 자유자재로 싸울 수 있게 된 것이다.

이렇게 되면 다구류루도 더 이상 시간을 멈추고 있을 이유가 없었다.

"이런, 모처럼 잡은 우위를 잃고 말았군."

다구류루는 한쪽 눈썹을 치켜 올리며 그렇게 탄식했다.

시온과 베루도라만으로도 성가셨는데, 여기에 루미너스와 울티마까지 참전한다면 더 이상 '정지세계'를 유지할 의미는 없었다.

어느 쪽이든 시온이 상대라면 '정지세계'는 걸림돌만 될 뿐이었다.

여기까지 와서야 다구류루는 '정지세계'를 해제했다.

그런 와중——.

(혹시, 내가 나설 차례는 더 이상 없는 게 아닐까······.)

베루도라가 그런 걱정을 하고 있었다는 것은 그 누구도 눈치채지 못했다.

*

다시 시간이 움직이기 시작하자 전장의 소음이 귀를 때렸다.

다구류루에게 달려들려던 울티마는 혀를 차며 펜을 상대하러 돌아갔다.

그것을 곁눈질로 배웅한 베루도라가 시온의 어깨에 손을 얹었다. 그리고 무겁게 전했다.

"시온이여, 멋진 싸움이었다. 하지만 말이지, 네가 다구류루와 호각으로 싸울 수 있었던 건 그것이 '정지세계' 속이었기 때문이다."

시간이 흐르기 시작한 지금 세계는 다시 물리법칙의 지배를 받게 되었다. 당연하게도 다구류루의 능력 제한도 풀렸으니 초자연적 권능이 맹위를 떨치게 될 것이다.

베루도라는 은근슬쩍 지금의 시온은 다구류루를 이길 수 없다고 말한 것이다.

"충고 감사해요. 베루도라 님."

시온은 감사를 전하긴 했지만 베루도라의 말뜻을 이해하지는 못했다.

설령 이해했더라도 개의치 않았을 것이다.

새삼스럽게 다구류루의 위험성을 지적받지 않아도 시온의 본능은 이미 그것을 이해하고 있었다.

공포심마저 마비시킨 시온이 땅을 박찼다.

규격을 벗어난 힘이 대지를 도려내듯 날려버리고, 시온은 다구류루를 향해 돌진한다. 포탄 같은 기세를 더하며 다구류루에게 '신 고리키마루'를 내려친다.

그것을 맨손으로 받아내는 다구류루. 투기를 두르고 있다고는 하지만 실로 믿기 어려운 광경이었다.

부딪치는 힘과 힘.

양쪽의 패기가 충돌하며 전장에는 기묘한 밀도의 난기류가 발생하였다.

소리조차 따라잡지 못하는 격투가 펼쳐졌다.

두 영웅의 격돌을 지켜보는 것은 루미너스. 그리고 멀뚱히 서 있는 베루도라였다.

"네놈은 뭘 하고 있는 거냐?"

"……."

시온을 서포트하는 루미너스가 어이없다는 눈빛으로 물었다.

그 말에 침묵을 지키는 베루도라. 시온에게 전한 충고를 가볍게 무시당한 탓에 살짝 얼이 나가 있던 것이다.

여기서부터 어떻게 해야 자신이 멋져 보일 수 있을까. 그것을 궁리해보았지만 좋은 방안은 떠오르지 않았다. 결정적으로 타이밍을 놓쳐버려 만회는 불가능해보였다.

이렇게 된 이상 더는 쓸데없는 짓을 하지 않는 것이 제일이다. '침묵은 금'이라는 자세로 베루도라는 관망하기로 했다.

베루도라의 판단으로는 시온이 불리하다. 오히려 승부가 성립되고 있는 것이 신기할 정도다. 그러니 베루도라가 나설 차례는 반드시 올 것이다.

호각으로 싸울 수 있는 것은 루미너스의 서포트가 있기 때문이다.

그리고 압도적으로 떨어지는 신체능력을 권능을 구사하여 보완하고 있었다.

대단하군—— 베루도라는 솔직한 마음으로 칭찬했다.

시온은 대미지를 입어도 '무한재생'으로 치유해 버린다. 게다가 루미너스가 회복 마법으로 치료를 하고 있었기 때문에 사지가 잘려나가는 수준의 치명상이라도 개의치 않는 것이다.

말로 들으면 그렇구나 납득할 수 있지만, 일반적으로는 무리였다. 자신의 손발이 날아가도 개의치 않을 자가 흔하게 널려 있을 리가 없으니까.

시온이 불굴의 정신력을 지녔다는 증거이자 베루도라가 감탄한 이유였다.

이렇게 여러 가지 요소가 겹치면서 종합력으로 호각인 승부가 성립하고 있었다.

지금까지의 공방을 통해 나구류무도 그 사실을 깨달았다. 사신의 압도적인 파괴력으로도 시온에게 결정적인 대미지를 줄 수 없다는 사실을. 그리고 그것 때문에 싸움의 끝이 보이지 않는다는 것을.

쓸쓸한 표정으로 다구류루가 시온을 노려보았다.

"놀랍군, 날 이렇게까지 진지하게 만들 줄이야. 다시 봤다, 시온."

부드럽게 시온을 칭찬하고는 표정을 단숨에 뒤바꾸는 다구류루.

그 순간 다구류루의 기척이 달라졌다.

태고의 옛날, 파괴를 흩뿌리던 그 거대한 힘이 지금 해방되고 있었다.

"타이달 웨이브(전천괴멸격진패, 全天壞滅激震覇)."

그것은 육상에서 발생한 거대 해일이었다.

상하좌우, 전방향을 향해 격렬하게 진동하는 폭력적인 해일. 그것은 분자의 결합조차 해체시킬 정도로 격렬한 움직임으로 온갖 존재를 유린했다.

'어스퀘이크(대지의 분노)'라는 이명에 걸맞은 초월적인 능력이 전방위에서 시온을 향해 쏟아졌다. 도망갈 곳 없는 폭위로 인해 시온의 몸이 꿰뚫리며 농락당했다.

하나의 법칙밖에 없는 '정지세계'와 달리 현실세계에서는 다양한 물리법칙의 영향을 받는다. 관측해야 할 현상은 수도 없이 많고, 인과율을 지배한다는 것은 말도 안 되는 이야기였다.

법칙의 완벽한 지배가 어려우니 완전한 수읽기는 불가능하다. 압도적으로 격이 높은 다구류루의 모든 것을 읽을 수 없는 이상 시온이 권능을 구사하며 대응하는 것에도 한계가 있었다.

베루도라가 지적한 대로 시온의 승기는 '정지세계'에 한정된 이야기였던 것이다.

여기까지구나——온몸이 깎여나가는 격통 속에서 시온은 그렇게 체념하려 했다.

지면으로 내동댕이쳐졌지만, 대지가 격진하고 있다.

시온은 일어서지도 못한 채 다시금 허공으로 내던져졌다.

대기가 포효하듯 소용돌이치며 천둥소리를 울렸다.

그것은 절망의 광경이었다.

루미너스에게도 도움을 줄 여유는 없었다.

베루도라라면 가능했겠지만, 시온이 도움을 청하지 않았는데 나서서 움직일 만한 성격은 아니었다.

그렇기에 도움의 손길은 없었고, 시온의 의식이 끊어지기 직전까지 그 절망은 계속 이어질 것만 같았다.

하지만 그때——.

뚝, 하고 시온의 마음 깊은 곳에서 뭔가가 끊어지는 감각이 느껴졌다.

그것은 '영혼'에 뿌리내린 무언가였고…….

(……리무루 님?)

시온의 정신이 멍해졌다.

온몸을 관통하는 듯한 통증이 있었음에도, 그것을 느낄 여유조차 사라졌다.

조금 전, 리무루가 이 세계에서 사라졌다.

그것은 진정한 절망이었다.

조금 전까지 느꼈던 것은 한낱 어린애 장난이었다는 것을 알 수 있었다.

(말도 안 돼…….)

시온의 마음에 허무가 찾아왔다.

모든 감정이 절망에 삼켜졌다.

시온에게는 리무루가 전부이자 살아갈 의미였다. 리무루가 없으면 모든 것들이 빛을 잃는다.

"우오오오오오오오오오오──!!"

시온이 부르짖었다.

허무의 마음에서 솟아난 것은, 분노.

시온의 생존 본능이 지금 여기서 활성화되었다.

절망을 뒤덮은 분노는 시온의 육체마저 활성화시켜 나갔다.

이에 화답하는 목소리가 있었다.

《확인했습니다. 개체명: 시온의 봉인이 해제되었습니다. 이에 따라 제한되어 있던 능력이 진화를 개시…… 성공했습니다. 유니크 스킬 '잘 처리하는 자(요리인)'가 얼티밋 스킬 '스사노오(포학지왕, 暴虐之王)'로 진화하였습니다.》

시온이 궁극의 힘에 눈을 뜬 순간이었다.

리무루가── 시엘이 건재했다면 절대 획득하지 못했을 권능이었다.

다구류루와 싸우면서 시온의 본질은 급격하게 변화했다. 우직할 정도로 올곧게, 상식에 얽매이지 않고 있는 그대로의 모습을 받아들이며 힘을 파악해 나갔다.

육체뿐만 아니라 그 정신까지.

시온이 진화할 토대는 이미 갖춰져 있었던 것이다.

그리고 지금 리무루가 사라졌다. 이것이 계기가 되었다.

시온은 리무루를 죽일 가능성을 내포하고 있었다. 이를 경계하던 시엘이 리무루와 함께 사라지면서, 시온을 향한 감시의 눈이 없어지며 빗장이 풀린 것이다.

이로써 시온의 권능은 완전한 형태로 구현되었다.

그러나 권능의 진화 따위 시온에게는 아무런 의미가 없었다.

리무루가 없으면 어떤 힘도 썩은 보물이나 다름없는──.

아니.

결단코 아니다.

시온은 지옥에서 광명을 찾아냈다.

리무루의 계책에 빈틈은 없다. 있어서는 안 된다.

그렇다면 이 상황조차 계획 안에 포함된 것이다.

시온은 우직했다.

의심에 사로잡혀 겁을 먹는 일도 없다.

아무런 근거가 없다 해도 리무루의 승리를 믿어 의심치 않았다.

(역시 리무루 님. 이렇게 될 미래까지 내다보신 거군요!)

그것은 시온의 억측이 만든 과대평가였지만, 시온에게는 그것이 진실이었다.

환희와 선망이 시온의 마음을 채우며, 본래라면 있을 수 없는 방대한 힘이 솟아나는 것을 느꼈다.

순수한 폭력.

파괴의 힘.

선도 악도 관련이 없는 포학의 힘.

그것이 바로, 리무루를 죽일 가능성을 내포하고 있던 흉악무도한 힘이었다.

그래서 봉인해뒀던 것인데── 라며, 만약 시엘이 있었다면 투덜거렸을 상황이었다.

하지만 시온이 그것을 눈치채는 일은 없었다.

(감사합니다, 리무루 님!)

환희에 차 자신이 획득한 권능을 자신의 것으로 삼는다.

줄곧 다구류루를 의식하고 있던 시온은 그에게 상당한 영향을 받아 자신의 육체를 최적화시켜나갔다. 그것은 진화한 권능인 얼티밋 스킬 '스사노오(포학지왕)'도 마찬가지였다.

포학의 화신인 다구류루.

얼티밋 스킬 '스사노오'가 폭위를 관장하는 것은 어찌 보면 필연이었다.

이로 인해 시온은 휘몰아치는 타이달 웨이브(전천괴멸격진패)의 폭위도 손쉽게 조작이 가능해졌다.

전장에 날뛰고 있는 에너지를 모두 흡수한 시온이 태연히 몸을 일으켰다.

그리고 흔들림 없는 의지로 다구류루를 노려보며 선언한다.

"이번에야말로 제가, 당신을 때려눕힐 차례입니다!"

끝없는 승리를 향한 갈망이 시온의 등을 떠밀었다.

아득한 폭위를 지닌 자들 간의 싸움이, 마침내 결판의 때를 맞이하고 있었다.

*

시온의 패배를 예견하고 주먹을 쥐고 나서려던 베루도라는 그대로 나설 차례를 잃고 멋쩍게 뺨을 긁적였다.

"뭘 하고 있는 거냐, 네놈은."

어이없다는 듯한 루미너스의 시선이 따갑다.

베루도라는 이 상황을 얼버무리듯 헛기침을 하며 크게 웃었다.

"크아하하하! 내가 예상한 대로 시온이 아주 열심히 하고 있군!"

"……."

"어흠."

다시 한 번 헛기침을 한 베루도라는 다른 곳으로도 눈길을 돌렸다.

전장에서는 각지에서 전투가 이어지며 국소적인 긴장 상태가 계속되고 있었다.

양 진영의 상위자들이 참전하면서 지휘계통에 혼란이 빚어진 것이다.

그 영향은 여실했다.

거인군단은 크게 당황하여 조직으로서의 저항감이 더 강해졌다. 개개인이 강자였기 때문에 연계가 기본인 군사행동에 본래 서투른 것이다.

그에 반해 루미너스 측은 만반의 준비가 갖춰진 상태였다. 개개인이 자신의 역할을 정확히 파악하고 있고, 모든 사태를 상정한 훈련을 빠뜨리지 않았다. 덕분에 전선의 형세는 루미너스 측에 유리하게 기울어져 있었다.

그와는 별개로 곳곳에 크고 작은 혼잡의 소용돌이가 생겨났다. 다른 이들이 감히 나서지 못할 정도로 치열한 전투의 영향으로 전사들이 그 자리를 벗어나고 있었다.

작은 소용돌이 중심에 있는 것은 그라소드와 알베르트였다.

조용하면서도 격렬한 일대일 승부. 정(靜)과 동(動)이 격렬하게 교차하는 검기가 둘만의 세계에서 계속되고 있었다.

좀 더 큰 소용돌이에는 여러 사람의 그림자가 보였다.

흡혈귀의 왕자(王者) 루이 발렌타인과 오대투장 필두 '네 팔' 바사라가 관망 단계임에도 확연히 눈에 띄는 격투를 벌이고 있었다.

여기에 가세한 것이 루미너스의 집사 귄터 슈트라우스다. 이 땅을 사수하겠다는 주인의 결의에 탄복하여 그 역시 뒷일은 생각하지 않고 전장에 나선 것이다.

그것은 루미너스가 내린 명령은 아니었지만, 귄터에게는 바라 마지않는 전개였다.

"도와주마, 루이."

"흠, 함께 싸우는 건 수백 년 만인가? 녹슨 건 아니겠지, 귄터."

그런 가벼운 대화를 나누고 이후 자연스럽게 콤비가 성립되었다.

그 주변에는 쟁쟁한 강자들이 집단전을 벌이고 있었다. 루이의 휘하인 7대 귀족들과 거인군단의 핵심인 오대투장이 서로 한창 격돌하는 와중이었다.

거인군단은 수적 열세를 뒤집어버릴 정도로 강했다. 전황은 일진일퇴를 거듭하며 양 진영 모두 비장의 패를 드러내지 않고 있는 상황. 현 단계에서도 승패의 향방을 예측하기 어려웠다.

가장 큰 소용돌이에서는 가장 치열한 전투가 벌어지고 있었다.

'삼성사'인 펜을 상대로, 웬티와 '빙의에 의한 동화'를 하여 젊은 날의 모습이 된 아다루만이 사력을 다해 달려들고 있었다.

그리고 그런 아다루만을 돕고 있는 것이 울티마였다. '정지세계'가 해제되자마자 펜에게 재빠른 기습을 가한 장본인이었다.

수치로만 보면 펜은 둘 모두를 합쳐도 싸움이 성립되지 않을 정도로 초월적인 존재였다. 하지만 축적된 경험과 탁월한 기량을 지닌 울티마와 아다루만이 시너지 효과를 발생시켜 호각의 싸움을 이끌어내고 있었다.

모든 곳에서 전황은 대치 상태였다.

베루도라는 그것을 보고 자신이 끼어들 필요가 없음을 알아차렸다.

"흠. 다들 듬직하군."

베루도라가 그렇게 중얼거렸다.

그런 베루도라의 말에 루미너스가 지적했다.

"뭐냐, 아직도 있었느냐?"

그 차가운 말에 움찔거린 베루도라지만, 그럼에도 물러서지 않고 호쾌한 웃음을 짓는다.

"크아──핫핫하!"

분위기를 읽는 순간 패배였기에 그대로 웃어넘기려는 속셈이었다.

그런 베루도라였지만, 사실 속은 평온하지 않았다.

리무루와의 연결이 끊겼다는 사실을 깨닫고 동요하고 있던 것이다.

그럼에도 베루도라는 리무루를 믿었다. 연결은 없어졌지만 아직 희미한 기척이 느껴지고 있었다.

(무슨 일이 있는 것만은 확실한 것 같은데, 내가 당황할 필요는 없겠지. 오히려…….)

그래, 오히려 이 자리에서 손을 놓고 포기하면 나중에 더 큰일이 날 것이다. 베루도라는 그렇게 직감하고 이 전장에 언제든지 개입할 수 있도록 지켜보기로 결심했다.

루미너스가 그런 베루도라를 노려보더니 던지듯 툭 말을 뱉었다.

"방해된다. 싸울 마음이 없으면 얌전히 물러서 있어."

베루도라는 순간 움찔했다.

(끄응……. 대체 왜 내가 나쁜 놈 취급을 받아야 하는 거지…….)

루미너스는 무서웠기에 조금 울상이 되는 것도 어쩔 수 없는 이야기였다.

그러나 따지고 보면 자신의 발언이 원인이었으니 자업자득이었다. 그 사실을 모르는 베루도라는 반성하지 않았다.

"루미너스, 그렇게 쌀쌀맞게 말하지 말라고! 나도 나름 노력하고 있다. 아까도 네놈들을 구해줬지 않나!"

넌 눈치채지 못했겠지만 말이지. 그런 식으로 우쭐해하며 베루도라가 자신의 공적을 자랑했다.

조금이라도 루미너스의 분노를 가라앉히려는 마음에 그렇게 말한 것이지만, 루미너스의 냉랭한 태도에는 변화가 없었다. 그렇긴커녕 지뢰를 밟은 느낌만 넘쳐났다.

"호오? 나를 도와줬다고?"

루미너스의 차가운 헤테로크로미아(금은요동)가 베루도라를 응시했다.

"그, 그래!"

식은땀이 흘렀지만 베루도라는 다시 정신을 차리고 가슴을 폈다.

그것은 허세였지만, 그것 또한 역효과였다.

"이 못난 사룡 같으니!"

그런 말과 함께 휙 외면당하고 만 것이다.

혼이 나는 것보다 더 괴로운 기분에 베루도라는 슬퍼지고 말았다.

*

베루도라가 그런 슬픈 처지에 놓여있건 말건, 시온과는 상관없는 이야기였다.

다구류루와의 전투는 절정에 접어들며 결판의 때가 다가오고 있었다.

다구류루와 시온이 격돌했다.

시온의 공격이 직격했지만 다구류루에게는 통증조차 주지 못했다.

하지만 시온은 꺾이지 않고 추가 공격을 반복했다.

다구류루도 지지 않고 반격한다.

철괴로 된 해머보다도 더 묵직한 주먹을 시온이 '신 고리키마루'로 받아낸다. 이어질 연타를 막기 위해 대검을 휘두르며 계속 투기를 부딪힌다.

그것에 밀린 다구류루가 허공에 떠올랐다.

그것은 비상식적인 광경이었다.

체격도 시온보다 월등히 큰 데다 에너지(마력요소)양으로는 차원이 다를 만큼 차이가 벌어진다. 상식적으로 생각하면 있을 수 없는 현상이었다.

"윽?!"

"아직입니다앗! 단두귀인(斷頭鬼刀)!!"

시온이 추격을 가했다.

'신 고리키마루'에 한층 더 투기를 담아 다구류루에게 휘두른 것이다.

칼날의 길이가 세 배 이상 늘어난 필살의 일격이 다구류루에게 직격했다.

하지만 다구류루도 지지 않았다.

"흠!!"

온몸에 투기를 둘러 방어막을 형성한 다구류루가 시온의 기술을 지워버렸다. 본래 상태로 돌아온 '신 고리키마루'가 다구류루의 교차된 양팔에 의해 막혀 있었다.

곧바로 되갚아주듯 발차기를 날리는 다구류루.

하지만 시온은 "칫" 하고 혀를 차고는 그 자리에서 후퇴하여 위기를 모면했다. 다구류루의 투기 잔재가 시온에게 직격한 셈인데 이상하게도 아무 일도 없다는 듯이 멀쩡했다.

"음?"

의아해하는 다구류루. 생각했던 것과 다른 반응을 의아하게 여기며 그 원인을 찾고자 했다.

그와는 대조적으로 시온은 조금도 신경 쓰지 않는 기색이었다. 자신의 힘이 불어난 것조차 깨닫지 못한 것인지 그저 막무가내로 다구류루를 향해 공격을 퍼붓고 있었다.

본인조차 이해하지 못하고 있다는 것을 다구류루는 금세 알아차렸다. 이렇게 되면 대화에 의한 정보 수집은 기대할 수 없었다.

(뭐, 됐어. 처음 예정했던 대로 때려눕히면 그만인 이야기지.)

다구류루는 다시 정신을 가다듬고 더 큰 힘을 담아 반격에 나섰다.

결과적으로 시온의 힘도 더욱 늘어나며 공방은 점점 더 격화되었다.

시온의 이변 원인은 말할 것도 없이 진화한 권능에 있었다.

얼티밋 스킬 '스사노오(포학지왕)'의 본질은 정신생명체의 천적이라고 부를 수 있는 마이너스 브레이크(상쇄능력)였던 것이다.

베루도라에게 에너지를 보급받았을 때도 완성되기 전의 권능을 무의식적으로 활용하고 있었다.

받은 에너지를 자신의 에너지로 상쇄하고 중화시켜 자신의 것으로 변환한다. 뿐만 아니라 자신의 공격으로 대상의 에너지를 빼앗아 유용할 수 있기 때문에 **최종적으로는** 어떤 적이라도 쓰러뜨리는 것이 가능했다.

다만 '최종적으로는'이 핵심이었다.

시온의 보유 에너지에 한계가 있는 이상 무한정 강해질 수는 없었다.

그뿐이었다면 아득히 격이 높은 존재인 다구류루 수준에는 미치지 못했을 것이다.

시온이 이렇게까지 급격하게 다구류루에게 다가설 수 있었던 것은 한계를 넘어선 권능을 다루고 있었기 때문이다.

본래라면 자신의 육체가 붕괴됐을 수준의 방대한 에너지였지만, 시온은 흡수하여 자기 것으로 삼고자 시도했다. 남은 에너지로 대미지를 입더라도, 그것을 개의치 않고 권능을 행사한 것이다.

그렇게 되자 다구류루에게는 필요 이상의 피로가 누적되었고, 다친 것도 아닌데 체력이 깎이는 현상이 발생했다.

이것이 바로 정신생명체의 천적인 이유였다.

시온의 불사성과 결합된 탓에 더욱 흉악한 효과를 발휘하고 있었다.

시온은 '포학'이라는 이름 그대로 광포한 에너지를 제어했다. 빼앗은 에너지를 자신의 몸에 두르고 다구류루에게 맞섰다.

얼티밋 스킬 '스사노오' 덕분에 에너지 집합체인 다구류루를 앞에 두고도 선전을 이어갈 수 있는 것이었다.

하지만 그것도 끝이 보이고 있었다.

다구류루 역시 백전연마의 괴물이다.

마왕이라는 이름은 장식으로 단 것이 아니다. 이제 막 각성한 햇병아리에게 당해줄 정도로 어리석지 않았다.

(그렇군. 이 녀석, 보아하니 내 힘을 유용하고 있구나.)

그는 곧바로 알아차렸다.

알아차리면 대처는 손쉬웠다.

시온에게 지지 않을 위력으로 승부를 끝내버리면 될 일이다.

"전력으로 간다. 죽더라도 원망하지 말아라."

다구류루는 그렇게 선언했다.

"바라던 바입니다!"

시온도 응했다.

다구류루가 내보낸 것은 극대화된 에너지 충격파를 수렴시킨 일대일 기술, 국소 파괴 오의였다.

"메일스트롬 버스터(극와괴멸격진격, 極渦壞滅激震擊)!!"

다구류루의 패기가 크고 푸르게 빛났고, 그 파도가 소용돌이처럼 나선을 그렸다. 그 파도에 올라탄 다구류루의 거구가 빠르게 시온에게 다가갔다.

언뜻 보면 단순한 드롭킥이지만, 그 숨겨진 파괴력은 그야말로 카타스트로프(천재)급이었다.

얼티밋 스킬 '스사노오'로도 그 모든 것을 무효화하기란 불가능했다. 다구류루는 시온과는 말 그대로 자릿수가 다른 힘을 써서 이 승부를 끝내려 한 것이었다.

(압도적인 힘의 차이는 레벨(기량)로는 극복할 수 없는 법. 미안하지만 네가 길러온 힘은 내 앞에서 무력하다는 걸 깨닫도록 해라.)

다구류루는 시온을 인정하고 있었다.

얕보지도 않았고, 그 경험이나 강인한 마음을 기특하게 여겼다.

그러나 싸움이 되면 그러한 감정이 끼어들 여지는 없다. 있는 것은 힘에 의한 유린이라는 결과뿐이라는 것을 다구류루는 잘 알고 있었다.

시온은 선전했지만 그것도 여기까지였다. 전력을 다한 다구류루 앞에서는 속수무책이라는 결말 외엔 존재하지 않는 것이다.

다구류루에게 그것은 확신이 아니라, 당연하게 일어나야 할 현실이었다.

그럼에도 그런 다구류루의 속마음 같은 건 시온에게 닿지 않았다.

애초에 적이 무슨 생각을 하는지 따위, 싸움이 시작된 이상 상관없는 문제였다.

다가오는 다구류루── 메일스트롬 버스터(극와괴멸격진격)를 눈앞에 두고도 시온은 대담한 미소를 지어보였다.

그것을 깨닫고 다구류루는 의아함을 느꼈다.

(죽음을 눈앞에 두고 단념한 건가? 아니, 그런 것치고는…….)

시온의 모습은 아직 승리를 포기하지 않은 도전자 그 자체였다. 그 표정에서 엿보이는 것은 반격의 의지. 아무것도 할 수 없을 터인 이 국면에서── 그 순간.

한 줄기의 섬광이 다구류루의 머리 위로 떨어졌다.

"카오틱 페이트(진 천지활살붕탄, 眞 天地活殺崩誕)!!"

한발 늦게 닿은, 시온의 기염.

다구류루는 경악으로 눈을 부릅떴다.

──아주 오랜 시간 느껴본 적 없었던 극심한 통증이, 머리 끝부터 이마를 관통하며 생겨났다.

그야말로 수천 년 만에 느껴본 아픔이었지만, 다구류루를 경악시킨 것은 그뿐만이 아니었다.

시온에 대한 경의와 필살의 의미가 담긴 메일스트롬 버스터(극와괴멸격진격)가 직격한 감촉이 확실하게 느껴졌던 것이다.

그것은 예상대로였으나, 시온의 대응이 예상 밖이었다.

시온은 일체의 방어를 내던지고 공격에만 전력을 쏟아부었다.

(이런 무모한! 이 녀석, 죽으려고 작정했나?!)

다구류루는 개인적으로 시온이 마음에 들었다. 가능하면 죽지 않았으면 좋겠다, 그렇게 생각할 정도의 애착도 갖고 있었다.

지금은 적으로서 대치하고 있지만, 이 대전이 끝난 뒤에는 동료가 될 수 있지 않을까 하는 마음마저 있었다. 설령 거기까진 무리라고 해도 다구류루는 나서서 죽일 생각까지는 없었던 것이다.

시온만큼의 강자라면, 여기서 도망친다면 살아남았을 가능성도 있었다. 끝까지 삶을 포기하지 않았더라면, 더 이상 자신을 방해하지 않았더라면 다구류루도 못 본 척 놔줄 생각이었다.

하지만 시온은 쓸데없는 발버둥을 쳐서 목숨을 져버린——.

(음?!)

그 순간 다구류루는 위화감을 느꼈다.

정수리의 통증에 신경이 쏠리긴 했지만, 그 외에도 이상함을 느낀 것이다.

믿기 어렵게도—— 그래, 도저히 현실이라고는 생각되지 않게도, 다구류루는 땅에 무릎을 꿇고 있었다.

일어설 수 없게 된 것이다.

(무슨 일이 일어난 거지?)

다구류루는 다시 한번 자신의 기억을 더듬었다.

시온은 방어하지 않았다.

어차피 완전히는 방어할 수 없을 것이라 판단하고 반격에 전력을 다한 것이다.

상공에서 다가오는 다구류루를 향해 카운터를 날리듯이 '신 고리키마루'를 아래에서 쳐올렸다.

원래대로라면 메일스트롬 버스터(구아끼멸격진겨)의 폭위로 튕겨나갔을 테니 그 칼날이 다구류루에게 닿을 일은 없어야 했다.

그 정도로 힘의 차이가 있었다. 그러나 교차한 순간, 시온의 칼날이 안개처럼 사라졌다.

물리법칙을 완전히 무시해 버리고 다구류루에게 직격한 것이다.

(설마…… 확정결과? 시온 녀석, 날 상대로 '인과율 조작'을 했단 말인가!!)

다구류루의 추측이 바로 정답이었다.

시온은 이미 수차례 다구류루에게 검을 휘두른 경험이 있다. 큰 대미지를 입히는 것에는 이르지 못했지만, 그럼에도 확실하게 '맞혀'왔던 것이다.

그러니 시온으로서는 그 현상을 재현하기만 하면 끝나는 간단한 이야기였던 것이다.

얼티밋 스킬 '스사노오'의 권능은 '사고가속, 만능감지, 마왕패기, 확정결과, 무한재생, 행동개변, 허무상쇄, 환상파괴, 시공간조작, 다차원결계'로 월등히 다채롭고 유용한 것들뿐이었다.

그중에서도 '허무상쇄'와 '환상파괴'가 가장 위험한데, 이것이 결합되면 시엘이 경계했던 대로 리무루조차 죽일 가능성이 생겨나는 것이다.

이런 권능을 구사했으니 시온의 카오틱 페이트가 다구류루에게 큰 타격을 안겨준 것도 당연한 결과였다고 할 수 있었다.

그러나.

시온 본인도 무사하진 못했다.

시온에게도 다구류루의 오의가 직격한 것이다. 아무리 시온이 '초속재생'을 초월하고, '신속재생'마저 웃도는 '무한재생'을 획득했다고 해도 즉사── 했어야 했다.

하지만 그것은 시온이 혼자였을 때의 일이었다.

"리 버스(재탄)――!!"

전장에 루미너스의 미성이 울려 퍼졌다.

다구류루의 거센 힘이 시온의 '영혼'을 부수기 직전, 그 신의 힘으로 살려내기 위해.

죽음 직전이었던 시온은 마왕 루미너스의 얼티밋 스킬 '아스모데우스(색욕지왕)'에 의해 죽음의 문턱에서 되살아났다.

땅에 무릎을 꿇은 다구류루 앞에 시온이 자랑스럽게 섰다. 승패는 누가 봐도 분명했다.

"우후후. 덕분에 살았어요, 루미너스 님."

"이런 무식한…… 네놈, 내가 도와주지 않았다면 어쩔 작정이었느냐?"

어찌할 것도 없이 만약 그랬다면 시온은 죽었을 것이다.

루미너스라면 반드시 도와줄 것이라고 판단한 시온의 작전이 성공한 셈이었다.

"당연히 루미너스 님이라면 어떻게든 해주실 거라고 믿었거든요!"

그 말을 듣고 어처구니없다는 얼굴로 크게 한숨을 내쉬는 루미너스.

이젠 상관없다는 듯이 고개를 흔들며 미소를 짓는다.

"'님' 같은 건 붙이지 마라. 루미너스, 라고 부르도록 해."

"――?!"

"뭐냐, 불만이냐?"

"아니, 아니에요, 루미너스. 오늘부터 당신은 제 친구네요!"

그런 거침없는 말과 함께 시온이 미소 지으며 호의를 표했다.

"흥! 멋대로 생각하거라!"

그렇게 대꾸한 루미너스 쪽은 수줍게 뺨을 붉게 물들였다. 그리고 휙 고개를 돌리며 외면했다.

*

이 싸움을 지켜보던 베루도라는 루미너스가 시온과 이야기하는 모습도 목격했다.

이것이 츤데레라는 것인가, 하고 생각하면서도 그것을 입에 담지 않을 정도의 분별력은 지니고 있었다. 지금은 그보다도 대화에 잘 편승해 소외된 상태에서 벗어나는 것이 우선이었다.

"크아──하하하! 훌륭해. 정말 훌륭했다, 시온!"

유쾌하게 웃는 베루도라.

아주 자연스럽게 섞여들었다고, 베루도라는 그렇게 확신했다.

하지만 안이했다.

"아직도 있었느냐, 사룡?"

루미너스에게서 싸늘한 시선을 받고 만 것이다.

시온을 향한 따뜻한 눈빛에서 일변하여 불길마저 얼어붙을 정도로 차가운 눈빛을 하고 있다.

그런 루미너스의 차가운 태도에 베루도라의 마음(심핵)이 무너졌다. 도망치고 싶은 기분이 들었지만, 꾹 참고 애써 태연함을 가장했다.

"당연하지. 네놈들이 걱정돼서 지켜보고 있었다!"

진짜야, 라며 베루도라가 재차 강조했다.

"시온이여, 잘도 내 예상을 뛰어넘어 보였구나! 아주 잘했어. 감동했다!"

그렇게 시온을 칭찬하면서 베루도라는 어떻게든 싸늘해진 공기를 데우기 위해 노력했다.

이제 됐다, 하고 루미너스는 생각했다.

사실 그 정도로 화가 나지도 않았다. 오히려 도와줘서 고맙다는 마음마저 있다.

하지만 고마운 심정을 입에 담는 것은 내키지 않았다. 베루도라가 기세등등할 것이 뻔했고, 무엇보다 루미너스는 베루도라에게 유독 솔직해지기 어려웠다.

그런 이유로 루미너스는 이쯤에서 창을 거두기로 했다.

(뭐, 방심하기에는 아직 이르지만 말이지.)

적장인 다구류루를 쓰러뜨렸다고는 하지만 전쟁은 계속되고 있었다. 아직 마음을 놓을 단계는 아닌 것이다.

그리고 그런 루미너스의 걱정이 적중했다.

다구류루의 패배는 사기에 영향을 미쳤고, 전장의 분위기는 거인들에게 더 가혹해졌다.

대장이 쓰러지면서 거인들은 큰 혼란에 빠졌다. 전장에서 그것은 치명적이다.

그라소드도 동요한 탓에 검의 움직임이 둔해졌다. 그 결과 알베르트에게 밀리기 시작했다.

펜도 혀를 차고는 돕기 위해 달려가려 했지만 그것을 허락할 올티마가 아니다. 적이 약해진 순간을 놓칠 성격이 아니었기에 이때라는 듯이 공격을 퍼부었다.

아다루만도 마찬가지다. 지금까지의 보답이라는 듯이 울티마와 훌륭한 연계를 보여주며 펜을 몰아갔다.

승리가 코앞이다── 그렇게 생각했는데, 전장에 큰 웃음소리가 울려 퍼졌다.

등골이 시릴 정도로 박력 넘치는 그 웃음소리의 주인은, 방금 시온이 쓰러뜨린 다구류루였다.

"훗, 후하하하하하! 우습군. 설마 이 내가 땅에 무릎을 꿇게 될 줄이야. 시온, 네놈을 우습게 본 것 같구나. 사죄하마."

그렇게 말하면서 다구류루는 태연하게 몸을 일으켰다.

시온은 공격이 직격한 것은 확실하다고 생각했다. 큰 상처를 입히지는 못했지만 다구류루의 에너지를 크게 감소시키는 데는 성공한 것이다.

그럼에도 다구류루는 공격의 영향을 받은 기색이 없었다.

"사과할 필요는 없습니다. 쓰러뜨렸다고 생각한 스스로가 부끄러우니까요."

"흐하하하하! 겸손할 필요 없어. 내가 피를 흘리게 한 자는 베루다나바 이후로 아무도 없었으니까. 자랑스러워해도 좋다, 시온!"

그 말대로 다구류루의 머리에서 이마를 타고 피가 흐르고 있었다. 게다가 시온의 흉악한 권능에 의해 회복될 기미조차 보이지 않는다.

그럼에도 다구류루의 오라(패기)는 그 기세를 더하고 있었다.

다구류루를 중심으로 전장에 섬뜩한 기운이 감돌았다.

이를 알아차린 시온과 루미너스는 자세를 바로 했다.

하지만 여기서 기쁨을 느낀 자가 있었다.

누구인가, 베루도라였다.

"큭큭큭. 역시 대단하구나, 다구류루여. 그래야 내 라이벌이었던 남자라 할 수 있지!"

시온, 넌 거기서 쉬고 있어라── 그런 말을 남긴 베루도라가 다구류루 앞까지 나아간 것이다.

그리고──.

베루도라와 다구류루가 대치했다.

"역시 네놈의 상대는 나 아닌가?"

"그렇군. 네가 나올 줄 알았다면 우리들만으로 정리해둘 걸 그랬어."

다구류루의 목적은 루미너스였지만, 그것을 베루도라가 방해한다면 우선순위는 변경된다.

중요도가 완전히 달랐다.

썩 좋은 예는 아니지만, 다구류루 입장에서는 '잔챙이를 상대하고 있을 때가 아닌' 것이다.

"후회가 남지 않도록 원래의 모습으로 돌아가라. 서로 전력을 다해서 이 오랜 인연에 끝을 맺자!"

베루도라가 목소리를 높이며 소리쳤다.

다구류루도 이에 고개를 끄덕였다.

"후후후, 좋지! 용과 거인, 어느 쪽이 위인지 알려주마!"

양쪽이 즐겁게 서로를 노려보았다.

"오늘이야말로 내가 위라는 걸 알게 해주지."

"봐주는 일은 없을 거다. 베루도라여, 네놈도 전력을 다해라!!"

두 영웅이 동시에 외쳤다.

그리고 동시에 진정한 모습으로 변신했다.

베루도라는 드래곤 모드(용의 형태)로.

그리고 다구류루는 동생들을 소환했다.

"그라소드, 펜, 이리 와라. 지금이야말로 우리들의 힘을 보여줄 때다!!"

그 부름에 응하는 동생들.

그라소드는 "승부는 맡긴다"라며 알베르트에게 일임하고 다구류루 곁으로 갔다.

펜은 자신에게 달려드는 아다루만을 걷어차고 기습을 해오려는 울티마를 후려친 뒤, "칫, 끈질긴 놈들이네. 나중에 또 상대해주마"라는 말을 남기고 다구류루의 곁으로 귀환했다.

그리하여 3형제가 모였다.

"개봉, 아슈라(삼위일체)!!"

다구류루의 명령에 따라 고대 봉인이 해제되었다.

다구류루, 그라소드, 펜 3형제가 눈부신 빛에 휩싸였다.

그것은 신화 시대 파괴신의 재래.

상상을 초월하는 에너지(존재치)를 내포하는 삼면육비(三面六臂)의 거신이 현현한 것이다.

이리하여 다구류루의 준비도 완료되었다.

"크아아하하! 다구류루여, 그 모습, 그게 네 진짜 모습인가?"

"그래. 각오해라, 베루도라. 지금의 나는 상냥하지 않을 테니까!"

하늘이 울리고 땅이 진동했다.

세계를 멸망시킬 정도의 초월적 능력을 가진 자들의, 신화급 싸움이 시작되려 하고 있었다.

*

그 거신은 한눈에 보기에도 시온과 같은 자들이 감당할 수 없는 존재가 아니었다.

형제들과 합체한 다구류루에게서 풍기는 압도적인 오라(패기). 그것은 그야말로 신이라고 부를 수 있을 수준이었다.

대기가 진동하고 천둥이 요란하게 울려 퍼진다.

다구류루의 무위에 하늘마저 겁에 질린 듯했다.

그 기괴한 분위기에 짓눌려 말문을 열지 못하는 시온 일행.

루미너스가 가까스로 속내를 살짝 토로했다.

"엄청난 괴물이군…… 저런 건 못 당한다."

그것은 그 모습을 목격한 모든 이들의 공통된 감상이었다.

오기는 아무 의미가 없었다.

맞선다 해도 기다리는 것은 비참한 죽음뿐이라면, 생존 가능성에 희망을 걸고 도망치는 편이 그나마 나았기 때문이다.

하지만 그런 거신과 마주하고 있는 베루도라가 있었기에, 시온과 루미너스의 표정에도 다소 여유가 있었다.

아니, 거기에는 체념이 섞여 있었다.

베루도라가 패배한 시점에서 곧 자신들의 명운도 다할 것이라는.

바꿔 말하자면 모든 것을 베루도라에게 내맡긴 것이나 다름없

었다.

그렇게 생각하자 마음이 편해지면서 두려움조차 희박해졌다. 시온과 루미너스는 관전하는 심정으로 승부의 향방을 지켜보기로 했다.

그런 시온 일행을 향해 베루도라가 소리쳤다.

"시온이여, 싸움이 시작되면 최선을 다해 방어하도록 해라. 네 권능이라면 원하는 대로 모두의 힘을 통합할 수 있을 거다."

베루도라의 목소리는 '사념전달'로 전장 전체에 전달되었다.

"아다루만과 알베르트도, 흩어져 있는 뱀파이어(흡혈귀)들도 전부 다 시온에게 협력해라. 누구 한 명이라도 손을 뺀다면 전원이 다 휩쓸려서 사라져 버릴 테니까! 크아──하하핫!!"

다구류루도 딱히 그것을 말리지 않았다.

베루도라와 마찬가지로 자신의 부하들의 안전을 우선시하라는 지시를 내리고 있다.

"바사라여, 상황은 파악했겠지? 신속하게 안전을 확보하도록."

호명을 받은 바사라는 현재 루이와 귄터를 상대로 치열한 싸움을 벌이고 있었다. 딱 좋을 정도로 기분이 고양되어 있었는데, 왕의 명령이라면 따를 수밖에 없다.

"결판은 조금만 더 기다려라. 애초에 다구류루 님이 베루도라를 쓰러뜨린다면 그 여파로 너희도 싹 다 죽겠지만 말이지."

그렇게 말하자마자 바사라는 휘하의 오대투장을 불러 모아 군세를 재정비하기 위해 달려가 버렸다.

루이나 귄터로서도 이견은 없었다.

"무시무시한 힘이었군."

"흠, 역시나 유명한 '네 팔'답구나. 놈은 아직 진짜 힘을 드러내지 않았다."

"그렇지. 나도 전력은 아니었지만 말야. 그나저나 어느 쪽이 더 많은 비장의 수를 숨기고 있을지…….."

루이는 국지전의 승패에서 의미를 찾지 않았다.

결국은 대장 간의 결판으로 승패가 결정되는 것이다. 그때가 오면 루미너스에게 도움을 줄 수 있도록 힘을 남겨두고 있었다.

그러나 그럴 필요가 사라졌다.

숙적이었던 베루도라가 자신들을 대표해 싸우게 된 것은 예상 밖이었지만, 이렇게 된 이상 자신들이 개입할 여지는 남아 있지 않았다.

베루도라가 잘난 척하며 지시하는 모습이 거슬리긴 했지만 애초에 루미너스가 이 상황을 받아들이고 있으니 루이나 귄터가 거부할 권리는 없었다.

베루도라는 당연하다는 듯이 상황을 정리하기 시작했고, 점점 더 결정사항이나 다름없는 명령을 내려갔다.

그리고 마지막으로 말을 건 것은 기절해 있는 다구류루의 아들들이었다.

『다구라, 류라, 데부라여── 자고 있을 때가 아니다!』

"""……웃?!"""

큰소리의 사념을 받고 3형제가 벌떡 일어났다.

그것을 확인한 베루도라가 말을 이었다.

『앞으로 일어날 일을 잘 봐둬라. 내가 너희 아버지를 쓰러뜨리는 모습을 말이지!』

베루도라가 무거운 어조로 말을 마쳤다.

평소와는 다른 그 용맹한 모습에 3형제는 말을 잃었다.

하지만 예사롭지 않은 일이 벌어질 것이라는 사실만은 이해한 것인지 당황하면서도 고개를 끄덕인다.

3형제뿐만 아니라 누구나 베루도라의 진지한 분위기에 압도되었다.

지금부터 일어날 일은 신화급의 싸움이다, 라고.

그 전투의 모습을 두 눈에 새겨 후세로 계승할 목격자가 되어야 한다—— 라고.

그 어느 때보다 진지한 베루도라의 분위기에 시온 일행은 물론 루미너스조차 감명을 받았다.

아니, 루미너스만은 살짝 수상쩍은 느낌을 받았지만…….

사실 그것은 완벽한 적중이었다.

(크크크, 지금의 내 모습, 꽤나 멋졌어! 내 늠름한 모습에 다들 놀라고 있군! 이거라고! 이런 순간이 오기를 난 계속 기다리고 있었다!)

그런 식으로, 분위기를 단숨에 꺼트릴 것 같은 생각을 베루도라는 하고 있었다.

베루도라의 진심을 알아차린 사람이 아무도 없었던 것은 모두에게 있어 행운이라 할 수 있었다.

*

신화는 재현된다.

포학의 화신인 다구류루와 폭풍의 화신인 베루도라.

그 권능에 공통되는 것은 '번개'였다.

다구류루는 자신의 초월적 능력을 사용하여 대지와 대기의 전위차를 자유자재로 조종하는 것이 가능했다. 따라서 자연계 최강의 공격 수단인 번개를 사용하여 다양한 공격을 할 수 있었는데, 그것은 베루도라도 마찬가지였다.

베루도라는 자신의 에너지를 순환시켜 자연스럽게 번개를 생성할 수 있었다.

필연적으로 양자 모두 번개에 대해서는 높은 내성을 가지고 있었다.

그렇기 때문에 뇌격을 그대로 부딪치는 것은 의미가 없다.

그럼에도 베루도라와 다구류루는 서로의 오라(투기)를 번개로 변환하여 맞부딪치고 있었다.

만의 군세가 순식간에 재가 될 정도의 화력을 가진 뇌격이, 서로의 피부에 닿지도 못한 채 공중에서 흩어졌다.

서로가 몸에 두른 '결계'에 막힌 결과인데, 그 탓에 성질이 다른 에너지가 간섭하면서 전장 위로 광대한 규모의 번개 기둥이 난립했다.

전장은 채 몇 분도 지나지 않아 아비규환의 지옥이 되었다.

양 진영 모두 미리 방어태세를 구축해두었기 때문에 인적 피해는 없었다. 그러나 그 상태를 유지하는 것조차 어려울 정도로 상황이 악화되었다.

이대로는 위험하다고, 누구나가 그렇게 생각했다.

신화를 목격하는 것은 고사하고, 이대로라면 전원이 휘말려 소멸될 것이라고.

그것을 깨닫자마자 루미너스가 외쳤다.

"멍청한 사룡아! 이래서 내가 힘 조절 못 하는 놈을 싫어하는 거다!!"

불평해도 소용없었지만, 몇 번이고 베루도라에게 피해를 입고 있는 루미너스의 말은 신랄했다.

그것은 단순한 분풀이였으나, 이에 호응하는 자가 있었다.

"이해해. 우리 대장이 진심으로 날뛰면 아래 녀석들한테는 민폐일 뿐이거든."

바사라였다.

그는 자신들끼리 구축한 '방어결계'의 강도가 불안정한 것을 깨닫고 루미너스 세력을 방패로 쓰고자 접근해오고 있었다. 그때 양 진영의 결계가 맞닿으면서 루미너스의 푸념이 들린 것이었다.

바사라 입장에서는 동의하는 마음에 무심코 말이 튀어나왔을 뿐이다. 그것이 루미너스에게 들릴 것이라고는 생각하지 않았고 다른 의도도 없었다.

하지만 루미너스는 귀가 밝았다.

바사라가 대답한 것을 깨닫고 그쪽으로 힐끔 시선을 돌린다.

(음. 이대로라면 출력 부족으로 양 진영 모두 '결계' 유지에 균열이 갈 거다. 그렇게 되면 살아남을 수 있는 건 손에 꼽을 정도일 텐데…….)

자신의 진영이야 그렇다 쳐도 거인들은 전멸할 것이다.

루미너스는 거인들을 뿌리뽑고 싶은 것이 아니었다. 다구류루와는 사이가 나쁘지만 그것은 원한으로 인한 것. 자신들의 다툼으로 인해 전원을 길동무로 삼는 짓을 했다가는 꿈자리가 사나울 것 같았다.

가능하다면 구할 수 있는 생명은 구하고 싶었다.

딱 하나, 모두가 살아남을 수 있는 가능성이 있었다.

망설임은 한순간.

루미너스는 결심을 굳히고 바사라에게 말을 걸었다.

『바사라라고 했나. 루이와 귄터를 제압할 정도의 실력을 갖고 있다고 보고, 그런 네게 제안이 있다.』

그것은 사념이 되어 전군의 뇌리에 울려 퍼졌다.

즉 그 협상은 양 진영의 말단까지 듣고 있는 상황에서 진행되고 있다는 뜻이었다.

어설픈 대답은 할 수 없겠노라 판단한 바사라는 정신을 바짝 차렸다.

『들어보지, 흡혈귀의 여왕이여.』

『네놈들도 우리에게 협력해라.』

『……뭐?』

『살아남으려면 전원이 방어 진형을 구축해야 한다. 전원의 힘을 모아 시온을 통해 강화하겠다.』

이것이 루미너스가 도출한 대답이었다.

이 전장에서 지금까지 적대했던 사람들끼리 갑자기 협력하기란 어렵다.

그러나 그러지 않으면 전원이 죽는다.

바사라도 그것을 이해했다.

(말은 제안이라고 했지만, 사실상 우리 입장에선 구제나 다름

없군…….)

시온을 거느린 루미너스 일행뿐이라면, 어쩌면 살아남을 수 있을지도 모른다.

물론 바사라 일행이 협력한다면 조금 더 수월할 것이다. 하지만 그것을 감안하더라도 숙적을 도울 이유로는 충분치 않았다.

(그보다 그런 거라면 이 상황을 이용해서 우리를 처치해 버리면 그만일 텐데. 그런데도 이 여왕님은 뭐가 이리 다정한 건지.)

못 당하겠군, 하고 바사라는 생각했다.

『그 제안, 기꺼이 받아들이지. 너희들도 불만은 없겠지?』

거인 무리가 알겠다며 호응했다.

이리하여 만장일치로 루미너스의 제안은 수락되었다.

이로써 전원이 살아남을 수 있게 된 것이다.

*

다구류루는 파동을 자유자재로 조작했다.

대지를 흔들면 지진이 일어나고 대기를 진동시키면 방전을 일으키는 것이 가능했다.

의도적으로 기류를 조작해 진공파를 만들어내는 것도 손쉬운 일이었다.

그러나 베루도라에게는 통하지 않았다.

당연히다.

누가 뭐래도 베루도라 역시 폭풍의 화신이었으니까.

그런 것은 다구류루도 알고 있었기에 새삼스레 당황할 일도 아니었다.

오랜 싸움 상대였던 만큼 서로의 성질은 누구보다 잘 알고 있었다.

하지만, 지금부터는 이야기가 달라진다.

자신의 전력—— 아슈라(삼위일체)가 된 지금의 다구류루라면 베루도라를 상대로 우위를 점할 것이라고 생각했다.

"생각해보니 이 힘을 너에게 시험해보는 것은 처음이군."

"흠. 말해 두지만 나도 옛날과는 다르다고?"

"말은 잘하는군. 나한테 졌을 때의 변명을 마련해 준 거다!"

다구류루가 본래의 힘을 해방한 것은 베루다나바에게 패배한 이후 처음 있는 일이었다.

펜이 봉인되지 않았더라도 그 힘을 쓸 필요는 없었을 것이다.

그만큼 다구류루 자신도 강했다.

그러나 아슈라가 된 지금은 과거의 자신조차 왜소하게 느껴질 정도였다.

다구류루는 자신의 피가 끓어오르며 흥분하고 있음을 자각했다.

지금이야말로 길고 긴 인연을 가진 상대와 자웅을 겨룰 때였다. 과거 자신과 호각이었던 베루도라 따위는 아슈라의 적이 아니라고 확신한 것이다.

마법은 일절 통용되지 않는다.

삼면육비가 된 지금 사각지대는 없다.

그 이전에 '경화능력' 덕분에 금강석도 가볍게 능가하는 최강 경도에 도달한 육체는 어떤 공격도 튕겨낼 수 있었다.

설령 갓즈(신화)급을 소지한 그라소드가 지금의 삼위일체를 공격한다 하더라도 상처 하나 입히기란 불가능했다.

그 정도로 현재의 다구류루는 무적이었다.

그랬기 때문에── 오만하게 답했다.

"조금은 즐겁게 해주길 바라마, 베루도라!"

이에 베루도라는 웃으며 대답했다.

"크아하하하하! 가소롭구나! 그런 말은 이긴 뒤에나 해라!"

다구류루를 앞에 두고도 베루도라는 평소와 다름이 없었다.

두려움도 없고, 스스로의 힘을 과신하지도 않았다.

그저 순수하게 싸움에 대비했다.

그것은 전사의 모습이었다.

베루도라도 이해하고 있었다.

여기서 자신이 진다면 루미너스나 시온 일행은 살아남지 못할 것이다.

베루도라는 그것을 용납할 수 없었다.

짊어질 것이 있는 지금, 가벼운 말을 던지면서도 베루도라는 진심이었다.

그렇게 시작된 싸움은 괴수대결전이라고 부를 만한 양상을 보이고 있었다.

베루도라가 입에서 괴광선── 선더 스톰(뇌람포효)을 날렸다.

체내에서 압축한 마력요소 입자를 하전(荷電)시켜 포탄으로 쏘아낸 것이다. 아광속으로 가속한 그것은 마치 하전입자포 수준의 막강한 위력을 지니고 있었다.

당연히 회피하기란 불가능했고, 지나간 곳에 전기를 남기며 다구류루에게 직격했다── 라고 생각한 순간, 다구류루가 내민 팔 중 하나가 그것을 잡아채며 소실되었다.

"시시하구나, 베루도라여. 이 정도의 잔재주 같은 건 나한테는 통하지 않는다."

다구류루의 말은 부추기는 것이 아니라 진심이었다.

베루도라의 막강한 공격도 아슈라(삼위일체)가 된 다구류루에게는 아무런 위협이 되지 못했다.

그러나 베루도라도 실력자였다.

다구류루의 말에 조금도 개의치 않고 예정된 대로 다음 수단으로 변경한다.

즉, 선더 스톰을 미끼 삼아 얼티밋 스킬 '니알라토텝(혼돈지왕)'의 권능인 병렬존재로 자신의 '별신체'를 만들어 다구류루의 배후로 보낸 것이다.

베루도라의 경우 누나인 베루글린드가 조종했던 것만큼 무수히 많은 '별신체'를 동시에 사용할 수는 없지만, 낼 수 있는 횟수는 많았다. 자신과 같은 전투능력을 지닌 '별신체' 버리는 말로 쓸 수 있는 셈이니 실로 흉악하기 그지없는 위험한 능력임은 확실했다.

그런 베루도라의 '별신체'인 용의 발톱이 다구류루에게 다가왔다.

"진짜는 이쪽이다! 받아라, 드래곤 클로(용조멸격, 龍爪滅擊)!"

이름 그대로의 기술명이었지만 그 위력만은 확실했다.

초고속으로 방출된 베루도라의 용 발톱은 용의 거구에 어울리지 않게 작았지만, 이 세계의 어떤 물질도 찢을 수 있는 '분단능력'을 지니고 있었다.

베루도라의 왼쪽 여섯 발가락에서 돋아난 무시무시한 발톱이 요염한 보라색 빛을 발하며 다구류루를 할퀴었다.

다구류루의 '경화능력'과 베루도라의 '분단능력'이 충돌하면서 세계가 삐걱이는 소리가 들려왔다.

충격—— 그리고 사라지는 팔과 팔.

베루도라의 발톱을 막아낸 다구류루의 팔 한쪽이 소실되었고, 이에 성공한 베루도라의 왼쪽 주먹도 소실되고 말았다.

무승부였다.

그렇다 해도 베루도라의 경우는 '별신체'의 팔 한 개. 큰 피해는 아니었다.

하지만 다구류루도 지지는 않았다. 잃은 팔 하나 정도는 순식간에 재생해 버린 것이다.

"칫! 불합리할 정도로 튼튼한 네놈 몸에 기껏 상처를 입혔는데, 역시나 재생해 버리는군……."

"잘도 지껄이는군. 불합리한 건 너 아닌가, 베루도라. 지금의 나에게 상처를 입히다니, 진심으로 놀라워……."

서로가 서로의 불합리함에 불만을 던졌다.

베루도라는 필살이라고 생각했던 일격이 별 효과를 미치지 못한 것이 마음에 들지 않았다.

다구류루 쪽은 자랑스럽게 여기던 무적의 육체에 손쉽게 상처가 났다는 것이 못마땅했다.

오랜 라이벌(호적수)답게 이런 점에서도 호흡이 척척 맞았다.

서로가 예행연습을 한 느낌이었다.

이제부터가 실전이라는 듯이 양측의 공격은 더욱 열기를 더해

갔다.

*

싸움을 즐기고 있을 때가 아니다── 라고 베루도라는 뒤늦게
생각했다.

불발로 끝난 '별신체'는 빠르게 회수를 끝내 두었다. 그래서 별
다른 에너지 소모는 없었다.

아직 멀쩡하다. 이 페이스로 싸운다면 마력요소의 회복 속도가
더 높을 정도였다.

하지만 그것은 다구류루도 마찬가지일 것이다.

섣부른 공격은 서로에게 의미가 없었다. 그것은 알고 있었고
몸소 실감도 하고 있었지만── 그렇다고 해서 큰 기술을 갑자기
낼 수 있는 것도 아니었다.

상대의 방심을 기대하기 어려운 이상 어떻게든 틈을 만들어낼
필요가 있었다.

유도에서 말하는 '기울이기'처럼, 우선 자신의 우위성을 확보하
는 것이 중요했다.

전초전부터 전력을 모두 드러내는 것은 바보 같은 짓이었다.

호각의 존재인 '폭풍룡'과 '파괴신'── 그 초월적 능력은 엄청
났고, 성급하게 움직인 쪽이 먼저 패배하게 될 것이었다.

하지만.

베루도라는 그런 싸움의 이론 따위를 일절 무시하고 단숨에 다
구류루를 향한 공격을 개시했다.

"크아하하하하! 계속해서 간다, 윙 블레이드(용익상참인, 龍翼翔斬刃)!"

베루도라는 여러 개의 '분신체'를 만들어냈다. 그것은 '별신체'와는 달리 의식을 동조시켜 자유자재로 움직일 수는 없었다.

다만 위력만큼은 본체와 동일하게 발휘될 수 있도록 사전에 행동을 명령해 두었다.

그러한 복수의 '분신체'가 초고속 비행으로 다구류루를 향해 무리지어 갔다.

그 날개는 진동을 일으키며 고주파 블레이드로 변하고 있었다. 크고 작은 두 쌍의 날개가 진동하며 분자 결합을 잘라내는 '절사인계(絕死刃界)'를 만들어낸 것이다.

하지만 다구류루는 당황하지 않았다.

"칫, 여전히 분위기를 못 읽는 녀석이군."

그렇게 말하며 이 자리에서 가장 적절한 대응을 취했다.

즉, 칼에는 검을.

다구류루를 대신해 측면에 있던 그라소드의 얼굴이 정면으로 향했다. 그리고 본체의 양손으로 그레이트 소드(양손대검)를 들고 강하게 받아친다.

"음!"

그라소드(다구류루)는 파리를 쫓아내는 몸짓으로 베루도라의 '분신체'를 털어냈다. 복수의 '분신체'를 사용한 '절사인계' 연속 공격조차도 다구류루에게는 조금 성가실 뿐인 애들 장난에 지나지 않았다.

거신이 갖기에 어울리는, 10미터가 넘는 길이를 가진 대검의 속도는 음속을 가볍게 능가한다. 달인이었던 그라소드의 레벨(기량)이라면 눈에 보이지도 않는 공격 범위인 '절대공방검역(絶対攻防劍域)'이 형성된다.

그 '절대공방검역'에 침입하자마자 베루도라의 '분신체'가 소멸되었다. 아무런 성과도 내지 못한 채 복수의 '베루도라(절사인계)'는 모두 요격당하고 만 것이다.

다구류루는 공격을 멈추지 않았다.

이어서 펜의 얼굴이 정면으로 향했다.

"박쇄봉멸옥(縛鎖封滅獄)!"

펜의 손에는 신마저 속박한다는 그레이프니르(성마봉인의 사슬)가 들려 있었다. 이것으로 베루도라를 포박하려는 것이었다.

"끄악?!"

펜이 날린 사슬이 드래곤 모드(용의 형태)의 베루도라를 속박했다. 여러 개의 '분신체'가 사라지고 남은 것은 묶인 베루도라뿐이었다.

"안타깝구나, 베루도라. 날 현혹하려 한 거겠지만 소용없다. 내 '진실의 눈'에 닿으면 너의 본체를 간파하는 건 손쉬운 일이니까."

다구류루의 '진실의 눈'은 여러 개의 '분신체' 중 가장 큰 에너지 양을 드러내고 있는 개체를 어렵지 않게 발견해냈다. 베루도라가 아무리 많은 가짜를 꺼내더라도 그 '진실의 눈' 앞에서는 아무 의미가 없는 것이다.

쇠사슬로 묶인 베루도라가 검은 안개가 되어 사라졌다.

그 직후 전장에 어울리지 않는 쾌활한 목소리가 울려 퍼졌다.

"아쉽구나! 그건 가짜 나였다!!"

다구류루를 자극하고 싶은 것일까, 베루도라가 가소롭다는 듯
이 소리쳤다.

다구류루는 짜증이 치밀어 오름과 동시에 놀라움을 금치 못
했다.

너무나도 깔끔하게 자신의 '진실의 눈'을 속였기 때문이다.

"호오? 내 눈을 속이다니……."

"굉장하지?"

"무슨 술수를 부린 거지?"

"훗훗훗. 다구류루여, 이것이야말로 나와 네놈이 가진 '격의 차
이'라는 거다!!"

두둥—— 하는 효과음이 들릴 것 같은 우쭐한 얼굴로 베루도라
가 소리쳤다.

사실상 그 정도로 격의 차이는 없었지만, 베루도라는 살짝 자
신감이 과해진 상태였다.

"네가 진정한 힘을 해방한다 해도 내겐 이길 수 없다. 이길 수
없는 이유가 있기 때문이지!"

그러면서 되는 대로 수수께끼 같은 발언을 내뱉는 베루도라.

그 발언에 확실한 근거는 없었지만 다구류루는 그대로 속아 넘
어갔다.

다구류루는 포학의 화신 등으로 불리며 무서움을 사고 있지만,
그 근본은 솔직했다. '옥타그램(팔성마왕)' 중에서는 누구보다 훌륭
한 인격자였나는 점만 봐도 그랬다.

"이길 수 없는 이유, 라고?"

"그래. 나도 성장했다는 거다. 옛날과 똑같다고 생각하면 곤란

하다고!"

그렇게 말할 것도 없이 방심해 주고 있다면 감사해야 할 상황이었다. 하지만 굳이 그렇게 하지 않는 것은 베루도라가 베루도라이기 때문이었다.

베루도라는 다구류루의 질문을 못 들은 척 무시했다.

하지만 베루도라는 진심으로 다구류루를 이길 수 있다고 생각했다.

그 이유는 자신이 성장하여 새로운 권능을 얻었기 때문이었다. 그 이상은 설명할 수 없다. 그렇기 때문에 확실하지는 않았지만, 그 사실을 모르는 다구류루 입장에서는 어리둥절할 수밖에 없다.

참고로 베루도라가 '진실의 눈'을 속인 방법을 말하자면……

본래라면 '진실의 눈'을 속이는 것은 불가능하다. 그것을 가능하게 한 속임수는 베루도라의 얼티밋 스킬 '니알라토텝(혼돈지왕)'의 권능── '확률조작'에 있었다.

베루도라는 자신의 존재 확률을 변동시켜 순식간에 본체와 '분신체'를 교체한 것이었다.

일종의 사기나 다름없는 짓이다.

하지만 '병렬존재'와 '확률조작'에 더해 '시간조작'까지 병용한다면 어떤 권능에 의한 '해석감정'이라고 해도 확실하게 속일 수 있었다.

그 어떤 상황에서도 편리하게 쓸 수 있는 베루도라의 숨겨진 패중 하나였다.

베루도라는 스스로가 자랑하는 대로 옛날과는 다른 강인함을 몸에 지니고 있었다. 에너지(마력요소)양이라는 눈에 보이는 잣대

뿐만 아니라 매일의 노력도 빼놓을 수 없었다.

늘 놀고 있는 듯한 이미지였지만 제대로 훈련도 하고 있기 때문이다.

그렇기 때문에 자신이 가진 권능의 자세한 원리 따위를 이해하지 않고도 본능적으로 사용법을 파악한 것이다. 말로 설명할 수는 없었지만, 베루도라는 그것으로도 문제가 없다고 생각했다.

그래서 설명하려고 해도 할 수 없다는 것이 현 상황이었다.

반대로 이해하고 있었다면 기세등등하게 설명해줬을 것이다. 그렇게 되지 않은 것은 베루도라에게 있어 행운이었다.

다구류루도 답이 돌아올 거라 기대하지는 않았다.

개의치 않고 말을 잇는다.

"헛소리라고 말하고 싶지만, 성장했다는 건 사실인 것 같군. 확실히 옛날과는 달라졌어."

과거의 베루도라는 힘을 믿고 날뛰기만 했다.

하지만 지금은 머리를 써서 싸우고 있었다. 권능을 구사하여 다구류루와의 싸움을 유리하게 이끌어내고 있었다.

이것은 인정해줄 만하다며 다구류루는 칭찬했다. 하지만 그것이 패배를 인정한다는 뜻은 아니었다.

대화를 하면서 다구류루는 자신에게 유리한 상황을 만들어나갔다.

그것 또한 전투기술 중 하나였다.

나구류무 정도의 강자라 할지라도 시시로운 기술을 업신여기지는 않았다. 오히려 그러한 잔기술로 조금이라도 우위성을 얻는 것이 더 중요하다고 생각했다.

다구류루의 목적은 처음부터 하나. 베루도라처럼 자잘하게 쌓아나가는 것이 아닌, 큰 기술로 단번에 승부를 보려는 것이었다.

"네 힘은 진짜다. 그러니 내 최강의 기술로 확실히 끝내주마!!"

다구류루는 조용히 공간을 파악하여 간섭파가 미치는 범위를 확대해 나가고 있었다. 그 공간 내부를 '진실의 눈'으로 판별하여 베루도라의 '분신체'가 숨어 있지 않은지 확인한 후, 차원을 잘라 내 격리된 공간을 형성했다――.

격리된 공간 내에는 베루도라와 다구류루만이 존재했다.

"음?!"

베루도라가 이상함을 깨달았다. 하지만 이미 늦었다.

"잡혔구나, 베루도라여. 지금이야말로 인연을 끝낼 때다! 사라져라, 퀘이사 브레이크(시공진멸격신패, 時空振滅激神覇)!!"

다구류루가 쏘아올린 오의는 잘려나간 공간 내부를 빈틈없이 메웠다.

격진이 일었다.

다구류루를 기점으로 육안으로 볼 수 없는 초시공 진동파가 발생했다. 그것이 공간 내부를 채움으로써 거스를 수 없는 파괴 간섭파가 생겨난 것이다.

팽창을 봉쇄한 탓에 거꾸로 압축된 공간이 비명을 내질렀다.

이것이 바로 다구류루가 자신의 에너지의 60퍼센트를 소모해 만들어 낸 파괴 흡수 광선이었다.

자신의 몸을 유사 블랙홀로 변환시킨 다구류루가 공간 내부의 모든 물질을 마구잡이로 파괴하며 삼켜 나갔다.

공간이 삐걱이며 생겨난 마찰로 인해, 격리된 차원을 넘어서 눈 부신 빛이 쏟아져 나왔다.

그것은 환상적이고도 소름 끼치는 광경이었다.

이 압도적인 수준의 초고밀도 에너지의 간섭을 받는다면 그 어떤 생명체라 할지라도 살아남기란 불가능했다. 그저 분해되고, 다구류루의 양식이 되어 소멸할 뿐이다.

"후하하하하하핫! 교만했구나, 베루도라여! 본체를 간파해낼 필요도 없이 그 복수의 분신체째로 동시에 지워버리면 그만인 거다!"

다구류루가 비웃었다.

공방일체인 이 오의는 사용과 동시에 에너지 회복도 실행할 수 있는 뛰어난 기술이었다. 다만 흡수한 에너지의 대부분은 이 기술로 소모된 자기 자신의 존재 유지에 이용된다. 그렇지 않으면 다구류루 자신마저 날아가 버리기 때문이다.

퀘이사 브레이크(시공진멸격신패)는 팽창과 압축을 반복함으로써 상상을 초월하는 절대적인 에너지를 발생시킨다. 자칫 제어를 잘못하면 다구류루에게 양날의 검이 될 수도 있는 위험한 기술이었다.

당연하지만 연속적으로 사용할 수 없는 일격필살 공격수단으로 이를 이용한 시점에서 승리는 확정된 셈이었다.

베루도라의 책략은 훌륭했지만 절대적인 폭력 앞에는 무력하다. 다구류루는 베루도라를 완전히 소멸시켰다고 확신하고 결과를 지켜보았다.

퀘이사 브레이크로 인한 피해는 격리해 놓았던 차원 공간을 파괴했다. 이를 모두 흡수한 다구류루는 원래의 차원으로 돌아올 수 있었다.

막강한 에너지 흐름의 잔재만으로도 공간이 뒤틀려있는 것이 보였다.

이는 시간 경과에 따라 서서히 조화를 이루고 주위와 동화되면서 원래대로 돌아가는데―― 그 초절적인 파괴의 흔적은 차마 말로 다 표현할 수 없을 정도였다.

얼마나 위험한 기술이었는지 이것만 봐도 이해할 수 있는 수준이었다.

이 정도의 공격을 견딜 수 있는 자가 이 세상에 존재할 리 없다. 베루도라도 더는 존재하지 못하고 차원의 붕괴에 휘말려 함께 소멸했을 것이라고 생각했다.

'용종'이라면, 어쩌면 언젠가 부활할지도 모른다. 그러나 그 베루도라가 부활할 미래는 존재하지 않았고, 이 자리의 승자는 다구류루였다.

그럴 터였는데, 전장에 능청스러운 목소리가 울려 퍼졌다.

"끄으응…… 지, 지금 건 진짜로 위험했잖아?!"

다구류루는 경악으로 눈을 부릅떴다.

환청이 아닐까 자신의 귀를 의심했을 정도다.

"마, 말도 안 돼!! 그걸 맞고도 살아있다고?!"

믿을 수 없는 사태에 다구류루는 자신도 모르게 소리쳤다.

퀘이사 브레이크는 베루다나바를 상대로도 쓰지 않았다. 과거에는 제대로 통제할 수 없기 때문에 성장한 지금에서야 다룰 수 있게 된 비장의 카드였다.

베루도라를 완전히 소멸시킬 생각으로 날린 최강의 오의였던 것이다. 다구류루가 동요하는 것도 당연했다.

직격하면 소멸이 확실했다. 한정된 공간 안이었기 때문에 도망 갈 곳도 없다. 그런데도 베루도라가 무사하다니, 아무리 생각해 도 있을 수 없는 이야기였다.

하지만 실제로 지금 이렇게 베루도라는 살아남았다.

"……도대체, 무슨 짓을 한 거지?"

"……크, 크아, 크아하하하햣! 이, 이 정도는, 나한테 아무것도 아니다!"

허세도 이 정도면 감탄스러울 수준이다.

자세히 보니 베루도라는 무사하지 못했다.

작고 큰 두 쌍의 날개는 너덜너덜했고 온몸은 상처투성이에 검 은 안개가 피어오르고 있었다. 존재 유지에 필요한 에너지가 부 족하여 마력요소 유출이 시작된 것이다.

데몬(악마족)들이 자주 걸리는, 정신생명체에는 치명적인 증상 이었다.

실제로 베루도라는 거의 죽음 직전이었다.

얼티밋 스킬 '니알라토텝(혼돈지왕)'의 '확률조작'을 구사하여 극 한까지 자신의 존재 확률을 낮춰 가까스로 파괴 에너지의 간섭파 에서 벗어날 수 있었다. 자신의 신체를 통과하게 만들어서 소멸 의 에너지파를 피한 것이다.

하지만 결코 무사하다고는 할 수 없었다. '분신체'는 모두 사라 졌고 본체도 간섭피의 영향을 받아 손상되어있다.

'용종'인 베루도라가 이 정도로 궁지에 몰린 것만 봐도 퀘이사 브레이크가 얼마나 무시무시한 기술인지 알 수 있었다.

적어도 이전의 베루도라였다면 틀림없이 소멸했을 것이다.

"그럼 한 대 더 날려볼까?"

"끄헉?!"

그것이 말뿐인 협박임을 알면서도 움찔하는 베루도라였다.

*

이리하여 다구류루는 오의를 드러냈다.

베루도라는 만신창이였다.

이렇게 되면 선불리 움직이는 쪽이 패배였기에 서로가 함부로 움직일 수 없었다.

다음 수를 생각하며 두 영웅의 눈싸움이 시작되었다.

베루도라는 생각했다.

다음은 위험하다고.

지금의 공격을 완전히 회피하지 못했기 때문에 다음에는 확실히 당할 것이다.

하지만 다음은 없겠지, 하는 생각도 들었다.

베루도라도 만신창이였지만 그것은 다구류루도 마찬가지였다. 표면적으로는 멀쩡해보여도 에너지 소모는 클 것이다.

그렇다면 어느 쪽의 손상과 소모가 심한가, 그것이 문제였다.

실제 상태를 비교하면 어떨까?

베루도라는 자신의 현 상태를 확인했다.

신체 표면에서 마력요소가 유출되고 있었지만, 그것은 일부러 방치하고 있었다. 미궁 훈련을 통해 제법 교활한 행동도 할 수 있게 된 덕이다.

퀘이사 브레이크 탓에 예상 이상의 대미지를 입긴 했지만 치명상은 아니었다. 그것을 다구류루가 눈치채지 못하게 하도록, 피해가 커 보이게 위장하고 있는 것이다.

처음에 시온이나 루미너스에게서 에너지를 빼앗겼지만, 그것도 계산에 포함하여 생각해보았다. 그렇다면 현재 잔존 에너지는 50퍼센트 미만 정도가 된다.

(상당히 소모됐군. 하지만 계산대로다!)

다구류루와 베루도라는 거의 호각이었다.

추정 존재치가 1억 천만 이상인 다구류루에 비해 베루도라는 9천만 남짓. 이것만 보면 승부가 되지 않겠지만, 얼티밋 스킬 '니알라토텝(혼돈지왕)'이 있는 덕분에 베루도라 쪽이 더 우세한 것처럼 보일 정도였다.

하지만 그렇다 해도 결정타가 부족했다.

어떤 기술을 내보낸다 해도 다구류루의 무적에 가까운 내구력을 관통하기란 어려웠다.

어떻게 남은 에너지를 소모시켜서 자신의 오의로 타격을 입힐 수 있을까. 승부의 향방은 여기에 달려 있다고 해도 과언이 아니었다.

그래서 베루도라는 무슨 일이 있어도 다구류루의 체력을 깎을 필요가 있다고 생각했다.

여기까지는 베루도라의 계산대로였다.

싸움의 이론을 무시하고 공격을 가한 것도 다구류루의 자만심을 불러일으키기 위함이었다.

베루도라의 권능을 경계하게 만들고, 베루도라가 두뇌를 쓴 지구전을 노리고 있다는 착각을 하게 만들었다. 그렇게 되면 반드시 다구류루는 베루도라를 처리할 수 있는 큰 기술을 쓸 것이라고 예상한 것이다.

그것은 훌륭하게 적중했다.

다구류루는 큰 기술을 발휘하여 힘을 소모했다.

베루도라의 판단으로는 지금의 자신과 같거나 그 이하로 에너지양이 감소한 상태였다.

그것은 정답이었다.

다구류루의 소모율은 70퍼센트 미만이었으며 에너지양은 미세하게 베루도라를 밑돌았다. 역전이었다.

베루도라는 내기에서 이겼다.

에너지양이라는 불리함이 뒤집히며 베루도라에게 유리한 상황이 갖춰진 것이다.

(……하지만 내기가 성공했으니 망정이지, 정말로 위험했어.)

베루도라는 퀘이사 브레이크(시공진멸격신패)의 위력을 떠올리며 몸을 부르르 떨었다.

퀘이사 브레이크에 맞고 살아남을 확률은 극히 미미했다.

이런 위험한 내기는 두 번 다시 하지 말아야지—— 라고 베루도라는 마음속으로 맹세했다.

물론 그 내기에서 졌더라도 리무루에게 재생해 달라고 하면 그만이었다. 이 차원에서 사라진 것 같긴 하지만 리무루가 소멸하지 않았다는 것을 베루도라는 알 수 있었다.

만약 정말 리무루가 소멸했다면 베루도라 역시 무사하지 못하기 때문이었다.

(어차피 재생할 수 있으니 그 어떤 위험한 내기라도 두려워할 필요가 없지! 크아——하하핫!!)

베루도라가 다구류루에게 말했던, 다구류루는 베루도라를 이길 수 없다고 한 이유는 바로 이것이었다.

승리가 확정되어 있으니 어떤 위험한 승부도 두렵지 않다는 계산이 작용했기 때문에 베루도라는 여유로운 태도를 보일 수 있던 것이다.

의외로 음흉한 베루도라는 결코 드러낼 수 없는 그런 생각을 하며 큰 웃음을 터뜨렸다.

그 사실을 모르는 다구류루는 베루도라의 행동을 이해할 수 없어 실로 당황스러웠다.

다구류루가 아는 베루도라는 가벼우며 장난을 좋아하고, 그러면서도 싫증을 잘 내는 성격이었다. 어려움에 당당히 맞설 성격이 아니었기에 진심으로 위협하면 곧바로 포기하고 꼬리를 말고 도망갈 것이라 생각했다.

그도 그럴 것이, 베루도라는 루미너스나 다른 이들에게 지켜야 할 의리가 없었다. 다구류루와 진심으로 맞설 이유가 없는 것이다.

격리 공간에 포획된 시점에서 베루도라가 패배를 인정할 것이라 생각했다.

이니, 만약 거기서 도망치려 했다면 다구류루도 쫓을 생각은 없었다.

적어도 다구류루는 베루도라에게 별다른 원한이 없었다. 옛날에는 자주 싸움을 벌였지만 그것은 애들 장난이나 다름없었다.

진심으로 베루도라를 죽일 생각은 없었으므로 차라리 도망쳐주는 편이 고마울 정도였다.

그럼에도 베루도라는 자신에게 맞섰다.

그렇다면 소멸시킬 수밖에 없다고 생각해 필살오의를 퍼부었는데, 어째서인지 베루도라는 태연하게 받아냈다.

다구류루로서는 이해할 수 없는 일이었다.

그래서 그 의문을 꺼냈다.

"……어째서지? 어째서 네가 이렇게까지 위험을 무릅쓸 필요가 있는 거냐?"

"음?"

"내 퀘이사 브레이크에 정면으로 맞서면 네가 소멸할 위험도 있었다. 옛날의 너였다면 고민하지 않고 도망을 택했을 텐데!"

그런 질문을 받고 베루도라는 "흠" 하고 고개를 끄덕였다.

그리고 가장 먼저 부정의 말을 뱉었다.

"도망이 아니라 뒤로 나아간거지. 내 사전에 도망이란 글자는 실려 있지 않으니까!"

실로 뻔뻔한 거짓말이었지만, 베루도라의 간 큰 허풍을 지적하는 자는 아무도 없었다. 여기에 만약 베루글린드가 있었다면 화사한 미소와 함께 세 시간의 설교 코스가 기다리고 있었을 것이다.

어쨌든 베루도라는 이유를 답했다.

"뭐, 나로서도 내 힘을 시험해보고 싶었다는 게 이유 중 하나였다."

"음……."

확실히 베루도라는 강해졌다.

다구류루는 인정하지 않을 수 없었다.

"게다가 내가 도망치면 루미너스나 시온 녀석들이 전멸할 테니까. 그것만은 결코 허락할 수 없다."

"왜? 대체 왜 네가 루미너스나 인간들을 위해 목숨을 걸 필요가 있는 거지?!"

이는 베루도라의 각오를 묻는 질문이었다.

이 대답에 따라 다구류루도 각오를 다져야 했다.

그런데도 베루도라는 더더욱 다구류루의 맥이 빠지는 대답을 되돌려줄 뿐이었다.

"리무루가 화를 낼 테니까. 그거 아나, 다구류루? 리무루는 한 번 화가 나면 정말 무섭다고!"

그렇게 내뱉고는 크아하하핫! 하고 큰소리로 웃기까지 한다.

그제서야 다구류루는 이해했다.

베루도라에게 후퇴란 없을 것이라고.

"그렇군. 즉 너도 책임을 지게 되었다는 말이구나."

베루도라도 성장했던 것이다.

다구류루는 그것을 인정하고, 이번에는 진심으로 베루도라를 쓰러뜨릴 결심을 했다.

"좋다. 널 인정하지. 장기전이 되더라도 상대해주마!"

베루도라가 도망치지 않는 이상 쓰러뜨릴 수밖에 없다. 그렇게 되면 상대의 에너지를 먼저 고갈시키는 쪽이 승리였다.

큰 기술로 단번에 승패를 낼 수도 있지만, 다구류루는 최강의 오의를 막 써버린 참이었다. 이렇게 되면 신중하게 상대의 체력을 깎아나가는 것이 올바른 전술이었다.

다구류루는 투기를 높였다.

그에 따라 20미터를 넘어가던 거구가 금세 줄어들었다.

"음?!"

다구류루는 평소와 같은 2.5미터 미만의 사이즈로 돌아왔다. 그러나 그 몸에는 번개가 섬광을 발하고 있었고, 초압축된 에너지의 밀도마저 느껴지는 상태로 변화해 있었다.

"호오? 달라졌군."

"후하하하핫! 잘 봤다. 이건 '거인화' 중에서도 더 상위 변신인 '초신화(超神化)'라고 하지. 이 상태에서는 힘을 제어하기가 어려웠는데, 네놈이 알려줬지 않나."

"내가?"

어떤 것인지 떠올리지 못하고 고개를 갸우뚱하는 베루도라.

다구류루는 숨길 생각이 없는지 순순히 대답해 주었다.

"오라(요기)를 억제하는 훈련 방법 말이야. 분명 '분노를 다스리면 더 큰 힘을 얻을 수 있다'였던가?"

그 말을 듣고 베루도라는 떠올렸다.

그러고 보니 만화(성전)를 보여주면서 그 지식을 여기저기 자랑했었지, 하고.

그 지혜를 그대로 다구류루에게도 들려주었는데, 그 대화 중에 있었던 모양이다.

베루도라는 정확히 기억나지는 않았지만, 현재 눈앞에 있는 다구류루의 힘은 안정적이었다.

단순히 세간의 이야기 수준인 정보에서 훌륭하게 실전 레벨까지 승화시킨 다구류루. 그것은 칭찬할 수밖에 없는 전투 센스였다.

본래 사이즈로 돌아왔다고 해도 삼위일체 상태는 그대로였다.

온몸에서 전기가 흘러나오는 모습에서는 거인이었을 때 이상의 위협이 느껴졌다.

베루도라는 이대로 싸움을 끝낼 생각이었다. 하지만 다구류루의 결의를 깨닫고 그 권유에 응하기로 했다.

"대단하군, 다구류루. 어쩔 수 없지. 내 조언으로 그 힘을 다스릴 수 있게 됐다는 말을 들은 이상 상대해 줄 수밖에 없겠구나."

그렇게 말한 베루도라도 다구류루에게 맞서듯 사람의 모습으로 변화하여 에너지를 압축시켜 나갔다. 신중하게 신장을 맞춰나가더니 2.5미터 사이즈로 고정시킨다.

크기가 곧 힘이지만, 정신생명체의 상식은 다르다.

에너지의 밀도야말로 힘이었다.

한계까지 압축된 힘을 실은 주먹은 이 세상의 모든 물질을 산산조각낼 수도 있었다.

비록 그것이 똑같이 에너지를 압축시킨 육체일지라도 말이다.

그리고 서로 대치하고 있던 두 영웅이 움직였다.

초상(超常)의 격투전이 시작되었다.

*

대괴수의 격돌에서 잘 다듬어진 격투전으로 옮겨간다.

그리고 어느새 진흙탕 싸움의 양상을 보이기 시작했다.

다구류루의 주먹이 베루도라의 복부에 박혔다. 그리고 동시에 베루도라의 팔꿈치가 다구류루의 안면을 파고들었다.

당하면, 갚아준다.

룰이 없는 싸움이었음에도 프로레슬링 같은 법칙성이 완성되어 있었다.

투쟁은 점차 가열되었고, 양쪽 다 한 발도 물러서지 않는다.

발차기에는 발차기로, 주먹에는 주먹으로.

상대를 대한 공격은 그대로 자신을 향한 공격이 되어 되돌아왔다.

대지를 밟고 서서 싸우는 것이 아니었기에 장소는 차례차례 옮겨갔다.

고공에서 지상으로.

그리고 주위를 날려 보내면서, 사막으로.

그리고 또다시 고공으로.

어떨 때는 대기권 밖까지.

에너지 덩어리인 두 사람에게 있어 전장은 어디라도 똑같았다.

힘을 반발시켜 증폭시켜줄 대지 따위는 필요하지 않았다. 그저 자신의 몸을 포탄으로 만들어 초압축시킨 에너지를 상대에게 내던질 뿐.

그리고 받은 에너지를 능숙하게 몸 밖으로 방출해 치명상을 막아냈다.

최대한 자신의 에너지 손실을 억제하며 상대를 소모시키는 것이 핵심이었다.

상위 마인조차 일격에 소멸시킬 정도의 위력을 품은 서로의 주먹이 교차한다.

주위에 엄청난 피해를 주고 있었지만, 둘에게는 이미 안중에도 없는 일이다.

그 싸움을 지켜보는 이들도 함부로 움직이지 못한 채 '결계' 안에서 굳어 있었다. 거대한 사이즈는 아니었지만 에너지의 여파만으로도 심상치 않은 위력을 갖고 있었기 때문이다.

"무시무시하군⋯⋯."

루미너스가 중얼거렸다.

베루도라와 다구류루의 싸움은 주위에 막대한 파괴를 일으키고 있었다.

그것을 씁쓸하게 여기면서도, 더는 어쩔 수 없는 일이라며 루미너스는 체념했다.

달리 방도가 없다, 그런 마음이 본심인 것이다.

광왕이자 파괴신인 다구류루를 상대하고 있는데 피해를 주지 말라는 것이 말도 안 되는 이야기였다.

대지에는 수많은 번개 기둥이 난립하며 닿은 모든 것들을 태우고 있었다.

성도를 수호하는 여러 겹의 '방어결계'는 이미 제 구실을 하지 못하고 있었다.

오랜 세월 동안 성도를 지켜왔던 장벽도 다구류루와 베루도라가 처음 충돌했을 때 간섭파를 받아 사라지고 말았다. 단 한 순간도 버티지 못하고 날아간 모습이 차라리 시원스러울 정도였다.

장벽이 파괴되었으니 '대마침입방지장벽'도 무사하지는 못했다. 당연하다는 듯이 그 효과가 상실된 상태였다.

일정 수준 이하의 마물 침입을 막을 목적으로 설치된 '결계'였으니 초월적인 생명체라고도 부를 수 있는 '용종'이나 '거신'의 공격을 견딜 수 있을 리가 없다.

남은 것은 시온을 중심으로 전원의 힘을 모아 발동시켜둔 '방어 결계'뿐이었다.

말 그대로 이곳의 전원이 목숨을 걸고 '결계' 유지에 사력을 다하고 있었다.

그럼에도 자신들이 무사한 것이 신기할 정도였다. 이대로라면 결계 붕괴와 동시에 자신들의 명운도 다할 것이고, 도심에까지 피해가 미치는 것도 시간문제였다.

아직 그렇게 되지 않은 것은 베루도라가 최대한 신경을 써주고 있기 때문이었다.

그것을 인정한 루미너스가 말을 이었다.

"베루도라 녀석, 조금은 성장한 것 같구나. 녀석 나름대로 우리들을 지켜주고 있다."

이에 고개를 끄덕인 것은 시온이었다.

"정말로요. 역시 베루도라 님이시네요!"

순수하게 칭찬하며 눈을 반짝반짝 빛내고 있다.

"대단하네. 이쪽으로 직격탄이 날아오지 않게 확실하게 다구류루를 유도하고 있어."

울티마의 상황 분석도 정확했다.

이에 가드라도 말없이 고개를 끄덕였다.

"뭐, 그렇군."

인정하고 싶지는 않지만 베루도라의 대단함을 부정할 수는 없는 루미너스였다. 이 장렬한 싸움 속에서 용케 그럴 여유가 있구나 싶은 생각마저 들 정도였다.

아다루만이나 알베르트도 말을 잃은 채 그저 멍하니 베루도라 전투에 매료되어 있었다.

루미너스 또한 상공에서 펼쳐지는 전투로 시선을 돌렸다.

루미너스의 상상조차 뛰어넘는 초월적인 능력이 대치하고 있었다.

당연하지만 비록 루미너스라 할지라도 그 전투에 참가하는 것은 자살 행위였다.

불평하고 싶어도 그것을 전할 수단이 없다.

하늘에 운을 맡기듯, 베루도라에게 명운을 맡길 수밖에 없는 것이다.

무엇보다 불평할 처지도 아니었고, 애초에 루미너스조차 이미 그 싸움에 매료된 상태였다.

거칠기 그지없는 육탄전임에도 아름다웠다.

힘과 기술을 겨루며 서로가 성장하는 것처럼 보이기도 했다.

이 싸움이 시작된 직후보다 지금 베루도라의 기술이 더 뛰어난 것이 그 증거였다.

전투는 더욱 치열해졌다.

루미너스 옆에서 시온도 빨려 들어갈 기세로 싸움에 푹 빠져 있었다.

그것도 당연하다고 루미너스는 생각했다. 어쨌든 이런 신화급 싸움은 천년에 한 번 있을까 말까 한 귀중한 볼거리였으니까.

강자의 싸움은 보는 것만으로도 경험이 된다.

하물며 이러한 초월자 간의 싸움은 쉬이 목격할 수 없는 것이었다.

어느새 함께 관전하고 있던 바사라가 불쑥 소감을 밝혔다.

"그나저나 베루도라는 어느 틈에 저런 근접 전투에 능숙해진 거지? 형님은 삼면육비라 더 상대하기 성가실 텐데⋯⋯."

그런데도 호각이라는 것이 부자연스럽다.

하지만 그것은 베루도라를 모르는 자가 할 수 있는 감상이었다.

봉인에서 이제 막 눈을 뜬 바사라라면 모르는 것이 당연하지만, 루미너스와 시온은 그 이유를 알고 있었다.

"그 미궁에서 녀석은 수행이라는 명목하에 제멋대로 날뛰어댔으니까 말이지."

"아니에요, 루미너스. 베루도라 님은 미궁 수호자들을 통솔하시는 분입니다. 최후의 관문으로서 그 위력을 알리기 위해 날마다 정진하고 계신 겁니다!"

독설을 내뱉는 루미너스와는 반대로, 콧김을 내뿜을 기세로 시온이 열변을 토했다.

"미궁?"

"아아, 네놈은 모르겠구나. 라미리스의 미궁 안에 죽어도 다시 살아날 수 있는 훈련장이 있다."

루미너스가 순순히 설명해 주자 바사라가 어이없다는 듯이 신음했다.

"뭐라고? 반칙이잖아, 그런 건!"

그 의견에 반론은 나오지 않았다.

모두들 희미하게나마 그런 생각을 갖고 있었기 때문이다.

그 집대성이라고 부를 수 있을 만한 것이 바로 베루도라였다.

지상에서 날뛰었다면 피해가 막심했겠지만 미궁 안이라면 그럴 염려가 없다. 최근에는 층에도 피해가 나기 시작했지만 격투훈련 이라면 괜찮았기에 주로 제기온을 상대로 특훈을 하고 있었다.

덕분에 베루도라는 초일류 격투 기술을 몸에 익힐 수 있었던 것이다.

본래부터 강한데 레벨(기량)까지 올랐으니 기세는 멈출 줄을 몰랐다. 아슈라(삼위일체)가 되지 않았다면 틀림없이 다구류루의 위에 있었을 것이다.

하물며 이 싸움에서 더욱 경험을 쌓은 지금, 베루도라는 손이 많이 가는 상대와의 전투마저 학습해 버렸다. 혀를 내두를 정도라는 말은 바로 이런 경우에 쓰는 말이었다.

누구나 매료되는 것도 이해가 갔다.

장렬한 싸움은 언제까지나 계속될 것만 같았다.

하지만——.

결판의 때는 온다.

격투전이 시작되기 전부터 베루도라의 계략은 이미 시작되었다. 그렇기 때문에 그 승리는 약속된 것이나 다름없었다.

베루도라는 기회를 계속 엿보고 있었다.

제기온이나 울티마와의 수행, 그리고 미궁 내부 강자들의 지도.

여기에 더해 베루글린드, 리무루와의 전투 경험이 베루도라를 한 단계 더 강하게 성장시켰다.

근접 격투전은 베루도라가 가장 자신 있는 전투 방식이었다.

교활함의 극치라 할 수 있는 간계조차 리무루를 본보기 삼아 학습했다.

승부는 싸우기 전에 이미 정해져 있다── 라는 것은 손자의 병법이다.

리무루가 자주 말한 대로, 준비가 중요하다는 이야기였다.

사전에 준비를 끝내두면 어떤 사태가 벌어져도 당황할 일이 없다. 전쟁이 되면 끝내는 것이 어렵기 때문에 어떤 고난도 물리칠 수 있도록 대비해둬야 하는 것이다.

베루도라는 이번에 돌발적으로 참전하게 된 경우였다. 그렇기에 만반의 준비라고는 할 수 없었지만, 오의 한두 가지 정도는 준비해두고 있었다.

자신보다 에너지양이 많은 상대라면 저지당할 가능성이 있었지만, 상대보다 자신이 앞섰다면 거의 확실히 먹힐 필살오의였다.

그래서 착실하게 다구류루의 체력을 깎아나갔다.

그리고 서로의 차이를 지켜보며 때를 기다렸다.

가능하겠다는 확신을 얻은 뒤에도 다구류루를 상대한 것은 오랜 친구에 대한 예우였던 것이다.

"정상에 도달했다고 생각했는데, 나도 아직 멀었군……."

베루도라에게 압승할 거라 생각했던 다구류루는 진심으로 놀라고 있었다.

아슈라가 된 데다 오의까지 썼는데 그럼에도 이기지 못한 것이다. 지금에 와서는 자신이 위라는 생각은 버린 상태였다. 그래도 격투전이라면 그나마 낫다는 자신이 있었다.

하지만 그것 또한 자만심이었다.

여기까지 와서야 다구류루는 그 사실을 인정했다.

"다구류루여, 이쯤에서 손을 떼라. 얌전히 물러선다면 나도 더이상은 아무 짓도 하지 않겠다."

"진부하구나, 베루도라. 그럴 수는 없다. 난 루미너스를 쓰러뜨려야 해. 그것만이, 지금은 죽은 친구에게 해줄 수 있는 유일한 일이니까 말이지."

흠, 하고 베루도라는 고개를 끄덕였다.

죽은 자를 향한 예의가 중요한 것은 베루도라도 이해했다. 하지만 그럼에도, 지금 살아있는 자가 더 중요하지 않을까 하는 생각도 드는 것이다.

리무루가 말하길, 케이스 바이 케이스라고 했다.

어느 쪽이 옳고 그른 것이 아닌, 본인이 생각하기 나름이다. 제3자가 이러쿵저러쿵 할 이야기가 아니었기에 베루도라로서는 고민이 될 수밖에 없었다.

하지만. 그렇다고 해서 모든 것을 허용해주느냐 하면 또 이야기가 달라진다. 다구류루에게도 사정이 있듯이 베루도라에게도 양보할 수 없는 이유가 있기 때문이었다.

어차피 이 세상은 약육강식. 강한 자가 곧 룰이 되는 법이니 이자리에서 승리하여 다구류루를 막아내겠다는 각오를 다졌다.

그래서 그는 말했다.

"그런가…… 아쉽군, 다구류루. 내 최종 오의로 끝을 내주마!"

베루도라의 선언을 들은 다구류루가 긴장했다.

하지만 이미 때는 늦었다.

베루도라가 오의를 해방했다.

만반의 준비가 되어 있던 권능이 거칠게 날뛰었고, 그 순간 무지개색 어둠이 주위를 뒤덮었다.

　그것은 신성교황국 루벨리오스의 국토와 죽음의 사막을 뒤덮을 정도로 광대한 범위를 집어삼켰고——.

『퍼타일 패러독스(풍양한 신비의 파동)!!』

베루도라가 선고했다.

무지개색 어둠 속에서, 잔혹한 기적이 발현된 것이다.

　　　　　　　　　　*

무지개색 어둠이 모든 것을 집어삼켜 나갔다.

　그것은 주위를 감싸듯 엄청난 속도로 확산되었고——.

　(뭐냐?!)

루미너스가 위험을 감지했을 때는 이미 늦었다.

아무런 저항도 하지 못한 채 결계 내부로 무지개색 어둠의 침입을 허용해 버린 것이다.

"……뭐냐, 이건?"

누구나 경악하는 가운데 루미너스가 그 의문을 입에 담았다.

그리고는 '어둠'에 닿은 순간 그것을 이해했다.

"이건, 신비의 힘이구나!!"

그것은 기도와 유사한 힘.

사람의 회복과 성장을 촉진시키는 효과를 가진, 파괴와는 정반대에 있는 치유의 힘이었다.

113

그러므로 저항 따위는 할 필요가 없었으며── 허락되지도 않았다.

이는 루미너스도 마찬가지였다. 정신을 차리고 보니 이미 '어둠'에 휩쓸려 있었다.

(이런, 이런 것을── 젠장! 저 도마뱀! 정말로, 정말 가만두지 않겠……)

그렇게 분통을 터뜨리면서, 루미너스의 의식도 무지개색 어둠에 삼켜져 갔다…….

시온도.

울티마도.

가드라도.

아다루만도.

알베르트도.

다구류루의 아들들도.

적이었던 바사라까지도.

그 밖에 유명한 자도, 일개 졸병도, '어둠'에 닿은 자는 잠에 빠졌다.

똑같이, 평등하게.

그리고──.

모든 생명이 잠에 휩싸인 가운데 대지에 초록빛이 싹텄다.

베루도라는 무지개색 어둠의 중심에 서 있었다.

눈앞에는 '파괴신' 다구류루──의 초라한 몰골이.

베루도라의 권능으로 아슈라(삼위일체)가 해제된 탓에 그라소드와 펜도 있었다.

그라소드는 만족스러움을 내비치고 있었지만, 펜은 마음에 들지 않는지 못마땅한 얼굴로 획 외면한다.

반면 다구류루는 평온했다.

"네놈, 우리를 매개로 삼아 세계를 개변한 건가?"

"흠. 개변이라고 하기엔 좀 거창하지만 살짝 손을 댔다는 건 인정하지."

믿을 수 없다는 표정으로 묻는 다구류루에게 베루도라가 경쾌한 어조로 대답했다.

그 태도에 다구류루는 열이 받았지만, 무언가를 하려고 해도 이미 옴짝달싹못하는 상태였다.

자신들을 매개로 삼았다는 말 그대로 다구류루의 손발은 큰 나무줄기에 파묻혀 있었다.

펜이나 그라소드도 마찬가지다.

몸통 부분, 그러니까 허리에서 위쪽 부분이 나무에서 자라난 것처럼 보였지만, 사실상 손발은 큰 나무와 동화되어 있었다. 애초에 자유의지로 움직일 수 있는 상태가 아니었기에 이를 해제하는 것은 불가능했다.

"뭘 한 거지?"

"원래대로 되돌렸다, 라는 것이 정답일까."

"뭐?"

"마력요소로 황폐해진 대지를 자연이 가득한 본래의 모습으로 되돌린 거다."

"설마…… 마력요소의 상태변화인가?"

마력요소에는 상태라는 것이 있다. 공격에 쓰이는 날카로운 상태와 안정되고 온화한 부드러운 상태.

죽음의 사막이 언제나 황량했던 것은 공격적인 마력요소에 노출되어 있었기 때문이다. 만약 이를 안정시킬 수 있다면 지표는 쥬라의 대삼림처럼 녹음이 짙어질 것이다.

그러나 그런 짓은 다구류루에게 불가능했고 다른 마왕들도 하지 못했다. 신비의 힘이 뛰어난 그 루미너스조차 밀림의 폭위를 중화하지 못했을 정도다.

그것이 가능했다면 다구류루와 루미너스도 화해할 수 있었을지 모른다. 즉 마력요소의 상태변화를 인위적으로 발생시키는 것은 비현실적이니 시간이 해결해 주기를 기다릴 수밖에 없다, 라는 것이 결론인 것이다.

그런 것을 베루도라는…….

"퍼타일 패러독스(풍양한 신비의 파동)는 엄밀히 말하면 공격이 아니다. 이 땅에 내 가호를 내린 거지. 흐트러진 마력요소를 조화롭게 하고 자연을 어지럽히는 자를 양식으로 삼아 생명의 성장을 촉진한 거야. 과거 마법재해가 일어났던 이 땅도 정상적으로 복원되어 풍요로운 대지로 돌아간 거다!"

"……음."

다구류루는 신음했다.

베루도라의 말이 거짓이 아님을 알고 망연자실한 것이다.

그런 짓이 가능한가?

아니, 가능한 거겠지.

그것이 베루도라라면. 다구류루는 묘한 오싹함을 느꼈다.

"참고로 네놈들의 신체를 핵으로 사용했다. 그 쓸데없이 흘러넘치는 에너지를 이용하고 있는 거니까 이걸로 네놈들은 봉인된 거나 다름없어! 내 권능은 나 이외에는 해제할 수 없으니 네놈들도 더 이상 날뛸 수는 없을 거다."

퍼타일 패러독스에서 벗어날 수 없다. 베루도라가 웃으며 그렇게 말했다.

그 자신감은 강적 다구류루를 상대로도 흔들리지 않았다.

어쨌든 이 권능의 원리는 가호—— 자연 치유에서 비롯된 것이기 때문이다. 생명체를 자연스러운 형태로 되돌렸을 뿐 무언가를 억지로 바꾼 것이 아니다. 따라서 면역기능도 작동하지 않고 레지스트(저항)를 당할 일도 없는 것이다.

다구류루는 악신—— 날뛰는 파괴신에서 이 별을 지키고 받쳐주는 자연신, 다시 말해 이 별의 결여된 일부로 되돌아간 상태였다. 이렇게 된 이상 더는 자신의 뜻대로 탈출하는 것이 불가능했다.

"알고 있다. 괘씸할 정도로 교활한 짓이로군."

"크아아하하하! 칭찬으로 듣도록 하지."

다구류루는 결코 칭찬한 것은 아니었지만, 베루도라는 그것을 웃으며 흘려넘겼다. 다구류루로서는 쓴웃음밖에 나오지 않는 상황이었다.

"뭐, 그래도 안심해. 이 대전이 끝나면 풀어줄 테니까. 그때쯤이면 네놈의 성스러운 기운도 원상태로 돌아갈 테고 이 땅도 정상으로 돌아오겠지. 그럼 필연적으로 루미너스와 싸울 이유도 사라지지 않겠나?"

늦어도 수십 년이 지나면 리무루를 찾아낼 수 있을 것이다. 그

117

렇게 되면 다구류루도 더는 위협이 되지 않을 테니 풀어줘도 괜찮을 것이라 베루도라는 생각했다.

다구류루는 이 말에도 놀랐다.

"네가, 나를 풀어주겠다고? 아니, 그것보다도…… 내 나라의 상황을 알고 있었나?"

그렇게까지 사려가 깊었다니, 하는 놀라움이었다.

과거의 베루도라를 아는 자라면 누구나 경악할 것이다.

이 일에 관해서라면 루미너스와도 밤새 이야기를 나눌 수 있을 것이라고, 다구류루는 생각했다.

"흠. 좀 무례한 것 같긴 하지만, 뭐 좋아. 네 나라의 상황이라는 건 앞으로 수백 년 정도 지나면 물이 고갈되어 거인의 생명력으로도 생존할 수 없는 땅이 된다는 거지?"

실로 정확한 지적이었다.

다구류루는 인정할 수밖에 없었다. 지금의 베루도라는 옛날과 달리 정말 사려가 깊어졌다는 것을.

"역시 알고 있었군. 내가 '박쇄거신단'을 움직이면서까지 루미너스의 영토를 침공한 진정한 목적을……."

다구류루는 펜에게 패배하고 한때 난동을 부리던 시절의 자신을 떠올렸지만, 그 본질은 변하지 않았다. 리무루 일행을 배신한 것처럼 보였던 것도 대의명분을 얻어 움직이기 위함이었을 뿐. 이 동란을 어떻게 극복해야 할지 왕으로서 냉철하게 판단해 내린 결과였던 것이다.

그것을 베루도라에게 간파당했다는 사실에 다구류루는 민망함을 느꼈다.

그런 다구류루를 향해 베루도라가 태연하게 대답했다.

"아니, 그런 사정은 몰라. 나랑은 상관없으니까. 그러니 네놈 부하 중에 젊은 병사나 아녀자가 없고 죽음을 각오한 이들뿐이었다는 것도 나로서는 아무래도 상관없는 얘기지."

"홋, 후하하하하하하! 시치미를 떼는 건가? 너답구나, 베루도라여."

그렇게 웃는 다구류루는, 틀림없는 베루도라의 친구였다.

과거 베루다나바에게 패배한 다구류루는 '천성궁'으로 가는 길——'천통각'을 수호하는 역할을 맡았다.

다구류루가 이끄는 자이언트(거인족)는 그 명령을 충실히 지켜왔다. 하지만 밀림의 폭주 사건이 벌어졌다.

그것은 밀림에게 죄를 물을 수 없는 사건이었다.

다구류루는 누군가를 원망하지도 못한 채 조용히 천명에 따라 자멸하겠다는 선택을 한 것이다.

하지만 펜에게 패배하며 옛날의 기억이 떠올랐다.

기세를 되찾으며 마지막에 도박을 걸어본 것이다.

루미너스는 원망을 향할 상대로서 제격이었다. 그녀를 공격해 그 영토를 빼앗는다면 자이언트에게도 살아갈 희망이 보이리라.

만약 패배하더라도 대전에서 크게 수를 줄여두면 남은 자들의 시간을 더 벌 수 있었다.

어느 쪽으로 기울어도 가능성은 있었다.

그래서 다구류루는 배신자라는 오명을 뒤집어쓰면서도 펜의 말에 응한 것이다.

"사라지는 것이 나쁜이라면, 그나마 괜찮았다. 하지만 아직 젊은 자들에게까지 소멸의 운명을 강요하는 건 왕으로서 차마 두고 볼 수 없었어. 루미너스에게는 미안하지만 기회라고 생각했다."

다구류루가 참회했다.

이에 베루도라가 어깨를 으쓱했다.

"흠. 어차피 이 세상은 약육강식이니 아무도 원망하지 않았을 거다."

이 또한 진리다.

불평하는 사람은 있겠지만 들어줄 필요는 없다. 그 이전에, 그러한 자들도 이 대전에서 살아남지 못했을 것이다.

베루도라의 개입이 없었다면 무슨 짓을 했더라도 루미너스의 패배는 뒤집히지 않았을 테니까. 그렇다면 이긴 자가 곧 정의가 된다.

이번에 다구류루는 운이 없었을 뿐이다.

"하지만 베루도라. 왜 이 땅을 되살린 거지? 우리를 도와주기 위해서인가?"

동정인가? 하고 다구류루가 물었다.

그 지적대로, 마력요소로 황폐해진 사막은 녹음이 우거진 대지로 변해 있었다. 그 범위는 점점 늘어나며 머지않아 다구류루의 영토까지 효과가 미칠 것이다.

베루도라는 웃었다.

"크아하하하하! 착각하지 마라! 나는 내가 네놈보다 강하다는 걸 증명해 보였을 뿐. 내친김에 루미너스의 마음도 풀어주기 위해 내 멋진 모습을 보여줘야겠다고 생각했을 뿐이다."

그러기 위해 이 땅을 풍요롭게 만든 것이다── 라고 베루도라는 말했다.

마력요소가 조화를 이루면 작물의 육성도 촉진된다. 사막이 녹화될 정도니 그 효과는 확실할 것이다.

그러나 그것만이 이유일 리 없었다.

"농담하지 마라."

"농담한 적 없다! 설마 죽음의 사막까지도 효과 범위에 들어가다니…… 계산 착오였다!"

끝까지 계산 착오였다며 우겨대는 베루도라의 모습에 다구류루는 유쾌한 기분이 들었다.

"후훗, 후하하하하하하! 끝까지 시치미를 떼시겠다? 좋아. 빚을 졌다는 생각은 하지 않겠다, 베루도라여!"

"당연하지. 친구 사이에 빚 같은 건 필요 없어! 또 싸우자고. 물론 그다음에도 내가 이기겠지만!"

"우습군. 애송이에게 몇 번이나 져줄 만큼 난 상냥하지 않다!"

베루도라와 다구류루는 얼굴을 마주보며 크게 웃음을 터뜨렸다.

거기에는 일체의 앙금 따위 없었고, 서로가 후련한 표정이었다.

*

이리하여 다구류루와의 앙금은 무사히 풀었는데, 이곳에 예상밖의 난입자가 나타났다.

아주 자연스러운 움직임으로 '무지개색 어둠'에도 개의치 않고 이 특수공간에 출현했다. 그 정체는 베루도라에게는 공포의 상징 중 한 명인 푸른 머리의 엄청난 미녀── 베루글린드였다.

"결판이 난 것 같네. 그럼 이제 다음 난제에 대해 의논해 볼까요?"

"커, 켁, 누님?!"

"일일이 놀랄 필요 없어. 그것보다 밀림이…… '천통각'을 공격했어."

"뭐?"

"누님, 뭐라고요……?"

단적으로 설명한 그 말은 베루도라를 포함한 모든 이들에게 충격적인 정보였다.

특히 다구류루의 동요는 말로 다할 수 없었다.

'천통각' 바로 옆에는 남겨둔 동족들을 피난시킨 지하도시가 있었다. 미래를 짊어진 아녀자들이 대부분이었기에 '천통각'이 공격받는 최악의 사태에 대응할 수 있는 상황이 아니었다.

"농담하지 마, 베루글린드!!"

가장 놀란 것은 펜이었다.

펠드웨이의 작전 때도 그런 이야기는 나오지 않았기 때문이었다.

"사실이에요."

베루글린드가 성가시다는 듯이 내뱉었다.

이에 펜이 달려들었다.

"어째서! 거긴 손대지 않기로 했었잖아! 근데 대체 왜……."

손대지 않겠다, 라는 이야기는 나오지 않았다.

손을 대겠다, 라는 말도 전하지 않았다. 그뿐인 이야기였다.

군이 동료들의 의심을 살 필요가 없다는 생각에 펠드웨이가 입을 다물었을 뿐이다.

"모르죠. 펠드웨이가 무슨 생각을 하고 있는지 따위."

"이 자식!!"

"시끄러워요, 멍청하긴. 펠드웨이가 신수를 파괴하려고 한 건 알고 있었잖아요? 그렇다면 '천통각'이 방해가 될 거라는 것도 예상했어야죠."

그런 지적을 받은 펜은 아무 소리도 할 수 없었다.

거기까지 앞을 읽을 수 있는 것은 극히 소수뿐이겠지만, 그런 말을 해봐야 더 꼴사나워질 뿐이다.

실제로 베루글린드는 그것을 예상했다.

그래서 소우에이가 '성허' 다마르가니아 주민들을 대피시키는 것을 돕고 수호해 준 것이다.

그래서 지금까지 모두 무사했다.

"'천통각' 외벽은 밀림의 '드라고 노바(용성폭염패)'에 버텨준 덕에 내가 '스타 배리어(성호결계)'로 보강해서 어떻게든 버텨냈어."

오오, 하며 한시름 놓는 다구류루.

"어째서…… 도와준 건가?"

"뭐, 그런 셈이죠. 리무루에겐 신세를 졌으니까, 특별 서비스예요."

그보다── 라며 베루글린드는 화제를 되돌렸다.

"아마 '문'은 부서졌을 거예요. 곧 찾아오겠죠, 대재앙이."

"음…… '멸계룡' 이바라제, 말인가."

"그렇구나, 우리들은 정말 미끼였다는 건가."

"'전통각'을 수호하는 다구류루 일행이 없어진 덕분에 일이 더 수월하게 진행된 것이다. 이는 펠드웨이를 친구처럼 여겼던 펜으로서도 인정할 수밖에 없는 사실이었다.

베루글린드에게 멍청이라는 말을 들어도 어쩔 수 없다고 생각하며 펜이 물었다.

"그래서 왜 그걸 알리러 온 거지?"

베루글린드는 그렇게 질문한 펜을 차갑게 노려보았다.

"딱히 당신에게 용건은 없어요. 내가 이 난제를 의논하고 싶은 상대는 루미너스예요, 내친김에 거기 있는 못난 동생도 말이지."

저, 저까지……? 라며 베루도라의 상태가 불안정해졌지만, 그것은 무시당했다.

베루글린드가 물었다.

"바로 본론인데, 이 '어둠'이 사라지는 대로 넌 신수로 향하도록 해."

"설마?!"

"그래, 맞아. 펠드웨이는 밀림에게 신수를 파괴하게 만들 생각인 것 같아."

한 번은 실패했지만 포기한 것은 아니었다. 다시 밀림을 조종하는데 성공한 지금, 펠드웨이로서 멈출 이유는 없었다.

베루글린드가 다음 난제라고 처음 언급했던 대로, 밀림 일행은 이미 다음 목적지를 향해 움직이기 시작한 것이다.

"그 녀석, 이 별을 진심으로 멸망시킬 작정이로군."

"그렇겠죠. 뭐, 막아낼 거지만."

그것이 어렵다는 것을 잘 알면서도 베루글린드는 당당하게 웃었다.

여기서 두 손 놓고 한탄해봤자 사태는 호전되지 않는다. 그렇다면 끝까지 발버둥 칠 뿐이다.

베루글린드는 그것을 리무루 일행과 했던 전투를 통해 배웠다.

"그래서, 루미너스한테 볼일은요?"

베루도라가 물었다.

"난민의 수용이야. '성허' 다마르가니아가 최전선이 될 테니 피난시켜 두지 않으면 멸망할 테니까."

실로 지당한 의견이었다.

누구나 납득했고, 다구류루는 진심으로 고마움을 느꼈다.

무지개색 어둠이 걷혔다.

황야가 펼쳐져 있고, 죽음의 사막이었던 곳.

그 땅이 지금은 온통 녹음이 펼쳐진 대지로 변모해 있었다.

엄청난 기세로 초목이 돋아나며 비옥한 토양이 만들어졌다.

퍼타일 패러독스(풍양한 신비의 파동)의 효과가 널리 퍼지면서 순식간에 쥬라의 대삼림 못지않은 광활한 삼림지대가 형성되었다.

문제는 성도였다.

마력요소를 사용한 탓인지 건물까지도 수목에 파묻혀 있었다. 석조의 기초와 목벽 등에 마력요소가 함유된 재료가 풍부하게 사용된 탓이었다. 베루도라의 권능에 영향을 받지 않을 리가 없는 것이다.

"조, 조금 힘이 과했나?"

그렇게 생각했지만 후회해봤자 이미 지난 일이다.

베루도라가 의도했던 것 이상의 엄청난 변모였다.

이렇게 된 이상 루미너스에게 혼나는 미래는 피할 수 없을 것 같았다.

실제로 막 눈을 뜬 루미너스는 실로 화사한 미소를 짓고 있었다. 불안한 얼굴로 시선을 피하는 베루도라에게 빠르게 접근해 온다.

"그래, 베루도라. 무슨 일이 있었는지 내게 자세히 설명해 주는 거겠지?"

아름다운 은발로 가려진 이마에 뚜렷한 핏대를 세운 루미너스가 베루도라에게 물었다.

미소를 짓고 있었지만, 그 눈은 전혀 웃고 있지 않았다.

베루도라는 순식간에 자신이 궁지에 몰린 것 같은 착각에 빠졌다.

(이, 이건 말도 안 돼! 오명을 벗기 위한 내 완벽한 작전이!)

루미너스의 위기를 돕고 나아가 루미너스와 다구류루의 영토를 풍요로운 대지로 만든다는, 실로 완벽한 작전이었다.

그런데 아무리 봐도 이야기가 이상하게 흘러가고 있었다.

게다가 베루도라의 배후에는 베루글린드가 버티고 있어 그야말로 진퇴양난의 상황이었다.

이렇게 되면 베루도라로서는 후일을 기약하는 수밖에 없었다.

"아, 아니야, 루미너스. 그게, 그게 말이지…… 여, 여기엔 바다보다 더 깊은 이유가 있는데……. 으음, 전부 다 설명해 주고 싶지만 나도 바빠서. 그러니까 이야기는 나중에 하자!!"

그럼 이만! 그 말만을 남긴 채 베루도라는 하늘로 날아올랐다.

그리고 다구류루와 싸웠을 때보다도 더 빠른 속도로 이 땅을 빠져나가 버렸다.

*

"젠장, 또 도망가버렸구나!!"

그렇게 투덜거리긴 했지만 루미너스는 베루도라를 쫓을 생각이 없었다. 눈을 뜨자마자 베루글린드가 있는 것을 보고 무언가 중대한 일이 벌어졌다는 것을 짐작한 탓이다.

잠들었던 것은 10분도 채 안 되는 짧은 시간이었지만, 그 사이에 여러 일들이 있었던 모양이었다. 나무에서 몸이 자난 것처럼 보이는 다구류루 3형제를 힐끗 바라보고 난 뒤 여러 사정을 알고 있을 것 같은 베루글린드에게로 돌아섰다.

"그래서, 상황은 어떻지?"

"세계의 위기예요."

"어떻게든 될 것 같으냐?"

"할 수밖에 없죠."

루미너스의 물음에 베루글린드는 어깨를 으쓱했다.

리무루가 사라진 것을 막지 못한 것이 후회스럽긴 했지만 섣부르게 나서기엔 위험한 상황이었다.

만약 거기서 손을 내밀었다 해도 베루글린드의 '별신체'만 사라지고 끝났을 것이다. 그 자리에서는 숨어서 다구류루의 백성들을 지키는 것이 정답이었다.

(게다가 리무루라면 '크로노 샐테이션'이라도…….)

어떻게든 할 수 있지 않을까. 베루글린드는 그렇게 생각하고 있었다.

자신조차 돌아왔으니 리무루도 귀환할 수 있을 것 같았다.

근거는 없지만 베루글린드는 그럴 것이라 믿고 있었다.

그렇기 때문에 리무루의 걱정은 뒤로 미뤄두고 지금은 현재에 집중해 최선의 계획을 짜야할 때였다.

루미너스에게 사정을 설명했다.

총명한 루미너스는 곧바로 상황을 이해했다.

"그렇군. 그런 일이라면 난민은 받아들이마."

"고맙다."

그렇게 말한 다구류루가 안도했다.

움직일 수 없게 되긴 했지만 대화는 가능했다.

이로써 루미너스와 다구류루의 화해는 성립된 것이다.

그렇지만──.

이 땅을 방어하는 데는 성공했지만 도시 바깥쪽은 처참했다.

도시 내부도 건물에 수목이 우거졌고, 길이 중간중간 끊어져 있어 엉망인 상태였다. 이를 재생하는 일은 지난한 시련이 되겠지만, 다구류루 입장에서는 배상금을 요구할 상황도 아니었다.

그저 살아남은 것에 기뻐해야 하는 승리였다.

하지만 그것이 중요했다.

살아만 있으면 이후에는 어떻게든 되는 법이니까.

루미너스도 피해 상황을 보며 분노가 일긴 했지만, 지금은 세계의 위기가 더 중요했다.

도시 재생 같은 일은 지금 마주한 최대 난관을 정리한 뒤 생각하면 된다며, 빠르게 마음을 추슬렀다.

게다가 어차피 리무루가 기꺼이 협조해 줄 것이라는 예상도 있었다.

베루글린드에게 리무루의 소실에 대한 이야기를 듣긴 했지만, 루미너스는 크게 걱정하지 않았다.

계속 관찰해왔기 때문에 리무루라는 인물을 잘 알고 있던 것이다.

그 슬라임은 그렇게 쉽게 죽을 녀석이 아니라고.

그렇기에 루미너스는 쓸데없는 걱정은 하지 않고 앞으로의 일에 대해 생각하기로 했다.

"음, 그러면 어떻게 피난민을 유도할까 하는 문제가 생기는데……."

"그 문제라면 나한테 맡겨요."

그렇게 말하자마자 베루글린드는 저쪽과 이쪽을 시공연결로 묶어버렸다. 그리고 건너편에 대기시켜둔 '별신체'의 유도에 따라 자이언트(거인족) 백성들이 속속 이동을 시작했다.

"조급해할 필요 없어요."

그러면서 부드럽게 미소 짓는 베루글린드.

그 미소는 자애로 가득했지만, 그렇게 여유롭지는 않았다.

사실 '천통각'에서 불길한 기운이 새어 나오고 있던 것이다.

시공이 삐걱이는 것을 감지한 베루글린드가 얼굴을 찌푸렸다.

(상황이 안 좋네. 이바라제의 기운까지 느껴져. 이렇게 된 이상 본격적으로 방위선을 구축해 두지 않으면 한순간에 세계가 멸망

129

할지도 몰라…….)

'멸계룡' 이바라제가 출현하기 전까지는 아직 시간적인 여유가 있어 보였다. 하지만 선발부대로 등장할 클립티드(환수족)들은 과거 시공의 갈라진 틈으로 왔던 것과 같은 수준의 잔챙이들이 아니다. 섬뜩할 정도의 파괴적인 기색으로 미루어 봤을 때 각각이 재해급 이상의 위협도인 것은 확실해 보였다.

더는 단독으로 저항할 단계가 아니었다.

전 세계의 영웅들이 힘을 모으지 않으면 이 위기를 극복하기는 어려워 보였다.

베루글린드는 그 사실을 난민들에게 알릴 필요가 없다고 판단했을 뿐이었다.

난민 수용은 루이의 주도로 진행되었다. 교황으로서의 권위를 최대한 활용해 민심에 호소한 것이다.

이로써 큰 혼란은 면할 수 있었다.

성도의 백성들도 지금은 난민과 다를 바 없는 상황이었다. 살 집을 잃은 사람도 많아 전원이 대성당으로 대피하게 되었다. 한 곳에서 수용할 수 있는 사람의 수에도 한계가 있었기에 지하 피난 장소나 각지의 영산에 자리한 성당이나 숙소 등으로 분산시키며 사람들을 대피시켜 나갔다.

그사이에 큰 나무가 된 다구류루 일행도 포함하여 작전 회의가 진행되었다.

모인 주요 멤버는 베루글린드를 필두로 루미너스와 긴디, 올디마, 시온과 다구류루의 아들들. 아다루만과 가드라, 알베르트, 그리고 '네 팔' 바사라도 있었다.

"클립티드(환수족)가 각지로 날아가기 전에 막아야 할 텐데."

다구류루가 그렇게 말하자 모두 동의를 표했다.

"문지기가 미덥지 못한 탓에 다들 고생하는 거 아니냐!"

여기서 따끔한 지적을 날리는 것으로 보아 루미너스는 아직 화가 난 모습이었다.

"면목없군."

다구류루도 고개를 숙일 수밖에 없었다.

"그러니까 나한테 좋을 대로 이용당한 거지."

이는 울티마의 말이다.

이것에는 어떻게 반응해야 할지 다구류루도 당황했다.

어쨌든 다구류루로 인해 사태가 혼란스러워진 것은 확실했다.

제3자의 입장에서 보면 조금 전까지의 싸움은 완전한 헛수고였기 때문이다. 그 원인이 속아버린 다구류루에게 귀결된 셈이었으니 불평을 들어도 감내할 수밖에 없었다.

그런 점에서 '용종'은 적당주의였다.

"자잘한 일 같은 건 잊어버려요, 루미너스."

결코 자잘한 일은 아니었지만 베루글린드의 관점에서 보면 도시가 궤멸하는 것은 큰 문제가 아니었다.

(정말로 이런 점은 비슷하군. 누가 남매 아니랄까봐.)

그렇게 생각한 루미너스였지만, 이 말을 들으면 베루글린드는 격노할 것이다. 베루도라도 질색한 표정을 짓겠지.

어쨌든 방침을 정해야 했다.

"다들 알겠지만 이바라제가 나오면 우리가 상대할 수밖에 없어요. 그것도 이 별을 지키면서 싸운다면 전력을 내기도 어려운 상황이 되겠죠."

그런 달갑지 않은 설명이 베루글린드의 입에서 흘러나왔다.

'멸계룡' 이바라제의 위협을 모르는 자들은 그 말을 듣고도 감을 잡지 못하는 모습이었다.

하지만 루미너스는 달랐다.

"그래서 베루도라가 신수로 향한 거로군?"

펠드웨이의 목적이 신수 파괴에서 끝날 리 없다. '멸계룡' 이바라제의 소환까지도 계획에 포함되어 있으니 이 별을 파괴하고 모든 것을 초기화할 생각인 것이다.

"그렇다는 건 처음부터 거짓말이었다는 건가……."

'문'을 부쉈던 이유, 신수를 파괴하고자 하는 이유. 그것들을 종합해보면 펠드웨이의 목적은 단 하나였다.

영토 분할이라는 감언 따위는 애초에 지킬 생각이 없었던 것이다.

아니, 지킬 필요가 없었다는 말이 맞겠지.

이 별이 사라지면 영토 문제도 사라질 테니까.

그것을 다시 한번 깨달은 펜이 고개를 숙였다.

"자꾸 그런 사소한 일로 본론을 흐리지 마세요."

이번에도 베루글린드가 지적했다.

놀라울 정도로 펜의 사정에는 관심이 없다는 듯한 태도였다.

그 모습에 쓴웃음을 지은 루미너스가 이야기를 정리했다.

"이바라제는 그렇다 치도 클립티드(환수속)는 우리 선에서 어떻게든 막아야겠지. 하지만 군세를 거느리고 간다 해도 헛된 죽음이 될 뿐이다."

참가할 마음이 가득한 표정으로 바사라가 고개를 끄덕였다.

"동감이다. 간다면 장수 하나로 족해."

이 의견에는 누구에게도 반론이 나오지 않았다. 그러나 현실적으로 중대한 문제가 있었다. 이를 지적한 것은 아다루만이었다.

"하지만 전력이 부족하지 않겠습니까?"

지금 있는 멤버 중 움직일 수 있는 사람은 11명뿐이다. 여기에 루이나 이름 있는 무장들을 더한다 해도 바사라 외에 오대투장 4명에, 7대 귀족 7명. 베루글린드는 맡은 역할이 있었기에 제외해야 했고, 애초에 모든 전력을 투입할 수 있는 상황도 아니었다.

누가 참전하느냐, 그것 역시 문제였다.

기쁜 소식이 있다면 지난 전투에서의 피로가 회복되었다는 점이었다.

베루도라의 퍼타일 패러독스(풍양한 신비의 파동)의 영향으로 루미너스를 포함한 다른 이들은 완전히 회복된 상태였다.

그 자체가 이미 있을 수 없는 기적임에도, 다른 상황이 너무 커서 모두가 당연하다는 듯이 흘려넘겼다.

지적하면 지는 거다── 라는 분위기가 형성되어 있었던 것이다.

결과적으로 이곳에 있는 11명은 참전할 마음이 있었다. 여기서 도망쳐도 기다리는 것이 죽음이라면 끝까지 발버둥 치는 편이 낫다. 그런 각오를 갖고 다들 목숨을 건 것이다.

이에 베루글린드가 고개를 끄덕였다.

"잉그라시아에 있는 마사유키에게도 사정을 설명했더니 사카구치 히나타도 참전한다는 것 같아요."

마사유키까지 참전하겠다며 나서려는 것을 베루글린드가 '위험하다'라는 이유로 말리고 있었다.

루드라를 현현시킨 상태라면 몰라도 지금 상태로 가면 죽으러 가는 것과 다름없다. 그렇게 생각하고 필사적으로 설득하고 있긴 하지만, 아무래도 말릴 수는 없을 것 같았다.

마사유키는 그곳에 존재하는 것만으로 동료에게 행운을 가져다준다. 본인에게 싸울 힘이 없다고 해도 그 누구보다 도움이 되는 것이다.

루벨리오스가 무너지면 다음은 잉그라시아다. 그리고 서방열국에는 멸망의 불길이 타오르게 될 것이다.

그러한 미래가 오기만을 두 손 놓고 앉아서 기다린다니, 사람 좋은 마사유키로서는 견딜 수 없는 일이었다. 그리하여 '용사'의 참전도 결정되었다.

*

핵심 멤버가 결정되었지만 아직 문제는 해결되지 않았다.

해결되긴커녕 산더미였다.

멤버가 바뀌면서 회의는 계속되었다.

새로 참가한 것은 히나타와 마사유키.

빠진 것은 다구류루 3형제와 다구류루의 아들들이었다.

장소 역시 비어 있던 회의실로 이동해 논의가 오가고 있었다.

엄선된 정예만으로 방위군을 재편해도 전력이 턱없이 부족할 것이라는 결론이 나왔다.

베루글린드가 예상한 적 전력으로 판단했을 때, 데려갈 수 있는 사람이 적기 때문이었다.

A랭크 이상인 것은 당연하고 기동력에 특화된 자여야 했다. 그 이유는 단순하다. 스스로 자신을 지킬 수 있어야 하기 때문이다.

"클립티드(환수족)는 자기재생 능력이 높아서 체력을 줄이는 건 힘들겠지만 공격력은 그렇게 크지 않아요. 공격 패턴만 간파하면 대처는 가능할 거예요."

그것이 베루글린드의 의견이었다.

그러나 이는 초월자인 그녀이기 때문에 나올 수 있는 의견이었고 실상은 전혀 달랐다. 체력을 줄이기란 어려웠고 공격에 직격하면 일격에 사망. 스치기만 해도 중상을 입을 것이다.

비유하자면 한 마리 한 마리가 카리브디스(폭풍대요와)와 맞먹을 정도의 위협이었다. 게다가 의외로 교활해서 상황에 따라서는 무리를 짓는 일까지 있다고 한다.

그런 괴물이 추정치로만 천 마리 이상은 득실거리고 있는 것이다. 아무리 가볍게 잡는다고 해도 세계의 위기였다.

밀림의 사천왕이 된 오베라 일행이 그랬던 것처럼 덫을 놔서 몰아넣고 포위한 뒤 처리한다는 전법을 쓸 수 없는 이상 희생자가 생겨도 구조할 여유는 없었다.

그랬기에 결국 데려갈 자들을 강자로 한정할 수밖에 없었던 것이다.

"칼리굴리오를 불렀어요. 미니츠도 올 거고요. 제국의 '별신체'도 되돌렸으니 수비가 약해지겠지만, 세계가 멸망하는 것보다 나을 테니까요."

베루글린드가 그렇게 말했다.

그 말에 고개를 끄덕인 것은 마사유키였다.

히나타와 함께 이곳 회의에 합류한 것이다.

"듬직하네. 나는 보호만 받을 뿐이라 괴롭지만, 내 주위에는 공격이 닿지 않을 테니까 어떻게든 될 거라고 생각해."

최근 마사유키는 마음을 달리하기로 했다.

자신의 권능이었을 얼티밋 스킬인 '진정한 영웅(영웅지왕)'을 다루는 것을 포기하고 운을 하늘에 맡기기로 한 것이다.

차라리 그러는 편이 더 잘 풀린다는 것을 꽤 오래 전부터 알고는 있었다. 지금까지는 '뭔가 하고 있다는 느낌'을 내기 위해 노력했지만, 그런 쓸데없는 일을 하고 있을 때가 아니라는 것을 깨달은 것이다.

이번 참전을 결정한 이유도 영웅적인 동기는 아니었다.

(아무것도 안 하면 세계가 멸망하잖아. 나만 살아남아도 어쩔 수 없고 이왕이면 모두가 살아남을 가능성에 내기를 거는 편이 좋겠지…….)

그런, 참으로 소극적인 이유로 이곳에 있는 것이었다.

하지만 그 덕분에 모두의 마음에 여유가 생긴 것은 사실. 마사유키의 동기야 어떻든 그 행동의 결과만을 보면 틀림없이 '용사' 그 자체였다.

그리고 이 자리에는 히나타도 있었다.

이 위기를 직면하고 서방열국들을 제쳐두고 달려온 것이다.

다구류루의 진격 보고를 들었을 때도 참았지만, 이번만큼은 이야기가 달랐다.

왜냐하면 리무루가 없기 때문이다.

(그 녀석이 지다니 믿을 수 없어…….)

리무루는 무슨 일이 있어도 표연했다.

그곳에 있는 것만으로도 안심감을 주던 존재였다.

지금 이후로는 그 녀석이 어떻게든 해주겠지—— 라는 안이한 생각은 먹히지 않는다. 그래서 히나타는 스스로 움직일 수밖에 없었다.

"각국의 방위전력을 최소한으로 남기고 정예를 데려왔어. 리무루에게 의지할 수 없는 이상 우리가 최선을 다할 수밖에 없겠지. 그 녀석이 돌아올 장소를 지켜내지 못하면 분명 잔소리를 들을 테니까."

그렇게 말하는 히나타의 표정은 심각했다.

여느 때보다 냉철하고, 얼어붙은 분위기였다.

리무루가 사라진 것만으로도 히나타에겐 여유가 없어 보였다. 과거의 냉혹했던 히나타로 돌아간 것처럼, 과거를 아는 자들에게는 그것이 느껴질 정도였다.

(뭐, 어쩔 수 없겠지.)

루미너스도 그렇게 생각하여 굳이 지적하지는 않았다.

누구나가 리무루에게 너무 의지하고 있었다는 사실을, 사라진 후 몇 번이나 통감하고 있었다.

그러나 한탄하고 있을 수만은 없다.

논의의 주제는 이 위기 상황을 전 세계에 알릴 것인지 여부로 좁혀졌다.

전력이 부족하다는 예측이 나온 이상 전 세계에서 주력이 되는 전사들을 소집해야 하기 때문이었다.

"자국의 방위가 중요한 건 이해한다만, 세계가 멸망한다면 아무 의미 없는 일이다."

루미너스가 주장했다.

"솔직히 난 인간이 어떻게 되든 관심 없다. 보호하고 있는 자들만큼은 소중하지만, 날 공경하지 않는 자들이 다소 줄어든다고 해도 별문제가 없다는 것이 본심이지. 어차피 머지않아 또 늘어날 테니 말이다."

그래, 늘어날 수만 있다면.

하지만 이번 위기는 이야기가 다르다.

'천통각'을 통해 찾아올 재앙은 모든 생명체에게 천적이 될 것이다. 이것을 방치해 버리면 인간이 살아남을 수 있다는 보장은 어디에도 없었다.

따라서 루미너스는 이 땅을 지켜야 한다고 주장했다. 다른 인류의 생존권 따위 상관없이 그저 원흉이 되는 최전방에 집중하여 모든 전력을 투입해야 한다고 본 것이다.

다만 여기서 말하는 전력에 약자는 포함되어 있지 않았다. 그들은 각자 알아서 살아남으면 그만이라고 생각했다.

이처럼 루미너스는 결코 인류를 위한 것이 아닌 자신의 사정에 따라 판단을 내리고 있었다.

그러나 이에 반박하는 사람은 없었다.

허울 좋은 말만으로는 일이 잘 풀릴 수가 없었기 때문이다. 그것을 모두가 인지하고 있었기에 득실이나 이해관계를 중시하여 이 위기를 대처하고자 했다.

"그래서 구체적으로는 어떻게 할 생각이지?"

히나타가 물었다.

"여기서는 솔직하게 각국에 알리자꾸나."

앞으로 다가올 미증유의 위기에 대해 각국에 알려야 한다. 루미너스가 그렇게 답했다.

"불안만 부추겨서 치안을 유지할 수 없게 되는 건 아닐까?"

그런 의견도 나왔지만, 그런 것 따위 루미너스가 알 바는 아니었다.

"그런 건 아무래도 상관없다. 우리를 믿을 수 없다면 그때는 자기네들끼리 알아서 해결하라지."

잔인한 논리였지만 옳은 주장이었다.

전원을 지킬 수 없는 이상 시끄럽게 굴어도 어쩔 수 없으니 적어도 얌전히 있어 줬으면 한다. 이것이 지켜야 하는 쪽의 입장이었다.

현실적으로 보면 민심이 두려움과 불안을 이기지 못하고 폭도가 생겨날 것이다. 너무나 잘 알고 있는 현실이지만, 그럼에도 그런 어리석은 자를 위해 귀중한 전력을 할애할 여유가 없다는 것이 본심이었다.

"뭐, 제한된 수의 영웅 외에는 용건이 없으니 남은 자들로 민중을 한데 모으게 하면 그만인 이야기다."

"어렵긴 하겠지만, 할 수밖에 없겠네."

히나타가 동의하면서 루미너스의 의견이 자연스럽게 채택되는 흐름이 되었다.

*

급히 루미너스가 전 세계를 향해 연설을 하게 되었는데, 이번에는 시간이 없었다.

원래대로라면 각국에 알리고 만반의 준비를 갖춰 엄숙히 진행해야 하는 것이 신탁이다.

하지만 이번에는 시간을 지체하지 않고 예고도 없이 감행하기로 결정되었다.

그리하여 돌연 각국의 상공에 루미너스의 영상이 떠올랐다.

전 세계 동시 전송이었다.

상공을 올려다보며 놀라는 사람들.

그런 것 따위 안중에도 없다는 태도로 루미너스가 입을 열었다.

『들어라, 내 이름은 루미너스 발렌타인. 신이자 마왕이며 루벨리오스를 통솔하는 자다.』

이것이 인사말로 뱉은 말이었지만, 이를 들은 사람들의 충격은 상상하기 어렵지 않았다.

초장부터 거침없는 폭로.

신을 믿는 자들이 신앙심에 의심을 품으면 어쩔 셈이냐며 루미너스의 수하들이 머리를 싸맸을 정도다.

『에둘러 말하고 있을 시간이 없으니 단적으로 말하마. 세계는 지금 미증유의 위기에 처해 있다. 나는 신의 이름으로 온 힘을 다해 백성을 지킬 생각이다. 그 이상으로 '옥타그램(팔성마왕)'의 긍지를 걸고 도망치지 않고 싸우겠다고 다짐하마. 다른 마왕들도 그러하듯이 말이다.』

일말의 미사여구도 없이 다음 폭탄을 투하하는 루미너스. 일부러 폭동을 일으키려는 것이 아닐까 하는 의구심이 들 정도로 그 말은 폭력적이었다.

하지만 반대로 혼란의 정점을 경험한 덕분에 사람들은 오히려 냉정해질 수 있었다.

상공에 떠오른 절세의 미소녀가 거짓말을 하는 기색 따위는 조금도 없다. 여신이라고 부를 만한 미모는 그 자체로 사람들을 매료시켰다.

그런 루미너스가 하는 말을 의심하는 자는 아무도 없었다.

『뭐, 도망쳐봤자 소용없으니 말이지. 결국 이 세계가 멸망할 뿐이니 결국은 싸울 수밖에 없다. 나는 마왕으로서의 긍지를 걸고 적에게 등을 보이지 않을 것이다. 그리고 그것은 나뿐만이 아니라──.』

그렇게 고하는 루미너스의 모습을 대신해 영상이 차례차례 바뀌었다.

'마왕' 루미너스를 필두로 하여──

'태초' 울티마가.

'성인' 히나타가.

'용사' 마사유키가.

'용종' 베루글린드까지.

──흘러가듯 지금의 모습이 비춰졌다.

『이들 역시 이번 위기에 함께 맞설 동료들이다.』

이 말을 듣고 민중들은 생각했다.

그렇다면 '이긴 싸움'이 아닌가, 라고.

특히나 잉그라시아 왕도 주민들은 마사유키의 용감한 모습을 본 직후였다. 그 절대적인 모습은 선명하게 뇌리에 박혀 있었고, 오히려 견학을 가고 싶어하는 자들까지 있을 정도였다.

또한 '용종'의 위험성을 아는 사람 입장에서 베루글린드라는 이름은 큰 의미를 지녔다.

그 베루도라조차 거역하지 못하는 위대한 여제로서, 베루글린드는 확고한 존재로 군림하고 있었던 것이다.

그리고 울티마.

그 귀여움과 가련함에 세계 각지에서 팬들이 급증하는 중이었다.

겉모습에 속은 어리석은 자들뿐이었지만 귀여운 포즈를 취하고 있는 울티마에게도 문제는 있었다.

여기에 히나타까지 있다.

거기에 루미너스 교의 신까지 참전한다고 하니 '어디에 질 요소가 있나?' 하는 생각이 드는 것도 어쩌면 당연했다.

그런 것을 모르는 루미너스가 말을 이었다.

『그럼에도 아직 부족하다. 모이거라, 용사들이여! 도망친 곳에 미래 따위 없다! 또한 수많은 영웅의 희생 위에 살아간다 한들 미래에 떳떳하게 살아갈 수 없을 것이다!! 지금이야말로 용기를 보여줄 때다――.』

루미너스의 연설은 뜻밖의 효과를 발휘하기 시작했다.

루미너스의 요염함에 마비된 자.

울티마를 지지하겠노라 결심한 자.

히나타의 미모에 넋이 나간 자.

마사유키의 시니컬한 미소에 함성을 내지르는 자.

그리고 베루글린드의 신비로움에 경외심을 품는 자.

영상까지 비춘 것은 어떻게 보면 엄청난 정답이었다. 민중에게 절망을 주지 않을까 걱정했는데, 그 영상의 거룩함으로 인해 희망을 준 결과가 되었기 때문이다.

보다 정확하게 말하면, 이 종말적인 상황에서 마치 신화를 재현한 것처럼 모인 정상의 존재들을 두 눈으로 목격하고 열렬한 흥분 상태에 빠진 것이다.

이것은 실상을 아는 이들에게는 예상 밖의 반응이었다. 그러나 위협의 본질을 모르는 민중들로서는 믿을 수 없는 존재들이 모인 셈이니 흥분할 수밖에 없는 상황이었다.

연설은 절정을 맞이했다.

『지도자들이여, 듣도록 해라! 네놈들이 호의호식하며 지낼 수 있는 것은 백성들이 있기에 가능한 일이다. 긍지 높게 사는 것이야말로 귀족이자 왕이다. 도망치는 것은 용납하지 않겠다. 이 세계 존망의 기회에 맞설 수 있도록 백성들을 올바르게 통솔하거라! 무지몽매하게 하루하루를 살아가는 자들이여, 너희는 그것으로 족하다. 그저 방해하지 말고 살기 위해 계속 발버둥쳐라! 그리고 마지막으로── 힘 있는 자들이여, 죽을 자리를 마련해 주겠다. 우리가 승리를 쟁취할 수 있도록 그 목숨을 바치도록 해라!!』

후세까지 구전되며 기록으로 남을, 루미너스 일생의 대연설이었다.

루미너스가 마지막 말을 맺으며 마무리했다.

『우리에게── 이 별에, 승리를!!』

온갖 고난을 극복하고 승리를 향해 간다.

그 어떤 일보다 우선시하여 인류의 지혜와 힘과 용기를 결집시켜라. 이는 그러한 선언이었다.

전 세계 사람들이 이에 화답했다.

루미너스의―― 영웅들의 결의를 깨닫고 모든 이들이 선뜻 각오를 다진 것이다.

『ΠΠ우오오오오오오오오오! 우리에게 승리를! 이 별에 승리를!』ⅢⅢ

전 세계의 각지에서 노호와 같은 함성이 터져 나왔다.

그것은 열광이었다.

루미너스의 카리스마는 단순한 허울뿐이 아니었다.

딱히 권능을 구사한 것도 아닌데 인류는 마치 매료되기라도 한 것처럼 순식간에 뭉쳐버렸다

이것이 후세에 널리 전해지게 될 루미너스의 종말 선고였다.

그 열광이 채 식기도 전에 각국에서는 긴급회의가 열렸고, 촉박한 와중에 논의가 이루어졌다.

그리고 최소한의 전력만을 남기고 가능한 최대의 전력이 원군으로 파견되었다.

＊

루미너스의 연설을 통해 차례차례 전력이 모이는 가운데, 다구류루도 살아남은 '박쇄거신단'을 모아두고 연설을 하고 있었다.

다구류루의 아들들도 이곳으로 불려나와 세 명이 나란히 맨 앞 줄에 서 있다.

"들어라! 내가 움직일 수 없는 지금, 대리로서 나의 지휘권을 다구라에게 넘기겠다. 류라, 데부라여! 다구라를 도와 자이언트(거인족)의 번영을 위해 전력을 다해주길 바란다!"

"예!"

"알고 말고요!!"

음, 하고 고개를 끄덕인 다구류루가 말을 이었다.

"자이언트(거인족) 전사들이여! 보잘것없는 이 나를 용서해다오. 이제는 다구라를 나라고 생각하고 그 명령에 따르도록 해라!!"

이번에도 """알겠습니다!!"""라는, 언뜻 들으면 노호처럼 들릴 정도의 대합창으로 전원에게서 찬동을 얻을 수 있었다.

다구류루가 움직일 수 있게 되기 전까지의 대리이긴 하지만, 직계 아들인 다구라에게도 인망은 있었던 것이다.

"걱정하지 마, 형님. 나도 붙어 있으니까. 무슨 일이 있어도 다구라 녀석들을 지켜내겠어."

그러면서 '네 팔' 바사라가 다구라의 등을 두드렸다. 외삼촌으로서 다구라의 후견인이 되겠노라 선언한 것이었다.

이에 안심하는 다구류루.

여기에 와서야 비로소 미소를 지어 보였다.

"나와 루미너스의 인연이 사라진 것은 아니지만, 이번 일로 다 갚을 수 없을 정도의 은혜를 입었다. 과거의 원한은 내 가슴속에 묻어 두고, 앞으로의 미래를 바라보기로 하자."

베루도라 덕분에 앞으로는 대지도 풍요로워질 것이다.

영토적 야심 따위는 필요할 일이 없는 시대가 오는 것이다.

그렇다면 루미너스와 적대할 이유도 자연히 사라지게 된다.

다행히 이번 싸움에서 전사한 사람은 적었다. 양 진영에 존재하는 빈사 상태였던 자들도 퍼타일 패러독스(풍양한 신비의 파동)의 힘에 의해 무사히 부활한 덕분이었다.

이 강렬한 기적 덕분에 큰 응어리 없이 끝날 수 있었다.

그렇기에 이제는 미래를 내다봐야 할 때였다.

다구류루는 그 뜻을 아들들에게 전했다.

"다구라여, 네놈도 머지않아 왕이 될 몸이다. 내 의견에 따르는 것도 중요하지만, 그보다 먼저 자신의 판단으로 무엇이 옳은지 내다보도록 해라. 네 판단에 자이언트(거인족)의 명운이 쥐어져 있다는 사실을 명심하도록. 너희들도 말이지."

도망치는 것은 허락하지 않겠다── 하고 다구류루는 다구라를, 그리고 류라와 데부라에게까지 압력을 가했다.

그에 긴장한 3형제.

"네, 넷!! 아버님, 당연한 말씀입니다! 신명을 바쳐 왕의 대리라는 책무를 다하겠습니다!!"

"저, 저도 형님을 도와서 아버지의 기대에 부응하겠다고 약속드립니다!"

"그렇고말고요!"

여기서 꼬리를 마는 짓은 용서치 않겠다는 위압감을 내뿜는 다구류루를 앞에 두고 도망갈 용기 따위 있을 리 없었다. 세 사람은 압력에 짓눌린 채 맹세의 말을 전했다.

그리고──.

『저희 일동, 다구류루 님의 귀환을 기원하며 다구라 님의 명에 따라 나라를 위해 전력을 다하겠습니다!!』

다구류루의 패배와 베루도라의 구제, 루미너스의 온정을 이해하고 있는 '박쇄거신단' 정예들은 다구류루의 결정에 이의를 제기하지 않고 순순히 따랐다.

그 모습을 보고 만족스럽게 고개를 끄덕이는 다구류루.

"이 대전을 지켜볼 수 없는 것은 유감이지만, 더는 시간이 없다. 미래가 있을 거라 믿고…… 우리는 잠에 들도록 하겠다. 나머지는 맡기마, 다구라여. 그럼 또 보자꾸나——."

그 말을 끝으로 다구류루는 큰 나무에 빨려 들어갔다.

이 땅과 자신의 육체를 재생하기 위해, 긴 잠을 청하기 위해.

그렇게 다구류루의 난은 진정되었다.

동시에 '박쇄거신단'도 최종 결전에 참전하게 된 것이다.

*

이리하여 각지에서 엄청난 전력이 모여들었다.

방위전에 늦은 자는 아예 전력으로 삼지도 않았다.

지금 이 자리에 있다는 사실만으로 전원이 일기당천의 강자라는 것을 증명하고 있었다.

눈길을 끄는 것은 영웅 가젤 드워르고가 직접 이끌고 온 페가

수스 나이츠(천상기사단) 500명이다.

"그런 말을 들은 이상 내 나라 일에만 매달려 있을 수 없는 노릇이지."

쓸쓸하게 말하는 가젤.

그 말과는 달리 그 눈동자에는 의욕이 넘쳤다.

사제인 리무루의 부재를 자신이 지켜야 하지 않겠냐며, 사정을 헤아리고 나서준 것이다.

히나타가 이끄는 것은 삼백 명의 크루세이더즈(성기사단)였다.

"죽을 각오로 방어에 임해라. 어차피 죽어도 루미너스가 되살려 줄 테니까."

무모함을 넘어서서 불가능에 가까운 그 명령에 기쁘게 고개를 끄덕이는 단원들. 전원이 A랭크 이상인 성기사인 만큼 죽음조차 두려워하지 않는 그 모습은 기묘하기도 하고 믿음직스럽기도 했다.

교황 루이는 400명 남짓한 블러디 나이츠(혈홍기사단)를 이끌고 있었다. 신성한 법의 차림이 눈에 띄었기 때문에 간판으로서의 역할도 담당했다.

칼리굴리오를 필두로 하고 미니츠를 부관으로 둔 신생 임페리얼 가디언(제국황제 근위기사단) 100명도 있다. 마사유키의 수호자로서 철벽의 포진으로 방어 태세를 갖추고 있었다.

주력이 되는 것은 '박쇄거신단'에서 선출된 1000명 이상의 엘리트 전사들이었다. 대리로 왕이 된 다구라가 총지휘자가 되었지만 바사라가 보좌를 맡고 있기에 문제는 없어 보였다.

여기에 각국에서 모인 영웅들이 500여 명. 영웅 요움과 왕비 뮤우인 뮬란. 그루시스나 라젠의 모습도 있었다.

전 '삼무선(三武仙)'인 사례와 그레고리도 일시 복귀하여 루크 지니어스(교황직속 근위사단) 30명과 함께 싸우게 되었다. 사례 쪽은 히나타와 눈이 마주치자 겁을 먹긴 했지만, 도망치지 않은 것만 봐도 어느 정도는 기합이 들어간 모습이었다.

영웅들은 결집력이 부족했기에 사이가 좋거나 안면이 있는 등의 접점이 있는 사람들끼리 조를 이뤄 유격부대가 되었다. 이쪽도 지명도에 따른 힘의 우위에 따라 곧바로 상하관계가 구축된 모습이었다.

이리하여 급조한 감은 있었지만, 정예 중의 정예들로 이루어진 방위군이 구축되어 나갔다.

총수 3천 명 남짓.

전원이 A랭크를 웃도는 레벨의 실력자라는, 생각할 수 있는 한 최고의 전력이 모였다.

루미너스는 '천통각'을 에워싸듯 펼쳐진 군세를 바라보며 감회에 젖었다.

"장관이긴 하지만, 과연 몇 명이 살아남을 수 있을까."

영웅이 죽든 말든 루미너스와는 상관없다.

그럼에도 신경이 쓰이고 만 것은, 그들이 진정한 '영혼'의 빛을 각자의 가슴에 품고 있었기 때문이다.

그런 루미너스 옆에 선 것은 완전부활한 시온이었다.

힘이 넘치는 모습이다.

베루도라의 퍼타일 패러독스(풍양한 신비의 파동)에서 깨어났을 때 시온은 불완전한 상태였다. 그 막강한 권능으로도 회복할 수 없을 만큼 시온의 에너지(마력요소)양이 증대했다는 증거였다.

"문제없습니다! 죽게하지 않으면 그만이니까요."

어떤 근거가 있어야 그런 발언을 할 수 있는 것일까. 루미너스는 의아해졌다.

아니, 시온에게는 근거가 없을 것이고, 아마 그것이 희망이라는 생각조차 하지 않을 것이다.

그렇게 해야 하고, 그렇게 되어야 하니까, 그렇게 되게 만든다. 그런 폭력적이고 엉터리적인 사고로 자신의 심정을 표현한 것일 뿐이다.

그런 시온을 루미너스는 흐뭇하게 바라보았다.

비관해도 어쩔 수 없다.

절망해 죽을 바엔 미래에 희망을 품고 지는 편이 낫겠지. 루미너스 자신도 그렇게 생각했기 때문이다.

그건 그렇고, 신경 쓰인 것은 그다음으로 나온 시온과 아다루만의 대화였다.

"그렇지, 임모탈 레기온(불사자의 군단)을 미끼로——."

"아, 그건 불가능합니다."

"어째서요?"

"실은 제가 육체를 얻어버렸거든요."

거기까지 듣고 루미너스는 아다루만을 빤히 관찰했다.

확실히 육신을 얻은 상태였다.

펜괴의 전투 중 웬티와 합체했다는 것은 알았지만 아직 그대로일 것이라고만 생각했다. 그런데 아니었던 모양이다.

아다루만의 어깨에 올라탄 미니 용이 웬티가 변화한 상태였다.

즉, 아다루만은 본연의 상태에서 해골을 졸업한 것이다.

그리고 그것은 아다루만뿐만 아니라 임모탈 레기온(불사자의 군단) 전원에게 적용되었다.

베루도라의 퍼타일 패러독스의 영향이었다.

언데드(불사의 상태)조차 상태 이상이라고 판단하여 본래대로 되돌린 것이다.

"그게 가능해?"

관심 없어 보이던 울티마까지 지적을 해왔다.

'태초의 악마'조차 놀라는 것을 보면 이는 확실한 비정상이라고 할 수 있었다.

어쨌든 불사 상태를 벗어난 것은 기쁜 일…… 인지 아닌지는 의견이 갈리는 부분이지만, 그렇게 되면 A랭크에 미치지 못하는 자들로는 전력이 되지 않는다. 따라서 성도의 백성이나 거인들의 피난을 유도하거나 식사 배급을 하는 등 보조 역할로 일하게 된 것이다.

전쟁이 시작되기까지 얼마 남지 않았다.

이리하여 준비는 순조롭게 진행되어갔다――.

막간 벌레의 왕

제라누스는 상처를 치유하고 있었다.

밀림과의 싸움에서 입은 상처가 아니다.

제라누스가 강제적으로 리스트라이프(생명재구축)된 영향 때문이었다.

피리오드의 죽음은 예상 밖이었기에 계획에 다소 차질이 생기긴 했지만 문제가 되지는 않았다.

왜냐하면 그마저도 제라누스에게는 예정된 일이었기 때문이다.

모든 충마족은 제라누스에게 귀속되도록 설계되어 있었다.

피리오드가 처음부터 '그렇게 되도록' 낳은 것이다.

그렇기 때문에 죽어도 그 힘은 돌아온다.

본래라면 피리오드로 돌아와 그녀가 한층 더 강화된 존재가 되어야 했다. 그런 수순을 밟지 않고 그녀 자신의 힘이 통째로 직접 제라누스에게 돌아간 것이다.

그 결과가 제라누스의 리스트라이프(생명재구축)였다.

그러나 그것도 '디베스테이터 바이러스(암흑증식식)'로 자신의 몸조차 잡아먹는 제라누스에게는 별것 아닌 변화였다.

스스로 낳은 권속의 힘을 기른 뒤 그것을 양식으로 삼는다.

권속이 자라면 자랄수록 그 힘이 더해진다.

지혜기, 힘이, 경험이, 모든 것이 제라누스의 것이 된다.

그것이 바로 제라누스의 권능── 얼티밋 스킬 '세피로트(생명지왕)'의 진면목이었다.

제스가 자신을 넘어서길 기대했던 것은 사실이지만, 제라누스는 그것이 불가능하리라 확신하고 있었다. 만약 그것이 이루어졌다면 '세피로트(생명지왕)'를 물려줄 생각이었는데 실현되지 못했다.

결국은 제스도 죽고 제라누스의 양식이 되어 소멸했다.

(아직 그럴 시기는 아니었지만 충분히 무르익었던 모양이군.)

제라누스는 그렇게 생각하고 만족했다.

힘이 넘쳤다.

제라누스는 오랜만에 모든 권능을 되찾은 듯한 통쾌한 기분이 들었다.

태어날 때와 비교하면 수십 배 이상 강화됐다.

밀림과 싸울 때보다 지금의 제라누스가 압도적으로 강했다.

제라누스의 존재치는 억을 넘어 '용종'조차 넘어선 초월자에 다다르고 있었던 것이다.

하지만 아직 부족하다.

아직 제라누스에게서 갈라져 나온 권속들이 그 삶을 구가하고 있었다.

그 힘을 받아들여 한층 더 위를 노려야 한다.

제라누스는 몸을 일으켰다.

"가볼까."

아무도 없는 허공을 향해 그렇게 중얼거리며, 제라누스는 걸음을 내딛었다.

제2장

미궁침식

Regarding Reincarnated to Slime

디노는 우울했다.

지금은 펠드웨이의 명령으로 라미리스의 미궁을 공략 중이다.

이제 막 시작한 참인데 디노는 벌써부터 질려버렸다. 피코와 가라샤를 데리고 도망치고 싶다는 생각이 들었다.

그러나 그것은 용납되지 않았다.

펠드웨이의 지배는 절대적이었으며 약간의 자유의지 외엔 인정되지 않았기 때문이었다.

그 망할 녀석, 진짜 마음에 안 들어── 라고 생각했지만, 힘이 부족한 스스로를 원망할 수밖에 없었다.

그런 디노를 괴롭히는 인물이 또 한 명 있었다.

의기양양하게 선두를 걷는 베가였다.

"야?! 내가 덫 좀 조심하라고 몇 번을 말해!"

지금도 또 베가가 밟아버린 스위치 때문에 큰 바위가 굴러왔다.

길이 경사져 있던 시점에서 예상할 수 있는 덫이었다.

그런데도 바보처럼 걸려버린 베가를 보며 디노의 짜증도 최고조에 이르렀다.

어쩌다 이렇게 되었는지, 디노는 떠올렸다.

....

....

....

마이의 권능으로 순식간에 템페스트(마물의 나라)까지 도달했다.

미궁을 앞에 두고 베가, 마이, 디노, 피코, 가라샤 다섯 사람이 마주 보았다.

마지막 의논을 진행하기 위함이었다.

"잘 들어, 이제부터는 내 명령에 따르는 거다."

베가가 으스대며 말했다.

디노는 반감을 느꼈지만, 거부권은 없었다.

베가와 디노 일행은 동격이긴 했어도 지금의 작전을 맡은 자는 베가였기 때문이다.

일이 복잡해졌다고 생각하면서도 디노에겐 따른다는 선택지 외엔 없는 것이다.

"그래서 무슨 작전으로 가려고?"

디노가 묻자 베가가 자신만만하게 대답했다.

"간단해. 정면으로 쳐들어가 전원을 쓰러뜨린다. 그렇게 하면 너희들도 경험을 얻을 수 있고, 강한 녀석을 먹으면 내 힘도 늘어 나겠지."

바보 아냐, 이 자식── 진심으로 때려치고 싶어진 디노.

즉, 디노 일행을 앞장서게 하고 베가 본인은 편하게 강해지려 는 속셈이었다.

말도 안 되는 작전이다.

그래서 디노는 이렇게 말했다.

"아니, 잠깐, 억지 부리지 마! 저 미궁은 난공불락이야. 우리가 공략에 실패했으니 변명처럼 들릴진 몰라도 진짜로 저 안은 위험하다고!"

이때라는 듯이 본심을 털어놓는다.

"게다가! 미궁 안에서 죽어도 라미리스가 있는 한은 다시 부활해버려! 다시 말해 몇 번을 쓰러뜨려도 끝이 없으니 공략하는 건 절대 불가능하다는 거야."

남의 일처럼, '말도 안 되고말고'라고 생각하는 디노.

같은 편일 때도 위험하다고 생각했지만, 적대하고 있는 지금은 이 미궁의 무서움을 누구보다 잘 알고 있었다.

그래서 사실상 디노는 적당히 하는 시늉만 하고 빠르게 끝내버리고 싶었다.

여기에 피코와 가라샤가 말을 보탰다.

"나랑 호각으로 싸울 수 있는 상대도 있어. 게다가 그 녀석은 죽지도 않으니까 어떤 희생도 개의치 않고 전력으로 달려든다고. 솔직히 더는 승패의 문제가 아니라고 생각하지 않아?"

피코가.

"맞아. 나와 싸웠던 녀석도 말도 안 되게 단단하고 끈질기고 불굴의 투지를 가진 녀석이었어. 그런 맹자가 죽음을 두려워하지 않고 다가온다는 것만으로도 이쪽에선 이미 사양이야."

가라샤도 진심으로 싫은지 꽤나 신랄하게 속마음을 털어놓았다.

피코나 가라샤도 전력을 모두 드러낸 것은 아니었다.

그러니 만약 전력을 해방하여 싸운다면 더 쉽게 이길 가능성은 있다. 하지만 그렇다 해도 상대는 다시 살아나니 언젠가 힘이 빠지는 것은 결국 피코와 가라샤 쪽이 될 것이다.

그런 사실을 뻔히 알고 있으니 무리하고 싶지 않다는 것이 본심이었다.

"들었지? 소용없으니까 그만두자."

디노 일행 입장에서 이것은 진심어린 충고였다.

두 번 다시 미궁을 공격하고 싶지 않다는 것이 본심이기도 했지만, 그것은 굳이 말할 필요 없었다.

하지만 베가는 디노가 생각했던 것보다 훨씬 더 바보였던 모양이다.

"문제없어. 부활한다고 해도 말이지, 그건 단순히 쓰러뜨리기만 하니까 그런 거야."

"뭐?"

"먹으면 돼. 육체를 잃으면 부활하는 건 불가능할 테니까."

과연 그럴까? 하고 디노는 의문을 느꼈다.

아니, 라미리스의 권능은 '영혼'을 관리하는 것이다. 그렇다면 보호하고 있는 '영혼'의 정보를 통해 육체조차 재현할 수 있을 것이다.

"아니, 그래도 라미리스의 권능이라면——."

부활할 수 있다, 라고 말하려던 디노의 말을 베가가 웃음으로 막아버렸다.

"상관없어. 그렇다면 그런대로. 나라면 먹은 상대의 힘을 빼앗을 수 있으니까, 그 녀석이 부활한다 해도 다음에는 쉽게 이길 수 있다는 거잖아?"

간단히 말하는 베가의 모습에 디노는 더욱 짜증이 치밀었다.

"말했잖아. 미궁 수호자들의 실력은 막강해서 그렇게 쉽게 쓰러뜨릴 수 없다고!"

이길 수 있다는 전제로 말하지 말라고, 디노는 속으로 분노했다.

(이래서 무지한 놈은 싫다니까…….)

"문제없다니까. 너희들끼리 가는 게 불안하다면 내가 '사룡수 생산'으로 부하를 만들어주지. 소재로 쓸 먹이만 있다면 네 마리 동시에 만들어낼 수도 있어."

그렇게 말하며 베가는 자신감을 내비쳤다.

이 말을 듣고 분통이 터지는 디노.

(이 자식은 왜 남의 얘기를 안 듣는 거야…….)

그렇게 소리치고 싶은 디노였지만 안타깝게도 권한은 베가가 위였다.

이 모든 것이 전부 펠드웨이의 지배를 받는 것이 원인이었다. 자신의 불행한 처지를 원망하면서도 디노 일행은 그저 따를 수밖에 없었다.

"……나는 충고했다?"

"핫, 걱정이 많은 녀석이군. 알았다, 알았어. 그렇다면 말이지, 내가 얼티밋 스킬 '아지 다하카(사룡지왕)'로 미궁 자체를 먹어치워주마!"

"말도 안 되는 소리 마."

"바보 아냐?"

"잠꼬대는 자면서 해."

"……진심이에요?"

디노, 피코, 가라샤, 그리고 마이에게서 동시에 지적이 날아왔다.

말없이 상황을 지켜보던 마이까지 동참했을 정도로 지금 베가의 발언은 어처구니가 없었던 것이다.

"무시하지 마. 지금의 나라면 이런 미궁쯤은 별것도 아니라고!"

모두의 반응을 비웃듯 베가는 더욱 의욕을 보였다.

그리고 그 이상의 논의는 필요 없다는 듯이 미궁의 문을 열어 버렸다.

디노는 반박해 봐야 소용없다는 것을 깨닫고 체념했다

"알았어, 따르면 되잖아……."

"그렇게 나와야지!"

아무리 무모한 결단이라도 그것은 이미 결정된 사항이었다.

베가가 그렇게 결정한 이상 디노 일행은 거역할 수 없는 것이다.

"……최악의 경우엔 내 '월드 맵(지형지왕)'으로 탈출할 수 있다면 좋겠는데."

"그건 아마 괜찮을 거야."

각오를 굳힌 듯한 마이에게 디노가 가볍게 대답했다.

라미리스의 미궁은, 출입은 의외로 쉬웠던 것이다.

오는 자는 막지 않고 가는 자도 딱히 쫓지 않는다. 물론 격리 등의 편리한 기능이 있다는 말도 들은 적이 있고 층을 늘리면 늘리는 만큼 방어면은 강화되겠지만, 나가는 사람을 막는다는 이야기는 거의 듣지 못했다.

그래서 디노는 탈출에 대해서는 걱정하지 않았다.

"그렇다면 안심이군. 너희들은 잔챙이니까 되도록 내 발목을 잡지 말도록 해라!"

그렇게 말하고 베가가 미궁으로 들어갔다.

"……알았다고."

디노도 그렇게 말하며 뒤를 이었다.

피코와 가라샤도 각오를 다지고 귀찮다는 듯이 따라갔다.

마이도 말없이 미궁으로 들어간다.

이리하여 이야기는 디노가 걱정했던 최악의 방향으로 진행되었고, 단 다섯 명만으로 미궁에 도전하게 되었다.

··················.

············.

······.

그리고 현재.

베가의 무모한 진격이 계속되고 있었다.

"이봐, 부하를 내보낸다고 하지 않았어?"

편안하게 가고 싶었던 디노가 당장에 '사룡수'인지 뭔지를 내놓으라고 재촉했다.

이 말에 베가가 소리쳤다.

"시끄러워! 먹이가 없다고. 조금만 더 기다려!!"

미궁 내부를 돌아다니고 있어야 할 마물들은 오늘따라 유난히 모습을 보이지 않았다. 있긴 하지만 여느 때보다 수가 적다. 지성이 없는 잔챙이들뿐이었고, 그 대신 평소보다 덫이 더 많이 쳐져 있었다.

(보아하니 이미 이쪽의 작전을 간파한 것 같네.)

디노는 그렇게 확신했다.

애초에 일부러 들으라는 듯이 작전 회의를 한 것이나 다름없어서 디노는 이 상황에 오히려 안심했다.

다만 계속해서 덫에 걸리는 상황은 피하고 싶었다..

좀 더 편하게 가고 싶은 마음에 디노는 불만을 느꼈다.

"이 미궁은 뭐든 다 가능하니까 방심하지 마."

"알고 있어. 내가 미궁을 침식해 준다고 했잖아? 시간벌기는 맡길게."

다섯 사람이 미궁에 들어가자마자 베가의 미궁침식은 이미 시작되었다.

그러나 그 성과는 바로 나오는 것이 아니었다.

당연하다.

라미리스의 미궁은 유기물이 아니었기에 얼티밋 스킬인 '아지다하카'의 유기지배로는 침식할 수 없기 때문이다.

그런데도 베가는 포기를 몰랐다.

자신의 권능을 자세히 이해하지 못해서 그런 것도 있었지만, 알게 모르게 반응이 계속 느껴졌기 때문이다.

본래라면 의미가 없는데도 극소 박테리아(마성세균)를 미궁벽을 따라 둘러쳐 갔다. 거기에 에너지를 다 쓰다 보니 사룡수를 내보낼 여유가 없었던 것이다.

그런 상황인데도 베가는 앞서나가 덫에 걸리고 있었다.

이 모습에는 가라샤도 분노했다.

"그럼 나서지나 말든가."

"그래, 그래. 멋대로 덫에 빠지지 좀 말라고."

피코까지 이때라는 듯이 하고 싶은 말을 내뱉는다.

그런 분위기 속에서 베가가 이끄는 공략조는 심층을 목표로 나아갔다──.

미궁 공략조를 감시하는 자들이 있었다.

리무루의 귀환을 믿고, 돌아올 곳을 지켜내겠다고 결심한 베니마루 일행이었다.

미궁 최하층에 위치한 '관제실'에는 중앙 정면 벽에 거대한 모니터가 설치되어 있다. 그곳에 베가와 그 일행의 모습이 비치며 무엇을 하고 있는지 훤히 다 보이고 있었다.

베니마루는 평소 베루도라가 사용하는 지휘관 전용 의자에 앉아 있었다. 그리고 잡아먹을 기세로 화면을 노려보고 있다.

그 옆에는 공중에 얌전히 고정된 라미리스 전용 의자가 있었다. 미니 사이즈지만 호화롭게 꾸며져 있고 책상까지 세트로 되어 있다.

그에 어울리는 형태로 '관제실'의 구조는 바뀌어 있었다.

의미 없는 장식처럼 생성과 소멸을 반복할 뿐인 장치들도 놓여 있었지만, 대부분의 장치는 진짜였다. 미궁 내에서 일어난 모든 일을 관리할 수 있도록 각종 계기류들이 준비되어 있었다.

그 모습을 지켜보는 것은 트레이니 자매였다.

"대화, 전송하겠습니다!"

"그쪽은 새로 교체하고, 다음 덫 기동!"

"데이터 수집도 순조롭습니다. 적의 존재치 계측도 완료했습니다."

그러면서 각자 맡은 역할을 적절하게 수행해 나갔다.

베가 일행이 차례차례 덫을 클리어해 나갔다.

그것은 언뜻 보기엔 무의미해 보였지만 사실 중요한 의미가 있었다.

베가 일행의 대화를 들은 베니마루가 베가에게 먹이를 주지 않기로 결정한 것이다. 그래서 되도록이면 마물을 만나지 않게 하면서 덫으로 유도한 것이다.

그리고 마침내 베가 일행은 50층을 돌파했다.

참고로 50층의 보스였던 메즐과 고즐은 만일을 위해 대피시켰다.

베가에게 먹혀도 부활이 가능한지 어떤지 확증이 없었기에, 너무 위험한 도박이라 판단한 것이다.

디노의 진단대로 '영혼'만 있으면 완전부활은 가능하다. 하지만 산 채로 먹혀 버린 경우라면 어떤 예기치 못한 사태가 일어날지는 알 수 없었다.

미궁의 안전신화가 또다시 무너질 수 있었으니 안전책을 취한 것이었다.

그건 그렇고 생각지도 못한 미궁 공략법이었다.

미리 베가의 계략을 밝혀낸 디노는 실로 훌륭한 일을 해줬다고 할 수 있었다.

이리하여 보스 방은 아무 일 없이 돌파되었고——.

그 앞에서 기다리고 있는 것은 만반의 준비를 갖추고 있는 온갖 최신예 과학무기들이었다.

가디언(계층 수호자)이 부재한 층도 많았기에 라미리스가 급히 미궁 구조를 개편했다. 무수히 존재했던 덫에는 시간을 끄는 의미도 있었던 것이다.

따라서 이제부터가 진짜였다.

"시작됐군."

"그래. 모든 건 예정대로야."

베니마루의 중얼거림에 라미리스가 고개를 끄덕였다.

책상 위에서 의미심장하게 양손을 모은 채 턱을 괴고 있는 라미리스. 베니마루의 말에 고개를 끄덕이며, 중요한 것은 분위기라는 듯이 의미심장하게 웃어 보였다…….

"놀지 말고 일하세요!"

손에 쥔 부채를 접고 슈나가 베니마루의 머리를 탕 하고 내려쳤다.

"아팟! 너, 부채를 그렇게 접으면 아프잖아! 사랑하는 오라버니에 대한 상냥함은 없는 거냐?!"

유희를 모르는 녀석이라며 베니마루가 탄식했다.

하지만 슈나는 조금도 개의치 않았다.

"없습니다. 리무루 님의 부재로 불안을 달래려는 마음은 이해하지만 그런 놀이는 그만하시고 성실하게 임해 주세요!"

그렇게 말하며 단호하게 선을 긋는다.

그런 슈나를 옹호하듯 말을 보태는 자가 있었다.

베레타다.

"뭘 놀고 계시는 겁니까, 라미리스 님. 슈나 님 말씀대로 지금은 비상 상황입니다. 적당한 선에서 그만두지 않으면 리무루 님이 돌아오셨을 때 보고드릴 겁니다."

베레타의 거치없는 직직에 라미리스는 낭황했다.

"자, 잠깐만 너! 무슨 소릴 하는 거야! 나는 성실하게 하고 있었다고!"

의미심장 따위는 순식간에 날아가 버리고, 허둥지둥 변명을 시작한다.

"베니마루, 너도 마찬가지다. 지금은 놀고 있을 때가 아니라 질 수 없는 전투 중이라는 것을 자각하도록."

소우에이의 설교를 듣고 베니마루도 순순히 고개를 끄덕였다.

"알고 있어. 다만 지휘관에게는 여유가 필요한 법이니까 말이지."

"내, 내 말이 그 말이야! 모두에게 안심감을 주기 위해 일부러 여유 있는 모습을 보여준 거지."

베니마루의 변명에 라미리스도 냉큼 탑승했다.

리무루 흉내는 어렵다는 것을 베니마루는 다시 한번 느꼈다.

리무루였다면 어떠한 위기가 닥쳐와도 표연한 태도로 모두를 안심시켰을 것이다.

그와 같은 일을 베니마루도 하려고 해봤지만, 지금처럼 결과는 엉망이다.

라미리스와 맞춰서 여유 있는 분위기를 내비쳤는데…… 성실한 자들을 화나게 했을 뿐이다.

리무루였다면 좀 장난을 친 정도로 화내지는 않았을 텐데——그러면서 라미리스가 부루퉁한 얼굴을 했지만, 슬슬 물러설 때였다.

리무루와는 그릇이 다르니 애초에 따라하려 한 것이 무모했다.

그렇다면 베니마루는 베니마루 나름의 방식으로 모두를 안심시키면 그만이었다.

시선을 교차하며 속마음을 전하는 베니마루와 라미리스.

태세를 바꿔 베가 일행에 대한 대처를 명해 나간다.

사실 상황은 예상대로 진행되고 있었다.

베니마루가 물었다.

"그래서 적의 존재치는 어느 정도지?"

이에 오퍼레이터 중 한 명이 대답했다.

"여기 검은머리 소녀, 존재치가 166만입니다. 메고 있는 활은 갓즈(신화)급에 해당하는 것으로 100만, 도합 266만입니다."

총 24명의 드리어스 돌 드라이어드(영수인형요정)가 있었지만 지금은 베레타의 지시를 기다리지 않고도 제 몫을 해내고 있었다. 재빨리 자신의 탁상 패널을 조작하여 화면 표시를 전환했다.

모니터에 비친 것은 검은 머리를 하나로 묶은 소녀였다. 날카롭고 가는 눈매와 앙다문 연분홍 입술. 진지한 얼굴을 한 그 미소녀의 이름은 후루키 마이라고 했다.

마이의 무기는 오르리아가 창조한 크레센트 보우(궁장월)였다. 오르리아의 사망으로 한 차례 소실되었는데 베가가 '멀티 웨폰(무창지왕)'을 계승한 시점에서 다시 생성되었다. 그것을 그대로 빌려준 것이었다.

"이 여자는 전이 계열 능력자였지. 정석을 따른다면 제일 먼저 처리하고 싶지만……."

"아마 무리겠지. 내 미궁에서도 도망갈 수 있을 거야."

격리시킨다 해도 의미가 없다, 라고 라미리스가 말했다.

이 역시 디노 일행의 계획이었다.

디노는 매사에 진지하지 않을 뿐 의외로 머리는 좋았다.

"위협이긴 해도 죽이는 건 최후의 수단이다."

"어째서?"

"리무루 님이 싫어하실 테니까."

의아해하는 라미리스에게 베니마루가 답했다.

이에 모두가 납득했다.

마이는 아무리 봐도 리무루와 고향이 같은 자였고, 심지어 아직 어린애였다.

자신의 의사대로 움직이고 있다면 모를까, 펠드웨이의 지배하에 있다는 것은 의심할 여지가 없다.

그런 그녀를 죽이는 것은, 그러는 것 외에 다른 방법이 전혀 없을 때뿐이었다.

라미리스 역시 누군가를 죽이는 것은 싫었다. 그렇기에 베니마루의 결정에 크게 찬성했다.

다만 그것을 솔직하게 인정하고 싶지는 않았기에, 애써 근엄한 표정을 지으며 지적을 날렸다.

"의외로 여유롭네."

라미리스가 무슨 생각을 하는지 정도는 베니마루에게 훤히 보였다.

쓴웃음을 지으며 그가 대답했다.

"당연합니다. 지휘관이 여유를 잃은 시점에서 이미 진 승부나 다름없으니까요."

자연스럽게 흘러나온 베니마루의 대답 덕분에 모두에게도 여유가 생겼다. 그 결과 '관제실'의 공기는 평온해졌다.

이어서 모니터에 피코가 비춰졌다.

"이쪽의 소녀는——."

나이로 보면 소녀는 아니었지만 겉모습을 기준으로 이야기가 진행되었다.

"나와 싸웠던 자로군요. 분명 피코라고 했던 것 같은데."

아래쪽에서 대기하던 쿠마라가 그렇게 외쳤다. 다시 싸우고 싶은 마음이 든 것인지 그 눈이 번쩍 빛났다.

"대화가 기록되어 있습니다. 개체명은 피코가 맞습니다."

오퍼레이터가 담담하게 대답했다.

그대로 계속해서 피코의 정보를 전해 나간다.

존재치는 189만으로 갓즈(신화)급 창—— 트라이던트(삼지창)를 소지하고 있었다.

종합하면 존재치는 289만이 된다.

"이 녀석도 강적이구나."

"베니마루 씨, 이 자의 상대는 부디 저에게 맡겨 주세요."

"알았다. 생각해 두지."

결단하기엔 아직 이르다. 베니마루는 조급해하지 않고 쿠마라의 제안을 보류했다.

다음으로 비친 것은 가라샤다.

"내가 상대했던 여자로군. 진심을 드러내진 않았지만 실력 좋은 무사였다."

게루도가 말했다.

이쪽도 다시 싸우고 싶은 기색을 내비쳤지만, 베니마루는 그가 무엇보다 자신의 신체 회복을 우선시해주길 바랐다.

상처 자체는 치유되었지만 게루도의 피로도는 그리 쉽게 풀릴 수 있는 상태가 아니었다. 권능을 써서 자신이 입은 대미지를 동료에게 분배하고 있었던 모양인데, 전투가 끝나면서 그것들이 모두 회수된 것이다.

게루도의 부담은 상당했다. 그 상황에서 전장에 나간다는 것은 자살행위나 다름없었다.

그렇지만 베니마루는 게루도의 마음 역시 충분히 이해했다.

베니마루 자신도 지난 전투로 인해 소모된 체력을 다 회복하지 못했는데, 당장에라도 싸우고 싶어서 몸이 근질거렸기 때문이다.

리무루가 사라진 것에 대한 불안을 싸움으로 해소하고 싶은 것이었다.

하지만 지금은 행동 하나하나를 신중히 해야 할 때였다.

게루도를 전장에 내놓는 것은 아직 이르다고, 베니마루는 그렇게 판단했다.

다시금 가라샤의 수치로 눈을 돌렸다.

"개체명은 가라샤. 존재치는 244만이며 갓즈급 롱소드와 서클실드를 소지하고 있습니다."

종합하면 가라샤의 존재치는 444만이 된다.

이 수치만 봐도 알 수 있듯이 존재치는 단순히 크다고 다 좋은 것이 아니었다. 그저 숫자만 늘린다고 하면 무기를 많이 소지하기만 하면 그만인 것이다. 하지만 그런 짓을 하더라도 강도와 직결되지는 않았다.

애초에 갓즈급의 수는 적었고, 잘 다루지 못하면 아무 의미가 없었다. 가라샤의 경우는 성능을 상한까지 끌어낼 수 있었기에 강적임은 확실했지만……

"자, 어떻게 할까——."

그렇게 머리를 굴리던 베니마루는 다음 정보로 눈을 돌렸다.

화면에는 디노가 비춰지고 있었다.

어딘가 맥이 빠진, 의욕이 없는 모습이었다.

평소와 다름없는 그런 디노의 모습에 라미리스가 투지를 불태웠다.

"지난번의 복수를 톡톡히 해주겠어! 각오하라고, 디노!!"

여기서 선언해봤자 상대방에겐 들리지 않겠지만, 라미리스는 그런 것에 개의치 않았다.

아무튼 디노의 정보를 보면.

"개체명은 디노. '슬리핑 룰러(잠자는 지배자)'라는 이명으로 알려진 '옥타그램(팔성마왕)' 중 한 명입니다."

누구나 알고 있는 정보를 담담하게 설명하는 오퍼레이터.

그리고 이어서 디노의 존재치가 상세하게 밝혀졌다.

존재치는 226만. 등에 지고 있는 갓즈급 대검이 220만으로 꽤 높았다.

종합하면 446만이 되는데——.

"저 녀석, 의욕이 전혀 없네."

라미리스가 단언하듯 그렇게 말했다.

"그 근거가 뭐죠?"

맞는 말이라고 생각하면서도 일단 물어보는 베니마루.

"감이야. 여자의 감."

그러시겠죠, 하며 모두가 적당히 흘려넘겼고, 그 자리엔 썰렁한 분위기만 감돌았다.

마지막으로 확인한 것은 가장 큰 위협으로 보이는 베가였다.

전원이 모니터에 비친 숫자에 시선을 집중했다.

"존재치 1737만인가, 괴물이로군."

베니마루가 모두를 대표하여 중얼거렸다.

이 자리에 있는 인원 중 여전히 미소를 짓고 있는 자는 디아블로 단 한 명뿐이었다.

"그렇다면 제가 나서서 처리하고 올까요?"

미소를 지으며 그렇게 묻는 디아블로.

베니마루는 잠시 대답을 망설이다가 입을 열었다.

"아니, 그건 안돼."

그리고 그가 묻기도 전에 그 이유를 설명했다.

"녀석의 권능에 대해선 아직 미지수인 부분이 많아. 테스타로사도 한 번 놓친 전적이 있으니 신중을 기할 필요가 있어."

이번에야말로 끝내겠다는 확고한 의지를 담아, 베니마루는 때를 기다리라며 그를 설득했다.

적어도 마이와 떼어두지 않으면 쉽게 도망쳐 버릴 것이다. 그렇게 되지 않도록 베가를 상대로는 다른 계책을 궁리할 필요가 있었다.

디아블로는 이 말에 납득하고 순순히 따랐다.

모두가 납득하고 있는 와중, 라미리스가 입을 열었다.

"게다가 저 베가라는 녀석이 무슨 짓을 벌이려는 것 같아."

"디노에게 말했던 미궁을 잡아먹겠다는 얘기 말이지?"

베니마루가 고개를 끄덕이자 옆에서 이야기를 듣던 트레이니가 끼어들었다.

"가능할까요?"

"엥? 그야 당연히 불가능하지."

당연하다는 듯이 대답하는 라미리스.

그것도 그렇지, 라고 모두가 생각했다.

──하지만, 라미리스의 설명은 거기서 끝나지 않았다.

"그래도 방심할 수는 없을 것 같아."

그런 말을 이은 것이다.

"뭔가 오싹오싹한 게 좀 신경 쓰여서 알아봤는데, 저 녀석 진심으로 미궁에 달려들고 있어."

라미리스가 말하길, 베가의 박테리아(마성세균)가 미궁벽을 뒤덮으려 했다고 한다.

미궁 자체는 상상의 물질이므로 유기물도 무기물도 아니다. 유기물에 대해서만 영향을 미치는 박테리아로는 미궁을 해치는 것은 불가능하지만, 베가는 포기하지 않고 도전을 계속하고 있다고 했다.

"일단은 층이 바뀌면 지배력을 잃는 것 같아. 그 녀석도 그건 알고 있는 것 같은데…….."

연속된 공간에 있지 않으면 베가는 박테리아(마성세균)에 대한 지배권을 잃는다. 그런데도 층을 옮길 때마다 도전을 거듭하고 있다는 것이다.

의미가 없느냐 하면 그렇지도 않았다.

"실제로 그 층에 있는 약한 마물이 먹히면서 그걸로 조금씩 힘을 축적하고 있는 것 같아. 뭔가 불쾌하단 말이지……."

"그것참……."

귀찮은 상대라며 베니마루도 신음했다.

그렇다면 고즐이나 메즐을 미리 대피시켜 둔 것은 정답이었다.

본인들도 그렇게 생각했는지 아래쪽에 대피해 있던 두 사람은 서로의 얼굴을 마주보며 안도의 한숨을 내쉬었다.

"그래서, 그 분리된 세균인지 뭔지의 샘플 채취는 끝난 겁니까?"

디아블로가 묻자 라미리스가 고개를 끄덕였다.

"물론이지."

자랑스럽게 가슴을 펴고 베레타에게 비커 같은 용기를 가져오라 지시한다.

"그렇게까지 끈질기진 않군요."

일부를 나눠받은 디아블로가 시험 삼아 그것을 없애보았다.

그 모습을 보고 베니마루도 자신의 불에 태워보았다. 디아블로의 말처럼 생각보다 쉽게 죽일 수 있을 것 같아 안심했다.

"지배에서 벗어나면 생명력은 그리 높지 않은 것 같군."

"네, 하지만 만일을 대비해 모두 멸살 처분해 두는 편이 좋겠군요."

베가의 성장 속도는 경이로웠다. 무엇이 어떤 영향을 미쳐 돌연변이를 만들어낼지 알 수 없으니 안전책을 취하는 것보다 더 나은 선택지는 없었다.

사실 베가만이 미미하게나마 존재치가 변하고 있었다. 여기서 확실하게 끝을 보지 않으면 장래에 본격적인 위협이 될지도 모른다.

이러한 결과를 공유하면서 자연스럽게 앞으로의 방침도 정해졌다.

마이와 베가를 격리하는 대로, 후환을 완전히 없애두기 위해 베가를 말살한다는 결론을 내린 것이다.

●

60층의 수호자는 가드라의 부재로 데몬 콜로서스(마왕의 수호거상)가 맡고 있었다.

침입자를 배제하라는 명령을 받으면 압도적인 파괴의 힘을 흩뿌리는 '폭력장치'였다.

가드라 노사가 손을 본 덕분에 다양한 웨폰(병기)이 탑재되어 있었다. 그 흉악함은 예전과 비할 바가 아니었기에 더는 평범한 모험가가 감당할 수 없는 수준이었다.

하지만 디노 일행을 앞에 두자 그 힘은 발을 잠시 묶어두는 수준의 도움밖에 되지 않았다.

"하여간, 진짜 애먹게 하네. 무식할 정도로 튼튼해서는……."

"그보다 왜 빛의 입자가 돼서 사라지는 거야?"

"설마하니…… 이 골렘도 부활하는 건 아니겠지……?"

디노가 투덜거렸고 피코와 가라샤가 뒤를 이었다.

그것은 이미 익숙한 광경이 되어 있었다.

가라샤의 말을 부정한 것은 성실함을 그대로 형상화한 듯한 마이였다.

"그럴 리가 없잖아요. 이건 골렘인걸요?"

그렇지, 라고 생각하는 일동.

그러나 안심할 수 없는 것이 이 미궁이고, 그것을 가장 잘 아는 것이 디노였다.

그래서 자랑스럽게 그 부분을 지적했다.

"뭘 모르네. 이 미궁은 뭐든 다 가능하다니까?"

그런 식으로 우쭐대며 말했지만, 마이에게서 싸늘한 눈초리를 받았을 뿐이었다.

"뭐, 만일 이 녀석이 부활한다고 해도, 그 정도로 큰 위협은 아니니까."

그렇게 말하며 가라샤가 상황을 정리했고, 마이도 "귀찮다는 의견에 대해선 동의하지만요"라며 공격을 거뒀다.

디노도 자신의 발언이 이상하다는 것은 충분히 알고 있었다.

그렇지만 정말로 이상한 것은 이 미궁 쪽이라고 크게 외치고 싶은 심정이었다.

인공물인 골렘이 재생하는 일은 디노 역시 말도 안 된다고 생각했다. 하지만 라미리스의 사악한 미소를 떠올리면 그것을 마냥 부인할 수 없는 두려움이 있었던 것이다.

(그 녀석이라면 가능할지도 몰라…….)

그런 연구를 했었지—— 디노는 떠올렸다.

성공했다는 말은 듣지 못했지만 마의 소굴 같았던 연구시설의 모습을 떠올리면 불안감을 떨칠 수 없었다.

제일 위험한 그 슬라임을 필두로 가드라나 흡혈귀, 카이진이나 아끼는 상사 베스터 등, 머리의 나사가 한참은 풀린 것 같은 놈들이 모여 있으니 연구는 일취월장으로 진행되었다. 진작에 실용화되었다고 해도 이상하지는 않은 것이다.

라미리스도 위험한 녀석 일각에 이름을 올리고 있었다. 그 자체로 위협이 될 만한 힘은 없지만 그 두뇌는 확실하게 위험했다.

모두 외모와 언행에 속고 있지만 라미리스는 지능이 상당히 높았다.

그렇기 때문에 이 미궁이 단기간에 난공불락의 요새로 거듭난 것이기도 했다.

"진짜로 하는 말인데, 이제 돌아가면 안 될까?"

그러면서 디노가 우는 소리를 내는 것도 무리는 아닌 이야기였다.

그리고 디노의 불안은 적중했다.

『자, 시작했습니다! 오늘은 골렘 풀코스 접대입니다! 즐거운 시간 보내시길!!』

엄청나게 쾌활한 라미리스의 목소리로 그런 방송이 흘러나온 것이다.

그 후로는 악몽이었다.

날아다니는 레이저 빔, 작열하는 용광로를 뒤집은 것처럼 쏟아지는 용암, 끊임없이 추적해 오는 미사일 무리, 괴음파를 사용한 간섭 파괴. 종국에는 꺼지지 않는 불꽃── 테르밋 플라즈마가 빗발쳤다…….

(라미리스 녀석, 즐기고 있겠다!!)

디노는 분노했다. 피눈물 흘리며.

이제 그만하라며 간청하고 싶을 만큼, 그야말로 신무기의 실험대가 되어버린 것이다. 그런 감상을 가지는 것도 당연했다.

직격을 맞아도 죽지는 않고 체력이 심하게 깎이는 것도 아니다. 그렇지만 기분상 아픈 것은 아픈 것이고 꾸준히 반복되면 적지 않은 피로가 쌓인다.

모든 효과에 대응할 수 있는 편리한 '결계' 따위는 없었고, 그것을 숙지하고 있는 리무루가 설치한 덫이었기 때문에 더더욱 효과가 좋을 수밖에 없었다.

거기에 더해 리무루의 발상을 실현하는 것이 바로 라미리스의 권능이다.

어째서 미궁 내부에 용광로가 설치되어 있는가?

일반적으로는 있을 수 없는 광경도 라미리스가 개입하면 손쉽게 실현할 수 있었다.

그것은 지금도 눈앞에서——.

"역시 부활했잖아!!"

"짜증 나! 진짜로 뭐야!"

내심 불안했던 것일까, 피코와 가라샤가 동시에 외쳤다.

"그건 그렇고 인조물까지 부활시킨다니, 라미리스도 적당히라는 걸 좀 알았으면 좋겠는데 말이지."

한발 늦게 디노도 불평했다.

"미안해요. 설마, 이렇게 될 줄은…….'"

성실한 마이가 자신의 발언을 철회하며 사과했다.

골렘의 접대라는 말을 듣고 불길한 예감이 들긴 했지만, 아니나다를까 적중이었다.

역시 그렇게 되는구나, 하고 디노는 생각했다.

입자화되어 사라졌던 골렘이 마치 새것처럼 부활한 것이다.

그뿐만 아니라 수까지 늘어났다.

라미리스가 신형과 시제품을 아낌없이 투입한 덕분이었다.

"복수하는 거냐, 라미리스으~!!"

그렇게 절규하며 디노와 네 사람은 요격에 전력을 쏟아부었다.

라미리스의 지배 영역 안에서는 부하에게 불사성이 부여된다. 그것이 무기물인 골렘에게까지 적용된다면 그 위협도는 상상을 초월한다.

적대하고 나서야 비로소 실감한 것이지만, 라미리스의 고유 능력인 '작은 세계(미궁창조)'란 불합리함 그 자체나 다름없는 권능이었다. 그런 권능을 가진 라미리스가 오랫동안 가벼운 존재로 치부되어 왔다는 것이 디노로서는 믿기 힘들 정도였다.

*

"겨, 겨우 진정됐네……."

"아아. 역시나, 물자가 고갈되면 공격도 멈추는구나."

디노가 안도의 한숨을 내쉬었고 가라샤도 크게 고개를 끄덕인다.

3시간가량 쉴 새 없이 싸웠는데, 더는 골렘이 부활할 기미는 보이지 않았다.

미사일과 총탄 등은 라미리스의 권능으로도 재생이 불가능한 모양이었다. 그것이 가능했다면 영구한 기계도 쉽게 만들 수 있었을 테니 당연한 결과이긴 했다.

그리고 거기로 눈을 돌린 디노가 고안한 작전이 멋지게 성공한 것이다.

"완전 피곤해. 그래도 마이가 동력 부분만 밖으로 튀어나오게 해주지 않았다면 계속 싸웠을지도 몰라."

"디노 씨가 정확하게 지시해 준 덕분이에요."

디노의 지시란 무엇인가, 골렘의 동력부만 분리하여 미궁 밖으로 전송시킨다는 것이었다.

골렘의 동력로인 '정령마도핵'은 마력요소만 있으면 무궁무진한 에너지를 만들어낼 수 있었다. 이대로라면 피코의 말대로 끝도 없이 싸워야 할 상황이었다.

마이라는 강력한 '공간지배' 능력자가 있었기에 성공할 수 있는 공략이었다.

이 치열했던 전투 덕분에 마이와 디노 일행도 서로 가까워지는 데 성공했다. 피곤함만 남은 공략이긴 했지만 좋은 점도 있었던 것이다.

그건 그렇고── 디노는 어이없다는 눈으로 좌선 자세로 앉아 있는 베가를 바라보았다.

디노 일행이 도망치지 않고 이 자리를 사수하고 있었던 것은 베가에게 명령을 받았기 때문이었다.

베가가 말했다.

"잘 들어, 너희들. 우린 여기서 이 미궁의 권능을 빼앗을 거다. 아무래도 층을 이동하면 권능의 연결이 사라지는 것 같거든. 너희가 보스를 쓰러뜨리는 동안에 시도해볼게."

아무리 봐도 성공할 것 같지 않은 제안이었지만, 시도하기 전부터 부정해봐야 베가는 듣지 않을 것이다. 그렇게 생각하고 다들 소극적으로 찬동했다, 라기보단 할 수밖에 없었다.

이번 일의 고생은 대체로 베가 때문이라고 할 수 있었다.

그래서 디노는 불편한 심기를 숨기려고도 하지 않고 베가를 향해 말을 걸었다.

"이봐, 잘 되고 있어?"

"응? 아아……."

베가가 희미하게 눈을 떴다.

"그럭저럭이야."

그러면서 크게 기지개를 켜듯 베가가 몸을 일으켰다.

"하나는 알았어. 내 권능은 역시 '무기물'에는 통용되지 않는군."

뻔뻔스럽게 그런 말을 꺼내는 베가의 모습에 디노의 분노 수치가 상승했다.

"뭐? 그렇다면 뭐야, 지금까지 우리 노력이 헛수고였다는 뜻이야?"

노력은 하지 않았지만 3시간이나 일을 한 것은 사실이었다. 그것은 디노에게는 중노동이었고, 마땅히 불평할 권리 정도는 있다고 생각했다.

그렇게 짜증을 내는 디노를 개의치 않고 베가는 설명을 계속했다.

"층이 다르면 박테리아(마성세균)에 대한 지배권이 사라지는데, 그건 다시 말해 이 미궁 층이 각각 독립된 차원에 존재한다는 뜻이다. 그렇다면 그 층에 침입하자마자 내 권능으로 다 덮어버리면 그 안에 있는 놈들은 모두 내 먹이가 된다는 거야. 어때, 좋은 생각이지?"

남의 말 따위 듣지 않고 자신의 사정에만 맞춰 생각하는 베가.

긍정적인 것은 좋지만 동료인 디노 일행에 대한 배려는 전무했다.

그런 베가에게 열이 받았지만, 디노는 참았다. 베가의 의견에도 신경 쓰이는 점은 있었기 때문이다.

"그렇군. 한 가지 확인하고 싶은데, 네 세균인지 뭔지가 다 덮을 수 있다면 그 내부로 직접 전이도 가능해?"

"뭐어? 그건 당연히 불가능하지."

디노의 질문에 베가가 당당하게 대답했다.

그리고 이 말을 뒷받침해 준 것은 마이였다.

"베가의 말처럼 어려울 거예요. 생물의 체내라는 건, 그것만으로도 좌표를 읽기 어려우니까요."

항상 변동하고 있는 공간 내부는 좌표를 계산하기 어렵다. 내부에서 외부로의 도약이라면 몰라도 그 반대는 어려울 것이라고 마이가 설명했다.

이 말을 듣고 디노가 씨익 웃었다.

"우리가 쓰러뜨린 마물이 네 먹이가 된다는 건 둘째치고, 방해꾼들의 기습을 받지 않을 수 있다는 건 좋네. 적의 도망도 저해할 수 있고, 그밖에도 이점이 있을 것 같아."

몇 번이나 말하지만 디노는 바보가 아니다.

자신의 편안함을 위한 일이라면 높은 정확도로 정답을 간파해 낼 수 있었다.

여기서 먹이를 늘려주면 에너지에 여유가 생길 테니 베가가 '사룡수'인지 뭔지를 만들 수 있었다. 그렇게 되면 디노 일행도 편하게 나갈 수 있을 거라는 계산이었다.

라미리스의 미궁 내부에서는 리무루의 동료들 한정으로 손쉽게 전이가 가능했다. 그것을 방지한다는 의미에서도 베가의 방안은 유용할지 모른다.

그런 의미에서 말하자면 이 골렘 층에서는 의미가 없었을 테니 베가의 제안을 실행하는 것은 다음 층부터였다.

그런 식으로 생각을 정리한 디노.

그 말을 듣고 기뻐한 것은 발안자인 베가 본인이었다.

"오오, 좋아, 좋아! 디노, 뭘 좀 아는군! 맞는 말이야. 나만 있으면 앞으로의 공략도 쉽게 끝낼 수 있다고!"

마지막까지 잘난 척하며 그런 발언을 하고 있다.

"알았으니까 어깨 때리지 마. 그보다 넌 얼른 '사룡수'인지 뭔지 좀 꺼내줘."

"그래, 맡겨줘! 난 다음 층에서도 미궁을 장악하는 데 집중할 테니까 뒷일은 맡긴다?"

이에 고개를 끄덕이는 디노. 어쨌든 편안하게 지내고 싶다는 일념으로 베가의 제안을 받아들인 것이었다.

피코와 가라샤도 디노가 승낙했다면 불만은 없었다.

마이는 그저 따를 뿐이다.

이리하여 두루뭉술했던 미궁 내 공략 방침이 명확하게 결정되었다.

*

61층까지 내려간 디노 일행은 맥이 빠지고 말았다.

"갑자기 적이 사라졌네. 아까까지의 맹공은 뭐였던 거야?"

"61층부터는 사령 계통이 우르르 쏟아져야 하는 거 아냐?"

피코와 가라샤가 디노에게 물었다.

"정말이네. 하급 마물조차 없는 것 같아."

이거라면 위층이 더 어려웠을 정도네요── 라며, 마이까지도 의외라는 표정이었다.

"칫, 나한테 두려움을 느낀 건가? 이래서는 층을 지배하는 것도 의미가 없겠군."

디노가 그 말에 정답을 입에 담았다.

"뭐, 그거겠지. 아마 다구류루를 요격하러 나간 걸 거야."

이에 놀란 것은 마이였다.

"말도 안 돼, 마물을 얼마나 데려갔다는 거예요?"

본인이 '공간전이'에 능숙했기 때문일까. 어떻게 이런 터무니없는 짓을 한 것인지 신경이 쓰인 모양이다.

"글쎄, 만 정도는 되지 않을까?"

디노가 대답하자 마이가 말을 잃었다.

"그런 게, 가능해요?"

"아다루만이라면 할 수 있지 않을까? 사령 소환 같은 걸 응용해서."

그것이 얼마나 힘든 일인지 관심조차 없던 디노는 얼굴이 창백해진 마이를 향해 담백하게 대답했다.

"그보다 말이지…… 미궁 안에 풀어둔 마물까지 군단으로 이용하다니…… 솔직히 반칙 아냐?"

"반칙이라는 말로는 부족하지. 난 생각도 할 수 없는 발상이야."

피코와 가라샤도 남의 일처럼 평하고 있다.

"몰라, 나한테 불평하지 마. 그런 말은 리무루한테나 하라고!"

나도 불평하고 싶어── 라며 디노도 몸서리를 쳤다.

적이 나오지 않자 한가해진 디노 일행은 한동안 그런 가벼운 대화를 주고받았다.

그리하여 일행은 마물이 출몰하는 층까지 걸음을 옮겼다.

도달한 것은 71층이다.

"아아, 역시 제기온은 있네……."

디노가 질색한 얼굴로 중얼거렸다.

꿈틀대는 벌레들이 있는 것을 보면 그 왕인 제기온이 부재할 리 없다. 이걸로 패배 확정이라는 사실에 디노는 속으로 울고 싶어졌다.

"그럼 작전대로 부탁한다."

"그래, 적당히 노력할게."

태평한 베가의 말에 성의없이 대꾸하는 디노. 어차피 이길 수 없다면 베가가 원하는 대로 하게 놔두자는 마음이었다.

베가는 예정대로 미궁을 대상으로 침식을 시작했다.

자신의 세포를 세분화시켜 박테리아(마성세균)를 생성해 나간다. 그리고 층 내 벽을 다 뒤덮듯이 얇게 둘러쳤다.

디노 입장에서는 '사룡수'를 먼저 내놓으라고 외치고 싶었지만, 권능은 동시에 다룰 수 없다고 한다. 그리고 그 전에 베가도 만능은 아니었기에 '사룡수'를 꺼내 버리면 에너지가 부족해지고 만다.

"뭐, 어쩔 수 없지. 벌레들을 빠르게 사냥해서 베가에게 먹여주자고."

"그래."

"이의 없음."

"……."

그 자리를 임시 거점으로 삼고 베가를 보호하면서 디노 일행은 벌레 사냥을 시작한 것이다.

그리고 그 자리에 남은 베가는——.

베가조차 자각하지 못했던 얼티밋 스킬 '아지 다하카(사룡지왕)'의 권능이 엉뚱한 방향으로 진화하려 하고 있었다.

……………….

………….

…….

71층에 있던 작은 방에서 베가는 좌선을 하고 있었다.

다른 층에서도 여러 번 해왔기에 이제는 익숙해졌다.

그리고 이번에는 아까와 달리 명확한 목적도 갖고 있었다.

베가는 의기양양하게 자신의 권능을 해방시켜해 나갔다.

계속해서 미궁을 침식하려 해봤지만 반응은 미미했다. 당연하다. 베가의 얼티밋 스킬 '아지 다하카'는 '유기물'을 조종하는 권능이라 라미리스의 미궁과 같은 상상 물질에는 효과가 미치지 않기 때문이었다.

미궁을 빼앗으려 해도 통할 리가 없는 것이다.

하지만.

여기서 베가는 큰 착삭을 했다.

애초에 자신의 권능임에도 '아지 다하카'를 전혀 이해하지 못하고 있었다.

베가의 권능은 아직 진화 도중이었던 것이다.

그리고 베가는 '유기물'만 지배할 수 있다고 생각했기 때문에 에너지를 빼앗는 쪽이 아니라 먹는다는 목적으로만 '아지 다하카' 를 사용하고 있었다. 유기물은 베가의 육체에 흡수되기 쉬웠고 ' 사룡수'의 근원이 되어주었기 때문이다.

그러나 '아지 다하카'라는 권능의 진면목은 잡아먹은 대상의 힘을 흡수하는 것에 있었다. 그것이 불가능한 상대라면 '능력흡수' 라는 수단을 통해 에너지를 빼앗는 것이 가능했던 것이다.

따라서 미궁을 상대하기 위해서는 '유기지배'가 아니라 '능력흡수'를 사용하는 것이 정답이었다.

베가는 그것을 알아차리지 못했지만, 지금은 기세가 오른 나머지 귀찮은 수순을 날려버리고 권능을 완전히 해방해버렸다.

힘의 소모가 심해서 평소에는 권능을 제어하고 있었는데, 여기서 디노 일행에게 멋진 모습을 보여주고자 분발한 것이다.

자신이 얕보이고 있다는 것을 눈치챘다는 것도 이유 중 하나였다.

그런 이유로 베가는 본능이 이끄는 대로 미궁을 침식해 나간 것인데…….

(어? 지금까지와 반응이 틀리잖아……?)

그런 의문이 생겨났다.

지금까지처럼 무기질적인 반응이 아니라 묘하게 반응이 느껴졌다.

(이봐, 이봐. 이거 잘만 하면 될 수도 있겠는데? 진짜 성공하는 거 아니야?)

그러면서 베가는 기뻐했다.

얼티밋 스킬 '아지 다하카'는 대지에 뿌리를 내리면 '유기물'을 끌어들여 무한히 분신을 제작할 수 있는 능력을 갖고 있었다.

이 권능이 미궁으로 향하면 어떻게 되는가?

그 결과는 실로 놀라웠다.

상상물질을 흡수하는 데엔 실패했지만 미궁 자체의 에너지를 흡수하기 시작한 것이다.

주위의 자연 환경에 동화되어 스스로를 자연의 일부로 삼아 무한재생을 가능하게 한다. 그것이 얼티밋 스킬 '아지 다하카'의 본질이자 올바른 사용 방법이었던 것이다. 베가는 무의식중에 그것을 자신의 것으로 만들고 있었다.

참고로 에너지를 다 빨아들인 환경은 파괴되어 소멸한다.

그런 사실은 베가가 알 바도 아니었고 안다고 해도 신경 쓰지 않았을 것이다.

문제는 이 앞에 기다리고 있는 결말이다.

만일의 이야기지만 베가가 라미리스의 미궁과 동화하는 것에 성공한다면 미궁의 권능은 베가에게 빼앗기게 된다. 그렇게 되면 라미리스의 '작은 세계(미궁창조)'도 베가의 것이 되는데, 그것은 인간의 힘을 넘어선 신의 권능이었다. 몸이 소멸하는 것에서 끝나지 않을 끔찍한 사태가 일어날 것이었다.

그 사실을 모르는 베가는 두려움 없이 강행했다.

(최고의 기분이로군! 이 미궁에서 직접 에너지를 빨아들일 수 있었다니! 지배하는 건 무리라도 이거라면 최악의 경우에도 내가 질 일은 없겠어.)

에너지가 무궁무진하게 공급되니 베가는 무적이 된 것이나 다름없었다.

미궁의 권능을 빼앗을 수 있다면 가장 최고겠지만, 그것이 무리라도 에너지를 다 흡수해 파괴해 버리면 그만이다.

그러면 적이 가진 불사성도 사라질 것이다.

당황하여 도망치겠지만 지상에 도망칠 수 있는 안전한 장소 따위 없다. 뒷일은 베가가 걱정할 필요 없이 펠드웨이에게 맡겨두면 그만이었다.

(애초에 내가 이 미궁을 지배한다면 적이 도망가는 건 용납하지 않겠지만!)

베가는 이 시점에서 승리를 확신했다.

이 미궁은 진정한 난공불락이자 가장 큰 위협이었다.

그러던 것이 생각지도 못한 방향에서 공략의 실마리를 발견한 것이다.

게다가 그 최대 공로자는 베가 자신이었다.

적의 불사성을 고스란히 빼앗은 격이었으니 그런 베가에게 자만하지 말라고 하는 것이 더 어려웠다.

디노 일행은 미궁을 비정상적으로 경계하고 있었는데, 그것이 우스운 일이라고는 생각하지 않았다. 그것을 뛰어넘을 자신을 상상하니 승리의 순간이 더더욱 기다려졌기 때문이다.

미궁이 위험할수록 그 힘을 뛰어넘었을 때의 보상은 크다. 모두가 두려워하는 미궁을 베가의 힘으로 공략한 것이다. 그 사실이 기뻐서 참을 수 없었다.

(해주겠다 이거야. 내 힘을 보여주고 압도적인 승리로 이 미궁

공략을 마무리해주마!!)

베가가 미궁의 능력을 봉쇄한다면 그 후부터는 이쪽이 유린할 차례였다. 그것이 이뤄지지 않더라도 베가 자신이 불사신이 된다면 패배하는 일은 없다.

베가는 승리하는 순간을 꿈꾸며 미궁침식에 더욱 박차를 가하기 시작했다.

················.

············.

······.

디노 일행 네 명은 베가를 기점으로 미궁을 공략해 나갔다.

솔직히 베가의 작전이 성공할 거라고는 생각하지 않았다. 오히려 빨리 도망가고 싶다는 속마음은 여전했다.

(멍청하긴! 처음부터 네놈 말 같은 건 안 믿었거든. 하지만 뭐, 내가 움직이지 않을 수 있게만 해준다면 좀 더 의지해줄 순 있는데······.)

디노가 계속 부탁하고 있는데 베가는 '사룡수'인지 뭔지를 꺼내주지 않았다. 그 이유는 이해가 갔지만 그렇다고 해서 용서할 수 있다는 뜻은 아니었다.

애초에 제기온 같은 싸우고 싶지 않은 상대까지 있는 데다 미궁 공략 따위는 처음부터 내키지 않았던 디노였다. 펠드웨이에게 지배당하고 있는 탓에 도망칠 수 없을 뿐이지 의욕이 날 리가 없는 것이다.

게다가 리무루와의 약속도 있어 섣부른 짓도 할 수 없었다.

가급적 대화를 시도해서 이쪽의 작전이 새어나갈 수 있도록 하고 있었다. 그것으로 용서받을 수 있다면 좋겠지만, 그것은 리무루의 기분에 달려 있겠지.

(아아~! 젠장, 귀찮아 죽겠네!!)

그러면서 디노는 지금의 상황을 한탄했다.

어쨌든 베가가 미궁을 공략하든 말든 디노로서는 어느 쪽으로 기울어져도 상관이 없었다. 그것은 피코나 가라샤도 마찬가지다.

마이만큼은 그 속셈을 알 수 없었지만 펠드웨이에게 충성을 맹세한 것 같지는 않아 보였다. 단순히 디노의 직감이지만 이런 직감은 의외로 빗나가지 않았다.

어느 쪽이든 이미 도망가는 건 불가능하다.

불평 정도는 하고 싶은 마음이었지만, 결국은 체념하고 베가를 따를 수밖에 없는 것이다.

"그보다~ 그 녀석 완전 짜증 나! 자기가 얼마나 대단하다고?"

"내 말이. 잘난 척 명령하고, 솔직히 마음에 안 들어. 왜 시키는 대로 하는 거야, 디노?"

"어쩔 수 없잖아. 펠드웨이 녀석한테 지배받고 있으니까."

"그거 말인데, 풀 수는 없어?"

"할 수 있었으면 진작에 하지 않았을까?"

"하긴……."

"그런 의미에서는 우리들도 지배를 받고 있지. 베가도 열 받지만 역시 펠드웨이는 용서할 수 없어."

피코나 가라샤도 천사계 얼티밋 스킬을 갖고 있는 이상 절대로 지배에서 벗어날 수 없었다. 이를 어떻게든 해결할 수 있다면 이야기가 달라졌겠지만, 현재로선 별다른 대책이 없는 것이 현실이었다.

그런 의미에서 말하자면——.

"마이라고 했나? 네 권능은 천사계가 아니니까 딱히 펠드웨이의 지시를 따를 필요는 없지 않아?"

그랬다, 마이의 권능은 천사계와는 달랐다.

"어?"

갑자기 지적을 받아 놀랐는지 마이가 눈을 동그랗게 떴다.

그리고 평소의 냉정함과는 달리 당황한 모습으로 그렇지 않다는 말을 입에 담는다.

"저도 미카엘 님께 '얼터너티브(대행권리)'를 받았으니까요……."

"그런 건 의지로 거부할 수 있잖아."

"하지만 명령을 받으면 따라야 한다는 마음이 드는——."

"그건 기분 탓이야!"

디노는 본인이 열심히 하는 것은 싫어했지만 남이 무언가를 하게 만드는 것은 잘했다.

누군가가 의욕을 내주면 그만큼 자신이 편해지니까.

이번에는 그 타깃으로 마이가 채택된 것이다.

"그래, 마이! 너라면 우리를 구해줄 수 있어!"

"맞아! 망할 녀석들한테 명령받지 않게 어딘가 먼 곳으로 도망가 버리자!!"

여차하면 다른 차원으로 가도 상관없어—— 라며 가라샤까지 되는대로 말을 꺼냈다.

대화의 중심이 되는 것에 익숙하지 않은 마이는 세 사람의 부추김에 당황했다.

자신의 권능에 그렇게까지 자신은 없었다.

오히려 기대를 저버린 적도 있었다.

사랑하는 동생을 만나고 싶었지만 차원의 벽을 넘기란 불가능했으니까.

도망치는 것은 무리다—— 라며, 마이는 싸우기 전부터 포기하고 있었던 것이다.

"있지, 좀 더 자신감을 가지는 게 어때? 내가 말하긴 그렇지만 '순간이동'은 상식을 벗어난 엄청난 힘이야. 이런 나마저도 널 이길 수 없을지도 모르고——."

"그래. 여차하면 마이가 펠드웨이를 날려버려!"

"지배의 권능이 영향을 미치지 못할 정도로 먼 곳까지 말이지. 부탁할게!"

디노의 말에 피코와 가라샤까지 가세하며 엉뚱한 이야기까지 나오고 있었다.

하지만 마이는 그것이 왠지 기분 좋게 느껴졌다.

지배를 받았다면 절대 느낄 수 없었을 감각이다.

"후훗, 그런 건 당연히 불가능하죠."

그렇게 겸손한 말을 하면서도, 마이는 마음속 한구석에서 긍정적으로 생각하기 시작했다.

이런 식으로 마이와도 마음을 터놓으면서 디노 일행은 벌레 퇴치를 이어갔다.

그곳에 경박한 목소리가 울려 퍼졌다.

『오~호호호! 왔구나, 디노. 저번에 날 배신했던 값은 지금부터 톡톡히 치르게 해주겠어!!』

그것은 라미리스의 커다란 웃음소리였다.

마침내 디노 일행 앞에 라미리스의 흉악한 마의 손길이 스멀스멀 다가온(?) 것이었다.

*

라미리스의 커다란 웃음소리가 주위에 울려 퍼지면서 동시에 층의 구조가 변화했다.

그리고 나타난 것은 베레타와 제기온, 아피트. 거기에 쿠마라와 란가까지 있다.

디노 일행을 요격하기 위해 출전한 다섯 명의 전사들이었다.

"칫, 역시 있잖아——."

디노가 제기온을 보더니 위를 바라보았다.

이렇게 된 이상 디노는 그냥 빨리 지고 도망치고 싶다는 생각이 들었다.

그러나 라미리스는 그것을 허락하지 않았다.

그렇다기보단, 그래서는 곤란했다.

베가와 디노 일행이 충분히 떨어진 것을 가늠해서 작전 실행에 나선 것이니까.

정확히 말하면 디노 일행은 덤이었고 노리는 것은 마이였다. 여기서 마이의 발을 묶는 동안 베가를 격리해 처치하는 것이 목적이었다. 그것이 무리라도 미궁에서 빠져나오지 못하도록 격리만은 해둬야 했다.

질린 얼굴로 주위를 둘러보는 디노 앞에 라미리스가 나타났다.

그것은 정교하게 재현된 홀로그램이었다.

그것을 보고 눈을 깜빡이는 디노.

(이상한 곳에서 괜히 번거로운 짓을 한다니까, 라미리스 녀석…….)

뭐, 됐어. 그러면서 한숨을 내쉬고는 큰소리로 외친다.

"적당히 해, 라미리스! 아까도 골렘을 써서 우리를 엄청나게 괴롭혀댔잖아!! 정의의 마왕이 그런 짓을 해도 되는 거냐?!"

디노가 라미리스에게 불만을 토로했다. 정의의 마왕이라는 기존에 없던 개념까지 튀어나오고 있었다.

미궁에 들어온 뒤 줄곧 혹사당하면서 스트레스가 쌓인 탓이었다. 불평 정도는 하게 해달라는 마음으로 디노는 폭주했다.

하지만 라미리스는 당황하지 않았다.

디노의 눈앞에서 그를 부추기듯 영상 속을 날아다니며 말한다.

『글쎄, 무슨 말인지 모르겠는데? 그건 그저 가벼운 인사였어. 너한테 복수하는 건 지금부터가 진짜라는 거지!』

그 말을 듣고 디노는 몸서리쳤다.

그래서 이때라는 듯이 간절히 호소했다.

"이제 그만 좀 봐주세요, 라미리스 씨! 우리 사이에 이건 정말 너무하잖아요!"

자존심을 저멀리 내던지고 애처로운 목소리로 간청한다.

하지만 라미리스는 넘어가지 않았다.

가련한 디노의 바람을 『흐음』하며 흘려넘기고는 폭탄 발언을 한다.

『그쪽에 다섯 명이 있길래 이쪽도 다섯 명으로 준비했는데 한 명이 남아버렸네. 그럼 디노에겐 베레타와 제기온의 상대를 부탁할까?』

보란 듯이 그런 말을 꺼내 온 것이다.

무슨 말을 들은 것인지 이해하지 못한 디노.

하지만 뒤늦게 그 말이 뇌에 도달하였고, 곱씹듯이 의미를 되새기더니…….

"웃기지 마, 이 멍청아!! 이길 수 있을 리가 없잖아!!"

곧 디노의 처연한 절규가 미궁 안에 울려 퍼졌다.

마음을 가다듬은 디노가 다시 한번 협상을 시도했다.

"내가 둘이나 상대해야 하는 거면 한 명 더 데려와도 되는 거지?"

『안 되거든요~.』

"안 된다니! 좀 더 생각이라는 걸 하고——."

『그럼 나머지는 누구랑 누가 싸울 건데?』

어느새 피코는 쿠마라와의 재전이 결정되었고 가라샤는 란가와 싸우는 흐름이 되어 있었다.

남은 것은 마이인데, 그녀는 아피트와 이미 대치를 이루고 있었다.

디노를 무시한 채 상황이 조용히 정리될 것 같은 분위기였다.

이대로는 위험하다고 여긴 디노는 순간적으로 떠오른 생각을 입에 담았다.

"잠깐만, 이런 건 어때? 점수로 승부를 겨루는 거지. 한 명씩 겨뤄서 승패를 결정해 나가는 거야! 응?"

꽤 필사적인 디노.

디노에게 이것은 고육지책이었다.

자신을 대장 자리에 두면 운이 좋을 경우 베레타와 제기온을 상대하지 않아도 된다. 그렇지 않더라도 적어도 동시에 상대하는 사태는 피할 수 있었다.

게다가 베가의 미궁침식을 위한 시간을 벌어야 하는 이상 어떻게든 버틸 필요가 있었다. 이 제안이라면 일석이조로 디노에게 유리해지는 상황이었다.

(마지막 순간에 이런 생각을 하다니, 난 정말 머리가 좋다니까.)

그러면서 자화자찬하는 디노.

이 제안은 도박이었다.

이대로 여기서 전투상태에 돌입한다면 십중팔구 디노 일행의 패배로 끝날 것이다. 그것을 알고 있는 만큼 디노도 필사적일 수밖에 없었다.

(솔직히 저 두 사람이 상대라면 몇 분조차 못 버틸 거야.)

그것이 디노의 판단이었다.

베레타 뿐이라면 어떻게든 되겠지만 제기온이 있는 시점에서 끝이다.

마이에게 부탁해서 도망치는 방법도 있었지만, 그렇게 되면 베가를 죽게 놔두는 셈이었다. 그것을 펠드웨이가 용서할 리 없으니 숙청을 면치 못할 것이다.

어차피 앞날이 없다면 그나마 살 수 있는 가능성에 걸고 싶었다. 여기서는 어떻게든 이 제안을 밀고 나가고 싶었다. 디노는 기도하는 심정으로 라미리스의 대답을 기다렸다.

그렇지만 역시 디노 쪽에 너무 유리한 제안이었다.

(역시 이런 이기적인 제안은 안 통하려나…….)

무리겠지. 그렇게 생각하며 디노는 포기하려 했는데…….

『음, 오케이! 우리한테도 나쁘지 않—— 으브븝.』

『잠깐, 라미리스 님?!』

라미리스의 영상에 노이즈가 들어갔지만, 금세 원래대로 돌아왔다.

『아차! 지금 말은 취소. 아무것도 아니니까 신경 쓰지 마!』

그러면서 그 제안이 받아들여진 것이다.

약간 수상쩍은 대화가 들려왔지만, 그 부분은 무시해야 할 부분이었다.

(라미리스 녀석들도 시간을 벌어야 할 사정이 있는 건가? 어쨌든 나한테는 잘됐어.)

어떤 이유가 있는지는 모르겠지만 이대로 죽임을 당하는 것보다는 나았다.

디노는 라미리스와 베니마루의 수상한 대화를 흘려넘기고 자신의 의견이 통했다는 사실을 솔직하게 기뻐했다.

『자, 그럼 처음으로는 쿠마라, 나가줘~.』

라미리스 쪽의 속셈은 그 이상 파악할 수 없었다.

그리하여 일대일 형태의 싸움이 시작되려 하고 있었다.

*

일이 잘 풀렸다며 기뻐한 것은 라미리스 쪽도 마찬가지였다.

"잠깐만요. 라미리스 님. 분명 의심스럽게 여겼을 거라고요."

"괜찮아, 괜찮아! 디노에게 이쪽을 의심할 여유 같은 건 없으니까."

가볍게 넘기는 라미리스였지만, 베니마루도 의견은 같았다.

제기온이라는 절대 강자를 앞에 두고 다른 일에 정신을 팔 여유는 없을 것이라고.

사실 그 추측이 맞았다.

라미리스와 디노는 오래된 관계로 서로가 무슨 생각을 하는지 의외로 제법 잘 알고 있었다. '싸울 정도로 사이가 좋다'라는 말의 본보기나 다름없는 관계인 것이다.

그렇게 되어 1차전이 개시되었다.

첫 번째 조는 쿠마라 VS 피코.

미궁은 어느새 그 구조를 바꿔 무대가 완성되어 있었다.

피코가 앞으로 나와 원형투기장 중앙까지 나아갔다.

상대인 쿠마라는 만반의 준비를 갖추고 있었다.

"오늘부로 결판을 내도록 하죠."

"그건 내가 할 말이야. 어린애라고 봐주는 일은 없어."

외형은 완전히 반대였기에 피코의 대사에는 큰 위화감이 있었다. 그러나 그녀의 말대로 두 사람의 나이에는 천지개벽 수준의 커다란 차이가 있었다.

그것은 비유가 아니라 사실이었다. 나이가 곧 경험이라고는 할 수 없지만 그럼에도 피코가 노련한 강자임에는 변함이 없는 것이다.

그 사실은 라미리스 일행도 잘 알고 있었기에 승패 자체는 어느 쪽으로 기울어도 상관없다고 생각했다.

그 증거로 베레타도 투기장 중앙에 서 있었다.

"그럼 싸움을 시작하기 전에 주의사항을 설명하겠습니다. 일단 양쪽 다 이걸 착용해 주세요."

그렇게 말하며 내민 것은 라미리스가 만든 '부활의 팔찌'였다.

"오, 이거 갖고 싶었는데!"

신나서 그렇게 말한 것은 디노로, 불리지도 않았는데 팔찌를 받아들고 있다.

"......나중에 드릴 건데요?"

"됐으니까, 됐으니까."

그렇게 말하고는 서둘러 팔찌를 착용했다.

(좋아, 이걸로 언제든 도망갈 수 있어!)

그러면서 디노는 속으로 그런 계략을 세웠다.

물론 세상은 그렇게 상냥하지 않다.

『디노. 미리 말해두겠는데 그 팔찌의 부활 지점은 '죽은 장소'로 설정되어 있어. 이 말이 무슨 말인지 알지?』

라미리스가 직접, 친절히 설명해 준 것이다.

그 말에 도망갈 수 없다는 사실을 깨닫고는 실망하여 고개를 푹 숙이는 디노.

그런 디노에게 한술 더 뜬 라미리스의 설명이 이어졌다.

『디노. 내가 그렇게 팔찌를 좋아할 줄은 몰랐어. 그럼 특별히 다섯 개 정도 선물해 줄게!』

"뭐?"

순간 디노는 자신이 무슨 말을 들었는지 이해하지 못했다. 하지만 깊게 생각해보지 않아도 그 발언이 의미하는 바는 하나였다.

다섯 번 죽이겠다는 뜻이다.

"잠깐, 야! 그건 좀 아니잖아!"

『호오~호호호! 나의 원한을 뼈저리게 느끼도록 하렴!』

그런 이유로 디노의 말은 기각되었고, 경기에 방해된다며 투기장에서 쫓겨나기까지 했다.

그리고 싸움이 시작되었다.

피코는 창을 든 것에 비해 쿠마라는 맨손이다. 특기로 내세우는 무기는 없지만 굳이 말하자면 부채가 무기였다. 쿠로베가 취미로 만든 일품으로, 그 성능은 레전드(전설)급에 해당한다.

하지만 그럼에도 공격 거리만 보면 불리했다. 그 이전에 양산형이라고는 해도 갓즈급을 상대할 수 있는 물건은 아닌 것이다.

하지만 쿠마라는 여유로운 표정이었다.

"뱌쿠엔! 나오세요!"

쿠마라가 그렇게 명하자 꼬리 한 가닥이 변화하더니 원숭이 모양의 마인이 출현했다.

예전보다 사람의 모습에 더 가까워진 뱌쿠엔은 그 손에 막대 하나를 들고 있었다.

그 막대의 이름은 신강봉(神鋼棒).

'서유기'에 등장하는 주인공 '손오공'의 무기를 모티브로 한 것으로, 리무루가 반 장난으로 쿠로베에게 만들게 한 장비 중 하나였다.

별다른 특이점은 없어 보이지만 그 성능은 무시할 수 없었다.

리무루 입장에서는 장난이었더라도 쿠로베에게는 진심이었기 때문이다.

소재부터가 웃어넘길 수 없는 것이었다. 남아돌던 히히이로카네(궁극의 금속)를 사용했기 때문이다.

쿠로베가 진심이 되는 것도 당연했다. 필연적으로 그 성능은 갓즈급에 이르렀다.

쿠로베의 손길이 빚어낸 극상의 작품.

진짜처럼 늘이고 줄이는 것이 자유롭지는 않았지만 어느 정도는 소유자의 의사에 따라 늘이고 줄이는 것이 가능했다. 강도만 특화시켰는데 뜻밖에 부차적 효과도 부여된 것이다.

양산형 갓즈급으로는 상대도 되지 않는 진정한 무기라고 할 수 있었다.

그런 신강봉을 든 뱌쿠엔이 날아다녔다.

"끼익——!!"

"칫?!"

끼익 울면서 피코에게 다가가는 뱌쿠엔. 그 움직임은 초일류였다. 그럴 수밖에 없는 것이, 미궁 안에서 한가할 때마다 하쿠로우의 지도를 받았기 때문이다.

지금은 봉술에 통달한 데다 〈기투법〉마저 숙달한 상태였다. 게다가 쿠마라는 자유자재로 꼬리에 힘을 나누어 줄 수 있었고, 현재는 한곳으로만 집중시켜 뱌쿠엔을 소환했다.

즉, 지금의 뱌쿠엔도 존재치가 백만을 넘는 밀리언 클래스(초급 각성자)에 해당했기에 그 위협도는 헤아릴 수 없을 수준이었다.

물론 숙주인 쿠마라도 지지 않았다.

하쿠로우의 혹독한 수행을 견뎌내며 지금은 훌륭한 달인이 되었다. 그 기량만 봐도 뱌쿠엔을 훨씬 앞섰다.

게다가 쿠마라는 신성까지 띠면서 신호(神狐)에 이르러 있었다. 약할 리가 없다.

뱌쿠엔을 소환한 것은 그러는 편이 확실하게 승리를 노릴 수 있기 때문이었다. 칼리온, 프레이와의 전쟁에서 경험을 쌓으면서 쿠마라도 크게 성장했던 것이다.

뱌쿠엔과 쿠마라가 콤비를 이뤄 피코를 공격했다. 죽을 걱정이 없는 뱌쿠엔이 전면에 나섰고 후방에서는 쿠마라가 꼬리로 연속 공격을 하려는 모습이었다.

쿠마라는 오르리아와의 전쟁에서도 트라이던트(삼지창)를 막아낸 전적이 있었다. 피코의 실력이 더 뛰어났지만, 수비만 견고히 해두면 문제가 되지 않았다.

피코가 쿠마라를 노리면 뱌쿠엔이 공격한다. 그 반대의 경우엔 쿠마라가 공격을 가한다.

실로 효율적이지만 당하는 입장에서는 억울한 상황이었다.

"뭐야, 이 녀석?! 그보다 일대일 아니었어?"

피코가 우는 소리를 냈다.

인원 규정 따위의 규칙은 처음부터 없었다. 그것은 단순한 억지였다.

"정말! 이거나 받아라!"

피코가 권능을 행사했다.

신속의 검은 번개── '블랙 선더(흑뢰천파)'가 쿠마라를 덮쳤다.

하지만 쿠마라는 꿈쩍도 하지 않았다. 여덟 개의 꼬리를 피뢰침처럼 펼쳐 상처 하나 입지 않고 대처한 것이다.

여기에는 피코도 놀라움을 금치 못했다.

(이 녀석…… 전에 싸웠을 때랑 너무 다른데?! 부자연스러울 정도로 실력이 늘었잖아!!)

피코는 속으로 혀를 내둘렀다.

결코 얕보고 있던 것은 아니지만, 다시 한번 현실을 정확히 인정할 필요가 있음을 느꼈다.

초월자 간의 싸움에 필요한 것은 실력, 궁합, 운 이 세 가지 요소다.

실력이 동등한 것은 대전제.

여기에 상성의 유, 불리가 더해지고, 마지막으로 승패를 가르는 것이 바로 운이다.

쿠마라는 일정 수준 이상의 실력을 지녔다. 그야말로 피코를 쓰러뜨릴 정도의 실력자로 성장한 것이다.

이렇게 되면 이제 피코도 진심을 낼 수밖에 없는데…….

(근데 여기서 이겨도 의미가 있나? 디노도 살아남는 게 최우선 목표라는 느낌이었고…….)

도무지 의욕이 나지 않는 피코.

만약 여기서 피코가 진심을 낸다면 아마 쿠마라에게도 이길 수 있을 것이다.

얼티밋 스킬 '지브릴(엄격지왕)'을 사용하여 그 무시무시한 권능인 '하늘의 심판(신승필벌, 神勝必罰)'을 행사했다면 일격에 뱌쿠엔을 소멸시킬 수 있었다.

피코의 '하늘의 심판'이란 대상이 지금까지 쓰러뜨린 적에게 입힌 대미지를 본인의 신체에 재현하는, 현상 개변 계열의 불합리한 능력이었다. 이에 대항하기 위해서는 최소한 법칙, 사상, 운명 등 개변 계열의 상위 권능을 갖고 있어야 했다.

쿠마라의 얼티밋 기프트(궁극증여) 바하무트(환수지왕)는 자연영향력에 대한 지배권한에 특화된 권능이다. 환각 같은 것이라면 신성을 띠고 있으니 통하지 않겠지만 피코의 '하늘의 심판'이라면 통했을 것이다.

그랬다면 뱌쿠엔이 방패 대신 쓰였겠지만, 고전을 면치는 못했으리라.

그러나 피코는 여기서 그 선택을 하지 않았다.

그것보다도 지금은——.

(어차피 시간을 벌어야 하니까 지금은 그냥 놀아야지♪)

그렇게 생각한 피코는 마지막까지 승부를 즐기기로 결심했다.

그리고 결판의 때가 왔다.

"폴른 스피어(낙천종격려창, 落天終擊麗槍)!!"

피코가 쏜 필살의 일격이 마침내 뱌쿠엔을 쳐부쉈지만, 거기까지였다.

"구미천공격(九尾穿孔擊)."

순간의 여운에 잠긴 피코에게 약간의 빈틈이 생기고 말았다. 그것을 놓칠 쿠마라가 아니었기에, 그 순간을 노려 꼬리의 연격을 내리친 것이다.

피코의 몸이 빛의 입자가 되어 흩어졌고, 곧이어 그 자리에서 부활했다.

못마땅한 표정을 짓는 피코를 향하듯이 라미리스의 목소리가 울려 퍼졌다.

『자, 종료! 아기 쿠마라의 승리입니다!』

　요염한 미녀 모습을 한 쿠마라에게 '아기'라는 말을 붙이는 것은 어울리지 않았지만, 라미리스가 보기엔 불과 얼마 전까지만 해도 아기 여우였던 것이다. 갑자기 호칭을 바꿀 수 없던 탓에 그런 엉뚱한 승리 선언이 튀어나오고 말았다.

　그건 그렇고…….

　디노 입장에서는 예상외의 결과였지만, 누가 봐도 쿠마라의 깔끔한 승리였다.

　"잠깐만, 마지막에 일부러 힘을 뺀 거지? 네가 진심으로 싸웠으면 이길 수 있던 거 아냐?"

　돌아온 피코에게 디노가 물었다.

　이에 피코가 어이없고 불쾌하다는 투로 말했다.

　"팔찌의 효과가 진짜라는 걸 증명할 수 있었으니 이거면 충분하지 않아?"

　피코는 그렇게 말하면서 찰칵, 스페어 팔찌를 착용했다.

　"그건 뭐, 그렇긴 한데……."

　분위기를 파악한 디노는 더 이상의 질문을 관뒀다.

　이런 부분의 치고 빠짐은 실로 훌륭했다.

　사실 피코는 힘이 남아 있었고 앞서 말한 것처럼 비장의 수도 쓰지 않았으니 승리에 집착했더라면 이길 수 있었을 것이다. 다만 그 경우, 무엇을 얻을 수 있는지가 문제가 된다.

　전력으로 전투를 계속한다면 자칫 소모전이 될 수 있었다. 싸우면서 피로감은 계속 쌓일 텐데 얻는 것은 승리했다는 자부심과 영예뿐이다.

그런 것 따위는 이 자리에서 살아남지 못하면 아무 의미가 없었다.

오히려 비장의 수를 드러낸 만큼 손해나 다름없었다.

디노 일행이 시간을 벌고 있는 것은 베가가 미궁을 침식하여 지배하게 만들기 위함이었다. 그러나 그것을 달성할 수 있을지는 미지수다.

"뭐, 그렇지. 이겨도 확실히 별 의미는 없지."

"잘 아네."

이곳은 적지라는 사실을 잊어서는 안 된다.

죽어도 살 수 있다는 안도감이 있고, 라미리스가 태평한 분위기를 내고 있어 방심하기 쉬웠지만, 회복이 늦어질 정도로 온 힘을 쏟아붓는 것은 위험한 일이었다.

"맞아. 우리한테는 보급도 없고 원군도 기대할 수 없어. 단순히 이기면 끝나는 얘기는 아니지."

가라샤도 그 말에 이해를 표했다.

라미리스가 약속을 지킨다는 보장은 없다. 설사 전승을 거두더라도 상대측에는 새로운 전력이 준비되어 있는 것이다.

"역시 귀찮아. 이렇게 된 거 힘쓰지 말고 전부 다 져버릴까?"

실로 한심하기 그지없는 제안을 뻔뻔스럽게 던지는 디노.

침묵을 관철하던 마이가 크게 한숨을 내쉬었고, 거기에 이끌리듯 피코와 가라샤가 얼굴을 마주 보며 어쩔 수 없다는 듯이 고개를 내저었다.

*

피코는 여력을 남기고 전투를 끝냈다.

사전에 협의된 바는 없었지만, 그것이 정답이었다고 디노는 생각했다.

베가의 작전이 성공할 것이라는 보장도 없으니 여력을 남겨두는 것은 중요했다.

"좋아, 푹 쉴 수는 없겠지만 피코는 쉬고 있어."

그러면서 디노도 우아하게 누웠다.

그것을 본 피코가 눈썹을 찌푸렸다.

(이 바보, 본인이 제일 편히 쉬고 있으면서!!)

분노가 일었지만, 그것이 디노라는 남자였다.

"알았어, 쉴게."

체념의 경지에 이른 피코는 더는 아무 말도 하지 않고 디노 옆에 쭈그려 앉아 휴식에 들어갔다.

고개를 저으며 투기장으로 향한 것은 크레센트 보우(궁장월)를 손에 든 마이였다.

『음, 우리 쪽은…….』

라미리스의 안내에 따라 아피트가 앞으로 나섰다.

『아피트가 나왔습니다! 그리고 그쪽은…….』

"후루키 마이예요. 여리 시정이 있어서 디는 인긴은 아니지만, 원래는 이세계에서 왔어요."

『응, 응. 어쩐지 리무루랑 고향이 같아 보이더라. 그럼 좀 살

살── 으브븝.』

순간 음성이 끊겼다.

뭔가 옥신각신하는 기척이 느껴지고…… 다시 음성이 부활했다.

『그럼 아피트 VS 마이의 경기네!』

그 목소리를 신호로 투기장에 아피트가 모습을 드러냈다.

마치 '순간이동' 같았지만, 그것은 초고속 이동에 의한 착시현상이었다.

전방위를 '마력감지'로 색적 중이던 마이의 눈을 속이진 못했지만, 확실한 실력을 느끼게 하기에는 충분한 연출이었다.

(방심은 할 수 없겠어.)

마이는 정신을 바짝 차렸다.

그런 마이를 보고 아피트가 대담하게 웃었다.

『양쪽 다 전력으로 싸우는 거야!!』

그렇게 두 번째 경기가 시작되었다.

아피트는 초고속 이동에 능했지만, 마이의 움직임은 그에 비할 수준이 아니었다.

얼티밋 인챈트(궁극부여) '월드 맵(지형지왕)'을 구사하는 마이라면 아피트의 움직임을 완벽하게 간파한 뒤 그 배후를 잡는 것도 손쉬운 일이었기 때문이다.

전투에서 가장 중요한 요소는 속도다. 마이야말로 속도의 정점에 서 있는 존재였고, 아피트 같은 속도특화형 상대에게는 천적이었다.

"꽤 하네."

디노가 그렇게 말하며 감탄했다. 자신의 차례가 아니어서 그런지 디노는 마치 자신의 집인 양 편안히 누워 마이의 싸움을 관전하고 있었다.

디노는 아피트와 싸워본 적이 있었던 만큼 마이의 비정상적인 힘을 더욱 잘 느낄 수 있었다.

"아피트는 스피드만 보면 나랑 호각이었는데……."

"대단하네. 저 정도 속도라면 나도 애먹을 것 같아. 그런데도 완전히 갖고 놀고 있잖아."

"저 활도 성가셔. 무수한 화살이 공중에서 분열돼서 도망갈 곳을 차단하니까. 오히려 저 아피트인지 뭔지가 선전하고 있는 걸 칭찬해야 할 정도야."

삼자의 의견이 일치하며 마이 쪽이 유리할 것이라 판단했다.

그리고 그런 마이에게 농락당하면서도 훌륭한 대응력을 선보이는 아피트를 향해서도 아낌없는 찬사를 던졌다.

이는 이길 수 있을 거라는 여유 때문이었다.

이겨도 의미가 없다는 결론은 나왔지만, 또 무조건 져야하는 것도 아니다. 마이가 승리한다면 이쪽의 체면도 설 테니 디노 일행은 진심으로 마이를 응원하기로 했다.

하지만── 신경 쓰이는 것은 아피트의 미소였다.

압도적으로 불리한 상황임에도, 그 눈에 보이는 것은 승리를 향한 집념이었다.

"우후후. 역시 강해. '순간이동'이라는 건 이 정도로 성가신 거로군요."

공간 계열 권능 중에서는 '공간지배'가 최상위였다. 기억하고 있는 장소로의 '공간전이'뿐만 아니라, 시야가 미치는 범위 내의 공간이라면 순식간에 '전이'가 가능한 권능이었다.

거의 '순간이동'이나 다름없었지만, 이 권능에는 치명적인 결함이 있었다. 전이할 곳과 공간을 연결해야 하기 때문에 권능을 발동시키는 순간 행선지를 읽을 수 있게 되는 것이다.

즉 공간인식 하위자가 상대라면 몰라도 '공간지배'를 가진 상위자 간의 전투에서는 사용할 수 없는 권능이었다.

하지만 '순간이동'은 다르다. 흔적을 일절 남기지 않고, 일체의 전조조차 없이 공간을 이동할 수 있었다.

전투 시에 이보다 유용한 권능은 달리 없을 것이다.

광속으로도 포착할 수 없는 마이를 대상으로 쓸 수 있는 수단은 적다. 사실상 덫을 놓는 정도 말고는 방법이 없었다.

당연히 마이도 그것을 이해하고 있었고, 상당히 경계하고 있는 탓에 쉽사리 덫에 빠질 것 같지도 않았다.

그럼에도 아피트가 여유로운 표정을 짓고 있는 이유는── 아피트가 학습 중이었기 때문이다.

아피트는 아직도 진화 중이었다.

그 존재치도 상승 중이었고, 이 전투 중에도 강도가 계속 높아지고 있었다.

어, 뭔가 좀 이상한데? 디노가 그 사실을 깨달았을 때는 이미 늦있다.

진화는 아피트의 존재치가 백만에 달한 시점에서 가속화되었다. 마치 번데기에서 개화하듯 강렬한 존재감을 드러내기 시작한 것이다.

"말도 안 돼. 전투 중에 강해진다니…….”

흔한 전개이긴 했지만, 마이 입장에서는 억울한 상황이었다.

져도 괜찮다는 것은 어디까지나 적을 신뢰하고 있을 때의 이야기였다. 마이는 성실한 성격이었기에 적대하는 상대를 그 정도로 믿을 수는 없었다.

그래서 무슨 일이 있어도 이길 생각이었는데…….

공간을 압도할 정도의 물량으로 마이는 필살오의를 날렸다. 궁도부라는 이유로 활을 손에 쥐게된 것뿐이었지만, 지금에서는 마이의 뜻대로 투기가 담긴 화살을 날릴 수 있게 되었다. 남은 개수를 걱정할 필요도 없고, 잠재된 의사에 따라 위력도 개수까지도 자유자재로 하여 크레센트 보우(궁장월)를 통해 유성(流星)화살을 발사할 수 있었다.

연속된 '순간이동'으로 신출귀몰하면서 동시에 유성처럼 쏟아지는 화살 공격이 마이의 완성된 전투 스타일이었다. 그런 마이가 아피트의 위험성을 간파하고 단판승부를 걸어온 것이다.

전방위에서 아피트를 노려오는 유성화살은 어떤 수를 써도 피할 수 없을 것 같았다.

마이처럼 완전한 '순간이동'을 사용할 수 있지 않고서야…….

"스타더스트 레인(밤하늘의 유성우)!!"

뒤늦게 도착한 마이의 기세가 날카로운 기합으로 하늘을 갈랐다.

아피트에게 도망갈 곳은 없다.

이걸로 끝이라고 생각했는데, 그 순간 아피트의 진화가 완료되었다.

그곳에는 벌레의 여왕이 현현해 있었다.

아는 사람이 그 모습을 본다면 피리오드와 상당히 닮았다고 생각했을 것이다.

명주잠자리와 벌이라는 차이는 있었지만, 이형의 아름다움을 극명하게 드러낸 용모임에는 확실했다.

그렇게 진화를 이뤄낸 아피트가, 화살이 채 닿기도 전에 하늘로 손을 뻗었다.

"충공(蟲空)영역."

아피트를 감싸듯이 무지개색의 얇은 막이 펼쳐졌다. 그것은 그어떤 공격도 막아낸다는 디스토션 필드(공간왜곡방어영역)였다. 제기온이 자주 쓰는 방어기술이지만 진화에 따라 '공간지배' 권능까지 얻으면서 아피트도 다룰 수 있게 된 것이다.

"무슨?! 내 오의가……."

여왕은 도망가지 않는다. 그저 전진할 뿐이다.

그것을 구현하듯 아피트가 한 발 앞으로 나섰다.

그것에 겁먹은 듯 마이가 뒤로 물러났다.

자신이 던질 수 있는 최강 기술이 통하지 않은 지금, 승패는 정해진 것이나 다름없었다. 마이는 그것을 알고 있었기에 더 이상의 전투가 무의미하다고 생각한 것이다.

"어째서…… 어떻게 갑자기……."

무심코 새어 나온 마이의 중얼거림이 모두에게 닿기도 전에, 아피트의 손이 점멸했다.

"엠프레스 스팅어(여제의 치명침(致命針))."

별이 깜빡이는 듯한 찰나의 순간, 마이의 유성화살보다 더 날카롭고 빠른 치명의 바늘이 마이의 심장을 관통했다.

──대체 어떻게, 이렇게 강해진 거야? 그런 물음을 던질 새도 없이 마이는 사망하여 다시 부활했다.

그것은 마이뿐만 아니라 관전하고 있던 디노 일행도 느낀 의문이었다. 그러나 대답할 수 있는 사람은 없었고, 무슨 일이 일어났는지 알 길은 없었다.

이러니까 싫다는 거야── 라는 소리 없는 외침이 들릴 것 같은 표정으로 디노가 몸서리쳤다.

참고로 대형 스크린으로 관전 중이던 라미리스도 이런 아피트의 진화에 당황하긴 매한가지였다.

"……존재치가 173만 7775로 고정되었습니다."

아피트를 관측 중이던 오퍼레이터의 보고에 소란이 일었을 정도다.

"어째서……?"

그런 라미리스의 중얼거림으로도 알 수 있듯이, 이쪽도 예상 밖의 사태에 놀라움을 감추지 못하고 있었다.

왜 이런 진화가 이뤄졌는가. 그 이유는 피리오드의 소멸에 있었다.

인섹터(충마족)의 부왕── 충장을 통솔하는 여황제가 사망하면서 그 자격이 현존하는 유일한 암컷인 아피트에게 계승되었다.

본래에도 아피트는 다음 세대의 여왕으로 자라왔기에, 이제서야 그 힘을 제대로 발휘할 수 있게 된 것이다.

그리고 그 덕분에 아피트는 신성을 띠면서 '신봉(神蜂)'에 도달해 있었다. 이는 피리오드의 신성을 이어받은 것일 뿐, 아직 아피트의 실력 자체는 부족했다.

하지만 신으로 변한 것은 사실이다.

이로써 아피트는 궁극의 존재의 일각으로서 제기온의 옆자리에 걸맞은 강인함을 몸에 지니게 되었다.

속사정을 모르는 자들 입장에서는 말 그래도 불합리함의 권화처럼 느껴졌을 것이다.

아피트가 타이밍 좋게 진화를 완료한 결과, 마이에게 압승을 거둔다는 결과를 동시에 이룩하게 된 것이었다.

*

2연속 승리를 한 덕분에 라미리스 쪽의 표정은 밝았다.

디노는 마지막 순서라고 라미리스가 이미 정해 두었기 때문에 세 번째 경기는 가라샤 대 란가가 됐다.

그러나 여기서 게루도가 면목없다는 얼굴로 의견을 냈다.

"내 고집이라는 건 알고 있다. 하지만 그자와의 승부가 결말이 나지 않았다. 다음 싸움은 나에게 맡겨 줄 수 없겠나?"

좀처럼 고집을 피우지 않는 게루도가 이 상황에서 부탁을 해온 것이다. 이는 베니마루로서도 쉽게 무시할 수는 없는 이야기였기에 고민에 빠졌다.

어쨌든 게루도의 몸은 엉망이었다.

승패를 논하기 전에 싸움에 나서는 것 자체가 무모한 일인 것이다.

"하지만 게루도……."

"알고 있다. 회복약으로 상처는 아물었지만 기력은 바닥이라는 것을. 하지만 그 자가 나를 기다리고 있다."

게루도의 기백에 모두가 숨을 삼켰다.

기력이 바닥이라고 생각하기 어려울 정도로 게루도의 의지는 강렬했다.

"뭐, 뭐어, 여기서 한 번 진다고 해도 상관은 없지!"

게루도의 압력에 눌린 라미리스가 의지를 꺾었다.

"맞아. 일단 상대 쪽의 정보 수집은 순조로우니까."

베니마루도 계획에 미흡한 곳은 없는지 다시 한번 확인하고 문제없다며 동의했다.

실제로도 순조로웠다.

이걸로 2승. 두 사람의 사망과 부활을 관측할 수 있었다.

라미리스가 여기서 싸우기로 결정한 것에는 나름의 이유가 있던 것이다.

……………….

………….

…….

처음의 목적은 베가와 마이를 격리하는 것이었다.

이것은 알아서 달성되었다. 디노 일행과 베가가 개별 행동을 시작했기 때문이다.

도청한 대화 내용을 통해 베가가 미궁침식, 즉 지배를 노리고 있다는 것이 밝혀졌다.

라미리스는 불쾌한 기색을 보였지만, 오히려 유리한 상황이기도 했다. 미리 상황을 파악한 이상 베가 주변의 미궁만 격리해두면 된다. 처음부터 격리할 예정이었으니 이는 아무 문제 없이 시작되었다.

라미리스의 미궁은 '오는 자 막지 않고 가는 자 쫓지 않는다'를 모토로 운영되고 있었다. 도망치고 싶으면 얼마든지 도망치라는 느낌이었고, 딱히 적을 가두는 목적으로는 이용되지 않았다.

하지만 불가능한 것은 아니었다.

적이 '공간조작' 권능을 갖고 있다 할지라도 단순히 적 주위로 층을 다중전개하여 쉽게 빠져나오지 못하도록 조정할 수 있었다.

하지만 이것이 '공간지배'가 되면 이야기는 별개다. 미궁 외부에 명확한 목표가 되는 공간좌표를 기억하고 있다면 쉽게 탈출할 수 있었다. 마이처럼 성간 차원 수준으로 좌표를 관리할 수 있다면 격리하는 것은 아무 의미가 없었다.

그런 점에서 베가는 '공간지배' 같은 능력이 없어 보였다. 오히려 '공간조작'조차 제대로 알지 못하는지 라미리스가 미궁을 격리했을 때도 전혀 눈치채지 못했다.

이거라면 쉽게 이기겠네. 라미리스가 그렇게 생각하며 안도했을 정도다.

이런 식으로 베가의 격리는 순조롭게 진행되고 있었다. 그렇게 되면 다음 단계로 행동을 옮길 차례였다.

디노 일행이 어떻게 지배받고 있는지 파악하고, 그것을 해제할 수 없는지 시험해보자는 이야기가 나온 것이다.

우선적으로 외부 정보를 샅샅이 뒤져 본 결과 문제가 되는 것은 내면이었다. 그래서 미궁 안에서 쓰러뜨려서 죽고 부활하는 모습을 관찰하고 권능의 영향을 정밀하게 조사했다.

게다가 베가는 격리가 완료되는 대로 처치할 예정이었다. 이것을 방해받지 않도록 디노와 다른 이들의 발을 붙잡아둘 필요도 있었다.

그래서 제안을 받고 진행하게 된 것이 지금처럼 일대일로 싸우는 형식이었다.

시간을 벌 수 있을 뿐만 아니라 정보 수집도 할 수 있었으니 라미리스 쪽에 실로 유리한 전개가 된 것이다.

....

....

......

이미 피코와 마이의 정보는 입수가 끝났다.

다음은 가라샤지만 무조건 쓰러뜨릴 필요는 없었다.

그렇다면 게루도의 의사를 존중해줘도 문제는 없을 것이다.

그때 가라샤의 상대로 선정되었던 란가에게서 '사념전달'이 왔다.

『그렇다면 게루도여! 내가 힘을 빌려주마!』

게루도의 뜻에 부응한 란가가 협력을 제안한 것이다.

"음?"

『부족한 기력을 내가 보충해 주겠다. 게루도여, 내게 그 부상을 옮기도록 해라!』

그렇게 전함과 동시에 란가가 '그림자 이동'으로 게루도의 발밑에서 출현했다.

"음, 하지만······."

자신이 입은 대미지가 컸기에 게루도가 물러서려 했다. 하지만 란가는 문제없다며 웃을 뿐이었다.

가라샤와 게루도에게 인연이 있다면 그 역할을 빼앗는 것은 내키지 않는다. 란가는 그렇게 생각한 것이다.

"고맙다."

"음."

그런 용도로 행사할 수 있을지는 알 수 없었지만, 밑져야 본전이다. 게루도는 의식을 집중해 자신의 대미지를 란가에게 양도했다. 얼티밋 기프트(궁극증여) '벨제부브(미식지왕)'의 '대역'을 써서, 동료들에게 대미지를 분산하는 것과 같은 감각으로——.

"끼이잉?!"

펄쩍 뛰는 란가.

그대로 웅크리며 몸을 동그랗게 말더니 눈을 뒤집으며 움찔움찔 경련하고 있다.

그런 란가의 모습에 모두가 깜짝 놀랐다. 고부타가 황급히 란가의 상태를 살폈고, 베니마루는 "그야 그럴 수밖에"라면서 질린 얼굴을 했다.

가장 놀란 것은 완전회복한 게루도 본인이다.

란가가 허락했기에 쉽게 성공할 수 있었지만, 설마 권능을 이용해 자신의 대미지를 상대에게 전가할 수 있을 거라고는 생각하지 못했기 때문이다.

권속이나 다름없는 동료들 때와는 달리 모든 짐을 벗어던진 듯한 해방감마저 느껴졌다. 란가 쪽에 여력이 있었던 덕에 어떻게든 되었지만, 만약 게루도와 동격인 상대에게 양도했다면 정말 큰일이 벌어졌을 것이다.

그 위험성을 알고 제안해 준 것이었기에, 게루도는 란가에게 감사했다.

"미안하군, 빚을 졌다."

"나, 나는 신경 쓰지 말고, 뒤는 맡기겠다—— 털썩."

"라, 란가 씨~!!"

그 정도의 장난을 칠 여유가 있다면 괜찮겠지, 하며 란가와 고부타는 방치되었다.

그리고 게루도가 '공간전이'를 사용하여 투기장 중앙에 등장하였다.

*

『그럼 여기서 선수 교체. 란가를 대신하여 게루도 선수의 등장입니다! 박수!!』

라미리스의 쾌활한 목소리가 투기장에 울려 퍼졌다.

"선수라니, 진짜로 놀고 있잖아."

어이가 없다는 표정을 짓는 디노.

그 말에는 동의한다며 마이도 고개를 끄덕였다.

"뭐, 괜찮지 않아? 죽어도 살아날 수 있다면 놀이나 다름없는 거지."

그렇게 웃으며 가라샤가 '부활의 팔찌'를 착용하였다. 그리고 투기장 중앙까지 걸어 나와 게루도와 얼굴을 마주했다.

누가 뭐래도 가라샤 역시 게루도와의 재전이 반가웠기 때문이다.

이리하여 3차전인 게루도 VS 가라샤의 싸움이 개시되었다.

게루도도 가라샤도 싸움에 능하고 방어력에 특화된 자들이었다. 서로가 방패를 능숙하게 다루며 훌륭하게 공격하고 있다.

화려함은 없지만 착실한 기술이 볼거리가 되는 전개가 펼쳐졌다.

게루도의 무기는 자신의 육체나 다름없는 미트 크래셔와 스케일 실드다. 그리고 가라샤는 베가에게서 받은 롱소드와 서클 실드를 장착하고 있었다.

존재치에는 2백만 이상의 차이가 있었지만 그 싸움은 호각이었다. 압도적으로 레벨이 높았던 무지카를 상대로도 조금도 밀리지 않았던 게루도답게, 지금도 가라샤를 상대로 맹공을 가하고 있었다.

게루도는 주로 방어면에서 활약하는 편이지만 그 공격력도 만만치 않았다.

다만 전투에 능한 가라샤가 상대였기에 공격을 맞추는 것이 어려웠다. 잔기술은 쉽게 튕겨내 버리고, 그렇다고 위력을 축적하려 하면 움직임에서 이미 다 들키기 때문이다.

게루도는 여전히 공격을 맞출 수 있는 방법을 찾지 못하고 있었다.

"어설퍼, 어설퍼."

"음, 이것도 통하지 않는 건가."

지금 역시 게루도가 페인트를 시도했지만, 이를 간파한 가라샤가 진짜 공격인 내려치기를 사뿐히 피했다. 하지만 그 직후 반격을 당해도 게루도는 어렵지 않게 받아냈다.

서로 한 치도 물러서지 않고 그저 부딪혀 나간다.

"내 공격을 전부 받아내다니! 무시할 수 없는 녀석이네."

"이래 보여도 난 리무루 님께 '배리어 로드(수정왕)'라는 칭호를 받았다. 쉽게 쓰러질 수는 없지."

"아, 그러셔!"

"귀공이야말로 호쾌하지만 견실한 싸움이군. 감복했다."

"핫, 적에게 칭찬을 받아도 기쁘지 않지만 당신한테 들으니 쑥 스러운걸."

짧은 공방을 거듭하는 가운데, 서로를 인정하면서 마음이 통하는 감각을 느낀 두 사람.

게루도도 가라샤도. 자신이 갈고 닦은 레벨(기량)을 믿고 서로를 앞서기 위해 기교를 구사하고 있었다.

(시간을 벌자는 생각만 하고 있었는데…… 보아하니 적당히 하면서 여유 부릴 틈은 없을 것 같네.)

가라샤도 속으로 게루도를 칭찬했다.

가라샤가 예상한 대로 싸움은 자연스럽게 교착상태로 들어갔다.

그 모습은 마치 절차탁마하고 있는 수련자의 모습 같았다. 온 갖 거짓과 진실이 오가는 수수한 공방이 계속되었다.

……………….

…………….

…….

애초에 게루도의 얼티밋 기프트(궁극증여) '벨제부브(미식지왕)'는 개인전에 적합하지 않다. 군단 규모에 적용되어야 하는 권능인 것이다.

부하 강화에 철벽화, 받은 상처를 분배하여 전체 지구력를 향상시키는 등 아군이 있어야 그 진가를 발휘할 수 있었다.

모든 힘을 게루도에게 집중시켜 강해질 수 있는 성질은 전혀 없었기에 가라샤와의 싸움에서는 그다지 유용하다고 말할 수 없는 권능이었다.

한편 가라샤는.

언뜻 보면 권능을 이용하고 있지 않는 것처럼 보였다.

얼티밋 스킬인 '하니엘(영광지왕)'이라는 궁극의 힘을 각성시켰음에도 이를 사용하지 않는다면 손해다. 일반적인 경우에는 그렇게 생각하겠지만 사실은 아니었다.

사실 '하니엘'이란 퍼시브 스킬(수동형 권능)이었던 것이다.

공격 감지, 적성 간파, 에너지 조화, 공방 밸런스 조정, 자동 회복 등이 주 효과였다. 적의 덫을 간파하고, 움직임을 판별하고, 불리한 속성을 유리한 속성으로 변화시키고, 공격하는 힘을 방어로 방어하는 힘을 공격으로 전환시키고, 모든 상처를 자동으로 치유해 준다. 가라샤는 그러한 권능을 의도하지 않고 계속 발동시키고 있었던 것이다.

이것이 있는 한 가라샤의 패배는 없다. 완전 밸런스형 전사인 가라샤는 이 권능에 의해 더욱 완벽하게 싸울 수 있었다.

피코에 비해 가라샤는 공방의 균형이 잘 잡혀 있었다. 그것도 모두 이 '하니엘(영광지왕)' 덕분이다.

게루도와 호각인 방어력에 더해 게루도를 압도적으로 웃도는 공격력을 지니고 있는 가라샤. 이 정도로 유리하니 가라샤의 독무대가 되어야 했다.

하지만 그렇게 되지는 않았다.

이 현실이 곧 게루도가 얼마나 뛰어난 전사인지를 알려주고 있었다.

....

....

......

맹공을 퍼붓는 가라샤.

게루도를 밀치듯 발차기를 넣어 상대의 자세를 무너뜨린 뒤 검을 내리치려고 한다.

하지만 게루도는 무너지지 않았다. 권능으로 '전신개화(全身鎧化)'를 하여 가라샤의 발차기를 정면에서 받아냈다.

그렇게 되면 반대로 가라샤의 균형이 깨지는데, 당연히 그렇게 되는 일 없이 그 발차기의 위력 그대로 뒤로 도망갔다. 이런 부분에서 가라샤의 센스가 엿보였다.

하지만 역시 칭찬할 만한 것은 게루도였다.

게루도는 뛰어난 기량으로 가라샤의 공격을 막아내고 있었다.

그뿐만이 아니다.

공격과 방어 양쪽 모두 뛰어난 가라샤가 반대로 게루도에게 서서히 밀리기 시작한 것이다.

"뭐야, 어째서?"

"흠!!"

지금도 가라샤는 게루도의 검이 내뿜는 압력에 의해 한발 물러나고 말았다.

존재치만 봐도 한참 위, 권능에 의한 효과를 봐도 압도적으로 유리해야 할 가라샤가 게루도를 상대로 고전하는 것 자체가 이상했다. 그러나 그것이 현실이었다.

그리고 지금, 게루도의 공격이 조금씩 가라샤에게 대미지를 입히고 있었다.

가라샤의 공격은 게루도에게 여전히 닿지 않는다. 대체 왜 이런 현상이 발생한 것인가?

그 이유는 게루도의 전투 방식에 있었다.

직접적인 공격이 통하지 않는다는 것을 간파한 게루도가 방침을 바꾼 것이다.

검을 휘둘러 적을 벤다. 이런 일격필살의 방식을 버리고 하나하나의 공격에 무게를 실었다. 가라샤의 방패에 미트 크래셔를 내려칠 때도 '부식'을 입혀 피로가 쌓이도록 했다.

즉, 게루도는 가라샤가 방패로 받아낼 것을 예상하고, 그 방패를 부술 생각으로 공격을 가한 것이다.

무기 파괴 등의 권능은 소유하지 않았지만, 게루도의 이 행동에는 의미가 있었다. 계속 받으면 팔에 대미지가 간다.

그렇게 되지 않고자 가라샤도 공격을 흘려보내려 했지만 게루도가 그것을 허락하지 않았다.

그 결과가 지금의 가라샤에게 나타나고 있었다.

●

두 사람의 싸움은 아는 자가 보기에는 훌륭한 것이었다.

하지만 잘 모르는 자가 보기에는 지루하기 짝이 없는 광경이었다.

"이제 슬슬 지겨운데요……."

라미리스가 아이처럼 투덜대기 시작한 것이다.

'관제실' 안에 울리는 작은 중얼거림을 들은 베니마루가 쓴웃음을 지었다.

게루도와 가라샤의 싸움은 필살기도 마법도 전혀 사용하지 않는, 화려함이 결여된 수수한 싸움이었다. 어느 한쪽이 상처를 입는 것도 아니고, 그저 담담하게 공방이 반복될 뿐이다.

그것이 라미리스에게는 무척 따분하게 느껴진 모양이었다.

게루도와 가라샤가 가진 고도의 기량이나 달인 간의 교묘한 치고 빠짐 같은 것을 전혀 모르는 라미리스에게는 그 싸움이 지루해도 이상하지 않았다.

"저기, 그냥 무승부로 하고 다음 싸움을 시작하면 안 될까?"

이런 말까지 해오는 상황.

심지어 왜 일대일 싸움으로 시간을 벌고 있는가에 대한 이유도 까맣게 잊어버린 모습이었다.

"슬슬 디노에게 앙갚음을 해줄 시간인 것 같아."

그렇게 말하며 다음 싸움이 기대돼서 몸이 근질거리는 것 같은 모습이었다. 게루도의 경기에는 조금도 흥미를 보이지 않는다.

그리고 이 자리에는 라미리스를 혼낼 수 있는 베레타가 없다.

응석을 받아주기만 하는 트레이니는 "어머나, 그거 좋은 생각이네요!"라며 듣기 좋은 소리만 하고 있으니 라미리스의 흥을 더욱 올려줄 뿐이었다.

그러니 여기서는 베니마루가 지적을 날렸다.

"저기요, 라미리스 님. 시간을 벌어야 한다는 걸 벌써 잊어버리신 겁니까?"

"앗……."

"이해하셨어요?"

"에헷."

라미리스는 일단 리무루와 동격인 마왕이다. 평소라면 몰라도 이런 공식석상에서는 대우를 해줄 필요가 있었다.

하지만.

라미리스 본인이 그러한 설정을 잊어버리고 어린아이 같은 태도를 보이고 있었다. 누군가 주의를 줘야 하는 상황이었기에 필연적으로 베니마루의 어조가 강해지는 것도 어쩔 수 없는 일이었다.

"어물쩍 넘기려 해도 소용없어요."

"잠깐만, 부사령관?! 총사령관을 더 공경해 달라고!"

"네, 네."

"성의가 느껴지지 않는데요……."

"무슨 문제라도?"

솔직한 심정으로 베니마루는 슬슬 라미리스에게 존댓말을 쓰는 것이 힘들어지고 있었다.

"뭐, 뭐 상관없어!"

베니마루의 말에도 일리는 있고! 그렇게 말하며 라미리스는 황급히 얼버무렸다.

"그럼 다시 기합을 넣고── 상관없어, 계속하게 해!"

"네, 네."

베니마루는 라미리스가 납득한 것을 확인하고 화면으로 눈을 돌렸다.

게루도의 싸움은 훌륭했다. 이 싸움을 멈추게 하다니 당치도 않다—— 라는 것이 베니마루의 본심이었다.

이 정도 수준의 베스트 매치는 쉽게 볼 수 있는 것이 아니었다. 팽팽한 공방은 보는 것만으로도 배울 점이 많았다.

실제로 그렇게 느끼는 사람은 꽤 많았고, 이 '관제실' 안의 반응은 보기 좋게 양극화되어 있었다.

관심이 없는 사람에게는 실로 따분한 모습이지만, 볼 수 있는 눈이 있다면 이보다 더 재미있는 시합은 없었다. 베니마루뿐만 아니라 고부타, 가비루 등도 수준 높은 이 싸움에 푹 빠져 있었다.

그리고 그런 열의가 전해진 것인지, 어느새 라미리스마저 잡아먹을 듯한 기세로 대형 스크린을 바라보게 되었다.

게루도와 가라샤가 격렬한 검격을 펼쳐나갔다.

그 기세는 점점 가속화되며 언제 수수한 싸움을 했었냐는 듯이 돌변했다.

과열된 기세는 멈추지 않고 상대를 짓누를 정도의 위력을 가진 공격이 오갔다. 일격마다 땅이 갈라지고 대기가 거칠게 요동치고 모래 먼지가 흩날린다.

보는 이를 사로잡는 아름다운 춤처럼 두 사람은 전투를 이어나갔다.

실력이 위인 가라샤를 상대로 게루도가 그 격차를 메워나가듯 전투해 나갔고…….

"아, 이제 슬슬 결판이 나겠네요."

고부타가 중얼거렸다.

베니마루도 동감했다.

그리고 싸움의 긴박함은 최고조에 달하며—— 곧 균형이 깨졌다.

결판이 코앞으로 다가왔다는 것을 누가 봐도 알 수 있었다.

*

방패를 떨어뜨린 가라샤가 초조함을 드러냈다.

"다, 당신! 뭘 한 거야?"

방패를 든 왼팔의 상태가 이상해지면서 가라샤도 비로소 사태의 이상함을 깨달았다. 자동 회복이 있었기에 치명적이지는 않았지만, 이것이 얼마나 중대한 사태인지를 알아차린 것이다.

하지만 때는 이미 늦었고, 계속되는 게루도의 공격에 의해 마침내 그 손에서 방패를 놓쳐버리고 말았다.

가라샤는 유구한 시간을 살아왔고 전쟁 경험도 풍부했다. 레벨(기량)면에서도 결코 게루도에게 지지 않았다.

그러나 부족한 점이 있었다.

바로 동격 간의 전투 경험이다.

장명종에게 흔히 있는 문제였지만, 강해진 후엔 대전 상대가 사라지는 것이다.

기이처럼 극에 달한 자라면 모를까, 아직 미숙해도 육체의 성능만으로 적을 압도할 수 있었기에 성장률이 떨어졌다. 하물며 수준 높은 싱대와의 전투는 쉽게 경험할 수 있는 것이 아니었다.

이길 수 없는 상대는 손에 꼽을 정도였고, 애초에 경계해야 할 상대에게 군이 시비를 걸 필요도 없었다. 그렇기 때문에 고전하며 힘겹게 싸워야 할 상황은 쉽게 생기지 않았고, 그렇게 되기 전에 도망치는 것이 일상이었다.

반면 게루도는 언제라도 물러서지 않았다.

싸워야 할 상황이라면 어떤 상대라 해도 도망치지 않았다.

따라서 훈련을 거른 적도 없고, 건설 공사 현장에서 작업하면서 틈틈이 준비운동 대신 전투훈련을 할 정도로 성실한 성격을 갖고 있었다.

휴일에는 아게라나 하쿠로우의 지도를 받는다.

'성마십이수호왕' 중에서는 눈에 띄지 않았지만, 매일의 훈련을 게을리하지 않는 게루도의 레벨(기량)은 초일류 영역에 이른 상태였다.

공격면에서는 아직 멀었지만 방어면에서는 견줄 자가 없었다. 방어하면서 적에게 대미지를 주는 기법이나 아까 가라샤를 상대로 보여줬듯이 공격의 주된 목적을 깨닫지 못하게 하면서 대미지를 축적시키는 기법 등 유용해 보이는 기술은 모두 익혔다.

그런 게루도였기에——

방패를 잃은 가라샤에게 게루도가 큰 기술을 사용했다.

"카오스 러시(저돌맹진격, 猪突猛震撃)."

게루도의 미트 크래셔가 불길한 오라(패기)를 휘감고 가라샤를 향해 내려왔다.

"칫?!"

황급히 뛰어서 물러나는 가라샤.

게루도의 동작은 크고 빈틈이 많아 보였다. 방패를 잃은 지금의 가라샤라도 게루도를 처치할 수 있지 않을까 싶을 정도로.

그렇기 때문에 가라샤는 방심하지 않았다.

위력을 담은 마지막 일격이라는 것은 짐작할 수 있었지만, 그것이야말로 적을 유인하기 위한 덫임이 분명하다. 가라샤는 그렇게 판단한 것이다.

게루도의 빈틈을 노리고 어리석게 달려드는 짓을 했다간 단칼에 베일 것이라고.

하지만 아니었다.

게루도의 목표는 가라샤가 떨어뜨린 방패였다.

게루도가 방패를 삼켜 '포식'했다.

얼티밋 기프트(궁극증여) '벨제부브(미식지왕)'는 삼킨 물질을 에너지로 변환할 수 있었다.

가라샤의 서클 실드는 베가가 창조한 물건이었기 때문에 천연인 갓즈급에 비하면 저항치가 낮았다. 덕분에 흡수도 빨라 게루도는 아무 문제 없이 포식을 완료했다. 그리고 무사히 그 힘을 받아들인 것이다.

게루도의 스케일 실드가 빛을 발했다. 게루도의 일부인 그 방패도 게루도가 강화되면서 성능이 강화된 것이었다.

"뭐야…… 거짓말, 무기물까지 먹을 수 있다고?"

"아니, 갓즈급까지 도달했다면 당연히 의사가 깃들어 있다. 이 방패의 출처는 누군가가 창조한 모조품인 모양인데, 나와는 관계없는 이야기지."

담담하게 실명하는 게루도.

자랑하는 것은 아니었지만 그 말이 뜻하는 바는 무거웠다.

게루도는 유기물이든 무기물이든 구분 없이 포식이 가능하다는 뜻이었다. 그리고 대상에게 의사가 있었다고 해도 저항에 실패하면 먹히고 마는 것이다.

가라샤의 이마에서 식은땀이 흘러내렸다.

밸런스가 무너졌다. 그것을 자각한 것이다.

이 시점에서 가라샤의 방어력은 격감했고, 게루도와의 존재치 차이도 줄어든 상태였다. 여기서 만약 검까지 먹힌다면……

한순간의 정적.

그 정적을 부수듯 가라샤가 입을 열었다.

"훗, 아무래도 내가 진 것 같네."

그렇게 말하며 후련한 미소를 지은 것이다.

"음."

게루도는 당황했지만, 자세는 그대로였다.

그것이 거짓은 아닐 것이라 생각하면서도 아직 가라샤를 완전히 믿지는 않았다.

그런 게루도를 보고 가라샤가 웃었다.

"좋아, 좋아. 이 미궁에서 되살아난다는 경험도 해보고 싶었으니까, 확실히 끝내줘."

이렇게까지 말하면 게루도도 믿을 수밖에 없었다.

"내 승리로 결론지어도 된다는 건가? 그렇다면 더 이상의 전투는 불필요하겠지."

게루도는 무기를 내렸다. 패자를 채찍질하는 것은 좋아하지 않았기에 여기서 창을 거둔 것이다.

"훗, 무인이네. 내 완패야."

그렇게 쓴웃음 지은 가라샤는 깨끗하게 패배를 인정했다.

『오케이~! 그럼 승자는 게루도입니다~!』

라미리스의 승리 선언에 따라 게루도와 가라샤가 퇴장했다.

그리고 마침내 라미리스가 애타게 기다리던 디노의 차례가 되었다.

*

투기장에 라미리스의 목소리가 울려 퍼졌다.

『자, 디노, 얼른 나와! 저번에 했던 짓은 잊지 않았어. 이번에는 내가 널 납작하게 만들어줄 차례란 말씀!』

라미리스는 복수심에 불타고 있었다.

디노에게 '부활의 팔찌'를 다섯 개나 건네준 것만 봐도 알 수 있듯이 다섯 번은 죽일 작정이었다.

진정한 목적도 머리에서 날아갔는지 개인적인 소망밖에 느껴지지 않는 멘트를 연발하고 있다.

이에 반해 디노는 여유로운 표정이었다.

"훗훗훗, 라미리스여. 나는 깨달아 버렸다."

『뭐?』

"기권이다! 나는 다음 시합을 기권——."

『하게 놔둘 리가 없잖아.』

궁여지책으로 그런 말을 꺼낸 디노, 하지만 라미리스는 깔끔하게 기각했나. 그렇다기보던 용납할 수 없는 제안이었다. 그 제안을 한 디노의 뻔뻔함에 놀랐을 정도다.

(젠장! 내 멋진 아이디어를 그렇게 단번에…… 하지만 말이지!

나에게는 다음 방책도 있다고!)

속으로 투덜거렸지만 어쩔 수 없는 상황이다.

적은 베레타와 제기온.

확실히 말해서 디노가 이길 수 있는 상대는 아니었다.

디노는 여기서 아낌없이 감춰뒀던 비장의 책략을 선보였다.

"패배다! 난 여기서 패배를 선언한다!!"

디노는 싸우지도 않고 자신의 패배라고 선언한 것이다.

그것은 가라샤의 패배를 보고 떠올린 작전이었다.

굳이 힘든 싸움을 하지 않고 곧바로 져버리면 그만인 것이다.

디노에게로 돌아온 가라샤가 작게 중얼거렸다.

"위험해, 디노. 게루도라는 녀석, 비정상적으로 강해져 있었어. 전에 싸울 때와는 다른 사람 같더라."

"어? 그럼 역시 진짜로 졌던 거야?"

"무슨 소리야? 방패를 빼앗겨서 진 건데 당연하지⋯⋯."

연기인 줄 알았냐며 가라샤가 어이없다는 표정을 지었다.

"참고로 나도 진심이었어."

피코도 자진 신고.

마이도 슬쩍 고개를 끄덕였고, 전원 패배라는 상황은 거짓 없는 진실이었음이 확정되었다.

여기서 폼을 잡은 디노가 물었다.

"너희들, 탈출할 체력은 남아있겠지."

"당연하지."

"뭐, 그렇긴 하지. 움직일 수 없을 정도로 힘을 빼는 건 자살 행위니까."

가라샤와 피코가 서로 고개를 끄덕였지만, 체력을 남기면서 진다는 것도 의외로 어려운 일이다.

성실한 마이가 여기서 충고했다.

"패배를 선언해봤자 소용없을 거예요. 당신, 원망을 산 거죠? 여기서는 솔직하게 잘못했다고 사과하는 게 어때요?"

놀라우리만치 정론이었다.

디노도 무심코 말문이 턱 막혀서 "아, 어어, 그렇지⋯⋯"라며 고개를 끄덕일 수밖에 없었다.

그러나 그 판단은 이미 늦은 모양이었다.

『뭐어? 무슨 나약한 소릴 하는 거야! 이기든 지든 아무래도 상관없어. 나는 네 우는 얼굴이 보고 싶을 뿐이라고!』

그런 라미리스의 고집스러운 선언이 떨어지며, 결국 디노도 싸울 수밖에 없게 된 것이다.

좀 더 일찍 사과했더라면 라미리스도 생각을 바꿨을지도 모른다. 하지만 그것은 어디까지나 가정의 이야기였고, 디노가 그것을 시도할 기회는 이미 지나가 버렸다.

디노는 죽어버린 눈빛으로 베레타와 제기온에게 시선을 돌렸다.

이길 수 있을 리가 없잖아⋯⋯. 절망적인 심정이었다.

그런데 문득 거기서 작은 의문이 들었다.

(어? 제기온 녀석⋯⋯ 저렇게 에너지양이 작았었나?)

그것은 이미 한 번 싸워본 상대였기에 느낄 수 있는 위화감이었다.

제기온에게서 느껴지는 위압감이 조금 희박해 보인 것이다.

하지만 그런 의문에 고민할 틈 따위 디노에게는 없었다.

어떻게든 미뤄보려 했던 운명의 시간이 드디어 시작되고 있었다.

라미리스가 베레타에게 말을 걸었다.

『베레타. 져도 상관없지만 디노를 한방 먹여준 다음에 져!』

"후후, 농담도 참. 자꾸만 져버리면 지는 습관이 생길 테니까요. 이번에는 이기겠습니다."

그 말을 듣고 우울해진 디노.

(젠장, 베가 녀석. 빨리하라고, 늦어도 난 모른다!!)

오히려 늦었을 때 곤란한 것은 베가가 아닌 디노 쪽이었다…….

하아, 하고 커다란 한숨을 내쉰 디노는 의욕 없는 모습으로 자세를 갖췄다.

베레타도 강해져 있었다.

가라샤의 말처럼 잠깐 못 본 사이에 놀라울 정도로 존재감이 강해진 것이다.

디노가 보기에는 아직까지는 자신 쪽이 강해보였다. 그러나 그것은 성가신 권능이 없을 때의 이야기였다.

하물며 적측에 제기온이 버티고 있는 이상 베레타에게 이기는 것만으로는 아무런 의미가 없었다.

이제 끝이라고 생각하면서 디노는 투기장으로 향했다.

그리고 베레타와 대치했다.

제기온이 나오지 않은 것에 안도하는 디노.

대치는 잠시뿐이었다.

『그럼 시작!』

기쁨에 찬 라미리스의 구호를 신호로 전투가 시작되었다.

피코나 가라샤와 달리 디노는 그다지 전투를 좋아하지 않았다.
아니, 귀찮기 때문에 어느 쪽이냐 하면 싫어했다.

정말 어쩔 수 없다는 느낌으로 적당히 상대하자고 생각한 디
노. 기권은 허용되지 않았지만 열심히 하는 척하다가 질 예정이
었다.

운이 좋으면 베레타만이라도 이겨서 체면을 유지하고 싶다는
생각도 들었다.

하지만 세상 일이라는 것이 그렇게 쉽게 풀릴 리가 없다.

날아온 베레타의 주먹을 가볍게 회피했다고 생각했는데, 그 팔
은 구조를 무시하고 디노를 추격해 왔다.

뱀처럼 꿈틀거리며 자유자재로 늘어났다가 줄어들고, 심지어
분열까지 한다. 그것은 이미 펀치가 아니라 의사가 있는 사역마
수준의 기세였다.

(외관이랑 딴판이잖아! 그보다 이전과는 전혀 다르네. 가라샤
의 말이 맞았어……..)

디노는 납득했다.

베레타는 리무루가 제작한 '마강' 인형에 데몬(악마족)이 빙의해
탄생한 골렘(마인형)이라고 알고 있었다. 그러나 지금은 완전히 동
화되어 강철의 경질성 따위는 느껴지지 않을 정도로 매끄럽게 움
직이고 있다.

한순간의 공방으로 디노는 베레타의 위험성을 간파했다.

존재감은 커져도 외형에 변화는 없었는데, 막상 싸워보니 차이

가 분명하게 드러난 것이다.

운이 좋다면, 이라는 안이한 생각 따윈 순식간에 버렸다. 예전 같으면 손쉽게 쓰러뜨릴 수 있었겠지만 지금은 불가능하다. 불가능을 넘어서 디노가 진심을 다한다고 해도 이기기는 어렵지 않을까 싶을 정도였다.

(그보다 이 단기간에 얼마나 성장한 거야…….)

쿠마라와 게루도의 성장세도 비정상이었지만 아피트와 베레타의 성장세는 그 이상이었다. 아피트는 아예 마이를 상대로 싸우는 와중에 더 강해진 것이다. 리무루의 부하들은 얕보다간 큰코다친다는 것이 상식이었다.

무엇보다 디노는 상대를 얕보지 않았다.

(그렇긴커녕 존경하고 있으니까, 진짜로, 이 이상은 그만 좀 괴롭혀 달라고요!)

그렇게 생각하면서 디노는 베레타를 피해 이리저리 도망쳤다.

베레타의 주먹이 땅을 파고들었다.

부드러워 보이지만 그 실체는 초중량을 가진 히히이로카네 덩어리였다. 무기는 없었지만 이는 필요가 없기 때문이었다.

어설픈 해머보다 베레타의 주먹이 더 단단하다. 위력은 비교할 것도 없이 더 위였다.

베레타는 딱히 수상쩍은 권능 같은 것은 사용하지 않았지만, 평범한 격투전만으로도 충분히 성가신 상대였다.

제기온만을 경계하고 있던 디노에게 베레타의 성장은 계산 밖이었다. 그런데도 적은 베레타뿐만이 아니다.

아직 뒤에는 제기온이라는 절대 강자가 버티고 서있다.

디노로서는 당장에 두 손 들고 항복하고 싶은 상황이었고, 동시에 어째서 이런 일을 당하고 있는 것인가 하며 세상의 무정함을 한탄하고 싶은 심정이었다.

그저 시간을 번다. 그것도 되도록 아프지 않게 계속 도망다니면서.

이것이 베레타를 이기기를 포기한 디노가 이끌어낸, 더없는 최적의 해답이었다.

그렇지만…….

디노의 발밑이 늪처럼 변했다.

앗, 위험해! 까지 생각했을 때는 이미 늦었다. 디노의 발은 땅에 붙잡히고 말았다.

무릎까지 땅에 파묻힌 상태가 되었는데 그것으로 끝이 아니었다.

땅이 액체금속으로 변해 다시 디노를 삼킨 것이다.

이렇게 되면 더 이상 힘에 의존한 탈출은 어려웠다. 금속의 진흙이 족쇄가 되어 디노를 포박해 나갔다.

날뛰면 날뛸수록 디노의 하체는 땅에 더 깊이 파묻혔다. 거기에 더해 빠져나오지 못하도록 땅이 강철처럼 경질화되어 굳어져 버렸다.

베레타의 '광물지배'와 '지속성조작'의 복합기술인 지면 액상화&경화였다.

이제 끝이구나—— 하고 디노는 순식간에 포기했다.

베레타는 라미리스의 수호자로서 한때 미궁십걸을 통솔하던 존재다. 심지어 본래는 흑의 권속이었던 그레이터 데몬(상위악마)

이었기에 결코 약할 리 없는 것이다.

그러나 디노는 자신이 이렇게 쉽게 당할 줄은 몰랐다.

"너! 내가 미궁에 있을 땐 이런 힘은 안 갖고 있었잖아?!"

탈출이 불가능하다는 것을 알고 체념한 것인지, 더는 잃을 게 없다는 뻔뻔한 태도로 그렇게 묻는다.

예전에 싸울 때도 이런 권능 따위는 쓰지 않았다. 그렇다는 것은 디노와 재전하기 전까지 그 짧은 기간에 얻었다는 뜻이 된다.

거짓말 같았지만 현실은 인정해야 했다.

그런 식으로 태평하게 생각하고 있던 디노에게 베레타가 차갑게 일갈했다.

"그랬던가요? 하지만 지금은 사용할 수 있게 됐군요."

그야 그렇겠죠── 라고 말하려던 디노, 하지만 목소리가 나오지 않았다.

베레타는 발언과 동시에 권능을 행사하여 디노의 온몸을 금속 창으로 꿰뚫은 것이다. 이로써 디노의 의식은 암전되었고, 베레타의 승리가 확정되었다.

*

의식을 되찾은 디노에게 라미리스의 즐거워하는 목소리가 들렸다.

『네! 베레타의 승리입니다. 박수!!』

정신을 잃은 것은 한순간이었다.

(아, 이걸로 끝이었다면 좋았을 텐데…….)

라미리스의 '부활의 팔찌' 효과는 진짜였지만 디노에겐 별로 기쁘지 않았다.

남은 '부활의 팔찌'는 네 개.

즉 앞으로 네 번이나 더 디노가 죽지 않으면 라미리스는 만족하지 않을 거라는 뜻이었다.

『그럼 다음엔 누가 상대할래?』

그런 대화가 들렸다.

무슨 말이지? 하고 의문을 품고 있는데, 아피트가 투기장으로 나아갔다.

"라미리스 님, 다음은 제가. 새로 얻은 힘을 시험해보고 싶거든요."

『좋아~!! 그럼, 다음은 아피트!』

거기까지 듣고 디노도 상황을 파악했다.

아아, 그런 거였구나. 자신이 실험대가 되었다는 사실을 인지한 것이다.

"얌마, 장난치지 마, 라미리스! 이런 건 그냥 괴롭힘이잖아!"

『뭐? 연약한 나를 노렸던 너한테만큼은 듣고 싶지 않은데?』

"그러니까 그건……!"

여러모로 할 말은 많았지만 전부 변명이었다. 디노는 그 사실을 알고 있었기에 입을 꾹 다물었다.

『그럼 시작!』

디노가 더는 빈박하지 않을 것이라 판단한 라미리스가 망설임 없이 경기의 시작을 알렸다.

이로써 디노에게는 두 번째 싸움이 시작되었다.

아피트의 속도에 농락당하는 디노.

등에 진 대검으로는 아피트의 잔상조차 붙잡을 수 없었다.

아피트가 날리는 주먹은 빠르다. 게다가 날카로운 바늘이 튀어나와 있었고 그 속도의 모든 것이 집약되어 있었다.

푸욱.

도망가려던 디노의 팔에 아피트의 바늘이 박혔다.

의외로 가벼운 충격―― 아니, 너무 가벼웠다.

그것은 진짜 주먹이 아니라, 풀어두었던 가상의 침이었던 것이다.

"어떤가요? 내 '팬터즘 니들(신음환침, 神音幻針)'의 맛은?"

아피트가 미소를 지으며 디노에게 물었다.

그것은 충격이 아닌 고통이 되어 디노의 영혼에 직격했다.

"아파, 아프다고오오!"

정신생명체인 디노는 당연하지만 '통각무효'를 소지하고 있었다. 그렇기에 진짜 아픔을 느끼는 것 자체가 너무나도 오랜만의 경험이었다.

다음에도 죽으면 어떻게든 되겠지―― 라며 만만하게 생각하고 있던 디노를 비웃듯 '영혼'이 아픔을 호소하고 있었다.

격통에 몸부림치며 울부짖는 디노.

아피트는 더 공격하지 않고 즐겁게 그 모습을 바라보았다. 무자비한 여왕처럼, 약자를 괴롭히듯이.

그것이 바로 미궁의 주인인 라미리스의 뜻이었다.

실제로 아피트의 '팬터즘 니들(신음환침)'은 물리적인 대미지는 전무했다.

디노 같은 고위 정신생명체에겐 '치사공격'조차 통하지 않을 것이다. 그렇게 생각한 아피트는 디노의 본능이 위험신호를 강렬하게 느낄 수 있도록 '치사공격'이 여러 차례 발동되도록 설정해두었다.

다시 말해 한 번의 위력을 약화시키는 대신 지속효과를 갖게 만든 것이다. 공격이 반복될 때마다 디노는 그에 저항해야 했다.

그렇게 되면 디노의 생존 본능이 '팬터즘 니들'을 위험시하여 더욱 격렬하게 저항하게 된다. 그 결과 과잉 반응을 일으킨 면역기구가 자신의 신체를 공격해버리듯, 디노의 정신구조도 '팬터즘 니들'에 과잉 반응을 일으켜 필요 이상으로 위력이 높아지는 것이다.

이것이 디노가 극심한 통증을 느끼게 된 원인이었다.

아피트의 공격이 아니라 자신의 방어기제로 인해, 디노는 그 신호를 고통으로 느끼고 있었던 것이다.

"우후후. 아무래도 효과가 좋은 것 같네요."

아피트는 디노에게 극심한 통증을 준 것에 만족했다.

아피트의 의도를 간파하고 디노가 '팬터즘 니들'을 받아들였다면 별다른 효과 없이 아무 일도 일어나지 않았을 것이다. 그러나 일단 효과가 확립되어 버리면 그 후부터는 저항하기란 불가능했다.

그것이 아피트가 고안해낸 아츠(기술)――― '아나필락틱 쇼크(무자비한 서항파괴인사)'의 진면모였다.

한번 효과가 확립된 이상 디노의 명운은 이제 아피트의 손에 달려 있었다.

"비, 비열해! 나를 고통스럽게 만드는 게 즐거워? 이런 비겁한 짓까지 하다니, 리무루도 슬퍼할 거라 생각하지 않아?!"

"조용히 하세요!! 싸움에 미추 따위는 없어요. 이기면 좋은 것이고 지면 죽음뿐! 그것이 철칙이라고 리무루 님도 말씀하셨습니다."

발악하는 디노에게 호통치는 아피트.

철저한 승리지상주의 발언에 디노도 더는 반박할 말이 없었다.

이에 쿠마라도 크게 고개를 끄덕였다.

"맞아요. '어른이란 건 치사한 생물이야. 무슨 수를 써서라도 이긴다! 그게 어른이란 존재지'라고. 교과서에 실려 있었어요."

이 두 사람의 발언에는 베레타도 좀 어이없어하는 느낌이었다. 그러나 아무 말도 하지 않았다.

(리무루 님의 발언이 점점 곡해되는 것 같습니다만, 아니, 올바르게 받아들인다면 완전히 틀린 말도 아닌 걸까요……?)

그러면서 조금 자신감이 사라지는 베레타.

그런 상식인인 베레타와 달리 아피트는 한껏 고양되어 있었다.

여기에는 없었지만, 아피트를 훈련 상대로 두고 있는 아르노에게 그녀는 "그나마 말로 해주면 다행인 거야"라는 평을 들을 정도로 불같은 성격을 갖고 있었다.

아피트의 스승이 히나타였던 것도 그 원인 중에 하나일지 모른다.

히나타도 적을 상대로는 용서가 없었기 때문에, 아피트도 그러한 성질을 짙게 이어받은 것이다.

아피트가 온순할 때는 제기온에게 꾸중을 들을 때뿐. 그 제기온
이 아무 말도 하지 않는 지금은 그 누구도 그녀를 말릴 수 없었다.

아피트가 가학적인 미소를 지으며 아름다운 손을 디노에게로
향했다.

"자, 잠깐만 기다려! 응? 진정하고 말로 하자. 말로 하면 된다
고! 사람은 서로를 이해할 수 있어!!"

디노가 필사적으로 아피트를 설득하려 했다.

하지만 소용없었다.

"그럴지도 모르죠. 하지만……."

디노의 제안에 자비로운 미소를 띤 아피트였지만, 이어지려는
다음 말이 불길했다.

디노는 불안감을 감추고 기대에 찬 표정으로 물었다.

"하, 하지만?"

"당신을 아프게 하는 게, 제 일이니까요."

그리고 아피트는 웃는 얼굴 그대로 디노를 푹 찔렀다.

투기장에 디노의 비명이 울려 퍼졌다.

"아파아아아앗! 자, 잠깐만! 진짜로 좀 기다려봐!!"

"안 돼요 ♪"

"아파, 이거 진짜로 아프다고!!"

펑펑 울기 직전인 디노가 구르듯이 아피트에게서 도망가고자
발버둥쳤다.

자비를 빌어보지만 아피트는 멈추지 않았다.

그리고 나서 세 번 정도 디노를 '팬터즘 니들'로 찔렀다.

이것에 크게 기뻐한 것은 바로 라미리스였다.

『호오~호호호! 꼴이 말이 아니구나, 디노! 어쩔래? 나한테 울면서 사과하면 용서해줄 수도 있는데?』

이 말을 들은 디노가 격분했다.

아니, 아니다.

"울고 있잖아! 이미 그냥 통곡하고 있다고!! 게다가 아까부터 계속 사과하고 있잖아요, 라미리스 씨이이이!!"

그러니까 이제 좀 용서해주세요—— 라며 디노는 필사적으로 애원했다.

그것은 분노라기보단…… 펑펑 우는 아기를 방불케 할 정도의 훌륭하리만치 눈물 어린 간청이었다.

그러나 라미리스는 무책임했다.

자신의 발언에 책임을 지는 일 따위 없이 디노에 대한 공격 속행을 지시했다.

『뭘 모르네, 디노. 사과하는 자세가 이미 틀렸어. 애초에 말이지, 순수한 나를 배신한 이상 그렇게 쉽게 용서해 버리면 내 체면과도 관계된다고! 두 번 다시 배신할 마음이 들지 않도록 좀 더 반성해. 그러니까—— 자, 해치워버려! 베레타, 아피트!』

디노의 애원은 베레타를 다시 한번 참가시킨다는 최악의 결과를 초래했을 뿐이다.

다시 땅에 파묻힌 디노가 꼼짝도 못 한 채 아피트에게 공격을 당했다.

디노의 애처로운 비명이 투기장에 울려 퍼졌고, 침입자들은 라미리스의 무서움을 절절히 깨달았다.

그리고 슬슬 별 보람 없는 디노의 처벌의 시간이 끝나가고 있었다.

그와 동시에, 디노에게도 결단의 때가 다가오고 있었다——.

*

'관제실'에는 라미리스의 즐거운 웃음소리가 울려 퍼졌다. 디노가 우는 모습을 보고 속이 후련해진 것이다.

트레이니가 기쁜 얼굴로 그것을 바라보고 있었지만 베니마루는 질색한 얼굴이다.

아니, 먼저 배신한 쪽은 디노였으니 자업자득인 면도 있다. 하지만 그렇다고 해서 한 사람을 다수가 공격하는 것은 베니마루의 신념상 거부감이 들었다.

이것이 전쟁이었다면 이야기가 다르겠지만 디노를 향한 것은 아무리 봐도 제재였기 때문이다.

"총사령관님, 좀 너무한 거 아닙니까?"

"괜찮아, 괜찮아! 디노가 죽지 않도록 '부활의 팔찌'도 확실하게 건네줬잖아."

"아니, 그런 문제가 아니라……."

대형 스크린 안에서는 아피트를 대신해 쿠마라가 참전해 있었다. 베레타도 손을 떼면서 일대일 싸움이 된 상태였다.

모의전 스타일이라 아끼보다는 그림이 한결 낫다.

그럼에도 만족스러운지 라미리스는 커다란 스크린을 바라보고 있었다.

그 모습을 보고 어쩌면 디노를 향한 제재 외에 다른 목적이 있는 것이 아닐까, 하고 베니마루는 추측했다.

"디노는 생각보다 튼튼하단 말이지."

라미리스가 말했다.

"그야 뭐, 지금은 저런 모습이지만 만약 진심을 낸다면 이쪽이 졌을지도 모르죠."

베니마루가 순순히 대답한다.

"뭐, 그렇지. 제기온이 가짜라는 것도 아마 들켰을걸."

라미리스도 베니마루의 의견에 동의했다.

디노가 진심을 드러낼 생각이 없었다는 것은 라미리스도 처음부터 알고 있었다.

지금도 화면 너머에서 울부짖고 있지만, 그것은 라미리스에게 어울려 주고 있을 뿐이었다.

말로는 하지 않았지만, 그것이 디노 나름의 사과였다.

라미리스는 그것을 알고 있었다.

하지만 그건 그거고 이건 이거다.

매듭을 짓는 것은 중요했기에, 디노를 향한 복수를 포기할 수 없었을 뿐이다.

"뭐, 이쯤에서 용서해줄까?"

"그렇게 해주죠."

베니마루가 안도의 한숨을 내쉬었다.

"다른 애들도 다 한 번씩은 쓰러뜨렸고 디노는 두 번은 죽였으니까. 슬슬 본인이 어떤 식으로 지배받고 있는지 알아차리지 않았을까?"

무심코 새어 나왔지만, 그것이 라미리스의 본심이었다.

디노에 대한 제재도 물론 진심이었지만, 친구를 불합리한 구속으로부터 해방시켜 주고 싶다는 마음도 품고 있었던 것이다.

"역시 그런 거였군요!"

"대단하세요, 라미리스 님, 이 얼마나 자비로우신지!!"

트레이니와 트라이어가 라미리스에게 찬사를 보냈다.

그 점이 문제인 겁니다──. 만약 베레타가 있었다면 그렇게 생각했겠지.

라미리스가 투덜거렸다.

"디노는 말이지, 중요한 부분에서 나사가 빠져 있어. 그런데도 '난 교활해서 아무한테도 안 속아!'라고 생각한다니까? 바보 아냐?"

디노가 들었다면 '이의 있음!' 하고 외쳤겠지만 여기에는 없다. 라미리스를 막을 사람은 아무도 없었고, 그 말은 모두에게 사실처럼 받아들여졌다.

소문이란 참 무서운 법이라고 베니마루는 생각했다.

무엇보다 라미리스의 말에서는 흘려넘길 수 없는 부분도 있었다.

리무루도 자주 입에 담는 말인데, '자신은 속지 않는다고 호언장담하는 녀석일수록 속았을 때 제일 호되게 당한다'라는 것이다.

부끄러움에 차마 자신이 속았다는 것을 인정할 수 없기 때문, 이라고.

그래서 쓸데없이 피해가 더 확산되고, 결국 실패한 후 순순히 자신의 잘못을 인정하느냐 마느냐가 이후 결과의 중요한 갈림길이 된다고 했다.

그런 점에서 디노도 진작에 자신의 잘못을 인정했다면 이렇게까지 울고불고 할 일도 없었을 것이다.

펠드웨이의 지배를 받고 있으니 완전히 자유롭게 움직일 수는 없었겠지만…… 그래도 달리 할 수 있는 일이 있지 않았을까 베니마루는 생각했다.

하지만 바보냐 바보가 아니냐, 라고 묻는다면 대답은 정해져 있었다.

"어, 아아…… 뭐, 그러네요."

그렇게 말끝을 흐리며 베니마루도 라미리스의 말에 동의했다.

디노의 말은 남의 일이 아니었다.

자신에게도 비슷한 면이 있다는 것을 깨달은 베니마루도 속으로 반성했다.

베니마루는 그것을 얼버무리듯 화제를 돌렸다.

"그래서 라미리스 님. 지금 진척률은 어때?"

"으음, 층의 격리는 완료했어. 그래서 베가 쪽의 침식률은 격리 공간의 90퍼센트 정도려나?"

"순조롭네. 그래서 제기온이 움직인 건가."

"응. 기다리다 지친 거겠지!"

라미리스와 베니마루는 고개를 끄덕였다.

지금 대화에서 알 수 있듯이 디노 앞에 있는 제기온은 환영이었다.

디노가 제기온을 보고 존재가 희박하다고 느낀 것도 이것이 원인이었다. 그리고 그것을 알고 있으면서도 디노는 라미리스의 복수를 위해 어울려주고 있었던 것이고…… 그러니 라미리스는 이미 디노를 용서한 상태였다.

그렇게 되면 남은 문제는 베가뿐인데…….

이쪽에 관해서는 이미 대처가 끝난 상태였다.

조용히 그리고 확실하게.

방위 단계는 이미 최종국면으로 넘어가고 있었다.

*

라미리스가 만족하자 '관제실'의 공기도 한층 누그러졌다.

모두가 라미리스에게 어떠한 속셈이 있다는 것을 알고 있었다.

슈나도 마찬가지다.

트레이니처럼 맹신 수준은 아니었지만, 이 정도로 디노를 아프게 하는 데엔 무슨 이유가 있을 것이라고 생각했다.

그랬는데 라미리스의 중얼거림을 듣고 이유가 밝혀졌다.

모두가 그 말에 납득했다.

평소였다면 그 정도로 집요하게 디노를 아프게 하지는 않았을 것이다. 라미리스는 언행이 과격하기는 해도 성품은 무척 관용적이다.

이는 바꿔 말하면 '적당히를 안다'라고도 할 수 있다. 따라서 디노를 향한 원망을 그렇게까지 강하게 품고 있지는 않을 터였다.

그런데 한 번도 아니고 두 번, 심지어 세 번째를 시작한다면 거기에는 뭔가 목적이 있을 가능성이 높았다.

소리치는 라미리스를 보고 슈나도 생각에 잠겼다.

(과연…… 디노 님을 되찾고 싶으셨던 거군요——.)

그렇다면 라미리스의 태도에도 납득이 갔고, 이 정도로 반복되는 제재의 의도 역시 이해할 수 있었다.

사이좋게 농담을 주고받던 라미리스와 디노. 펠드웨이로 인해 적과 아군으로 나뉘었을 뿐, 그것은 양측의 본의가 아니었다.

라미리스로서는 얼른 디노가 풀려나길 바랐다. 그것을 위해, 권능에 의한 지배를 해제할 계기를 찾고자 이렇게까지 디노에게 집착하고 있던 것이다.

그래서 괜히 더 태평스러운 태도의 디노를 못마땅하게 여기며 화를 냈다. 아마 그런 것일 것이겠지, 하고 슈나는 짐작했다.

그렇다면 자신도 조금 협력해볼까.

슈나는 결의를 다졌다.

디노는 라미리스뿐만 아니라 리무루와도 사이가 좋았다. 여기서 친구를 잃는 것은 리무루도 원하지 않을 것이다.

슈나는 결의를 품은 열띤 시선을 대형 스크린으로 향했다.

그 순간, 슈나의 유니크 스킬 '깨닫는 자(해석자)'와 '만들어내는 자(창작자)'에 변화가 생겼다.

《확인했습니다. 개체명: 슈나의 바람에 부응하여 유니크 스킬 '깨닫는 자(해석자)'와 '만들어내는 자(창작자)'가 통합—— 수많은 자들을 이끄는 권능을 획득. ……성공했습니다. 얼티밋 스킬 '야오요로즈(도지무녀, 導之巫女)'로 진화했습니다.》

그것은 기적과도 같은 일이었다.

(이건…… 역시 이것이 리무루 님의 뜻인 거겠지요.)

슈나는 미소 지었다.

모든 것을 내다보는 눈이 디노 일행을 향했다.

그것은 무척 온화하고, 모든 이를 용서하고 인도하는 듯한 자비로운 눈빛이었다.

제3장

부모와 자식

Regarding Reincarnated to Slime

베가의 상태는 최고조였다.

킬킬 웃으며 점점 더 미궁을 침식해 나갔다.

그곳이 라미리스에 의해 격리된 층이라는 것을 깨닫는 일은 없었다.

직감상 이 층은 곧 베가의 손에 떨어질 것이다. 사실 동화율은 현시점에서 90퍼센트를 넘어섰다.

"뭐야, 이거. 너무 쉽잖아."

유쾌하게 중얼거리는 베가.

다른 사람들이 미궁의 무서움을 설파하고 있었지만, 생각했던 깃보다 대단치는 않은 모양이었다.

베가의 얼티밋 스킬 '아지 다하카(사룡지왕)' 앞에서는 라미리스의 미궁이라 해도 저항조차 못 하는 모습이다. 속수무책으로 자신에게 유린당하고 있다.

"큭큭큭. 미궁 자체를 공격받을 거란 생각은 조금도 못 했겠지. 내 작전이 승리한 셈이로군."

베가는 그렇게 자화자찬하며 기쁨에 젖었다.

미궁 내에서 적이 불사성을 얻는다면 베가도 따라하면 그만이다. 빼앗은 층 내부에 한해서는 비슷한 권능을 다룰 수 있었다.

아직 미궁 전체에는 영향을 미치지 못하지만 이대로 침식을 계속한다면 베가가 모든 것을 손에 쥐게 된다.

그때야말로 입장이 역전되는 것이다.

적은 절대적 우위에 마음 놓고 앉아 있다. 그 근거가 되어준 거점을 빼앗겼을 때 과연 어떤 얼굴을 보여줄까.

그것을 상상하는 것만으로도 베가의 마음은 참을 수 없이 들떴다.

당황하여 우왕좌왕할 어리석은 자들의 모습이 눈에 선하다. 힘을 잃은 어중이떠중이들을 일망타진하는 것이다.

(역시 난 대단해. 완벽한 작전이야.)

베가는 비웃었다.

자신을 얕본 자들에게 스스로의 분수를 일깨워 줄 것이다. 그렇게 하면 펠드웨이도 베가를 다시 보고 '삼성사' 필두 자리를 내줄 터였다.

펜도 자라리오도 자히르도 그 누구도 마음에 들지 않았다.

베가야말로 펠드웨이와 어깨를 견줄 최고의 남자여야 했다.

그것이 현실이 될 날도 머지않았다.

"헤헷, 얼마든지 해주겠어! 이 미궁을 잡아먹고 내가 최강이라는 걸 증명해주마!!"

무심코 던진 말.

그것은 대답을 기대한 것이 아니었지만——

『자만하지 마라. 네놈 따위는 이 미궁을 함락시킬 수 없다는 걸 깨닫도록.』

259

——아무것도 없어야 할 공간에 차가운 목소리가 울려 퍼졌다.

아니, 딱 하나.

베가의 시야에 본래 그곳에 없었던 무언가가 떠 있었다.

그것은 한 마리의 나비.

아름다운 무지개색 날개를 가진 빛의 나비가 하늘하늘 춤추듯이 하늘을 날고 있었다.

"아앙?"

베가가 수상하게 지켜보는 앞에서 그 나비는 서서히 윤곽이 흐릿해졌다.

그리고 깨달은 순간, 한 명의 사람의 형태로 바뀌어 있었다.

칠흑의 아다만타이트(생체마강) 외골격의 보호를 받는 전사의 모습으로.

양손과 두 다리 골격의 무장과 이마에 돋아난 외뿔은 히히이로카네 특유의 무지개색을 발하고 있었다.

그 전사의 '이름'은——.

"윽?! 누구냐?"

베가가 묻자 엄숙한 목소리의 대답이 들려왔다.

"내 이름은 제기온. 위대한 마왕 리무루 님의 충실한 하인이자 '미스트 로드(유환왕)' 칭호를 받는 자다."

디노 일행 앞에 있던 환각이 아닌, 진짜가 여기 있었다.

유환이자 몽환.

미궁 내 최강의 수호자가 베기 앞에 모습을 드러낸 것이다.

*

원래대로라면 그 위험성을 한눈에 간파했어야 했다.

하지만 베가는 지나치게 자만했다.

권능의 새로운 사용법을 발견하고 미궁을 자신의 것이라고 착각하여 마치 무적이 된 듯한 느낌을 받았기 때문이다.

하물며 이곳은 자신이 지배하고 있는 공간 내부였기에 베가는 제기온의 존재력을 어렴풋이나마 파악할 수 있었다.

비교하자면 대략 4대 1. 베가는 제기온의 네 배 남짓한 수준으로 존재치가 늘어나 있었다.

그렇기 때문에 확실하게 이길 수 있다고 판단했다.

"제기온? 모르겠는데."

베가는 그렇게 말했지만, 모를 리가 없다.

디노가 입이 닳도록 설명했기 때문이다.

전혀 흥미가 없었기에 베가가 흘려들었을 뿐이다.

베가는 제기온을 위협으로 받아들이지 않고 깔보듯이 물었다.

"내가 지배한 영역에 언제 침입한 거지?"

침입했다는 것을 깨닫지 못한 시점에서 더욱 경계해야 했다.

하지만 베가는 무관심했다.

지금까지 아무런 기척을 느끼지 못했다는 사실에 놀라긴 했지만, 그것은 큰 문제가 아니라고 생각했다.

중요한 것은 전투능력이고, 잘 숨어 있기만 해서는 적에게 이길 수 없다고 생각했다.

그것은 도망치고 숨으며 살아온 베가의 실제 '경험'에서 배운 것이었다.

제기온은 개의치 않고 답했다.

"간단하다. 처음부터 있었다, 단지 그뿐인 이야기다."

"……그렇군. 그건 생각 못 했네."

베가는 납득했다.

그것이 침입한 기색을 전혀 느끼지 못하고, 베가가 미궁 대지에 깔아둔 뿌리에서 아무런 흔적도 발견하지 못한 이유였다.

이유를 알면 두려울 것이 없었다.

"멍청한 녀석이구나. 끝까지 숨어 있었다면 못 본 척해줬을 텐데."

베가가 낄낄 웃었다.

뒤늦게 숨어 있던 잔챙이가 자신이 갇혔다는 것을 깨닫고 당황해서 뛰쳐나온 거겠지. 베가는 그렇게 생각했다.

상대방의 대사조차 절반 이상 흘려들었다.

'미스트 로드(유환왕)'라는 말의 의미조차 제대로 생각해보지 않았고, 제기온의 말의 무게 따위는 감지조차 못했다.

"네놈, 운이 없네. 하지만 말이지, 어차피 빠르냐 늦으냐의 차이일 뿐이니까 이 몸의 양식이 되어 죽을 수 있다는 걸 영광으로 생각해라."

베가는 그렇게 말한 직후 '사룡수'를 4마리 만들어내 제기온(방해자)을 배제하라고 명령했다.

한 마리 한 마리가 히나타와 싸웠을 때보다 더 강해진 상태였다.

그 존재치는 4백만이 넘었고 전부 경험도 쌓여 있었나.

소재가 적어 몇 마리 만들어내지 못하는 것이 아쉬웠지만, 미궁을 먹고 얻은 에너지를 무궁무진하게 사용할 수 있었으니 아직 여유는 있었다.

베가의 감각으로 봤을 때 제기온과 '사롱수'는 동격이었다. 한 마리였다면 제기온을 쓰러뜨리기 어렵겠지만, 네 마리나 있으니 여유롭다고 생각했다.

하지만 다음 순간.

네 마리의 '사롱수'가 일제히 사냥감에 달려들었고, 단 한 번의 번쩍임으로 잘게 부서지며 소멸했다.

무슨 일이 일어났는지 베가조차 알아차릴 수 없을 정도로 빠른 속도였다.

"허어? 내 '사롱수'를 이렇게 쉽게 쓰러뜨렸다고? 네놈, 무슨 속임수를 쓴 거지?"

베가가 미궁의 지배에 매진한 동안 제기온이라고 자칭하는 마인은 일절 공격을 가하지 않았다. 그것은 곧 베가를 두려워했다는 뜻이다.

방해를 하고자 했다면 더 이른 단계에서 할 수 있었을 것이다. 그렇게 생각하고 있었기에 베가는 제기온을 계속 얕보고 있었다.

베가에게 중요한 것은 눈앞의 진실이 아니다. 베가가 어떻게 생각하고 느끼는가다. 그런 식으로 잘못된 생각과 인식을 갖고 있었기 때문에 베가는 제기온의 위협을 깨닫지 못했다.

하지만 그것은 제기온에게 있어서는 아무래도 상관없는 이야기였다.

애초에 제기온이 공격을 가하지 않은 것은 라미리스가 이 층을 격리할 때까지 기다리고 있었기 때문이다.

그것이 아니었다면 베가의 소행을 보고만 있진 않았을 것이다.

이곳은 80층이 아니었기에 본래라면 제기온이 맡고 있는 곳은 아니었다. 그러나 지금은 비상시였으며 다른 가디언(계층 수호자)들도 출격 중이었다. 동료의 부재를 대신한 이상 제기온에게는 책임이 있었다.

자신들이 지켜야 할 장소인 미궁. 그 미궁을 더럽히는 존재를 제기온은 용서하지 않는다.

베가 같은 오물이 이 정도로 활개를 칠 수 있었던 것도 본래라면 있을 수 없는 일인 것이다.

그렇다.

드문 일이지만, 제기온은 화가 난 상태였다.

그럴 줄도 모르고 베가는 다시 불에 기름을 부었다.

"헤헤헤, 잔챙이를 쓰러뜨린 정도로 우쭐해 하지 말라고. 이 미궁도 이제는 내 거니까."

"……."

"알고 있다. 마왕 리무루한테도 유명한 부하가 있다지? '미스트 로드(유환왕)'라고 했나? 네놈도 그중 한 명인 것 같지만, 뭐, 내가 보기엔 누구든 다 똑같아."

거기까지 들은 제기온이 주먹을 불끈 쥐었다.

"으음, 경계해야 하는 건 저번에 싸웠던 여자 정도인가. 뭐, 그건 내가 봐준 거나 다름없으니까 다음에 만나면 바로 먹어치울 거지만."

테스타로사가 들으면 격노로 끝나지 않을 것 같은 빌인을 베가는 태연하게 내뱉었다.

그리고 계속해서——.

"남은 건 베니마루였나? 그 밖에도 더 있는 것 같은데, 상관없어. 누구라도 나한테는 잔챙이일 뿐이니까!"

그렇게 자신감에 차서 말한다.

베가는 자신의 손으로 처형 탄원서에 서명한 것이나 다름없었다.

베가는 자신이 압도적으로 우위에 있다고 확신했고, 그것을 의심하지 않았다.

하지만.

그것이 자신의 착각임을 깨닫는 데엔 그리 오랜 시간이 걸리지 않을 것이다.

"하찮군. 적이 눈앞에 있다면 그자를 보고 강함을 판단하면 된다."

"아앙?"

"눈앞의 적을 쓰러뜨리는 일에만 집중하면 다른 정보 따위는 필요 없다."

"헷, 겁먹고 숨어 있던 잔챙이 주제에 잘도 지껄이는군."

"그것 또한 본인의 눈으로 확인하도록."

제기온의 대답을 듣고 베가는 재미 없다며 투덜댔다. 그리고 천천히 위압을 높이면서 자세를 취했다.

"좋아, 알아볼게. 재미없는 싸움은 빨리 끝내고 내 위대함을 세상에 알려줘야 하니까 말이지."

끝까지 오만한 시선으로 베가가 그렇게 말했다.

이에 응하는 제기온도 실로 담담했다.

"네가 싸움을 즐길 수 없다는 점만은, 정답이겠지."

그렇게 대답하고는 유유히 자세를 취했다.

베가는 그런 제기온이 가엾다는 듯이 더 말을 이었다.

"불쌍하네, 네놈. 아직 본인이 죽지 않을 거라고 생각하는 거냐? 하지만 그건 착각이라고. 누가 뭐래도 이 미궁은 이미 내 지배하에 있으니까!"

불쌍한 것은 베가였다.

라미리스가 격리한 미궁 안에서, 벌거벗은 임금님처럼 아무것도 이해하지 못한 채 부르짖고 있다.

"다시 말해! 네놈은 죽어도 살아날 수 있다고 생각해서 아득히 위에 있는 나를 상대로도 달려드는 거라고. 원래라면 벌레만큼── 푸헥?!"

베가는 거기까지 말하는 것이 고작이었다.

져도 부활할 수 있다는 보장이 있기 때문에 실력의 차이도 신경 쓰지 않고 싸움을 걸 수 있는 것이라고, 없는 지혜를 쥐어짜 그 말을 제기온에게 전하려던 베가였지만 그 목적을 달성하지는 못했다.

미궁의 불사성이라는 권능을 빼앗았다, 그 사실을 전하기만 하면 적은 동요하여 자멸해야 했다. 그렇게 되어야 하는데, 베가가 모든 것을 다 말하기도 전에 제기온이 움직인 것이다.

베가의 이야기가 너무 길었다.

싸움판에서 상대가 자세를 취했는데도 계속 주절주절 떠드는 것은 제기온의 입장에서는 믿을 수 없을 정도로 어리석은 짓이었다.

게다가 제기온의 인내심은 이미 한계에 달해 있었다.

미궁을 더럽히는 자에게는 죽음을! 그것이 곧 제기온이 리무루에게 부여받은 칙명이자 살아가는 의미였던 것이다.

베니마루의 설명을 듣고 라미리스도 허락했다는, '미궁의 일부를 빼앗겨주는 작전'을 이해했고 동의도 했지만, 실상 그는 평정을 유지할 수 없었다.

미궁을 더럽힌다는 것은 제기온에게 있어 역린을 건드리는 것이나 다름없는 행위였기 때문이다.

라미리스의 준비가 끝나며 층의 격리가 완료된 이상 더는 참을 필요가 없었다. 그럼에도 베가의 이야기를 들어준 만큼은 인내심을 발휘했다고 볼 수 있었다.

어쨌든 제기온은 분노의 감정을 풀어내며 베가의 말을 막아버렸다.

가볍게 휘두른 잽에 베가가 저 멀리 날아갔다.

"이, 이 자식?!"

흘러나오는 코피를 누르며 베가가 제기온을 노려보았다.

(잠깐, 잠깐. 이상하잖아?! 나는 미궁을 먹고 불사성을—— 아니, 죽지는 않았지…….)

그때서야 겨우 베가도 깨달았다.

불사가 된 것과 상관없이 실질적인 강도는 변하지 않았다는 것을.

에너지를 무궁무진하게 공급받고 있다고 생각했지만, 그것이 곧 공격력이 높아졌다는 뜻은 아니었다.

존재치란 전투능력과 같은 말이 아니었다. 실질적으로 전투와 무관한 부분에 자원을 할애하고 있는 경우라면 그렇게까지 도움이 되지는 않는 것이다.

여전히 에너지(마력요소)양 대비로 판단하는 것이 현실적이었고, 그런 의미에서 말하자면 설사 베가의 존재치가 제기온의 네 배에 달하더라도 그것이 승리할 수 있다는 근거는 되지 않았다.

제기온이 말없이 추격했다.

무슨 일이 일어났는지 전혀 이해하지 못한 채 베가의 시야가 암전되었다.

그것은 제기온의 발차기에 의한 것이었다.

어느새 거리를 좁혔는지, 하늘 높이 들어 올려진 발이 지금 공격의 정체를 알려주고 있었다.

천천히 발을 내리며 베가를 시야에 담은 제기온이 말했다.

"튼튼하군. 다음엔 좀 더 세게 가겠다."

그렇게 말하자마자 제기온의 모습이 사라졌다.

그것은 베가의 인식력을 훨씬 뛰어넘는 제기온의 '신속기동'이었다.

제아무리 '마력감지'로 '공간파악'을 한다 해도, 그리고 그것을 '사고가속'으로 인식한다 해도 베가가 제기온의 움직임을 포착하기란 불가능했다.

제기온의 움직임은 단순히 빠를 뿐만 아니라 실체와 환혹, 거짓과 진실이 뒤섞여 있었기 때문이다.

··················.

·············.

·······.

미궁 내 실전 경험에 의해 전투 방법은 나날이 진화해 나갔다. 그 선구자가 바로 미궁 내 최강의 전사인 제기온이었다.

제기온과 아피트는 '영혼'으로 이어져 있었기 때문에 권능도 어느 정도는 재현이 가능했다. 그것도 포함하여 제기온은 가공할 수준의 진화를 이뤄낸 것이다.

제기온은 근면했다.

모든 능력을 연구하며 연마를 거듭했다.

얼티밋 스킬 '메피스토(환상지왕, 幻想之王)'의 '환상세계'에서 제기온은 온갖 권능을 시험해보았다. 특히 '시공간조작'을 중시하여, 자체적인 해석으로 '베루도라류 투살법' 개량까지 해낸 것이다.

··················.

············.

······.

그런 제기온의 움직임을 처음 보고 알아차리기란, 그 누구라도 불가능에 가까울 만큼 어려운 일이었다.

베가라고 가능할 리가 없다.

그러나 베가는 순간적인 판단으로 살아남았다.

특히 오르리아를 잡아먹고 얻은 얼티밋 인챈트(궁극부여) '멀티 웨폰(무창지왕)'이 잘 움직여주고 있었다.

마인 형태가 된 베가는 전신을 갓즈(신화)급 상당의 이질적인 갑옷으로 보호했다. 일반적인 마인이라면 이를 부수는 것조차 불가능할 것이다. 마왕종급이라 할지라도 무척 어려웠다.

그런 베가가 형체를 따지지 않고 방어에만 집중하면 어떻게 되는가?

베가의 온몸이 괴이하게 빛나며 최대한의 강도를 발휘했다. 거기에 더해 두 손을 앞으로 내민 베가의 눈앞으로 아몬드 모양의 카이트 실드가 삼중으로 출현한 것이다.

하지만.

그 정도로 거창하게 수비에 주력했지만, 여기서 제기온이 날린 것은 단순한 펀치였다.

팔 쪽의 무장이 히히이로카네인 만큼 그 위력은 헤아릴 수 없었다. 베가의 카이트 실드 3개 중 2개를 박살내고 마지막 한 장에 금이 갔을 정도였다.

하지만 그럼에도, 그것은 단순한 펀치일 뿐이었다.

그 사실은 베가의 인식을 바로잡기에 충분했다.

(이 녀석은 괴물이다! 빌어먹을, 아직도 이런 녀석이 남아 있었다니, 마왕 리무루를 아주 조금 얕본 모양이야…….)

베가는 제기온을 과소평가했다며 반성했다.

조금도 아닌 완전히 얕보고 있었지만, 베가의 자기평가는 딱 이 정도였다.

반성이 부족한 것은 나쁜 버릇이지만 긍정적인 사고만큼은 몇 안 되는 베가의 장점이었다.

*

제기온을 인정한 베가는 다시금 분석을 시작했다.

압도적인 전투 센스와 파괴력으로 봤을 때 근접 전투는 베가보다 위였다. 또한 물리법칙의 한계를 넘어선 움직임을 보고 정신 생명체에 가까운 존재라고 확신했다.

(헤헷, 그래도 이기는 건 나라고!)

갓즈급 카이트 실드조차 손쉽게 부서졌지만, 이는 베가가 창조한 가짜였기 때문이다. 재생 가능한 물건이라 그렇게 큰 손실이 난 것은 아니다.

에너지에는 여유가 있었으니 아직 실책을 만회할 수 있었다.

(여기선 반대로 생각하는 거야. 2개나 부서진 게 아니다. 2개밖에 부서지지 않은 거다, 라고 말이지!!)

긍정적인 것이 베가의 장점이다. 그 장점은 여기서도 발휘되었다.

삼중 방패를 의지할 수 없다는 것을 깨닫자마자 베가가 외쳤다.

"나를 지켜라── '인빈시블(원환연순, 圓環連盾)'!!"

그 명령에 호응하듯 직경 1미터 정도인 4개의 원환이 출현하여 공중에 정지했다. 하나하나가 갓즈급인 절대의 수비가 자동으로 베가를 지키기 시작했다.

3개가 불안하다면 4개를 꺼내면 그만이다.

베가 입장에서는 그야말로 무적의 방어였다.

베가가 인식하지 못한 공격이라 해도 '인빈시블'의 자동방위에 맡기면 문제없었다. 모든 각도에서의 공격에 대처하여 주인인 베가를 완벽하게 지켜내준다.

심지어 이 원환은 부서지더라도 즉시 재생하는 뛰어난 물건이었다. 이것의 보호를 받는 한 자신에게 패배는 없을 것이라고 베가는 확신했다.

여유를 되찾은 베가는 히죽히죽 웃으며 제기온에게 말을 걸었다.

"여어, 날 단단히 얕봤구나. 이미 이겼다고 생각했냐? 아쉽네. 나도 아직 진심을 드러낸 게 아니라고."

"······."

"폼 잡고 있지 말라고! 네놈이 나를—— 히익?!"

원환 2개가 동시에 부서졌다. 그 모습에 겁을 집어먹은 베가가 말을 삼킨 것이다.

베가 따위는 안중에도 없는 모습으로 제기온은 담담하게 공격을 거듭했다.

원환이 부서지며 재생한다. 그것의 반복.

처음엔 겁을 먹던 베가도 제기온의 공격이 자신에게 닿지 않는다는 것을 알게 되자 다시 원래의 상태로 돌아왔다.

"낄낄낄!! 어떠냐, 내가 만든 '인빈시블'은 굉장하다고! 네놈도 꽤 쓸만했지만 어차피 잔챙이. 내 적수는 아니라는 거야."

베가는 끝까지 자만했다.

자신의 힘을 과신하며, 반복되는 제기온의 공격이 전력일 것이라 굳게 믿어 의심치 않았다.

(역시나. 이 녀석의 격투 능력은 훌륭하지만 결국은 그뿐이다. 내 방패를 깰 방도도 없는 것 같은데, 괜히 겁먹어서 손해봤군.)

겁을 먹은 시점에서 이미 한심했지만, 베가는 그런 일 따위는 개의치 않았다. 무식하게 헛된 공격을 반복하고 있다면서 벌써부터 또 제기온을 얕보고 있다.

그것은 이제 긍정적이라기보단 그냥 바보였고——.

"꽤 재미있었어. 그런 네놈에게 경의를 표하지. 그리고 이제 내 진심을 보여주마!"

베가는 그렇게 말하며 제기온을 향해 두 팔을 내밀었다.

그 두 팔이 하나로 합쳐지면서 포탑 같은 형상으로 변화했다.

"죽어라, '인피니트 이터(허식무한옥)'!"

그것은 베가가 절대적인 자신감을 갖고 날리는 최강의 공격기였다.

이전 잉그라시아 왕도 전투 때 모스가 썼던 필살오의. 베가는 그것을 '사룡수'의 눈을 통해 배운 것이다.

그 기술은 놀라울 정도로 베가와 상성이 좋았다.

모스의 경우 흡수한 에너지를 다 승화할 때까지는 재사용이 불가능하다는 단점이 있었지만, 얼티밋 스킬 '아지 다하카(사룡지왕)'를 가진 베가와는 무관한 제한이었다. 연발이 가능했다.

온갖 물질을 먼지처럼 잡아먹는 박테리아(마성세균)가 소멸의 파동으로 변해 적을 꿰뚫는 것이다. 모든 파장, 즉 에너지 주파수를 0으로 만드는, 방어조차 허용되지 않는 절대파괴 기술이었다.

자신보다 존재치가 아래인 적이 상대라면 거의 아무런 저항 없이 잡아먹을 수 있었다. 무자비한 힘의 논리였지만 그 효과는 탁월했다.

그것은 생명에도 적용되었으며 천사나 악마 같은 정신생명체 역시 예외는 아니었다. 오히려 고위 에너지체일수록 순도가 높았기에 먹이로는 최적이었다.

이 기술을 습득한 시점에서 베가는 무적이 된 것이나 다름없었다.

지금 베가의 존재치는 거의 2천만이 되어가려 했다.

'칠흉천장' 중 최강이며 이제는 '삼성사' 자라리오나 자히르와도 견줄 수 있었다.

이에 반해 제기온은 5백만이 채 안 된다.

두 사람 사이에는 절망적일 정도의 차이가 벌어졌다.

그런 베가가 전력으로 날린 '인피니트 이터(허식무한옥)' 앞에서는 비록 제기온이라 해도——.

"헛수고다. 그건 이미 알고 있다. 그러니 나에게는 통하지 않는다."

온갖 물질을 집어삼키는 흉악한 파괴의 파동을 온몸으로 맞고 있는데도, 제기온은 무풍의 땅에 서 있기라도 하듯 미동조차 없었다.

압도적인 강자의 풍격을 풍기면서 베가를 내려다보며 고한 것이다.

소용없다, 라고.

베가에게는 계산 밖이겠지만 상대가 지나치게 안 좋았다.

제기온은 모스와도 모의전을 반복하면서 그 기술을 겪어본 적이 있던 것이다.

처음 맞았을 땐 큰 타격을 피할 수 없었던 기술이었다. 모스의 존재치가 제기온에게 미치지 못했기 때문에 결과적으로는 제기온의 승리로 끝났지만, 위험한 기술이라는 것은 인정하지 않을 수 없었다.

그렇다면 그것을 놔두고 있을 제기온이 아니다.

그 기술의 성질을 판별하여 이미 대책을 마련해 두었다.

'인피니트 이터'의 본질은 파형에 있었다. 에너지의 파장을 제로로 만든 뒤 그것을 자신의 것으로 삼아 빼앗는다—— 즉, 먹는 것이다.

그렇다면 파장이 제로가 되지 않도록 정반대의 파장을 부딪쳐

상쇄해 버리면 되는 것이다.

하물며 베가의 기술은 모스가 쓴 것에 비해 미숙했다.

권능 덕분에 어느 정도 흉내는 낼 수 있었지만 숙련도는 그에 미치지 못한 것이다. 효율면에서는 크게 떨어져 제기온이 쉽게 타파할 수 있었다.

"마, 말도 안 돼?! 있을 수 없는 일이야!! 왜 멀쩡하게 서 있어?! 내 '인피니트 이터'를 맞고도 어떻게 무사할 수 있는 거냐고?!"

베가가 동요를 내비쳤지만 그것은 부끄러운 일이 아니었다.

이 기술이 막혔을 때 모스 역시 당황했으니까.

그리고 제기온은 모스에게 전했던 말을 똑같이 베가에게도 던졌다.

"가소롭군. 파동을 없애는 것 역시 파동. 그렇다면 그것을 감싸 버리면 될 뿐이다. 흐름을 거스르지 않고 동일화하는 것이야말로 이 우주의 진리임을 알아라. 몽환은 유환으로 수렴되니, 내게 있어서 네놈의 파동을 간파하는 일 따위는 쉬운 일이다."

간단한 것처럼 말하지만 그것은 일반적으로는 불가능한 재주였다. 아니, 누구라도 불가능할 것이다.

적어도 상대의 연산 능력을 완전히 뛰어넘어야 하는데…… 베가의 연산 능력에는 한계가 있다는 것을 제기온은 진작에 간파하고 있던 것이다.

"뭐가 어떻게 된 거냐고오!"

베가가 분노를 터뜨렸다.

그것은 인정하고 싶지 않은 현실에서의 도피 행동이다.

소멸의 파동으로 공간을 채워 제기온을 확실하게 끝낼 예정이었다.

하지만 결과는, 상처 하나 없다.

존재치의 우위성 따위는 아무런 의미가 없었다는 것을 베가도 그제서야 이해했다.

그와 동시에 베가의 마음이 공포로 가득 찼다.

"어리석군. 네놈 따위는 내 적수가 아니다——."

"하지 마, 가까이 오지 마!!"

"하물며 베루도라 님이나 리무루 님께 있어서는 한낱 미물에 지나지 않는다는 것을 깨닫도록."

겁에 질린 베가를 향해 제기온이 유유히 다가갔다.

이 격리 공간은 이미 제기온에 의해 장악된 상태였다.

처음부터 제기온의 권능—— 얼티밋 스킬 '메피스토(환상지왕)'의 '환상세계'에 의해 모든 것이 통제되고 있던 것이다.

제기온의 상상에 따라서는 시간의 흐름마저 비틀 수 있는 세계. 제기온이 원하는 대로 모든 것이 결정되는 세계 속에서 베가가 제아무리 발버둥쳐 봐야 아무 소용이 없는 것이다.

"젠자앙!! 내 공격을 막았다고 건방 떨지 마라!! 네 공격도 나한테는 안 통하니까 말이지!!"

베가는 제기온에게서 도망치기 위해 미궁침식을 우선시했다. 이대로 미궁을 지배해 불사성을 확실하게 해두면 제기온 따위는 두려워할 필요가 없기 때문이었다.

지금은 무리라도 언젠가는 베가가 이길 수 있었다. 그때까지 계속 버티면 그만이라며 안이하게 생각한 것이다.

하지만.

제기온은 그것을 허락하지 않았다.

"장난은 여기까지다. 이제 끝내도록 하지."

베가의 속셈 따위는 상관없이, 제기온은 자신의 감정에 따라 움직였다.

즉 분노의 감정을 실어 원환에 주먹을 휘두른 것이다.

"그런 공격 따위 나한테는——."

통하지 않는다고 말하려던 베가가 입을 다물었다.

제기온의 주먹이 마치 종이를 찢듯 원환을 부숴 나갔다. 그리고 네 개의 원환이 동시에 산산조각 나며 부서졌다.

베가는 허겁지겁 동시에 펼칠 수 있는 최대 개수를 내보냈다.

그러나 그것은 제기온에 의해 종잇장처럼 파괴되어 갔다.

그것은 베가에게는 믿을 수 없는 광경이었다.

무엇을 해도 소용없다.

'인빈시블'은 완벽하게 뚫려버렸다.

"힉, 흐엑?!"

베가는 꼴사납게 엉덩방아를 찧었다.

이제 인정할 수밖에 없었다.

베가 자신은 아무리 발버둥 쳐도 제기온을 이길 수 없다는 것을.

"네놈의 능력은 물질세계에서는 절대적인 강도를 자랑했겠지. 하지만 정신세계에서는 하염없이 빈약. 그렇기에 이런 결과가 나온 거다."

제기온이 베가의 미숙함을 지적했다.

"자, 잠깐만! 진정하고 내 얘길 좀 들어줘!!"

베가가 자존심을 내려놓고 간청해보았지만 제기온은 멈추지 않았다.

위험을 감지한 베가가 기어가듯 뒷걸음질 치며 '인빈시블'를 펼쳤다.

이것을 계속 펼치고 있는 한 자신에게는 공격이 닿는 일은 없다. 원환이 아무리 부서지더라도 자신만 무사하면 그만이다, 베가는 그렇게 생각했다.

제기온의 왼손이 반짝였다.

그곳에서 쏟아져나온 것은 디멘션 레이(차원등활절단파동)였다.

다음 순간 베가를 지키던 원환들이 모두 산산조각 나며 부서졌다.

그와 동시에——.

(다, 다음! 빨리 다음을 준비해야…….)

그러면서 허둥대는 베가의 복부에 히히이로카네 특유의 빛이 빨려들어갔다.

"크허억!!"

그것은 잔광이었다.

신속으로 튀어나간 제기온의 뒤돌려차기가 베가에게 직격한 것이다.

잔광은 뿌옇게 사라졌다.

남겨진 것은 눈물과 콧물 범벅인 얼굴을 일그러뜨린 채 토사물로 일룩진 베가였다.

배를 누르며 웅크린 베가가 제기온에게 간청했다.

"이, 이제 그만해, 살려줘!!"

실로 훌륭할 정도의 구걸이었다.

베가와 제기온 사이에는 절망적일 정도로 메우기 어려운 실력 차라는 것이 가로막고 있었다.

그것은 존재치의 크고 작음 따위로 측정할 수 있는 문제가 아니라 '격'의 차이에서 비롯된 것이다.

베가는 실력을 연마해 온 제기온을 이길 수 없다.

그것이 현실이고 영원불변한 진실이었다.

제기온의 왼쪽 주먹이 희미한 빛을 발하기 시작했다.

"그, 그만——."

베가의 절규가 하늘을 찢었고——.

정확히 같은 시각, 미궁에 이변이 벌어졌다.

'관제실'에서는 모두가 짜맞춘 듯이 입을 다물었다.

『대상을 제압했다.』

베니마루에게 제기온이 보낸 '사념전달'이 도착한 것이다.

물론 말릴 이유가 없어 허가를 내주긴 했지만, 제기온이 행동을 개시한 지 아직 5분도 채 지나지 않았다.

그런데도 손쉽게 베가를 제압했다고 한 것이다.

베가는 격리된 장소에 있는 탓에 그 자리의 광경은 영상으로 볼 수 없었다. 그래서 어떤 전투가 벌어졌는지는 상상에 맡길 수밖에 없었지만, 그것이 압도적이었을 것이라는 사실은 누구나 짐작할 수 있었다.

"너무 강하잖아, 제기온……."

라미리스가 아연실색하며 소감을 밝혔다.

"그래, 역시 제기온, 여유로웠네."

베니마루도 이에 고개를 끄덕였다.

아니, 애초에 부정하는 사람은 아무도 없었다.

미궁 내 최강의 전사는 누가 보기에도 일목요연했으니까.

"역시 미궁을 침식시킨다는 작전이 마음에 들지 않았던 모양이
군요……."

트레이니도 소감을 밝혔다.

이는 미궁에 거주하는 자라면 누구나 품었을 감상이라 모두가
동의하듯 고개를 끄덕였다.

"그건 그렇고 제기온 녀석 정말로 열 받았나 보군. 작전에 따라
준 게 감사할 정도야."

베니마루가 안도하며 그렇게 말했다.

베가의 처리는 필수였지만 도망만큼은 허락할 수 없었다.

그래서 이 미궁 격리 작전을 실행한 것인데, 이는 미궁 세력에
게서는 나올 수 없는 발상이었다.

제기온은 본래 베니마루의 휘하에 있지 않았다. 그럼에도 명령
에 따라준 것은 그것이 합리적이라고 판단했기 때문이었다.

리무루가 없는 지금 동료들끼리 불협화음을 낼 수는 없었다.
그것을 알고 있었기에 솔선수범해서 베니마루가 위라는 사실을
드러내 준 것이다.

"그야 제기온은 너랑 달리 냉정하니까 말이지."

"아뇨, 아뇨. 저도 충분히 냉정하다고요, 총사령관님!"

"이런 때에도 제대로 연기를 해내다니, 너도 참 대단해!"

"칭찬해 주시니 영광입니다, 라미리스 님."

그렇게 말하며 서로 고개를 끄덕이는 베니마루와 라미리스.

작전이 큰 고비를 넘긴 덕에 그 표정은 밝았다.

베가의 처치는 곧 끝날 것이다.

게다가 투기장 쪽도 결판이 나려 하고 있었다.

베니마루는 대형 스크린으로 시선을 돌렸다.

(걱정 마세요, 리무루 님. 미궁은 제가 목숨을 바꿔서라도 지켜 내겠습니다!)

리무루가 부재한 지금, 책임을 위임받은 베니마루야말로 최고 책임자라고 할 수 있었다.

라미리스도 도와주고 있어 든든했지만, 아직 방심할 수 있는 상황은 아니다.

지금부터가 실전이라며, 베니마루는 스스로 더욱 기합을 넣었다.

●

제기온이 베가와 사투를 벌이고 있던 그때, 라미리스는 화면에 비친 자신의 친구를 걱정스럽게 바라보고 있었다.

(바보 같은 디노 녀석. 이렇게 중요한 때에 뭐 하는 거야…….)

이미 작전은 막바지에 이르렀다.

늦어도 베가를 처치하면 디노에게도 그것을 알려줄 생각이 었다.

그런 다음 선택하게 할 것이다.

이대로 펠드웨이의 꼭두각시로 남을 것인가, 아니면 완전한 자유를 되찾아 라미리스의 손을 잡을 것인가.

디노가 라미리스의 제안을 거절한다면 그때는 어쩔 수 없다.

친구를 죽이고 싶진 않았으니 미궁 구조를 변화시켜 만든 '미궁 뇌옥'에라도 집어넣어둘 생각이었다.

리무루가 어디선가 입수한 '무한 회랑 비법'을 바탕으로 라미리스가 자체적으로 엮어낸 특수 공간이었다. 공간 좌표를 항상 변동시킴으로써 탈출을 저해하는 방식이다.

요즘은 미궁도 여러모로 상황이 좋지 못했다. 층에 구멍을 내버리는 바보도 늘어난 탓에 라미리스로서도 그것을 벌할 수단 한두 가지 정도는 확보해두고 싶은 마음이었다.

이번에는 그것을 쓸 차례가 있을지도 모른다.

도망가지 못하게 계속 연산을 해야 해서 귀찮기는 해도, 디노 일행을 죽이는 것보다는 나았다.

하지만——.

라미리스가 원하는 결과는 그런 시시한 것이 아니었다.

(또 같이 바보짓도 하고 실험도 하자. 응? 디노…….)

라미리스는 염원했다.

리무루가 세운 작전을 믿고.

디노가 다시 한번 라미리스의 동료가 되어주길 간절히 빌었다.

그런 라미리스의 마음은 이 지리에 있는 이들에게도 전해졌다.

그렇기 때문에, 여기서 슈나가 움직였다.

"디노 님의 설득은 저에게 맡겨 주시지 않겠어요?"

그런 제안과 함께 라미리스에게 상냥한 미소를 지어온 것이다.

"어?"

라미리스는 저도 모르게 슈나를 빤히 바라보았다.

미궁 안뿐만 아니라, 마물의 나라의 진정한 권력자는 슈나였다.

리무루도 슈나의 부탁이라면 거절할 수 없을 것이다.

누가 뭐래도 슈나는 모두가 언제나 의지할 수 있는 존재로, 용돈이나 가계 사정을 쥐고 있는 실 지배자였다.

"혹시 무슨 수라도 있어?"

"괜찮은 거냐, 슈나?"

라미리스와 베니마루가 걱정스럽게 슈나에게 물었다.

슈나는 그저 미소를 지으며 조용히 고개를 끄덕일 뿐이었다.

●

디노는 피로의 극에 달해 있었다.

지금은 휴식 중이다.

벌써 네 번이나 죽임을 당했으니 기진맥진해도 이상하지 않았다.

"아직 더 있어요."

그러면서 베레타가 '부활의 팔찌'를 내밀어온다.

분명 저 가면 아래에 악마 같은 미소를 짓고 있을 것이다.

아니, 악마 맞구나── 라며, 디노는 무심코 하늘을 우러러보았다.

....

…………

……

몇 번이나 죽임을 당하며 서서히 익숙해져갔다.

점점 기분 좋게 느껴지기 시작한 것은 기분 탓이라고 생각하기로 하고, 디노도 이 상황을 받아들일 수 있게 되었다.

라미리스가 어째서 이런 짓을 하는가?

단순한 보복이라면 이렇게까지 하진 않을 것이다.

라미리스는 의외로 마음에 담아두는 타입이긴 하지만, 잊는 것도 심하게 빨라서 이렇게까지 집요하게 굴지는 않는다.

(아니, 의외라고 할 것도 없지. 보이는 그대로니까.)

그런 식으로 스스로의 말에 지적을 날리며, 디노는 생각을 이어갔다.

(그렇겠지. 내가 펠드웨이의 말에 휘둘려서 라미리스는 화가 난 거야. 그래도 어쩔 수 없잖아. 천사계 권능이 있는 한 명령에는 절대복종해야 하니까…….)

'얼티밋 도미니언(천사장의 지배)'은 절대적이다. 자유의지마저 빼앗기지 않은 것은 그나마 다행이지만 그건 디노가 순종했기 때문이었다.

이 이상 펠드웨이의 심기를 거스르면 더 심한 처사를 당할 수도 있었다.

지금 상태라면 당장이라도 거역할 수는 있다. 그야말로 타이밍을 봐서 펠드웨이의 뒤를 치면 리무루나 다른 이들에게 도움이 되는 일도 할 수 있을 것이다.

애초에 디노는 지금도 베가에게 들키지 않는 선에서 라미리스

쪽에 정보를 누설하고 있었다. 그런 귀중한 내통자인 만큼 조금 더 귀한 대접을 받아도 벌은 받지 않을 것이다.

(아마 그거겠지? 내가 죽음을 경험할 때 권능에 어떤 영향이 미치고 있는지를 살펴보는 거겠지? 하지만 '얼티밋 도미니언'이라는 건 그렇게 간단한 구조가 아니라고…….)

해제가 가능했다면 진작에 했을 것이다.

죽는 순간 자신의 상태를 확인하자, 펠드웨이의 권능이 단단하게 '영혼'을 묶고 있는 것을 발견했다.

정확하게는 디노의 '영혼'에 뿌리내린 얼티밋 스킬 '아스타르테(지천지왕)'가 신체의 명령 중추를 지배하고 있었던 것이다.

이를 부수려면 권능을 완전히 지워버릴 수밖에 없다. 그것은 곧 죽음이다.

아니면 다른 권능으로 덮어씌우거나——.

(불가능해…….)

디노에게는 또 하나의 권능이 있었다.

유니크 스킬 '슬로스(태만자)'—— 아니, 이제는 얼티밋 스킬 '벨페고르(태만지왕)'로 진화한, 디노의 본질을 그대로 구현한 듯한 권능을 갖고 있었던 것이다.

이를 이용해 얼티밋 스킬인 '아스타르테'를 건드린다면, 어쩌면 '얼티밋 도미니언'에 간섭할 수 있을지도 모른다. 그러나 그것을 시도하기는 망설여졌다.

(왜냐하면…… 만약 성공해버린다면 펠드웨이에게 분명 들킬 테니까…….)

그렇게 되면 디노의 동료인 피코와 가라샤는 자유의지마저 빼앗긴 완전한 꼭두각시가 될 것이다. 디노를 붙잡기 위해 움직일 것이고 그렇게 되면 적대가 불가피했다.

마이와는 그렇게 친해지지 않았지만, 그래도 내버려 둘 수는 없었다. 이러니저러니 해도 마이는 주변을 잘 배려했기에 디노도 함께 있으면 편했다. 이왕이면 친하게 지내고 싶다는 생각도 들었다.

이래 보여도 디노는 나름 상냥했다.

동료가 상처받는 모습은 보고 싶지 않았고, 하물며 자신의 손으로 다치게 하는 것은 절대 사양이었다. 자신뿐이라면 지배에서 벗어날 수 있을지도 모르지만, 그래서는 안 되는 것이다.

(역시 이대로 있을 수밖에 없나…….)

디노가 그렇게 생각하며 포기하려 할 때였다.

『정말 그걸로 충분한가요? 디노 님이라면 모두를 한꺼번에 구할 수 있지 않을까요?』

모든 것을 감싸는 듯한, 안도감이 느껴지는 목소리가 들려왔다.

이건, 슈나 씨네—— 라며 디노는 멍하니 생각했다.

왜 자신의 마음에 말을 걸고 있는 걸까?

이것은 환청일까, 아니면 현실일까…….

(아니, 그야 물론 슈나 씨에게 혼나는 건 진짜로 무섭지만, 이렇게 상냥하게 말을 거는 쪽이…….)

훨씬 더 무섭다고 디노는 생각했다.

왜냐히면 그것은 질문이 아니라 명령이었으니까.

해라, 라는 강요를 받는 것 같은 위압감이 들었다.

못합니다, 라고 대답했다가는 확실하게 실망할 것이다. 그것만은 안 된다고, 게으른 디노조차 그렇게 생각했다.

그렇다면 답은 하나다.

한다, 할 수밖에 없는 것이다.

게다가 실패했을 때의 단점도 많지만 성공했을 때의 리턴이 더 컸다.

라미리스의 미소를 떠올리며 각오를 다졌다.

(그래, 그 말이 맞아. 나는 왜 이런 일로 망설이고 있었던 거지? 해보고 그때도 안 되면 포기하면 돼. 해보지도 않고 한탄만 하고 있었다니, 나답지 않잖아!)

디노의 망설임은 사라졌다.

그 목소리가 정말 슈나의 것이었는지 아닌지, 그것은 이제와서 아무래도 상관없었다.

중요한 것은 그 목소리에 이끌려 각오를 다졌다는 것이다.

의욕이 사라지기 전에 디노는 행동을 개시했다.

···················.

···········.

······.

디노는 주먹을 불끈 쥐고 자신의 뺨을 세게 후려쳤다.

통증은 없었지만, 잠에서 깨어난 듯한 느낌이 들었다.

상당한 대미지로 인해 뇌가 욱신거렸지만, 디노의 안에서 계속 맴돌고 있던 고민은 날아가 버렸다.

"이봐, 너희들! 난 각오를 다졌어. 어차피 이대로 어중간하게 살 바에야 단판승부로 자유를 쟁취하자고!"

큰소리로 선언하는 디노.

그런 디노를 피코와 가라샤가 싸늘한 눈으로 바라보았다.

"드디어 결심했네."

"네 번이나 죽기 전까지 깨닫지 못하다니, 너무 둔한 거 아니야?"

"애초에 말이지, 우리한테는 체력을 남겨두라는 둥 했으면서 정작 본인은 어떤데?"

"그렇게 비실비실한 상태로는 도망쳐봤자 제대로 도망칠 수도 없잖아."

탄환 같은 말들이 디노에게로 향했다.

너희들은 어쩔 거야? 나를 믿어줘── 라고 물을 예정이었는데, 그럴 필요가 없다는 듯이 쏘아대는 말에 디노는 이미 울상이 되어 있었다.

마지막 일격을 가하듯 마이가 중얼거렸다.

"이제야 결심하다니. 제가 아는 한 이 정도로 우유부단한 건 디노뿐이에요."

마음을 후벼 파는 마이의 진심이었다.

하지만 그것은 디노에게는 칭찬이었다.

"뭐, 나만큼 한계까지 의욕 없는 남자는 드무니까."

우쭐거리며 웃는 디노에게 동료들의 반응은 매정했다.

"칭찬한 거 아닌데."

"대단하다, 이 정도까지 자의식과잉이면 좀 깨는데."

"뭐, 디노답다면 디노답네 ♪"

하지만 그렇다 해도 거기에는 확실한 믿음이 있었다.

피코와 가라샤의 반응에 놀라움을 감추지 못하는 디노.

그녀들이 디노를 믿어줄 줄은 몰랐다. 설득하는 데에 시간이

걸릴 것이라 생각했고, 하물며 마이는 귀를 기울여주긴 할까 걱정하고 있었다.

"저기, 괜찮겠어? 아직 아무런 설명도 안 했는데……."

그렇게 물어도 돌아오는 것은 디노를 향한 질책이었다.

"빨리해."

"실패하면 죽일 거야."

"뭐, 믿을 수밖에 없겠죠. 단판승부라는 말은 도박 같아서 싫긴 하지만."

가라샤, 피코, 마이 순으로 각자 디노를 믿겠다고 선언했다.

*

디노는 당당하게 미소 지으며 베레타에게 말했다.

"그렇게 됐으니까, 지금 내 허리까지 파묻고 있는 금속 좀 없애줘!"

"……."

베레타는 말 없이 디노를 풀어주었다.

"좋아, 살짝 기다리게 했네."

그렇게 거드름을 피운 디노가 몸을 일으켰다.

크게 기지개를 켜고 산뜻한 미소를 짓는다.

그리고 일동을 둘러보며 표정을 다잡았다.

"자, 그럼. 오랜만에 전력으로 간다."

디노는 그렇게 중얼거리더니, 늘 졸려 보이던 눈동자를 크게 떴다.

하는 일은 간단하다. 자신에 한해서는.

"잘 들어, 우리가 펠드웨이를 거스르지 못하는 건 천사계의 얼티밋 스킬에 '지배회로'가 내장되어 있기 때문이야."

디노의 설명을 모두가 묵묵히 들었다.

"이것 때문에 상위권한에 절대복종할 수밖에 없게 되는 건데……."

"오베라가 했던 것처럼 관리자 권한으로 권능을 지워버리면 지배에서 벗어날 수 있는 거지?"

"이미 따라 할 수 없게 됐지만, 오베라도 필사적이었으니까."

가라샤가 씁쓸하게 중얼거렸고 피코도 고개를 끄덕였다.

마이야 어떻든 디노와 다른 이들에게는 관리자 권한이 있었다. 베루다나바에게 부여받은 권능을 잃는 것은 아쉽지만 이대로 펠드웨이를 따르는 것보다는 나았기에 가능했다면 권능의 소거를 택했을 것이다. 그러나 안타깝게도 지금으로서는 그 수단이 막힌 상태였다.

오베라가 단독행동을 벌이지 않았다면 관리자 권한으로 어떻게든 할 수 있었을 것이다. 왜 상의하고 실행하지 않았느냐며, 디노 일행 입장에서는 오베라를 원망하고 싶은 마음이었다.

뭐, 오베라에게도 그렇게 길게 설명할 수 없는 사정이 있었겠지만, 그럼에도 소통이 부족했다는 느낌은 지울 수 없었다.

그것을 불평하고 있어도 어쩔 수 없었기에 디노는 본론을 꺼냈다.

"뭐, 일단 들어봐. 내가 하고 싶은 말은 그 '지배회로'를 없애버리면 지금의 상황을 타파할 수 있다는 뜻이야."

"어떻게?"

"그게 가능했다면 이 고생도 안 했지."

"……그건 저처럼 관리자 권한이 없는 경우에도 쓸 수 있는 계획인가요?"

디노에게 세 명의 질문과 지적이 날아들었다.

"사실 가능해. 하지만 문제는 타이밍이야."

디노가 자세히 설명했다.

사실 디노 자신뿐이라면 자신의 권능을 '에볼루션(창조진화)'시킴으로써 '지배회로'를 제거할 수 있지 않을까 생각했다.

그리고 그 기세 그대로, 본래라면 자신 전용일 권능으로 다른 사람에게 강제로 간섭할 수 있는가? 그것이 첫 번째 도박이었다.

실제로 시도해 본 적은 없었으니 처음부터 실전이 돼버린 셈이다.

이것에 성공한다 해도 모든 과정을 채 끝내기도 전에 펠드웨이에게 들켜 방해받을 가능성이 짙었다.

"정말 대책 없는 계획이군요."

마이가 아쉽다는 투로 말했다.

확실히 도박이고 모험이다, 라고 생각한 것이다. 하지만 그렇다 해도 마이의 결의는 변하지 않았다. 하기로 결정한 이상 돌아갈 생각은 없는 것이다.

가장 성실한 마이가 그런 반응이었으니 피코나 가라샤는 말할 것도 없었다.

"들키기 전에 해."

"그보다 못한다고 말했다간 죽일 거야."

디노가 실패할 리 없다고 확신하는 것인지 당장 시작하라며 디노를 재촉한다.

좋아, 하고 디노가 고개를 끄덕였다.

그때였다.

"저도 돕겠습니다."

그 자리까지 다가온 슈나가 미소를 지으며 그렇게 말했다.

"으음?"

무심코 동요한 디노가 슈나의 진의를 살피려 했다.

"제가 디노 님을 서포트하겠습니다. 디노 님이 권능을 조작하는 과정을 모방하여 다른 세 분께 똑같이 행하겠어요."

그러니 안심하세요—— 라며 미소 짓는 슈나에게 디노는 진심으로 당황했다.

(어? 진심으로 말하는…… 건가? 가능해, 그런 일이?)

그야말로 신의 기술 아닌가.

디노가 행하는 스킬(능력)의 진화도 보통이라면 불가능한데, 그것을 읽어내면서 동시에 다른 사람에게 행사한다니, 아무리 생각해도 가능할 것 같지 않았다.

(아니, 그 터무니없는 리무루라면, 어쩌면 할 수 있을지도 모르지만…….)

디노의 생각을 간파한 것인지, 슈나가 말을 보충했다.

"리무루 님은 이런 사태도 내다보고 계셨던 거겠죠. 디노 님이 동료가 되어줄 거라고 믿고 계셨던 거예요."

이어서 라미리스의 목소리도 전해졌다.

『나도 믿고 있어! 디노. 성공하면 용서해줄 테니까 슈나를 믿고 얼른 원래대로 돌아오라고!!』

"으, 응."

디노로서는 고개를 끄덕일 수밖에 없었다.

어찌 됐든 기세를 몰아 어떻게든 해볼 생각이었다.

그 성공 확률이 조금이라도 올라간다면 더 바랄 나위 없는 제안이었다. 슈나의 제안을 거절할 이유는 어디에도 없었다.

"그럼, 할게."

"네, 알겠습니다."

디노의 눈을 보고 슈나가 고개를 끄덕였다.

리무루가 이 순간을 내다보았는지 아닌지, 그것은 사실 의심스러운 부분이다.

하지만 슈나는 지금의 상황을 두려워하지 않았다. '영혼' 깊숙한 곳에서 리무루와의 확실한 연결을 느끼고 있었기 때문이다.

그 증거가 바로 슈나가 획득한 얼티밋 스킬 '야오요로즈(도지무네)'였다.

온갖 권능의 복합체 같은 이 권능은 리무루가 축적하고 해석한 스킬의 집대성이라고도 부를 수 있는 성과였다.

그야말로 리무루가 보유한 얼티밋 스킬 '슈브 니구라스(풍양지왕)'에서 떨어져 나온 권능에서 슈나의 '야오요로즈'가 탄생한 것이다.

그렇기 때문에 실패할 리 없다.

디노가 권능을 발동했다.

디노는 '벨페고르(태만지왕)'로 '아스타르테(지천지왕)'를 상쇄시켰다. 이에 의해 일시적으로 '지배회로'를 무효화한 뒤 능력의 진화를 발동시켰다.

"'에볼루션(창조진화)'――."

펠드웨이의 눈을 속일 수 있을지 어떨지는 도박이었는데, 무사히 성공했다.

다음 순간 얼티밋 스킬 '아스타르테'와 얼티밋 스킬 '벨페고르'가 서로 맞부딪히다가 통합되었다.

디노가 획득한 것은 얼티밋 스킬인 '아스타로트(낙천지왕, 墮天之王)'였다.

베루다나바가 아끼던 '아스타르테'가 가진 창조력과 파괴력, 여기에 더해 '벨페고르'가 가진 정신에 대한 절대 우위성까지 겸비한, 믿을 수 없이 막강한 권능이었다.

    ·················.

    ············.

    ······.

디노는 과거 '성왕룡' 베루다나바의 심복이었다.

늘 곁에 서서 베루다나바의 검이 되어 전장을 누볐다.

지금은 이미 과거의 영광이 되었지만, 최강의 검사라는 위상은 그때 이미 확립되었다.

그리고 세계는 평정되었고 지상에서 싸움은 사라졌다.

이후 베루다나바에게 지상의 '감시자'라는 임무를 받고 세계를 여행하게 된 것이다.

하지만――.

마치 디노가 부재할 때를 노린 것처럼 그의 주군인 베루다나바는 세상을 떠났다.

그가 가장 사랑하던 아내 루시아와 함께.

디노는 격분하여 어리석은 나라를 멸망시켰다.

얼티밋 스킬 '아스타르테'의 창조력은 뒤집으면 막강한 파괴력이 된다. 끓어오르는 분노와 증오로 이를 폭주시킨 디노로 인해 부유한 강대국들은 한눈에 보기에도 처참할 수준으로 멸망해 버렸다.

하지만 그 정도로 디노의 기분이 풀리지는 않았다.

복수를 마친 디노는 이성을 되찾았지만, 모든 것이 어떻게 되든 상관없다고 느껴졌다.

세계 자체를 멸망시킬까 하는 생각도 했지만, 그렇게 하면 정말 모든 것이 무의미해질 것이라는 사실도 알고 있었다.

디노는 그 무엇도 하지 못했다.

이성이 강한 나머지 분노가 지속되지 않는다. 그렇다고 긍정적으로 있을 수도 없다.

무엇을 하든 명분이 필요했고, 그것을 찾지 못해 자신의 행동에 제한을 두게 되었다.

자신의 권능이었던 '아스타르테'를 봉인한 것도 격정에 휩쓸려 나라를 멸망시킨 것에 대한 책임을 느꼈기 때문이다.

그렇게 디노는 삶의 의미를 잃었다.

디노가 타천하게 된 것도 마침 그때였다.

동료였던 피코와 가라샤가 디노와 함께 해준 것이 불행 중 다행이었다. 디노 혼자였다면 이 세상에 아무 미련도 없이 소멸했을지 모르니까…….

그로부터 수천 년.

삶의 의미를 잃은 채 디노는 지상의 '감시자'로서의 임무를 계속해 나갔다.

그 덕분에 밀림이라는, 베루다나바와 루시아가 남긴 아이도 찾아낼 수 있었다. 밀림을 인정할 마음은 없었기에 뒤에서 관찰하는 것이 고작이었지만, 그럼에도 지루함이 사라진 것은 큰 행운이었다.

스스로는 나태하게 살아가며 피코와 가라샤에게 정보를 모으게 했다.

어느덧 디노도 마왕이 되어 있었다.

밀림이 폭주했고, 기이와 라미리스가 그것을 저지했다. 그때도 뒤에서 도와주었는데, 이런 위험한 녀석을 방치하면 위험하다고 생각했기 때문이었다.

밀림이 폭주하면 세계가 멸망할 위험이 있었다. 그것을 막는 것이 자신의 몫이다. 디노는 그렇게 생각했던 것이다.

이리하여 디노는 새로운 삶의 의미를 찾게 되었다.

마왕이 된 후에도 변함없는 일상이 이어졌다.

변화가 찾아온 것은 리무루가 마왕이 된 발푸르기스(마왕들의 연회) 자리에서였다.

마왕이란 이름을 달기에 적합하지 않은 한심한 클레이만이 밀림을 때린 것이다.

늘 나른했었는데, 순간 눈이 번쩍 뜨인 느낌이 들 정도로 충격을 받았다.

밀림이 폭주하면 어쩌려고 저러나 생각했지만, 밀림이 자청하여 연기를 하고 있다는 사실을 깨달았다. 그 이유가 무엇인가 찾아보니 신참인 리무루에게 원인이 있는 듯했다.

그 사실을 깨닫고 디노는 마왕이 된 리무루에게 관심을 가졌다.

그리고 그 본질을 알게 되며——그것은 우연이었을까 혹은 운명이었을까——디노는 다시 새로운 삶의 의미를 찾게 되었다.

··················.

············.

······.

"역시 난 굉장하다니까. '지배회로' 제거에 성공했어."

자랑스럽게 말한 디노, 하지만 주위를 돌아보고 말문이 막혔다. 슈나가 훨씬 더 굉장했기 때문이다.

"'이미테이션(모방개변, 模倣改變)'——."

슈나가 행한 것은 디노의 흉내였다.

그러니 굉장한 것은 디노이지 따라하기만 한 슈나가 아니다. 보통은 그렇게 되어야 했다.

그러나 그렇게 되지 않았다.

슈나는 디노가 무엇을 하고 있는지를 '해석감정'하여 그 요소만을 완벽하게 빼내 순식간에 모방해낸 것이다.

또한 개개인에 따라 천차만별인 권능 여러 개를 동시에 읽어냈다. 자신의 권능만을 조종하던 디노와는 난이도 자체가 달랐다.

타인의 권능까지 완벽하게 이해한다는 것은 한순간에 가능한 일이 아니었다. 그런데 그것을 아주 손쉽게 행하고 있었으니 슈나가 얼마나 굉장한지 알 수 있는 대목이었다.

"거짓말······."

무심코 중얼거리는 디노의 눈앞에서 피코, 가라샤, 마이, 이 세 명의 권능이 조작되어 갔다.

피코의 얼티밋 스킬 '지브릴(엄격지왕)'은 자유도를 더한 '지브릴(엄정지왕, 嚴正之王)'로.

가라샤의 얼티밋 스킬 '하니엘(영광지왕)'은 타인에게 관여되지 않는 '하미엘(광휘지왕, 光輝之王)'로.

후루키 마이의 얼티밋 인챈트(궁극부여) '월드 맵(지형지왕)'은 마이의 소망을 더욱 반영한 얼티밋 스킬 '테라 마테르(성계지왕, 星界之王)'로 궁극진화하였다.

그것은 슈나만의 힘으로 이뤄진 일이라고는 생각되지 않았다.

이런 짓이 가능한 것은——.

"역시 리무루 녀석은 모든 걸 내다보고 있었단 말인가……."

디노의 뇌리에는 늘 태평한 리무루의 모습이 떠올랐다. 불가능한 것을 태연하게 해낼 수 있는 이는 리무루 이외에는 없다고 확신한 것이다.

이번에도 아마 그런 거겠지. 자신이 부재함에도 부하의 눈을 통해 권능을 행사한 것이라고 생각했다.

슈나는 이를 부인하지 않았다.

"뭐, 그렇지요. 디노 님이 생각하시는 대로 저 혼자만의 힘이 아닙니다."

슈나는 리무루가 아닐 것이라 확신했다.

하지만 그것은 틀림없는 리무루의 힘이었다.

이 타이밍에 슈나가 '이미테이션'에 성공한 것은 누군가의 개입이 있었기 때문이다. 실제로 이를 재현하려고 해도 슈나의 의사만으로는 불가능했다.

이는 '이 타이밍을 노리고『시공』을 넘어 정보가 전달되었기 때문'에 성공할 수 있었던 것이다.

그것을 행한 것은—— 아니. 그것을 파고드는 것은 촌스러운 짓이라며, 슈나는 생각하기를 관뒀다.

지금은 그저 디노 일행이 펠드웨이의 지배에서 해방된 것을 기뻐해야 할 때였다.

——슈나가 그렇게 생각한 바로 그때, 사태가 급변했다.

미궁이 크게 흔들렸다.

그것은 미궁 내에서는 있을 수 없는 현상이었다. 누구나가 어떠한 이변이 생겼음을 직감했다.

그것은 때마침, 제기온이 베가에게 마지막 일격을 가하려던 순간이었다.

"……이건?"

슈나가 경악했다.

그 감각은 미궁의 층이 무너졌을 때와 똑같았다. 그런 짓이 가능한 인물은 마물의 나라 간부 중에서도 손에 꼽을 정도였다.

심지어 그 진동은 예전에 느꼈던 그 어떤 것보다 더 컸고—— 심지어는 베루글린드가 맹위를 떨쳤을 때보다도 더 큰 충격이었다.

"농담이지? 혹시 베가 녀석이 진짜로 라미리스의 미궁을 잡아먹고 있는 건가?"

"그럴 리가."

"하지만 이 진동은…….."

"베가가 이런 짓을 할 수 있을 것 같진 않아. 할 수 있었다면 처음부터 했겠지."

맞는 말이라며 디노 일행은 납득했다.

그럼 무슨 일이 일어난 것인가?

예측하지 못한 이상사태 발생에 디노와 다른 이들은 서로의 얼굴을 마주 보며 당황했다.

●

예측하지 못한 것은 라미리스 쪽도 마찬가지였다.

오히려 이 사태에 가장 경악한 것은 이 미궁을 창조한 본인인 라미리스였다.

"어떻게 된 거야?! 내가 모처럼 격리해 뒀는데! 아니, 그건 아무래도 상관없어! 그것보다 더 위험한 상황이 발생했다고!!"

베가를 격리해뒀던 층이 뚫렸다. 그것에도 놀라긴 했다. 하지만 그 이상으로 라미리스를 경악케 한 것은 터무니없는 존재치를 자랑하는 '적'이 미궁에 침입했다는 사실이었다.

"적성체의 존재치, 측정 완료했습니다. 그 정체는 충마왕 제라누스로 단정. 존재치는 1억 1400만입니다——."

할 말을 잃은 오퍼레이터.

존재치: 1억 1400만이라는 창세기급 괴물. 밀림이나 기이라면 몰라도 라미리스가 어찌해볼 수 있는 상대는 아니었다.

당연히 베니마루도 이길 수 없을 것이다.

"……힘들겠네."

"여기선 솔직하게 '무리'라고 말해도 상관없는데?"

301

라미리스가 장난스럽게 말했지만, 그 목소리에는 기운이 없었다.

다행인 것은 침입을 바로 알아차렸다는 점이다.

제라누스 정도의 강자에게 기습을 당했다면 속수무책으로 당할 수밖에 없었을 것이다.

그 제기온이 한순간에 쓰러졌다. 그것이 무엇보다 확실한 증거였다.

누구나 절망적인 심정을 느끼는 가운데, 그것을 비웃는 자가 있었다.

디아블로였다.

"쿠후후후후. 제기온을 쓰러뜨리다니 흥미롭군요. 이 자의 상대는 제가 하도록 할까요?"

디아블로가 자신만만하게 그렇게 선언했다.

"불가능해."

곧바로 지적하는 베니마루.

"아무리 너라도 허세가 너무 심하잖아."

이때라는 듯이 라미리스도 한마디 보탰다.

만약 이곳에 베레타가 있었다면 '느와르(흑의 왕)'를 말리는 것은 불가능할 것이라며 처음부터 찬성했겠지만…… 이 자리에는 없었기에 부정파가 더 많았다.

"그건 해보지 않으면 모르는 것 아닙니까."

덕분에 살짝 발끈한 디아블로가 그런 반응을 보였다.

험악한 공기가 되기 직전, 트레이니가 진정하라는 말과 함께 중재에 나섰다.

"사실상 베니마루 공을 포함한 모두가 컨디션이 완벽하지 않은 상태입니다. 디아블로 공 외엔 상대할 수 있는 분이 없으시니 여기서는 맡길 수밖에 없지 않을까요?"

트레이니의 말은 정론이었다. 그런 말을 들으면 그 누구도 반박할 수 없었다.

가비루는 중상이고 란가는 게루도의 몸을 대신해 마력이 소진된 상태다.

고부타나 리그루도 쪽은 전력 외.

제기온과 아피트, 거기에 더해 쿠마라와 게루도는 출격 중이다.

남는 인원은 디아블로뿐이다.

라미리스의 호위역인 카리스와 트레이니 자매, 사대용왕들도 일단 전력으로서 생각해볼 순 있었다. 그러나 그것은 최후의 수단이었고, 애초에 제라누스의 상대가 될 만한 자는 없었다.

제기온이라면—— 하고 평소라면 기대했겠지만······.

다른 사람들에게서도 반대 의견이 나오지 않자 제라누스의 상대는 디아블로에게 맡기는 것으로 최종적인 의견이 정리되었다.

●

미궁 내부가 다시 크게 진동했다.

디노 일행이 있는 층을 향해 그 진동의 근원이 접근하고 있었기 때문이다.

"저기, 뭔가 불길한 예감이 드는데······?"

"우연이네, 피코. 나도 마찬가지야."

피코와 가라샤가 불안을 느꼈지만, 그것은 머지않아 현실이 될 것 같았다.

미궁 천장에 금이 갔다.

상상을 초월하는 힘으로 인해 미궁의 층이 강제로 뚫린 것이다.

미궁 내부는 층마다 차원이 다 다르다. 보통이라면 이를 깨는 것은 불가능하지만, 현실을 벗어난 힘이 있다면 별개의 이야기였다.

실제로 압도적인 위력으로 층을 뚫는 자가 마물의 나라에도 몇 명인가 존재했다.

하지만 눈앞에서 벌어지는 현상은 이질적이었다. 디노가 보기에는 단순히 힘만으로 차원을 가르는 것처럼 보였기 때문이다.

"위험한 거 아냐?"

"위험하지. 아니, 저런 짓이 현실에서 진짜로 가능하긴 하구나……."

라미리스의 미궁은 탈출은 쉽지만 침입은 어렵다. 몇 층만 떨어져도 '마력감지'가 어려워지기 때문에 특정 인물을 향해 '전이'하는 것 역시 불가능한 것이다.

그러나 숨길 생각도 없는 맹렬한 기척을 내뿜는 그 존재는 일직선으로 디노 일행이 있는 곳을 향해 다가오고 있었다.

내부 사정에 밝은 인물이라면 누가 어디에 있겠다는 예측도 할 수 있었겠지만…… 현재, 그런 조건에 해당할 만한 인물 중에 디노가 짐작가는 상대는 없었다.

애초에 미궁의 층을 부술 만한 사람이 드물었기 때문에 침입자의 정체도 한정된다.

(누구지? 다구류루는 루미너스와 전쟁 중일 거고, 펠드웨이 아니면 제라누스, 또 누가 있지?)

디노는 정체를 파악하려고 했지만 그럴 틈은 없었다.

결국 생각하는 것보다 물어보는 편이 빠를 것 같다고 판단했다.

완전히 이쪽을 인식하고 있었다. 그것은 인정하고 싶지 않은 사실이었기 때문이다.

"이봐, 라미리스! 대체 어떻게 된 거야?"

디노가 외치듯 질문하자 라미리스에게서 당황한 듯한 대답이 돌아왔다.

『그게 말이지, 일단 엄청 위험한 상황이야! 이쪽도 바쁘니까 나중에 봐!』

"잠깐만! 누가 공격해오는……."

그 대답은, 더 이상 들을 필요가 없어졌다.

천장의 갈라진 틈으로 이형의 존재가 유유히 내려왔기 때문이다.

"제라누스였나……."

단번에 납득이 되는 강자의 풍격이었다.

심지어 더 최악은, 제라누스가 왼손에 쥐고 있는 자의 존재였다.

그것은 누구인가, 미궁 내 최강의 전사──

"말도 안 돼, 제기온이 졌다고?!"

──패배하는 모습을 상상조차 할 수 없었던 제기온이 의식을 잃은 채로 끌려온 것이다.

여기서 냉정한 자와 동요하는 자로 나뉘었다.

냉정한 것은 슈나와 게루도, 그리고 베레타다.

동요한 것은 아피트였다.

"제기온!!"

그렇게 외치며 제라누스에게 달려들려다 게루도에게 제지당했다.

쿠마라 쪽은 믿기 어려운 그 광경에 말을 잃은 모습이었다.

제기온의 힘을 아는 만큼, 그것이 현실이라는 것을 인정하지 못한 것이다.

"멍하니 있을 때가 아니에요!"

여기서 슈나가 후퇴를 지시했다. 만일을 위해 '부활의 팔찌'는 착용하고 있었지만 그래도 붙잡혀 인질이 되는 일만은 없어야 한다고 판단했기 때문이다.

베레타는 퇴로를 확인하고 전원의 안전을 확보하기 위해 움직였다.

디노 일행도 합세하여 우선은 '관제실'로 도망갈 생각이었다.

제기온을 구해내는 것은 적의 강도를 밝혀낸 뒤였다. 지금 상태로 아무 대책 없이 달려들었다간 반격당할 뿐이라는 것을 잘 알고 있었다.

이리하여 전원이 하나가 되어 움직이기 시작했지만——.

＊

"도망갈 수 없다."

누구도 포착할 수 없는 속도로 제라누스가 움직였다.

제라누스의 목적은 단 한 명이다.

게루도에게 안기듯이 멈춰서 있는 아피트만을 목표로 이 땅에 내려선 것이다.

"끅?!"

게루도가 아피트를 감싸고자 나섰지만 소용이 없었다.

제라누스의 다른 팔인 가느다란 팔에 그대로 얻어맞은 것이다.

방어에 철저히 임하면 견줄 자가 없는 게루도가, 진심도 아닌 제라누스의 일격을 받은 것만으로 의식을 빼앗기고 말았다.

그 또한 믿기 어려운 이야기였지만, 제기온의 패배라는 현실이 있는 이상 모두의 놀라움은 적었다. 지금은 그보다 이 자리에서 조금이라도 멀어지는 것이 우선이었다.

『부활 지점을 변경했으니 안심해도 돼!』

그런 라미리스의 목소리가 울려 퍼졌다.

그 말을 증명하듯 어느새 모두의 팔에서 '부활의 팔찌'가 빛나고 있었다.

극한의 혼란 속에서도 가능한 대책은 제대로 마련해주고 있었다.

디노는 생각했다.

(우리는 조금 전까지 적이었는데 그렇게 쉽게 믿어줘도 되는 건가?)

이대로 함께 도망치기만 한다면 신용을 얻기 어렵다. 아무리 펠드웨이를 거스르지 못해서 그랬다고는 하나, 이대로 동료로 돌아간다면 이기적으로 보이지 않을까.

아니, 디노라면 그렇게 생각할 것 같았다.

그렇다면 여기서 한 번쯤은 결단을 보여줘야겠지.

"피코, 가라샤, 나랑 같이 가 줄래?"

"당연하지!"

"뭐, 그렇게 말할 거라 생각했어."

역시 오래전부터 함께했던 만큼 디노의 생각은 예상하고 있던 모양이다. 걸음을 멈춘 디노를 따르듯 피코와 가라샤도 무기를 빼들었다.

"저도 있어요."

마이도 등 뒤에 서서 크레센트 보우(궁장월)를 겨눴다.

그런 디노 일행을 제라누스가 힐끔 바라보았다.

"훗, 너희는 펠드웨이의 휘하였었지. 배신한 건가?"

"배신한 건 펠드웨이 녀석이야."

"내 말이. 우리를 멋대로 지배하다니, 정말 최악이었어."

"뭐, 그런 거지. 우리들을 상대로 싸우려면 각오해야할걸, 제라누스."

대단한 허세였지만, 여기서만큼은 허세를 부릴 수밖에 없는 세 사람이었다.

솔직히 이길 수 있을 것 같지는 않았다. 어쩌면 물러나줄지도 모른다는 희미한 기대를 걸었을 뿐이다.

당연히 그런 허세가 먹힐 제라누스가 아니었다.

"웃기는군. 그 여자를 내게 넘긴다면 네놈들은 봐줄 수도 있다."

그 여자——그것은, 아피트를 말하는 것이다.

동족이라 필요한 것일까, 하고 디노는 추측했다.

잘 생각해보면 제기온도 아직 살아 있었다. 그것은 죽이지 못해서가 아니라 데리고 나가기 위함이었다.

제라누스는 알고 있는 것이다.

미궁 내에서 죽여도 부활할 뿐 아무 의미가 없다는 것을.

반대로 말하면 미궁 밖에서 죽이면 그만이다.

제기온이나 아피트를 부하로 삼을 생각인지는 몰라도, 어느 쪽이든 성가신 사태가 벌어질 것은 뻔했다.

(둘을 죽인다. 혹은 동료로 삼는다. 어느 쪽이든 상관없어. 미궁 밖으로 끌려가 버리면 우리의 패배다.)

디노는 그렇게 생각했다.

그리고 그것은 정답이었다.

제라누스로서는 어느 쪽이든 상관없었다.

제기온과 아피트는 제라누스의 '세피로트(생명지왕)'에 편입된 존재였다. 죽이면 그 힘을 얻을 수 있었고 부하가 된다면 성장하길 기다리면 된다.

다만 미궁 안에 있으면 제라누스의 권능이 미치지 못하기 때문에 바깥 세계로 데리고 나가야 했다.

그것을 방해한다면 누구든 배제할 뿐이다.

제라누스에게는 그럴 만한 힘이 있다.

그러니 그 누구도——.

"쿠후후후후. 그럴 수는 없을 겁니다, 벌레의 왕이여."

방해자가, 있었다.

제라누스에게 겁먹지 않는 자가.

"디아블로 씨!"

디노가 희색이 만연한 표정으로 소리쳤다.

적이라면 절대로 사양하고 싶은 것이 디아블로지만, 동료라고 생각하면 이보다 더 듬직한 존재는 없었다.

제라누스라는 '절망'을 상대하더라도 디아블로라면 어떻게든 해줄 것만 같았다.

디아블로가 디노를 차가운 눈으로 바라보았다.

"징그러워요, 디노. 넌 당장 모두를 안전한 장소로 대피시키세요."

퉁명스럽게 말한 디아블로가 제라누스 앞에 섰다.

그리하여 '디아블로(흑의 왕)'와 '제라누스(벌레의 왕)'의 싸움이 발발하였다.

디아블로를 앞에 두고 제라누스는 땅에 내려섰다.

방해된다는 듯이 제기온을 내던진다.

제라누스는 겁이 많았다.

그렇기에 이 미궁 안에서 누가 위험한지 사전에 빈틈없이 조사를 마쳤다.

해당자는 없음—— 이었는데, 디아블로와 직면한 순간 제라누스는 알 수 없는 오한을 느꼈다.

그것은 위험한 징조였다.

마왕 밀림을 상대했을 때 느꼈던 것과 똑같다.

기척은 왜소하지만 얕볼 수 있는 상대는 아니었다.

그것을 간파해낸 시점에서 제라누스가 다른 자들과 다르다는 것을 알 수 있었다.

"충마왕 제라누스, 어느 정도 실력인지 시험해보도록 하죠."

"악마란 정말이지 시건방지군."

대화를 중단한 제라누스가 소리없이 움직였다.

공기의 벽을 스르륵 빠져나가 디아블로의 배후로 돌아갔다. 그리고 그대로 빙글 몸을 돌려 뒤돌려차기를 날린 것이다.

등을 맞댄 상태에서 무방비한 디아블로의 뒤통수를 노린 발차

기였다.

그러나 디아블로는 그것을 이미 읽었다는 듯이 반응했다. 앞으로 쓰러지듯 몸을 기울이면서 뒤쪽을 향해 발을 차올린 것이다.

제라누스의 발차기를 디아블로의 발차기가 요격한 형태였다.

제라누스는 디아블로보다 한참이나 덩치가 컸다. 중량을 실어 위에서 내려치는 발차기였음에도 그 공격은 훌륭하게 상쇄되었다.

카레라의 두 팔을 짓뭉갰을 때보다 위력은 더 위였으나, 디아블로는 태연했다.

양쪽 다 그대로 거리를 벌렸다.

제라누스의 온몸을 뒤덮은 외골격이 무지개색으로 빛났다.

"맙소사, 히히이로카네로군요. 부수려면 애를 좀 먹겠군요."

디아블로는 자신의 마력을 변환시켜 시저스(손톱 가위날)를 현현시켰다.

다섯 개의 칼날이 무지개색으로 빛났다. 그것은 갓즈급이라는 증거였다.

"하찮군. 불가능한 꿈은 꾸지도 말아야하는 법이다."

제라누스가 호흡하듯이 온몸에 힘을 실었다.

이마에서 등을 타고 흐르는 은색의 섬모가 곤두섰고, 미궁 안의 빛을 반사하여 반짝였다.

등과 허리에서 난 두 쌍의 날개가 붉게 빛나며 디아블로를 위협하듯 크게 펼쳐졌다.

제라누스는 팔짱을 낀 채로 있던 세 쌍의 팔을 풀고 각각 다른 자세를 취했다.

하단의 팔은 마법 발동 준비를, 상단의 가느다란 팔은 진동하여 칼날이 되었다. 그 공격을 맨손으로 받는 것은 잘라 달라는 말과 다름이 없었다.

그리고 중단에 있던 진짜 팔은 디아블로의 어떤 공격에도 대처할 수 있는 필살 포진을 취했다.

제라누스에게 약점이란 없다. 어떠한 간격에서도 완벽하게 대처할 수 있었다.

제라누스에게 서투른 것이란 없다. 원거리, 중거리, 근거리, 모든 상황에 대응 가능한 공격 수단을 가지고 있었다.

존재치에는 전투와 관계없는 수치도 포함되어 있었다. 평소에는 이용되지 않는 힘의 수치도 포함되어 있었기에 유효 숫자는 그렇게 크지 않았다. 하지만 제라누스의 경우 그 수치의 거의 모든 것이 전투능력과 관련되어 있었다.

궁극의 전투 생명체란 바로 제라누스를 말하는 것이었다.

하지만 디아블로는 두려워하지 않았다.

압도적일 정도로 수준이 높은 제라누스를 상대로, 이길 가망이 없는 싸움을 즐기고 있었다.

....

....

....

단순히 에너지(마력요소)양이 많은 것보다, 순간적인 최대출력의 양을 의미하는 '마력' 쪽이 더 중요하다는 것은 상식이었다.

디아블로는 그 마력에 특화되어 있었다.

부족한 에너지(마력요소)양 따위는 대기 중에서 보급하면 충분하다. 그래서 수치 등에 현혹되지 않고 단지 순수한 '강함'을 동경하는 것이다.

인간은 언제나 디아블로의 심심풀이 대상이었다.

대부분이 하잘 것 없는 자들뿐이었지만, 그중에는 눈부실 정도로 아름다운 '영혼'을 가진 자들도 있었다.

그 이자와 시즈에가 그랬던 것처럼.

이길 수 없는 상대에게 도전하는 그 용기도 디아블로를 매료시키는 요소였다.

운명에 항거하듯 필사적으로 발버둥치는 그 모습은 투박하면서도 아름답게 느껴졌다.

그래서 디아블로는 강자이면서도 철저하게 싸우는 방식을 고수했다.

그저 승리하는 것이 아니라, 어떤 상황에서도 반드시 이길 수 있는 진정한 힘을 추구하는 것이다.

그 경험이, 지금의 제라누스와의 전투를 통해 발휘되고 있었다.

초월자 간의 싸움은 한순간에 끝나느냐, 장기화되느냐 이 두 가지로 나뉘는 경우가 대부분이다. 그것을 잘 알고 있었기에 디아블로가 조급해하는 일은 없었다.

디아블로가 인정하는 제기온이 쓰러졌다면 제라누스의 힘은 진짜인 것이다. 그런 상대를 초조함으로 쓰러뜨리려 해봤자 손쉽게 반격당할 뿐이다.

제라누스에게 먹힐 만한 기술은 거의 없다.

기회가 있다면 제라누스가 방심한 순간 최대 위력의 오의를 직격하는 것뿐.

그때까지는 계속해서 참고 견뎌내는 수밖에 없는 것이다.

그런데도 디아블로는 진심으로 즐거워 보였다.

…………………‥.

……………‥.

……‥.

"실력차도 이해하지 못하는 건가?"

"쿠후후후후. 그런 말을 할 시간에 절 쓰러뜨려보세요. 그럴 수 없는 거죠? 그렇다면 당신도 의외로 별 볼 일 없군요."

격상의 상대를 마주한 디아블로의 기분은 최고조였다.

언쟁이라면 디아블로가 이기고 있다.

제라누스는 그 상황이 마음에 들지 않았지만, 그렇다고 해서 페이스가 흐트러지지도 않았다. 신중한 성격이라 적의 말에 현혹되지는 않는 것이다.

대단하군요── 라며, 디아블로도 그 점은 높이 샀다.

심약한 적이었다면 진작에 쓰러뜨렸을 테니까.

제라누스의 신중함은 정말로 답답할 정도였다. 아까부터 큰 기술은 일절 사용하지 않는 것이다.

최대의 에너지를 내뿜는 것만으로도 디아블로의 소멸은 확실하다. 그렇게 생각하게 만들고 있음에도 방출계 기술을 사용하지 않는다.

지금까지 제라누스가 사용한 것은 격투기뿐이다. 제라누스의 투기가 공간 곳곳에서 플라즈마를 일으키고 있었지만, 그것은 단순한 여파였다.

제라누스는 자신의 육체라는 무기만으로 디아블로를 압도하고 있었다.

하지만 디아블로도 지지는 않았다.

정면으로 받으면 일격에 쓰러질 수 있는 위력이라도 흘려보내 버리면 문제가 없는 것이다. 믿기 힘든 연산 능력으로 제라누스의 힘을 훌륭하게 유도하고 있었다.

"이 건방진……."

조급하게 군 것은 것은 아니었으나, 제라누스의 감정에 약간의 파도가 일었다.

그것은 짜증이었다.

밀림과 싸웠을 때와는 달리 디아블로가 상대라면 지지 않을 것이라는 확신이 있었다. 그렇기 때문에 제라누스는 여기서 승부를 포기할 마음이 없었다.

그러나 이렇게 끈질기고 꿋꿋했던 적은 처음이었기에, 그것이 몹시 성가시게 느껴진 것이다.

본래라면 제라누스의 패도를 막을 수조차 없는 적.

그런데도 이렇게까지 집요하게 방해를 받고 있었다.

"쿠후후후후, 왜 그러죠? 벌써 지쳤습니까?"

여유만만한 태도로 디아블로가 제라누스를 부추겼다.

그것이 또 제라누스를 짜증나게 했다.

왜소한 잔챙이 주제에 창세신에 이르려고 하는 제라누스 앞을 막아서다니……. 마음속 한구석으로 그런 생각이 들고 마는 것이다.

그렇나고 해서 제라누스는 당황하지는 않았다.

밀림 때와 달리 디아블로 정도 상대에게는 오의를 쓰지 않았다.

초월자 간의 싸움에서는 상대를 어떻게 소모시키느냐가 승패의 갈림길이 된다.

제라누스가 지금의 싸움을 계속하는 한 패배는 절대 존재하지
않았다.

*

여유로워 보이는 디아블로지만, 부동의 제라누스에게 감탄하
고 있었다.

(생각했던 것 이상으로 성가시군요.)

그 무시무시함을 인정한 것이다.

제라누스가 격투전을 계속 벌이고 있었기에 그나마 디아블로
도 대처가 가능했다. 그 점만 보면 그대로도 좋을 것 같지만, 이
렇게 되면 제라누스에게 빈틈이 생기지 않는다.

즉, 역전의 기회가 없는 것이다.

그래서 부추겨서 냉정함을 빼앗으려 했지만 제라누스는 생각
보다 단단했다.

조금 언짢아 보이긴 했지만 그뿐이다.

엄청난 정신력과 담력이었다.

디아블로조차 잔챙이에게 부추김을 당하면 불쾌해진다.

지금까지의 경험상 납작하게 뭉개버린 적도, 손에 꼽을 수 없
을 정도로 많았다.

그런데도 제라누스는 자신이 처음 도출해낸 승리의 길에서 조
금도 벗어날 기미를 보이지 않았다.

이렇게 되면 억지로 흔드는 수밖에 없는데…….

317

(그랬다간 자칫하면 자살행위가 됩니다. 악수로군요.)

디아블로는 그렇게 판단했다.

현상유지가 최선인 것이다.

물론 그것이 나쁜 것만은 아니다.

디아블로가 제라누스를 쓰러뜨리지 못하더라도 아직 베니마루도 대기하고 있다.

제기온도 부활할 것이고, 다른 간부들도 힘을 회복할 것이다.

'관제실'에서는 이 전투도 기록되고 있으니 다음 기회를 노리면 된다. 그렇게 생각할 수도 있었다.

하지만 그렇다 해도 힘들 것이라고, 디아블로는 느끼고 있었다.

제라누스의 강함은 비정상이었다.

그야말로 신의 영역에 도달한 것이 아닐까 싶을 정도로…….

총력전이 벌어지면 쓰러트릴 가능성도 있겠지만, 전장이 지상으로 옮겨갈 경우 큰 희생을 면치 못한다.

그 이전에 미궁 자체가 무너질 것이다. 그렇게 되면 피해 규모는 이루 헤아릴 수 없을 것이고, 리무루가 돌아왔을 때 슬퍼할 것이다.

(그것만은 절대 허락할 수 없습니다.)

디아블로는 격투를 벌이며 그렇게 생각했다.

제라누스의 목적이 제기온과 아피트인 것은 확실했다. 디아블로가 패배한 시점에서 두 사람의 명운은 끝이다. 그렇게 되면 제라누스는 더 강해질 것이다.

그렇다면 이 두 사람을 보호해야 하느냐는 질문을 받으면, 디아블로는 그것도 문제라고 대답할 수밖에 없었다.

제라누스는 미궁의 층을 뚫고 제기온과 아피트를 향해 다가왔다. 즉, 그 초감각으로 제기온과 아피트의 위치를 파악할 수 있다는 뜻이었다.

보호해야 하지만 주변까지 위험이 미칠 가능성이 있었다.

그렇게 분석한다면 미궁 내에서 계속 싸우는 것도 위험하다는 결론에 이르게 된다.

하지만 그렇게 되면 라미리스의 권능에 의한 '부활'이 불가해지니 제라누스를 쓰러뜨리는 난이도가 단숨이 올라간다.

(저희라면 몰라도 살아날 수 없는 자들이 많으니까 말이죠…….)

'성마십이수호왕'의 절반 이상이 자력으로 소생하는 것은 불가능하다. 완전한 정신생명체가 아닌 이상 죽으면 다시 살아날 수 없는 것이다.

어쨌든 조급함은 금물이었다.

역시 최선은 이대로 디아블로가 정보 수집에 매진하는 것이었다. 그리고 제라누스의 약점을 찾아내 결정적인 타이밍을 가늠한 뒤 일제히 공격을 가한다——. 디아블로는 뇌내에서 몇 번이나 반복된 시뮬레이션을 마쳤다.

그 전제조건이 바로 일반적으로는 불가능해보이는 '실수없이 제라누스의 공격을 계속 받아내는 것'인데, 그것에 대해서는 아무런 불안도 갖고 있지 않았다.

자신은 실수를 하지 않을 것이라는 절대적인 자신감이 있었기 때문이다.

그러나 '이 세상에 절대는 없다'라는 것이 불변의 진리이고…….

제라누스가 우습다는 듯 조소했다.

"훗, 잔재주밖에 부리지 못하는 왜소한 존재여. 네놈의 주인도 하등한 슬라임이라 주종이 사이좋게 함께 노는 것이냐?"

그러면서 제라누스가 디아블로를 부추긴 것이다.

디아블로 자신에게는 무슨 말을 했던 감정이 흐트러지는 일은 없었을 것이다. 화가 났을지언정 가볍게 흘려들을 수 있었다.

하지만 지금 말은 그렇지 못했다.

그 말은 여러 가지 의미에서 금구였던 것이다.

적어도 이곳, 라미리스의 미궁 안에서 뱉어도 되는 대사는 아니었다.

"……뭐?"

디아블로의 눈동자에서 빛이 사라졌다.

끝없는 어둠이 제라누스를 들여다본다.

제라누스는 그렇게 자각하지도 못한 채 금기를 건드리고 말았다.

●

디아블로의 전투를 목격하고 있던 디노 일행은 그 무시무시함에 압도당했다.

디아블로에게 피난 유도 명령을 받았지만, 들을 의무가 없다는 듯 당연하게 무시하고 그 싸움을 관전하고 있었다.

그리고 후회했나.

도망갈 타이밍을 놓쳐버린 것에.

우선 '사고가속'을 최대한으로 돌리지 않으면 인식조차 할 수 없는 수준이었다. 공기가 터지며 엄청난 폭발이 일어나고 있지만 그것은 단순한 여파일 뿐 공격의 실체는 담담한 육탄전이었다.

제라누스의 칼날을 디아블로가 시저스로 받아넘겼다.

흐르는 듯한 은색 섬모로 절단하려고 하는 제라누스. 그에 대해 우아한 마력 조작으로 더미를 만들어 표적을 바꿔버리는 디아블로.

틈을 타서 시저스로 반격을 시도하지만 그것은 철벽 방어에 의해 막히고 있었다. 여기서 한 번 더 추격하는 대신 재빨리 포기하고 디아블로는 다음 공격에 대비했다.

그것은 그야말로 교본 같은 싸움이었다.

격이 높은 상대의 전투 방식을, 디아블로는 철저하게 연구하고 있는 것처럼 보였다.

"있지…… 저거, 따라할 수 있어?"

"못 해."

"묻지 마, 바보야."

"무슨 대답을 기대한 거예요?"

디노가 무심코 질문하자 피코, 가라샤, 마이 순으로 신랄한 답변이 돌아왔다.

어떤 대답을 기대하고 있는가?

디노 역시 알지 못했기에 그 질문형 대답이 가장 곤란했다.

참고로 마이는 그 싸움을 인식하지 못하고 있었다.

사라졌다 싶으면 나타나고, 폭발했다 싶으면 또 사라진다. 그런 느낌이었다.

이 자리에서 당장 도망치고 싶다는 것이 마이의 거짓 없는 속

마음이었다.

어쨌든 이런 싸움에 개입하기엔 마이의 실력은 턱없이 부족했다.

그것은 마이뿐만이 아니었다.

빠른 속도로 움직일 수 있는 만큼 아피트는 눈으로 좇을 수는 있었다. 그러나 끼어드는 순간 먼지처럼 부서질 것이라는 예상이 들었다.

싸움이 성립된다는 시점에서 디아블로가 비정상인 것이다.

"솔직히 말해서 폼 잡고 싸울 생각이었는데, 진심을 내봤자 못 이겼겠네."

"뭐, 그렇지. 몇 분이라도 벌면 감지덕지했을 수준이야."

"디노라면 조금 더 버틸 수 있었겠지만, 난 도저히 무리야. 저 위력이라면 일격에 두 동강 났을걸."

인식조차 할 수 없는 마이는 그 대화에 의견을 꺼낼 엄두조차 내지 못했다. 그대로 있었다면 자살하는 것과 똑같았겠구나, 그 사실을 깨닫고 몸을 떨 뿐이다.

제기온이 걱정된 것인지 아피트는 이곳에 남아 있었다.

피코와 가라샤가 제기온을 치유하고 있었음에도 실력이 능숙하지 않아 의식은 아직 돌아오지 않았다.

마이가 언제든지 도망갈 수 있도록 준비하고는 있지만, 그저 형식적인 위안일 뿐이었다. 마이의 의식보다 더 빨리 공격받는다면 반응조차 하지 못하고 죽을 것이기 때문이다.

라미리스의 '부활 지점을 변경했다'라는 말에 기댈 수밖에 없었다.

그들이 할 수 있는 것은 그저 디아블로의 승리를 기원하는 것 뿐이었다.

●

그렇게 현지에 남은 이들과 달리 슈나는 재빨리 '관제실'로 대피해 있었다.

베레타나 게루도와 쿠마라도 마찬가지다.

베레타가 게루도를 안고 그것을 슈나와 쿠마라가 지탱해주는 형태였다.

그 싸움에서 슈나와 이들이 할 수 있는 일은 아무것도 없었다. 자꾸만 죽음을 반복한다면 라미리스의 부담만 늘어날 뿐이다.

애초에 슈나는 전투계 능력자가 아니다. 자신이 보호받는 것은 발목을 잡는 짓일 뿐이라는 것을 잘 알고 있었기에 방해가 되지 않도록 움직였다.

게루도조차 일격이었으니 슈나나 쿠마라는 잠시도 버티지 못할 것이다.

"어서 와!"

"지금 막 돌아왔습니다."

라미리스의 마중을 받은 슈나가 가볍게 고개를 숙였다.

곧바로 슈나는 게루도의 치료를 시작했다.

그리고 큰 스크린으로 눈을 돌리더니, 그 엄청난 광경에 말을 잃는다.

"디아블로 님이 없었다면 전멸했겠네요."

슈나가 그런 속내를 내비쳤다.

"그렇지……."

"부정할 수 없군."

라미리스와 베니마루가 이에 고개를 끄덕였다.

베레타 역시 대형 스크린을 보고 똑같이 말을 잃은 상태였다.

"역시 디아블로 님……."

그러면서 감동하고 있었다. 베레타라면 단 몇 초도 버티지 못할 공방임에는 확실했다.

"솔직히 난 무슨 일이 일어나고 있는지 이해조차 하지 못하겠소."

"극한의 공방임에도 양쪽 모두 큰 기술은 일절 사용하지 않고 있습니다. 상대에게 빈틈이 있어도, 철저하게 힘의 소모를 억제한 싸움 방식을 고수하고 있는 거죠. 언뜻 보면 수수해보이지만 둘 다 말도 안 되는 기량입니다."

가비루의 발언에 카리스가 해설을 덧붙였다.

"무리예요. 저라면 직감을 다 발휘해도 못 이깁니다요."

"안심해라, 고부타여. 나 역시 아무것도 할 수 없으니까."

전혀 안심할 수 없는 맞장구였지만 고부타는 신경 쓰지 않았다.

애초에 이 정도 수준이면 승패를 논할 수 있는 이야기가 아니었기 때문에 신경을 쓴다 해도 소용없었다.

고부타와 란가 콤비도 디아블로와 제라누스의 움직임을 따라가지 못하는 쪽이었던 것이다.

란가의 경우는 초후각도 있었지만, 이 정도 속도로 움직이면 추적이 불가능하다. 더 이상 싸움이 성립되는 수준이 아니었기에 도움을 주러 간다고 해도 죽임을 당할 뿐이었다.

쿠마라도 마찬가지다. 란가로도 무리일 테니 쿠마라가 할 수 있는 것은 아무것도 없다. 무슨 일이 일어나고 있는지 이해조차 못하고, 아무것도 깨닫지 못한 채 당할 것이다.

그 정도로 다른 차원의 싸움이었던 것이다.

"아피트 씨를 두고 와버렸는데요……."

"신경 쓰지 마. 제라누스의 목적이 그녀와 제기온이니 그게 정답이었어."

"맞아. 솔직히 말해 양심은 좀 찔리지만, 아피트와 제기온의 부활 지점은 '미궁뇌옥'으로 설정했거든. 모두를 끌어들이는 것보단 나을 것 같아서."

"그렇긴 해도 '부활의 팔찌'가 나설 차례는 없을 것 같지만 말이지."

베니마루 또한 디노와 같은 결론에 이르렀다. 제라누스가 아피트나 제기온을 죽인다면 미궁 밖으로 끌고나간 뒤에 죽일 것이라고.

그렇다면 부활 지점 설정은 의미가 없었다.

아피트가 자신의 몸을 미끼로 삼는 경우도 생각해볼 수 있었기에 만약을 위해 설정해 둔 것뿐이다.

냉정해보였지만 그것이 라미리스의 씁쓸한 결단이었다.

리무루와 달리 베니마루나 라미리스로서는 전원을 살린다는 기적을 쉽게 일으킬 수 없는 것이다.

그들 또한 디아블로의 승리를 믿을 뿐.

그러나 그때——.

『홋, 잔재주밖에 부리지 못하는 왜소한 존재여. 네놈의 주인도 하등한 슬라임이라 주종이 사이좋게 함께 노는 것이냐?』

그런 제라누스의 목소리가 '관제실'에까지 들려왔다.

일부러 전투를 중단하면서까지 디아블로를 부추기듯 말했기 때문이다.

그 말을 듣고 누군가가 "앗……" 하고 중얼거렸다.

아마도 라미리스 혹은 트레이니…….

그것은 금구였다.

베니마루가 주먹을 책상에 내려치며, 부쉈다.

"저기, 그거, 비싼 건데요……."

주의를 주는 라미리스의 목소리가 기어가는 목소리로 나와 버린 것이 그나마의 희극이었다.

'관제실'에는 살의가 가득했다.

하지만 그들이 나설 차례는 없었다.

왜냐하면——.

현지에도 아직 격노한 자들이 있었기 때문이다.

●

전사가 눈을 떴다.

분노가, 온몸의 세포를 다 태워버릴 듯한 격노가 제기온을 죽음의 문턱에서 불러들인 것이다.

——그것은 우연이었는가, 아니면 더없을 필연이었는가——

제라누스의 쓸데없는 한마디가 운명을 뒤틀어버렸다.

"훗, 디노인가. 아무래도 신세를 진 모양이군."

그렇게 말하며 제기온이 태연하게 몸을 일으켰다.

"잠깐, 무리하게 움직이지 마."

"맞아. 아직 완전히 나은 거 아냐."

가라샤와 피코가 말렸지만 제기온은 고개를 끄덕이지 않았다.

자신의 사명을 완수하기 위해, 그 시선은 충마왕 제라누스에게 향하고 있었다.

"디아블로도 저 상태니까 아무리 너라도 힘들걸?"

디노가 그렇게 말하자 제기온이 가볍게 미소 지었다.

"아피트를 부탁한다."

제기온은 그렇게 말하며 디노를 밀치듯 앞으로 나아갔다.

"이길 수 있겠어, 제기온?"

"물론이다."

제기온의 망설임 없는 대답을 듣고 디노는 웃었다.

힘들겠다는 생각은 고사하고 속으로는 '이길 리가 없다'라고 생각했다. 그런데도 제기온은 그것이 당연한 것처럼 '이긴다'라며 승리를 선언한 것이다.

제기온이 보여준 웃음이 나올 정도의 자신감에 디노는 유쾌한 기분이 들었다. 그래서 자연스럽게, 들고 있던 대검을 제기온에게 건네준 것이다.

디노가 애용하던 갓즈(신화)급 대검——'호우가'를.

"줄게. 얼른 그 녀석을 쓰러뜨리고 빨리 나를 편하게 해줘."

넌 아무것도 안 했잖아. 그런 소리가 어딘가 멀리서 들린 것 같았지만, 디노는 싹 무시했다.

제기온은 "잘 받겠다"라며 가볍게 고개를 끄덕였다. 그리고 한 손으로 받자마자 등에 짊어진다.

그 순간── '호우가'가 눈부시게 빛났다.

그 빛이 가라앉았을 때, 제기온의 등에 한 쌍의 빛나는 날개가 돋아나 있었다.

그것은 제기온과 융합된 '호우가'가 재탄생한 모습이다.

제기온의 새로운 힘── '쿠즈하'가 탄생한 순간이었다.

그것을 본 디노가 투덜댔다.

"……깔끔하게 '호우가'한테 인정받은 모양이네. 난 결국 주인으로 인정받지 못했는데……."

제기온은 그것을 개의치 않고 전장으로 걸어갔다.

●

제기온이 조용히 디아블로 옆에 섰다.

"교대하지."

발끈한 디아블로가 제라누스에게 달려들려던 타이밍이었는데, 제기온의 평온한 목소리를 듣고 디아블로도 평정심을 되찾았다.

"……알고 있겠죠? 이 녀석은 리무루 님을 모욕했습니다. 결코 용서할 수 없어요."

"당연하다. 내가 처리하겠다고 약속하마."

제기온은 지킬 수 없는 말은 하지 않는다.

그것을 잘 아는 디아블로는 만족스럽게 고개를 끄덕였다.

"좋습니다. 여기선 양보하도록 하죠."

"고맙군."

이렇게 해서 제기온과 디아블로는 교대했고, 아버지와 자식, 세기의 부자 대결이 시작되었다.

제라누스가 유유히 자세를 취했다.

제기온을 이미 한번 쓰러뜨렸으니 그 태도에는 여유가 넘쳤다.

디아블로까지 협력했다면 좀 성가셨겠지만, 그래도 쓰러뜨릴 자신이 있었다. 그런데 제기온은 혼자서 자신을 상대할 생각인 모양이었다. 그 모습에 제라누스는 어리석은 놈이라며 속으로 비웃었다.

미궁 안에서는 죽여도 부활할 테니 의미가 없다. 하지만 산 채로 '디베스테이터 바이러스(암흑증식식)'로 먹어버린다면…….

'영혼'으로 도망치면 부활하겠지만, 제기온의 힘을 흡수할 수 있지 않을까.

이는 라미리스도 우려했던 일인데, 미궁 내에서 먹힌 자가 부활이 가능한지 어떤지는 아직 시도된 사례가 없어 불분명했다.

혹시 모르니 섣부른 실험도 할 수 없다. 이것만큼은 그런 사태를 최대한 피하는 것이 정답이었다.

그런데도 제라누스는 그 수단을 이용하려 하고 있었다.

제기온은 자신의 아들이었으니 가능하면 미궁에서 데리고 나와 권속에 편입시키고 싶었다. 충성을 맹세하게 한 뒤 새로운 창세신으로 추대할 생각이었던 것이다.

하지만 적대한다면 이야기는 달라진다.

아직 아피트가 있으니 제기온에게 연연할 필요는 없었다.

(권속을 새로 창조하는 것은 힘들지만, 저 아피트라는 계집애를 모체로 삼으면 강인한 아들들을 늘릴 수 있겠군.)

그리고 그 아들들을 경쟁하게 만들어서 그 힘마저 흡수할 생각이었다.

제라누스는 자신을 강대한 존재로 끌어올리기 위해서라면 수단과 방법을 가리지 않았다.

"아들아, 딱 한 번 더 기회를 주마. 내게 충성을 맹세하고 내 수족이 되어 일해라. 그렇다면 네게 차기 창세신의 자리를 약속하……."

"거절한다. 나의 신은 이미 있다."

제라누스가 큰 아량을 베풀어 제기온에게 건넨 제안은 단칼에 거절당했다.

"그럼 죽어라!"

디아블로를 상대했을 땐 방심하다가 실패할 것을 경계해 큰 기술을 쓰지 않았다. 하지만 상대가 제기온이라면——.

"——'디베스테이터 바이러스'!!"

쓸데없는 경계 따위는 필요하지 않다고 생각한 제라누스가 공격을 가했다.

왼쪽 주먹을 날리는 척하면서, 그 팔이 검은 안개로 뒤바뀌어 제기온을 휘감았다.

그것은 모든 것을 먹어 치우는 암흑의 아귀.

제기온은 속수무책으로 잡아먹—— 히지 않았다.

제기온의 온몸이 투기로 뒤덮였다. 그 오라(투기)와 닿자마자 '디베스테이터 바이러스'가 소멸한 것이다.

"뭐야?!"

디아블로와의 싸움에서는 소모를 최소화했던 제라누스는, 여기 와서 가장 큰 실수를 저지르고 말았다. 하지만 그것을 신경 쓰기 전에 지금 제기온이 무엇을 했는지가 중요했다.

제기온의 온몸이 무지개색으로 빛났다.

그것은 제라누스와 같은 히히이로카네의 광채였다.

제기온의 기척이 크게 부풀어올랐다.

그 모습은 제라누스가 무시할 수 없을 정도로 막강한 존재감을 내뿜었다.

"쿠후후후후. 역시 제기온, 당신도 '문'을 열었군요."

"당연하다. 우리의 신은 늘 미약한 부하들에게 사랑을 쏟아주시니까."

"맞습니다. 다만……."

"안심해라, 디아블로. 이 힘에 방심할 만큼 난 어리석지 않다."

그 말을 마치자마자 제기온이 한 걸음 나아갔다.

그 압력으로 땅이 울리며 층이 흔들렸다.

"진짜로 뭐야, 저거……?"

관전 중이던 피코가 디노에게 물었다.

감시자 중 한 명인 피코가 모르는데 디노라고 알 턱이 없다.

"나한테 물어봐도…… 그렇게 됐으니 디아블로, 해설 부탁해!"

저도 모르게 옆까지 다가와 있던 디아블로에게 화살을 돌렸는데, 차가운 말로 일축당하고 말았다.

"멍청하긴, 입 다물고 보기나 하세요."

"……네."

조금도 상대할 마음 따위 없어 보이는 디아블로의 태도에 디노는 조용히 물러섰다.

"한심해."

"수치도 모르는 녀석."

"……후우."

디노의 동료들에게도 슬픈 반응을 받고 말았다.

우정이란 덧없구나── 라며, 원래부터 있었는지 없었는지도 알 수 없는 것의 존재에 대해 디노는 잠시 생각한 것이었다.

●

대형 스크린에는 제라누스와 호각으로 싸우는 제기온의 모습이 비치고 있었다.

"어떻게 된 거야?"

그것은 수치상으로는 있을 수 없는 현실이었다.

제기온의 존재치는 '호우가'를 흡수하여 800만 남짓으로 불어났다. 디노의 말처럼 완전히 주인으로 인정받아 그 모든 힘이 활성화된 것이다.

하지만 그렇다 해도 제라누스에게는 한참이나 못 미친다.

그럼에도, 제기온은 제라누스를 싱대로 밀리지 않았다.

아니, 반대로── 조금씩 압도하기 시작했다.

"그렇군, 제기온 녀석도 그 '힘'을……."

"뭔지 알아, 베니마루?"

알려줘, 하고 라미리스가 물었다.

하지만 베니마루는 말끝을 흐렸다.

설명하기 어려운 힘이었기 때문이다.

(저건 아마 리무루 님이 빌려주신 '힘'이겠지…….)

베니마루조차 그 정도밖에 알지 못했다.

사실 베니마루는 리무루 안에 '시엘'이라는 존재가 있다는 것을 막연하게나마 눈치채고 있었다.

알 수 없는 무언가에 이끌려 힘을 빌린 결과, 밀림을 상대로 내보낸 '프로미넌스 액셀러레이션(양광흑염패가속여기)'이 터무니없는 위력을 발휘했다.

그러나 그 결과가 현재의 만신창이인 상태였다.

리무루조차 완벽하게 다루지 못했던 '허무붕괴'를 사용한 대가는 생각보다 컸다. 회복약이나 마법으로는 치유할 수 없는 대미지를 입어 당장에는 전장에 복귀할 수 없는 몸이 되고 만 것이다.

(리무루 님이라면 몰라도 그건 우리에겐 너무 위험한 '힘'이었어. 그런 걸 본인 몸에 깃들게 만들다니…… 제기온 녀석, 말도 안 되는 짓을…….)

베니마루처럼 순간적으로 사용했을 때에도 반동은 컸다. 그런 것을 장시간에 걸쳐 계속 사용한다면 그 대가는 무서우리만큼 커질 것이다.

그것을 생각하면 당장이라도 그만두는 것이 맞다.

하지만 그래서는 제라누스를 이길 수 없다.

베니마루는 제기온의 승리를 믿고 침묵했다.

제라누스는 동요했다.

아들인 제기온이 예상 밖의 힘을 보였기 때문이다.

그것은 이미 제스를 웃돌았으며, 제라누스조차 무시할 수 없는 수준에 도달해 있었다.

디아블로를 상대로 느꼈던 오한이 다시 제라누스를 덮쳤다.

(이 녀석은 내 기대를 넘어섰—— 아니! 아직이다, 이런 것 따위는 내 위협이 되지 않는다!!)

제라누스는 상당히 신중한 성격이었다.

그래서 쉽게 속지도 않고 적을 과대평가하여 패배하는 실수도 저지르지 않았다.

제기온의 비정상적인 파워업에는 어떠한 장치가 있을 것이라 짐작했다. 그렇지 않고서야 설명할 수 없는 일이었기 때문이다.

그리고 이 정도의 강화를 유지한다면 아마 그 부담은 이루 헤아릴 수 없을 것이다.

디아블로 때처럼 소모되지 않는 싸움만 하면 그만이다. 그러면 머지않아 제라누스의 승리가 확정된다.

그런 다음 천천히 제기온의 힘의 비밀을 찾아내면 된다.

그렇게 생각한 제라누스는 당황하지 않고 단조로운 공격을 반복했다.

제기온도 이에 담담하게 대처했고, 이후 한동안은 수수한 공방이 벌어졌다.

서로 방심하지도 않고, 큰 기술도 쓰지 않는다.

그 누구도 지지 않는 상태로, 실로 기계적인 공방이었다.

제라누스는 반성했다.

시작부터 '디베스테이터 바이러스'로 제기온을 먹으려고 했는데, 그것은 실수였다는 것을.

좀 더 약화시킨 뒤에 했어야 했다.

두 번은 실수하지 않겠다는 듯 제라누스가 제기온을 몰아붙였다.

하지만.

제라누스의 은색 섬모가 흐르며 제기온을 베기 위해 다가왔다. 그러나 그것은 제기온의 새로운 힘인 '쿠즈하'에 의해 막혔다.

한 쌍인 두 장의 날개가 보이지 않는 속도로 진동하며 모든 물질의 분자 결합을 분쇄했다. 심지어 거기에 더해 방향성을 갖게 할 수도 있었고, 영향권 안에 든 물건을 벨 수도 있었다.

제라누스의 은색 섬모가 이를 건드린 것이다. 다만 제라누스의 섬모는 이 정도에 부서질 정도로 약하지 않았기에 단순히 튕기는 것에 그쳤다.

하지만 그럼에도 제기온이 제라누스의 공격을 막아낸 것은 사실이었다.

제라누스는 한순간이지만 경악한 표정을 지었다. 그 틈을 놓치지 않고 제기온이 추격하듯 주먹을 날렸다.

물론 직격하는 일 없이 제라누스는 그것을 여유롭게 회피했다. 가볍게 스쳤지만 그 정도로는 히히이로카네 외골격에 흠집 하나 나지 않았다.

"이런 건방진."

"우습군. 어설픈 기술로 나를 쓰러뜨리려고 하다니, 본인의 수명을 단축시키는 짓이라는 것을 깨닫도록."

"무슨……"

그렇게 되물으려던 제라누스는 옆구리에 심한 통증을 느끼며 뒤로 후퇴했다.

"'베루도라류 투살법'── '허공권(虛空拳)'──."

그것이 제기온의 대답이었다.

무슨 짓을 한 것인가, 라는 제라누스의 물음에 대한 대답.

주먹에 한계까지 에너지를 압축시켜 일격필살의 위력을 만들어내는 필살기였다. 설령 피한다고 해도 스친 것만으로 치명상이 된다── 라는 것이 가장 이상적인 형태라고 들었다.

애초에 실현할 수 없는 상상 속 영역의 기술인데, 제기온처럼 '시공간조작'을 할 수 있다면 그 기술은 꿈의 이야기가 아니었다.

제기온은 신체의 일부를 접촉시키기만 해도 에너지를 전달하는 것이 가능했다. 주먹에 축척한 '허무붕괴'의 파괴 에너지를, 피했다고 생각한 제라누스에게 내려친 것이다.

그리고 그것은 파동이 되어 제라누스의 몸속을 헤집었다. 외골격이 히히이로카네라 해도 그것은 막을 수 있는 것이 아니었다. 맞은 옆구리를 기점으로 엄청난 격통을 동반한 파괴 에너지가 휘몰아쳤다.

제라누스가 부르짖었다.

분노로 눈앞이 시뻘겋게 물들었다.

굴욕이었다.

대수롭지 않게 여겼던 아들을 상대로 자신이 실수를 저지르고 만 것이다. 그 믿기 어려운 현실 앞에서 제라누스는 참을 수 없는 격정에 몸이 타는 듯한 심정이었다.

"전장에서 감정적으로 변하다니, 미숙하군."

제기온이 담백하게 고했다.

그것은 곧, 입장이 바뀌었다는 선언이나 다름없었다.

그 후 제기온의 맹반격이 시작되었다.

확실하게 제기온의 힘은 늘어났다.

제기온의 온몸이 무지개색으로 빛나며 그 몸을 덮은 거의 모든 외골격이 히히이로카네로 진화했음을 알려주었다.

그 주먹의 위력은 예전에 비해 압도적이다.

하늘을 찢고 땅을 부순다.

그 속도는 점점 빨라지며 아피트의 신속조차 가볍게 웃돌 정도로 맹렬해졌다.

거기에 대처하는 제라누스도 대단하지만, 제기온의 맹공은 가히 신들린 수준이었다.

그 이유는 '허무붕괴' 에너지를 몸속에서 순환시키고 있었기 때문이다.

제기온의 온몸을 피처럼 누비고 있는 것은, 조금만 제어를 잘못해도 세계를 멸망시킬 수 있을 정도의 위험천만한 힘이었다.

그것이 만들어내는 힘은 두려움 그 자체였다.

제라누스의 반응 속도가 점차 따라가지 못했다.

조금씩, 조금씩, 주먹이, 발차기가, 제라누스에게 닿기 시작했고…… 그리고 어느 순간 균형은 단번에 무너져내렸다.

제기온이 때린다.

제기온이 찬다.

제기온이 꺾는다.

제기온이 꿰뚫는다.

제기온이 던진다.

제기온이 내려친다.

반격 따위는 허락하지 않았다.

그것은 완전히 일방적인 폭력이었다.

파괴의 군주가 된 제기온이 그 압도적인 힘을 발휘하고 있었다…….

제라누스의 힘은 진짜였다.

충마왕으로서 영겁의 시간을 군림해 왔다.

그런데도 제기온에게는 조금도 미치지 못했다.

"말도, 안 되는……."

제라누스도 이해할 수 없었다.

자신의 몸에 무슨 일이 일어나고 있는 것인가. 혼란의 정점을 달리고 있는 제라누스의 의식은 현 상황을 파악하지 못했다.

그리고 제기온이 멈췄다.

"크헉?!"

제라누스가 몸을 웅크리며 핏덩이를 토해냈다.

제기온이 그런 제라누스를 차갑게 내려다보았다.

부모이기 때문에 숨통 끊기를 주저한다. 그런 안이함 따위 제기온에게는 없었다.

아피트를 지키며 이 기축세계로 도망쳐온 것도 제라누스가 제기온과 아피트를 쓰고 버리는 말처럼 다뤘기 때문이었다.

복수할 마음은 없었지만, 이런 상황이 벌어진 이상 그것은 이제 운명이었다.

이 정도로 제라누스에게 고통을 준다고 해도 그것은 치명상이 아니었다. 시간을 두면 부활할 것이다. 제기온은 그것을 알고 있었기에, 숨통을 끊기 위해 전력을 해방했다.

혼신의 힘이 담긴, 세상의 모든 존재를 무로 돌려보내는 힘──'디멘션 스톰(환상차원파동람)'을 날리려 한 것이다.

지금의 제라누스에게는 그것을 막을 힘이 없었다.

"……기다려."

온몸의 외골격이 부서지고, 찢어지고, 손발마저 잘려나간 제라누스가 마지막 힘을 쥐어짜 목소리를 냈다.

그 말을 들어도 제기온은 흔들리지 않았다.

"목숨을 구걸해도 소용없다."

"아니…… 아들아, 너의 승리다. 인정하마, 그리고…… 이것을 맡아다오……."

제라누스가 제기온에게 맡기려 한 것은, 자신의 전부라고 할 수 있는 '세피로트(생명지왕)'였다. 권속의 힘을 자신의 것으로 삼을 수 있었으니 그 반대도 가능했다. 다만 그것은 자신의 죽음, 자신이 소멸하는 순간에만 한정된다. 제라누스에게는 지금. 패배를 인정한 지금이야말로 왕인 권능을 양도해야 할 시기였던 것이다.

그것은 새로운 창세신을 위한 대관식이나 다름없었으나──.

"하찮군. 내 이 몸은 신인 리무루 님께 바쳤다. 왕위를 이을 생각은 없어. 네 야망은 여기서 끝나는 거다."

제기온은 마지막까지 무관심한 목소리로 일관했다.

하지만 제라누스는 기쁘게 웃었다.

"상관없다. 원하는 대로 살아가도록 해라……. 아들아…… 나는 만족한다. 내 숙원이었던 '부모를 뛰어넘는 것'은 이루어지지 않았지만…… 자식이 나를 넘어섰으니…… 소원은, 이뤄졌……."

그것이 충마왕 제라누스가 남긴 최후의 말이었다.

권능의 힘으로 생명 활동을 유지하던 제라누스는 자신의 손으로 '저주'를 끊어내듯, 숙원이던 계승을 끝내버린 것이다.

"어리석구나. 아버님이여, 편히 쉬시기를."

죽는다고 모든 죄가 용서되는 것은 아니지만, 제기온은 제라누스를 용서했다.

아피트 역시 제기온 옆에서 나란히 묵도(默禱)를 올렸다.

이리하여 아버지와 자식 간의 숙업의 사슬은, 깨끗하게 끊어진 것이다.

●

'관제실'에서는 모두가 입을 다물었다.

눈을 뜬 게루도도 경악했고, 가비루 쪽은 입을 떡 벌리고 있다.

고부타는 태평하게 응원하고 있었는데, 도중부터는 "위험합니다요"라는 말밖에 하지 못하게 되었다.

란가는 꼬리를 둥글게 말고 있다.

그만큼 충격적인 광경이었던 것이다.

당연했다. 그 절망의 화신이나 다름없던 충마왕 제라누스
가······.

"······제기온이 더 무서운데요."

라미리스가 불쑥 그 말을 뱉자, 그 옆에 있던 베니마루가 크게
고개를 끄덕였다.

(저 녀석 대체 뭐야? 그 '힘'을 썼을 텐데 왜 저렇게 멀쩡한 거
지?!)

진심으로 경악했다.

그 정도의 힘을 끌어냈다면 자신은 견딜 수 없었을 것이다──
라고 베니마루는 추측했다.

제기온의 전투능력이 탁월하다는 것은 모두가 아는 사실이었
지만, 그것만으로는 설명할 수 없을 정도로 지금의 싸움은 현실
과 동떨어져 있었다.

애초에 충마왕 제라누스를 이길 수 있었던 것이 기적이다. 그
런데도 너무나 일방적이고 압도적인 승리였기에, 그것은 마치 필
연처럼 보였다.

"베니마루였다면 저 녀석을 이길 수 있었을까?"

"지금 그걸 물어봅니까?"

물어볼 것도 없잖아, 하고 베니마루는 말끝을 흐렸다.

라미리스처럼 감투뿐인 총사령관이 아닌, 리무루에게 템페스
트 군사를 위임받은 진짜 총사령관이라는 입장에서는 쉽게 패배
를 인정하고 싶지 않다는 마음에서였다.

하지만 그렇다 해도.

"적어도 지금의 제기온에게는 이길 수 있을 것 같지 않네요."

베니마루는 그렇게 솔직한 속내를 털어놓았다.

참고로 존재치를 측정 중이던 오퍼레이터가 말을 잇지 못할 정도로 경악하여 입을 떡 벌리고 있었는데, 아무도 그 사실을 눈치채지 못했다.

이름: 제기온 [EP: 6888만 9143]

종족: 코가미(충신, 蟲神), 최상위성마령(最上位聖魔靈)────환령충(幻靈蟲)

가호: 리무루의 가호

칭호: '미스트 로드(유환왕, 幽幻王)'

마법: 〈수령마법(水靈魔法)〉

능력: 얼티밋 스킬 '메피스토(환상지왕)'

'사고가속, 만능감지, 마왕패기, 수뢰지배, 시공간지배, 다차원결계, 삼라만상, 정신지배, 환상세계, 생명지배'

내성: 물리공격무효, 상태이상무효, 정신공격무효, 자연영향무효, 성마공격내성

●

디노 일행도 그 결과에 넋이 나가 있었다

"아파! 잠깐, 왜 내 볼을 꼬집는 건데?!"

"아, 꿈이 아니구나."

"아, 나도 악몽이 아닌가 의심했는데, 아무래도 현실인가 보네."

"아니, 들으라고! 내가 아프다니까!!"

피코가 디노의 뺨을 꼬집으며 눈앞의 광경이 꿈인지 현실인지 판단했다.

그 판정 방법에 불만을 제기한 것은 꼬집히며 아픔을 느낀 디노 본인뿐이었다.

"놀지 말고 무슨 일이 일어났는지 설명해 줄래요?"

마이가 디노에게 물었다.

뭔가 대단한 일이 있었다는 것은 이해했지만, 자세한 것은 전혀 알 수 없었기 때문이다.

그 충마왕 제라누스가 땅에 엎드려 있는 광경을 보았을 때, 마이는 자신의 눈을 의심했다. 뭐가 어떻게 되면 이런 사태가 벌어지는가. 제기온이 무시무시한 전사라는 것은 알았지만, 그럼에도 메워지지 않을 엄청난 격차가 있었다.

"음, 그게 말이지……."

사실 디노도 잘 몰랐다.

제기온의 힘이 급격하게 늘어난 이유로 짚이는 것이 없었던 것이다.

(무기 덕분에…… 아니, 그럴 리가 없지. 그렇다면 역시 그 녀석이 뭔가 했을 가능성밖에 없어…….)

곤란할 때는 리무루 탓으로.

이것으로 대략적인 설명은 모두 가능하다.

그런 생각이 드는 시점에서 그 슬라임이 얼마나 이상한 존재인지 이해힐 수 있었나.

그것을 증명하듯이 디아블로가 황홀한 표정으로 말했다.

"아아, 역시 리무루 님은 대단해!! 제기온과 만난 순간부터 이렇게 될 것을 내다보고 계셨군요!!"

그렇게 말하고 있는데, 그것은 디노가 듣기에도 의미를 알 수 없는 발언이었다.

물어봐야 하나, 말려야 하나, 그것이 문제였다.

이 '리무루 님 찬양 모드'에 들어간 디아블로는 한번 말을 꺼내기 시작하면 멈추지 않는 것이다.

하지만 뭔가 알고 있는 것은 분명하다.

그것이 디노는 궁금했다.

"저기, 나한테도 설명해 줄 수 없을까?"

디노는 굳게 마음먹고 그렇게 질문했지만, 디아블로의 반응은 싸늘했다.

"네? 멍청하긴. 어째서 당신 따위와 이 흥분을 나눠야 하는 거죠?"

얼굴색을 단번에 바꾸며 그렇게 대답해 디노의 말문을 막아버리고 말았다.

사실은 그 '힘'의 비밀을 누설하고 싶지 않다는 것이 디아블로의 본심이었기 때문이다.

·················.

·············.

·······.

어쨌든 그것은 리무루의 '허무붕괴' 에너지였다.

리무루와 '영혼의 회랑'으로 연결되어 있고, 또한 '문'을 연 자만이 그 힘을 빌릴 권리를 가질 수 있었다. 그러나 조금이라도 실수하면 몸을 망가뜨릴 수도 있는 무서운 힘이었기에 리무루가 부재한 지금 가벼운 마음으로 힘을 끌어내는 것은 자살행위였다.

제기온이 자신의 육체에 '허무붕괴'의 에너지를 순환시킨 것을 보고 디아블로는 그가 제정신인지를 의심했다. 그러나 동시에 '왜 제기온은 무사한 것인가?'라는 의문이 생겨났다.

그런 짓을 하면 순식간에 자멸할 것이 확실하기 때문이다.

그렇게 되지 않은 원인은 무엇인가?

그런 생각을 했을 때 디아블로가 짐작한 답은 하나였다.

그것은 '제기온의 신체 중 몇 퍼센트가 리무루의 세포로 구성되어 있다는 사실'이었다.

디아블로는 이러한 사태를 모두 꿰뚫어 본 리무루가 제기온에게 자신의 세포를 내주었을 것이라고 생각한 것이다.

그렇게 이해하면 앞뒤가 맞았다.

남은 것은 간단하다. 리무루를 찬양하기만 하면 되는 것이다.

물론 리무루는 그런 미래까지 내다보지도 않았고, 그저 아무 생각 없이 제기온을 구했을 뿐이었다.

그것을 말하자면 아피트의 육체에도 리무루의 세포가 사용되었다. 그쪽은 고려하지도 않은 채 자기중심적인 상상으로 정당성을 논하고 있는 것을 보면 디아블로도 꽤 적당히 넘기는 면이 있었다.

리무루와 관련된 안건에 한해서만 디아블로의 눈은 뿌옇게 흐려지는 것이다.

다만 이 추측은 일부는 맞았다.

이 부분이 핵심이다. 완전히 빗나간 것은 아니라는 점이 바로 디아블로가 맹신하게 되는 원인이 된다.

실제로 제기온이 무사했던 것은 리무루 세포, 혹은 슬라임 세포라고도 불리는 만능세포가 '허무붕괴' 에너지를 견디며 변화했기 때문이었다.

제기온 역시 디아블로와 마찬가지로 리무루를 과신하고 있었기 때문에, 리무루가 준 신체라면 기대에 부응해주리라 믿어 의심치 않은 것이다.

거기에 일체의 근거는 없었다.

제기온이 무사했던 것은 단순히 운이 좋았기 때문이다.

그러나 결국 '결과가 전부'라는 말도 진리였고, 디아블로가 입을 닫은 시점에서 이 건은 어둠 속에 묻히게 되었다.

....

....

......

그런 사실을 알 리 없는 디노는 거절당한 것에 충격을 받았다.

'리무루 자랑'이라는 디아블로의 장황한 연설을 각오하고 있었는데, 싸늘한 반응을 받은 것이다.

"너무한 거 아냐?"

디노가 그렇게 탄식했지만, 피코와 가라샤의 반응도 곱지 않았다.

"으음……."

"디아블로라면 뭐……."

"안 맞은 것만으로도 다행 아냐?"

"그렇겠지. 아하하."

기껏 위로받으려다가 어이없이 실패하고 만 디노.

그렇게 처량맞은 디노의 모습을 보고 마이가 크게 한숨을 내쉬었다.

●

미궁 안에는 이완된 공기가 감돌기 시작했다.

충마왕 제라누스라는 절망을 이겨낸 지금, 이제 안전할 것이라는 마음의 해이함이 생겨났기 때문이다.

그러나 위기는 아직 끝나지 않았다.

미궁 안에는 아직 악덕의 결정체인 남자가 살아있었던 것이다.

"젠장…… 감히 날 얕보다니…… 젠자아아앙!!"

반쯤 죽어가는 모습의 베가가 미궁 천장 벽에 붙어 있었다.

이 세상의 모든 것을 저주하기라도 하듯이 불평을 쏟아낸다.

그것은 자신을 비하하는 자들에 대한 저주였다.

그런 베가도 악운만은 강했다.

제기온에게 당해 죽기 직전이었을 때도 제라누스가 개입한 덕에 목숨을 건질 수 있었다. 그리고 지금도 체력 회복에 힘쓰며 호시탐탐 기회를 노리고 있던 것이다.

베가는 은밀하게 얼티밋 스킬 '아지 다하카(사룡지왕)'의 권능을 행사했다. 미궁 안에 뿌리를 박아넣고 그 힘을 계속 흡수하고 있었던 것이다.

베가가 있던 층은 라미리스가 격리해둔 층이었는데, 제라누스의 등장으로 인해 아래층과 이어지고 말았다. 거길 통해 밖으로 나간 베가는 미궁 본체를 먹어 치웠다.

이 뒷일은 아마 짐작이 가능할 텐데, 여기서도 베가의 강운이 작용했다. 미궁 내 감시가 제라누스라는 위협적인 존재를 대처하는데 집중되면서 다른 곳의 경계가 희박해진 것이다.

그만큼 제라누스가 위협적이었으니 이에 대해서는 라미리스를 탓할 수 없었다.

하지만 그 결과, 베가는 구사일생으로 목숨을 얻고 말았다.

아니, 이런 식으로 몇 번이고 구사일생으로 살아났으니 베가의 악운은 진짜라고 할 수 있지 않을까.

그리고 지금도 베가의 눈 아래에 더할 나위 없는 먹이가 굴러다니고 있었다.

바로 제기온에 의해 쓰러진 충마왕의 시체였다.

심지어 현재로서는 그 누구도 베가의 존재는커녕 생존해 있다는 사실조차 알아차리지 못했다.

죽을 위험을 겪은 덕분인지 베가의 기척은 희박해져 있었다. 거기에 더해 제기온이 엄청난 에너지를 방사하면서 그 층의 상태가 불안정해진 것이다.

마력요소는 흐트러졌고, '마력감지'만으로 인식하기에는 부족했다.

그런 상황이 된 것도 베가에게는 행운이었다.

제기온과 아피트가 투기장에서 떠나고 그 중앙에는 먹이만 남겨졌다.

이건 함정인가? 라며 베가는 답지 않게 경계했지만, 그런 것은 관계없다며 고민을 관뒀다.

힘만 얻을 수 있다면── 저 제라누스의 압도적인 힘만 손에 넣을 수 있다면, 제기온도 자신의 적수는 아니었다.

어쨌든 지금의 제기온은 상당히 지친 모습이었다.

제라누스를 상대로 과도한 힘을 발휘한 반동인지, 그 움직임이 눈에 띄게 줄어 있었다.

그렇기 때문에 망설일 때가 아니었다.

지금 이 순간이야말로 베가에게는 가장 큰 기회였던 것이다.

"날뛰어라, '사룡수'들아!"

베가는 그렇게 외치며 동시에 생산할 수 있는 최대 개수인 네 마리의 '사룡수'를 만들어냈다. 그리고 마음껏 날뛰라 명했다.

그곳에는 디노 일행도 있었는데, 베가 입장에서는 배신자나 다름없었다. 약해진 제기온을 공격하지도 않고, 심지어 다정하고 화기애애해보였다.

(뭐, 네놈들도 내가 먹어줄 테니까 원망하진 말라고.)

마지막까지 자기 좋을 대로만 생각하면서 베가는 상황을 지켜보았다. 그리고, 오늘의 가장 큰 행운이 베가에게 미소를 지어보였다.

상황이 베가에게 유리하게 움직인 것이다.

한 마리는 어리석게도 디아블로에게 향해 순식간에 소멸했다.

또 한 마리는 어딘가로 향하더니 그 층을 떠나버렸다.

그리고 남은 두 마리가 그 층에서 날뛰기 시작한 것이다.

그 혼란을 간과할 베가가 아니었다. 체면 따위 개의치 않고, 앞뒤도 따지지 않고, 일직선으로 제라누스를 목표로 향했다.

"'인피니트 이터(허식무한옥)'!!"

그리하여 베가는 제라누스의 시체를 먹는 데 성공했다.

악의가 송곳니를 드러냈다.

제4장

망집의 저편

Regarding Reincarnated to Slime

디아블로가 베가의 존재를 깨달았을 땐 이미 사태가 급변한 뒤였다.

"날뛰어라, '사룡수'들아!"

그렇게 외치면서 베가가 달려든 것이다.

당연하지만 디아블로는 즉각 반응했다. 베가의 공격을 받아치기 위해 순식간에 전투 태세에 들어간 것이다.

제기온도 마찬가지다. 아무리 큰 대미지를 입어도 싸울 수 있는 것이 제기온이었다.

다만 제기온은 제라누스에게 물려받은 권능을 아직 자신의 것으로 삼지 못하고 현재 진행형으로 통합 중이었다. 베가도 예상한 대로 멀쩡한 상태가 아닌 것을 넘어 언제 잠에 들어도 이상하지 않을 정도로 최악의 상태였다.

그 이전에 '허무붕괴'를 사용한 반동도 결코 적지 않았기에 어떻게 서 있을 수 있는지 의문일 지경이었다. 그것을 아무도 눈치채지 못했다는 사실만으로도 제기온이 얼마나 굉장한지 알 수 있었다.

디노 일행도 뒤늦게 반응했지만 이쪽은 '사룡수' 두 마리를 상대로 고군분투 중이었다. 아무리 봐도 베가에게 손을 뻗을 수 있는 상태는 아니었다.

완전히 마음을 놓고 있었다. 그렇다기보단 베가는 일단 동료였기 때문에 자신들이 노려질 거라고는 생각지도 못했다.

사람들은 그런 것을 방심이라고 한다.

"미안해. 제기온한테 무기를 줘서 난 못 싸워."

디노가 웃는 얼굴로 그런 말을 꺼냈지만, 그런 변명이 통할 리 만무했다.

"웃기지 마, 멍청아!"

"빨리 전력을 내라고. 그럼 용서해줄 테니까."

가라샤와 피코에게 사정없이 욕만 먹고 끝났다.

그쪽은 내버려둬도 상관없다는 것을 디아블로는 즉각 알아차렸다. 그리고 진짜와 대치했다.

"제기온, 이 녀석은 제가 받아가겠습니다."

디아블로가 의미심장하게 웃으며 제안했다.

제안이라기보단 이미 결정 사항이었다.

제기온으로서는 여기서 디아블로의 제안을 거절할 의미가 없었다. 순순히 고개를 끄덕이며 아피트에게 의지하여 뒤로 물러섰다.

디아블로 앞에 눈이 붉게 물든 베가가 내려섰다.

소리칠 필요도 없는데 큰 소리를 내지른 것은 모두의 주의를 자신에게 돌리게 하기 위함이었다. 그리고 그 틈을 타 제라누스의 시체를 먹는 데 성공했다.

베가의 콧대가 높아지는 것은 당연한 흐름이었다.

"캬하하하하! 굉장하군, 이 녀석, 정말 굉장한 힘이야!"

벅찬 얼굴로 베가가 소리쳤다.

제기온에 의해 죽을 뻔했지만 제라누스가 개입하며 구사일생으로 목숨을 건졌다. 그대로 포기하면 될 텐데, 베가는 그러지 않고 기회를 엿보았다.

지금이 바로 그때였다.

제기온을 압도한 제라누스의 힘도 이제는 베가의 것이다. 그것은 마치 자신의 힘이 몇 배로 늘어난 느낌이 들 정도로 초월적인 감각이었다.

"디아블로라고 했나? 내 부하가 되겠다고 맹세한다면 네놈은 살려줄 수 있다!"

베가가 판단하기에 제기온은 경계해야 할 위험한 상대였다. 피폐해진 지금이야말로 죽일 기회였고, 그 힘마저 빼앗을 수 있는 절호의 타이밍이었다.

그래서 디아블로에게 방해받고 싶지 않았던 것이다.

디아블로가 '사룡수'를 순식간에 소멸시킨 것을 보고 꽤 실력이 있다는 것을 깨달았다. 하지만 제라누스를 상대로 고전하는 모습도 목격했기 때문에 지금의 베가라면 이길 수 있다고 판단했다.

제기온까지 먹어치우면 필승은 확정이다.

그러니 잠시 적당한 말로 둘러댈 생각으로 그런 이야기를 꺼낸 것이었다.

하지만 그 말이 받아들여지는 일은 없었다.

"……뭐?"

무슨 말을 했는지 이해할 수 없다는 표정으로 디아블로가 되물었다.

"설마 너, 이 나를 아래로 본 겁니까?"

그럴 리가 없지. 디아블로는 믿기 힘든 모습이었다.

베가 같은 잔챙이에게 아래 취급을 받다니, 자존심을 구겨도 한참 구긴 것이다.

용서할 수 없는 폭거였다.

디아블로에게 있어서 리무루를 향한 폭언도 금구였지만, 자신을 얕보는 언행도 무척 싫어했다.

베가는 자각 없이 디아블로의 지뢰를 밟아버린 것이다.

그리고 덧붙인다.

"아아, 그래. 나쁜 이야기는 아니지? 그 건방진 슬라임 녀석도 지금쯤 펠드웨이한테 살해당했을—— 프헉?!"

이 순간 베가의 운명은 결정된 것이나 다름없었다.

무슨 일이 일어났는지 이해할 수 없을 정도로 순식간에 당해버렸다.

통증보다 놀라움이 먼저 드는 베가.

"크악?! 부흡, 네, 네놈, 뭘 한 거야?!"

"뭘, 했냐고요? 너야말로 뭘 건방진 말을 지껄이는 거죠?"

제라누스에게 향했던 것과 같은 끝없는 어둠이 베가를 삼키려 하고 있었다.

그것은 심연에서 오는 '허무'의 힘이었다.

디아블로도 제기온과 마찬가지로—— 아니, 그 이상으로 자유자재로 '문'을 열 수 있게 된 것이다.

그렇기 때문에 숫자 따위로는 측정조차 할 수 없었다.

"흐익?!"

베가는 본능적인 두려움을 느꼈다.

디아블로가 위험한 상대라는 것을 이제야 알아차린 것이다.

얻어맞은 뺨에 참기 힘을 정도의 고통이 일어났다.

통각 따위는 한참 전에 사라졌을 텐데, 그것은 마치 '영혼'에 직접 작용하는 것 같은 '격통'이었다.

"각오는 되었습니까?"

"자, 잠깐만!"

부끄러움도 주변 시선도 개의치 않고 베가는 뻔뻔하게 교섭을 시도했지만, 때는 이미 늦었고…… 그에게 남은 길은 없는 것이나 마찬가지였다.

"아니요, 기다리지 않습니다."

디아블로의 대답을 듣고 베가는 패닉을 일으켰다.

(주, 죽어? 내가? 싫어. 그런 건 절대로 싫어——!!)

겁에 질린 베가는 모든 권능을 폭주시켰다.

디아블로를 쓰러뜨리지 못해도 된다. 도망갈 수단을 찾아 지푸라기라도 잡는 심정으로 힘을 해방한 것이다.

그 결과, 예상치 못한 사태에 빠지고 말았다.

*

베가의 미궁동조가 가속화되었다.

베가의 권능은 대지에 뿌리를 박아 영양을 보충하는 방식이었다. 미궁침식을 실행한 것에서 알 수 있듯이 그것은 시체에 그치지 않고 온갖 것들을 영양소로 삼을 수 있다.

조금 전까지만 해도 라미리스가 격리하고 있었기 때문에 베가의 불사성은 발휘되지 않은 것이나 다름없었다.

하지만 지금은 아니다.

미궁 본체에서 무궁무진하게 에너지가 보급되고 있었다. 게다가 제라누스라는 최고의 먹이까지 그 몸에 흡수시킨 것이다.

그 어느 때보다 힘이 넘쳐나는 것을 느꼈다.

그런데도 디아블로에겐 통하지 않았다.

어설픈 힘으로는 안 될 것이라고 판단한 베가는 한계를 넘어 힘을 흡수했다.

점점 미궁에게서 힘을 흡입하여 자신을 비대화했다…….

그런데도 베가는 만족하지 않았다.

(아직이야, 아직 부족해! 이 괴물과 싸우려면 이런 걸로는 턱없이 부족하다고! 이 미궁을 빼앗는 것에서 그치지 않고 아래층에 숨어 있는 녀석들까지 잡아먹어서…….)

끝없이 자신의 욕망을 부풀려나갔다.

그것은 자살 행위나 마찬가지였다.

통제할 수 없는 힘은 몸을 망가뜨린다.

그런데도 베가는 더 힘이 필요하다는 강박관념에 사로잡히고 말았다.

마치 두려움에서 벗어나려는 것처럼.

이 미궁에는 괴물이 득실거렸다.

베가를 압도한 제기온뿐만 아니라 이 디아블로라는 악마도 말도 안 될 정도로 위험했다.

베가의 '사룡수' 한 마리가 디아블로의 시저스에 의해 갈가리

찢기며 그 자리에서 재생조차 하지 못하고 소멸했다.

베가가 자신의 눈으로 목격했으니 확실했다.

지금의 '사룡수'는 히나타 일행과 싸웠을 때보다 더 강하다. 단지 네 마리인 것도 그 때문이었다. 잔챙이를 여러 마리 만들어봤자 소용없다고 생각한 것이다.

베가도 학습했다는 증거였지만, 디아블로를 상대로는 아무 의미가 없었다.

두 마리의 '사룡수'가 제기온을 노렸지만 이쪽도 기대하기 어려웠다. 그 충마왕 제라누스를 쓰러뜨렸을 정도의 괴물이니 아무리 약해져 있더라도 쓰러뜨릴 수 있을 거란 희망은 없었다.

그래서 베가는 무언가에 내몰린 사람처럼 초조해졌다. 계속해서 힘을 받아들여 디아블로나 제기온을 넘어서고자 한 것이다.

그 결과 베가는 미궁을 향한 침식을 더욱 가속시켰다. 소망대로 미궁과 동화되어 미궁의 권능을 장악해 나간 것이다.

하지만 그런 짓을 하면 무사할 리가 없다. 베가의 의식이 희미해지며, 큰 에너지 반응을 먹이로 인식할 만큼 폭주 상태에 빠져버리고 말았다.

한마디로 이성이 날아간 것이다.

"먹어주마. 네놈도 다 먹어치워서 내가 최강이라는 걸 증명해 보이겠어!!"

입에서 침을 줄줄 흘린 베가가 광기에 물든 표정으로 소리쳤다.

그 협박은 공포를 뒤집어 말한 것이나 다름없었다.

디아블로는 그런 베가를 보고 한숨을 내쉬었다.

(한심하군요. 이 정도로 힘이 비대해지면 말할 것도 없이 위협

이긴 하지만…….)

참으로 하잘것없는 상대다, 라고 생각했다.

테스타로사가 놓친 것에서 알 수 있듯이 베가의 권능은 성가시다. 실제로 미궁에 뿌리를 내리고 있기 때문에 이대로 쓰러뜨린다면 다시 부활할 것이다.

에너지도 미궁에서 계속 보급될 테니 거의 불사에 가까운 존재가 된 것이나 다름없었다.

더 최악인 것은 제라누스의 시신을 잡아먹었다는 점이다.

이것이 실수였음을 디아블로는 인정했다.

'모든 것을 먹어치우는' 베가의 특성과 제라누스의 '디베스테이터 바이러스'── 의사가 있는 극소 암흑세포를 조종하는 권능이 말도 안 되게 상성이 좋다는 사실을 간파했기 때문이다.

제라누스의 암흑세포는 엄밀히 말하면 세포도 아니고 생명체도 아니다. 그렇게 보일 뿐이었지만, 베가가 흡수하면서 그 성질도 더욱 성가신 것으로 변화했을 것이다.

다행인 것은 베가 자신이 그 사실을 깨닫지 못하고 있다는 점이었다.

바보라서 다행이라고 할까……. 심지어 디아블로 입장에서는 싸울 가치도 없는 하찮은 상대처럼 느껴졌다.

신념도 없고, 각오도 없고, 욕망을 통제하지도 못하는 미성숙한 바보. 감정의 고조를 느끼지도 못하는 상대였으며 그곳에 미학 따위 없었다.

무감정하게 보였던 충마왕 제라누스조차 베가에 비하면 '뜨거운 영혼'을 품고 있었다.

(이럴 줄 알았으면 제기온한테 양보해달라고 말하지 말 걸 그랬군요.)

그러면서 조금 후회하는 디아블로.

어쨌든 이대로라면 간과할 수 없는 사태가 벌어질 것이다.

베가의 격리를 게을리한 것은 라미리스였지만, 그것을 내다보지 못한 것은 디아블로의 실수다. 제라누스라는 위협 때문에 집중력이 흐트러졌네 뭐네 하는 말은 변명조차 못 되는 헛소리였다.

그래서 디아블로는 책임지고 베가를 처치하기로 결심했다.

"'관제실', 상황은 파악하고 있겠지요?"

『물론이다. 아, 라미리스 님은 대답을 할 수 있는 상태가 아니니까 여기서부턴 내가 대응하도록 하지.』

"알겠습니다. 그럼 일단, 한 마리 도망친 녀석이 있는데 그쪽은 맡겨도 되겠습니까?"

『우선적으로 미궁 내 구조를 변화시켰다. 100층, 원래대로라면 베루도라 님이 기다리고 있을 공간에 사대용왕과 하쿠로우가 대기하고 있다. 쓰러뜨릴 수 있을지는 의문이지만 시간을 벌 수는 있겠지.』

베니마루의 말처럼 따로 날뛰고 있는 '사룡수'는 무리해서 쓰러뜨릴 필요가 없었다. 본체를 죽여버리면 이후에는 쉽게 처리할 수 있을 테니까.

미궁 안에서는 부활이 가능하니 사대용왕만으로도 충분하다. 거기에 하쿠로우까지 있다면 그쪽은 맡겨도 문제가 없을 것이다.

"쿠후후후후. 역시 베니마루 공이로군요, 제가 쓸데없는 참견을 한 것 같습니다."

『아니, 조언 고맙다. 너무 무모한 짓은 하지 말고.』

"농담도."

그 말을 끝으로 디아블로와 베니마루의 대화는 마무리되었다.

디아블로는 베가를 바라보며 어떻게 처리해야 할지 궁리했다.

●

디아블로와 베니마루의 대화에서 알 수 있듯이 '관제실'은 혼란의 정점에 달해 있었다.

주로 라미리스가 눈을 뒤집으며 패닉을 일으키고 있었다.

"흐어어어어어, 위험해!"

내 미궁이 먹힐 거야—— 라며 아까부터 난리를 치고 있다.

방방 소리만 치고 아무런 대처도 하지 못하고 있는 상태였기에 베니마루의 지시로 미궁 내 각종 방위기구들을 배치시켰다.

이럴 때를 위해 매뉴얼로 만들어 두었는데 그것이 제 역할을 다한 셈이었다.

"일이 이렇게 되니 리무루 님의 위대함을 다시 한번 확인한 기분이네."

베니마루가 신음했다.

"그러게요…… 좀 과하지 않을까 생각했는데, 리무루 님이 부재하실 때 저희가 이런 꼴이어서야, 깊이 반성해야겠어요……."

그러면서 슈나도 고개를 숙였다.

리무루는 언제나 최악의 사태를 상정하고 행동했다.

늘 너무 과하게 생각하는 경우가 대부분인데, 그래서 곤란한 경우는 없었다.

『언제나 최악의 상황을 가정해 두면 만일의 경우에 당황할 일이 없을 거 아냐?』

그것이 입버릇이었고, 과도할 만큼 방위전력을 키워둔 것도 그것이 이유였다.

그렇게 했는데도 지금 이 상황인 것이다.

모든 것이 부족했다. 자신들의 안이했던 판단이 적나라하게 드러난 기분에 베니마루도 자신의 미숙함을 반성할 수밖에 없었다.

"진정하세요, 라미리스 님. 저도 도와드릴 테니 우선은 침식된 층의 격리부터 하죠."

허둥지둥 날아다니기만 하는 라미리스를 진정시키기 위해 트레이니가 말을 걸었다.

시급히 정신을 차려야 하는 상황이었기에 베니마루도 트레이니를 거들었다.

"맞습니다. 본인이 할 수 있는 일을 제대로 해내라고, 리무루 님도 늘 말씀하셨죠. 라미리스 님, 저도 도울 테니까 우선 안전책부터 세웁시다."

무리할 필요는 없습니다── 라며 베레타도 말을 보탰다.

맞는 말이라며 베니마루는 스스로에게도 그렇게 타일렀다.

리무루의 말을 들으면 그것만으로 진정이 된다. 그것이 윗사람의 자질인 것인가, 하고 베니마루는 크게 납득했다.

"그, 그 말이 맞아! 난 전혀 동요하지 않았지만, 모두가 그렇게 말한다면 도움을 받기로 할까!"

혼란스러울 때일수록 뭔가 할 일이 있으면 진정하기 쉬웠다.

그것이 평소에 늘 하는 작업일수록 효과는 더 높다.

베가에게 자신의 권능을 빼앗길지도 모른다며 당황하던 라미리스도 비로소 다시 정신을 차리려는 모습이었다.

반격은 이제부터다. 그러면서 베니마루도 투지를 불태웠다.

그럼 무엇부터 시작하느냐. 기본 원칙에 따른 현 상황 확인이다.

우선 안전권 확보.

가장 엄중한 곳이 바로 이곳 '관제실'이었다.

베니마루의 최대 걱정거리였던 아내들도 이곳에 인접한 대기실로 대피해 있었다.

전황을 보여주는 것은 태교에도 안 좋을 테니 마음 편히 지내길 바라는 마음에 배려해준 것이다.

이 대기실에는 아이들도 함께 도망쳤으니 모미지와 알비스도 안심할 수 있을 것이다. 놀이기구도 비치되어 있어 지루하지 않겠지.

나중에 어린애 취급하지 말라며 혼날지도 모르지만, 그건 그거다.

그런 사정으로 사적인 일이긴 해도 베니마루의 불안은 해소된 상태였다.

이어 리무루가 아끼는 템페스트. 이곳도 최종 방어선이 뚫리지 않는 한 베가가 침입할 수는 없었다.

베루도라가 있는 커다란 방에서만 들어갈 수 있었고 다른 출구는 모두 봉쇄되었기 때문이다.

현재 주력이 되는 가디언(계층 수호자)들까지 모두 방어에 나선 상태였다. 그로 인해 층별 방위전력은 제로나 다름없었으니 베가가 내보낸 '사룡수'의 침공을 막을 수는 없을 것이다. 그래서 베니마루는 디아블로에게 설명했듯이 남은 전력을 한 곳에 집중시켜 대응할 생각이었다.

다만 그 정도로 '사룡수'에 대항할 수 있을지 어떨지, 그 부분은 미지수였다.

특히 하쿠로우가 걱정이다.

손자를 지키겠다며 기합이 들어가서는 말리는 베니마루의 말도 듣지 않고 나가 버린 것이다.

전력적으로는 도움이 되는 것도 사실이지만, 베가의 '사룡수'는 방심할 만한 상대가 아니고 검기로 쓰러뜨릴 수 있느냐는 점도 의문이었다.

침식된 미궁과 연결되어 있으면 여러 번 재생할 것이다. 그것을 쓰러뜨리려면 미궁과 분리해야 한다.

즉 라미리스의 행동에 모든 것이 달려 있었다.

라미리스는 조금 전의 실수를 만회하려는 것인지 지금은 온 힘을 다해 미궁 기능 복원과 베가 격리를 위해 움직였다. 트레이니가 다방면에서 보조해주고 있었고, 베레타가 연산에 관한 일을 돕고 있는 모습이다.

맡겨두면 안심—— 이라기보단, 어쩔 수 없이 지켜볼 수밖에 없는 상황이었다.

베니마루는 리무루의 말을 떠올렸다.

『최악의 상황을 가정했다면 그걸 어떻게 막을 수 있을까 생각해봐. 이게 빠지면 성립되지 않는 부분을 찾아내서 거기를 공격하는 거야. 그럼 '최악'이 더는 최악이 아니게 될 테니까.』

그리고 그것을 반복하면서 사태의 안정화를 도모하는 것이라고 했다.

이를 바탕으로 이번 위기에 대해 생각했다.

(최악의 경우는 베가에게 미궁을 완전히 빼앗기는 거겠지. 그것만 막을 수 있다면 다시 일으키는 건 문제없어.)

베니마루가 내린 결론으로는 그것이었다.

여기서 베가가 도망친다면 성가시긴 하지만 그나마 해결의 가능성은 있다. 시간을 벌 수는 있을 테니 다음에 만나기 전까지 대책을 생각해두면 된다.

미궁을 잃지만 않는다면―― 좀 더 엄밀히 말해 동료나 마을 사람들만 무사하다면 재기는 가능하다.

그렇게 판단한 베니마루는 '그럼 문제없겠군' 하며 대담한 미소를 지어 보였다.

"베, 베니마루? 부사령관인데 너무 여유로운 거 아니야?"

"네, 맞습니다. 총사령관님. 생각해보면 간단한 얘기잖아요."

"어?"

"베가가 침식한 곳을 모두 폐기하면 됩니다."

"으음, 무슨 말이야?"

"미궁이 많이 훼손되긴 하겠지만, 다시 재건하면 됩니다. 처음부터 여기까지 만들 수 있었으니 다음엔 더 잘할 수 있지 않을까요?"

"아니, 그건 그렇지만……."

"그렇다면 망설일 때가 아닙니다. 주민 대피는 이미 끝났고 움직일 수 있는 모든 마물들도 격리를 마쳤습니다. 열심히 만든 시설이 아쉬운 건 이해하지만, '때론 포기도 중요하다'라고 리무루 님도 말씀하셨으니까요."

"그, 그건 뭐, 맞는 말이긴 하지."

당당한 베니마루의 발언에 라미리스도 고개를 끄덕인다.

"본체에서 떨어져 버린다면 그 '사룡수'도 재생 능력을 잃을 겁니다. 디아블로가 싸우고 있는 층을 주축으로 베가가 뿌리를 내린 전 구역을 격리해 버리죠."

힘이 담긴 목소리로 그런 말을 들으니 라미리스는 점점 그럴지도 모른다는 생각이 들기 시작했다.

기본적으로 단순한 성격이었기에 해야 할 일이 명확해지자 이후부터는 빨랐다.

미궁 재건 등의 모든 업무 동결. 안전한 층을 분석하여 의심스러운 층을 모두 선별하고 격리해 나간 것이다.

제기온의 지배영역이었던 71~80층도, 쿠마라의 지배영역이었던 81~90층도, 아다루만이 제국병들과 함께 성을 재건 중이던 61~70층까지. 라미리스는 모두 격리하기로 했다.

아다루만이 가장 슬퍼하겠지만, 인적 피해만 없다면 잃은 것은 되찾을 수 있었다.

"나 왜 당황했던 거지?"

"글쎄요, 그건 저도 모르지만, 아다루만에게는 잘 설명해 주세요."

"잠깐?! 난 네가 하라고 해서……."

"무슨 소리를 하는 거예요, 라미리스 님. 당신은 지금 총사령관이잖아요? 모든 책임을 지는 게 당연하죠!"

화사한 미소를 지은 베니마루가 그렇게 답했다.

너무나도 정론이라 라미리스는 아무 소리도 할 수 없었다.

하지만 라미리스의 표정은 눈에 띄게 밝아졌다.

그것에 안도하는 트레이니와 베레타.

"괜찮답니다. 저도 함께 아다루만 공께 설명해드릴 테니까요!"

"물론이에요. 분명 납득해 주실 거예요."

"베니마루랑 달리 너희들은 다 내편이구나!"

과장스럽게 감동하는 척을 하며 라미리스가 베니마루를 힐끔 쳐다본다.

베니마루가 쓴웃음을 지었다.

"알겠습니다. 저도 같이 사과드릴 테니 따돌리지 말아 주세요."

"후훗, 그런 거라면 어쩔 수 없지! 그럼 베니마루랑도 화해를 끝냈으니 당장 일을 끝내버릴게!!"

라미리스가 기운을 되찾아 다행이었다. 일동은 가슴을 쓸어내렸다.

그리고 베가와의 결판을 내기 위해 다시 전장에 의식을 집중했다.

●

베가의 '사룡수' 두 마리를 상대로 디노 쪽은 고전하고 있었다.

특히 디노는 필사적이었다.

맨손이라 아무것도 하지 못하고 도망다니며 필사적으로 도움을 요청했다.

하지만 모두가 무시했다.

"아니, 저기? 난 아까 아피트나 베레타 같은 애들한테 엄청 괴롭힘당했거든?"

그럼에도 디노는 꿋꿋하게 호소해보았지만, 응석 따위 용납되지 않았다.

"알 바 아냐, 멍청아!"

"그건 디노의 자업자득이지. 늘 게으르게 사니까 그런 일을 당하는 거야."

"피코 말이 맞아. 네가 처음부터 본심을 드러냈다면 지금처럼 맨몸으로 도망가는 꼴사나운 모습을 보일 필요도 없지 않았을까?"

반응해주는 것이 그나마 다행일 정도로 신랄한 말이었다.

"그건, 나도 꽤 진심이었어. 적어도 아픔에는 온 힘을 다해 저항했다고!"

통각무효인 정신생명체 주제에 고통에 저항해야 하는 것이냐. 피코와 가라샤가 그런 뜻을 담아 멍청한 아이를 보는 눈빛으로 디노를 바라보았다.

"뭐, 뭐야 둘 다. 나도 여러 사정이 있어서……."

디노가 변명을 더 이어가려고 했지만, 그 주장은 완벽하게 뭉개지며 곧 참전해야는 상황이 오고 말았다.

"빌어먹을! 베가 자식, 친구라고 생각했더니!!"

"거짓말."

"너무 빤히 보여서 어이없어."

피코, 가라샤가 평소처럼 디노를 매도했다.

"잘도 그렇게 입에서 나오는 대로 말하네요."

이런 대화에 익숙해졌는지 마침내는 마이까지 참전해왔다.

여기서 드디어 디노도 좌절했다.

"어쩔 수 없지. 나도 진심이라는 걸 좀 내볼까."

디노는 그렇게 말하고 체념한 듯 하늘을 우러러보았다.

다음 순간 표정을 굳히고 외친다.

"'신령무장'── 발현!"

디노는 오랜만에 본모습을 드러냈다.

'용사' 클로에의 '신령무장'과 마찬가지로 디노의 장비 역시 갓즈(신화)급에 이른 상태였다. 평소에는 그 본질을 숨기고 있었는데, 지금 이 순간 모든 성능이 해방된 것이다.

더 나아가 디노는 자신을 아포테오시스(생체신격화)시켰다.

아포테오시스는 육체에 신의 권한을 강제로 깃들게 하는 행위였다.

디노, 피코, 가라샤 세 사람은 지상에서 활동하면서 육체에 제한을 두고 있었다. 이를 해제하는 것은 처음이었기에 디노 역시 어떻게 될지는 알 수 없었다. 그렇지만 디노는 그렇게 해야 한다고 판단했다.

디노의 최강 전투형태가 모습을 드러났다.

6쌍 12장으로 이루어진, 흰색과 검은색의 빛나는 날개가 달린 광휘로운 자태였다.

칠흑의 사제복 같은 영장(靈裝)을 몸에 두르고, 손에는 소환된 두 자루의 검을 들고 있었다.

엑스칼리버(황금의 검)와 칼리번(암은(闇銀)의 검).

갓즈급 신기이자 스타더스트(별의 핵)를 두드려 만든 최강의 무기였다.

백과 흑의 성검과 마검.

밝게 빛나는 황금의 엑스칼리버와 칠흑의 검신에 별을 아로새긴 듯한 칼리번.

그 대극에 위치한 검을 능숙하게 조종하는 쌍검사, 그것이 디노의 진짜 모습이었다.

'호우가'를 다루던 것은 임시 스타일이었다. 라미리스가 '디노는 진심이 아니다'라는 것을 알아차린 이유이기도 했다.

만약 디노가 쌍검을 꺼냈다면 그 레벨(기량)은 알베르트나 그라소드마저 능가했을 것이다.

이 세계 최강의 검사, 그것이 디노였다.

그런 디노를 보고 제기온이 감탄하여 입을 열었다.

"내가 새긴 '드림 엔드(꿈의 끝)'의 저주(각인)를 부순 건가. 그래. 역시 내 눈에 이상은 없었던 모양이군."

제기온은 디노를 인정하고 있었다. 디노를 완전히 지배하지 못한 시점에서 어느 정도 예상한 것이다.

디노에게는 숨겨진 힘이 있을 것이라고.

그렇기 때문에 안심하고 아피트를 맡길 수 있었다.

"어? 진짜네. 야아, 그럼 이제 네가 하라는 대로 안 해도…… 아니, 사실 처음부터 날 죽일 생각도 없었지?"

그렇게 웃으며 묻는 디노에게 제기온은 "훗" 하는 웃음으로 답했다.

"나는 아직 멀쩡한 상태가 아니다. 저것의 상대는 디아블로가 하겠지만, 다른 잔챙이들은 부탁해도 되겠나?"

"칫, 어쩔 수 없지. 나머지는 나한테 맡겨."

처음부터 배신할 마음도 없었지만, 디노는 이 순간 자신이 돌아왔다는 것을 실감했다.

그래서일까?

디노도 그제서야 솔직한 마음이 들며, 라미리스에게 사과의 말만이라도 전하고 싶은 생각이 들었다

"미안했다, 라미리스. 널 배신할 생각은 없었지만, 바다보다 깊고 산보다 높은 이유가 있었어. 이해하지?"

겨우 솔직해졌는데, 이것이 디노가 할 수 있는 최선이었다.

그것에 대한 라미리스의 반응은 이러했다.

『호오~호호호! 내 정당성이 증명된 것 같네! 좋아, 용서해 줄게! 그러니까 디노, 우선은 그쪽의 위험한 녀석을 쓰러뜨려버려!!』

이쪽도 여유를 되찾은 직후였기에 마음이 너그러워진 상태였다.

관용의 정신을 한껏 발휘하여 디노를 진심으로 용서했다.

그것에 쓴웃음을 지으면서도 디노는 안도했다.

아무리 나이를 먹어도 사과하는 것은 어려운 법이다.

화해가 무사히 되어 안심한 것이다.

그리고 디노는 표정을 가다듬고 쓰러뜨려야 할 '사룡수'를 바라보았다.

"교대할 시간이다."

그렇게 말하며 분투 중이던 세 사람을 뒤로 보냈다.

변신한 디노를 보고 피코와 가라샤는 크게 기뻐했다.

"오오, 그런 느낌이었구나. 역시 의외로 좀 멋있네!"

"좋아! 가라, 디노! 저런 괴물 따위 펑 날려버려!!"

"그래!"

그렇게 말한 직후, '사룡수' 두 마리를 일격에 베어버렸다.

너무나 빠른 일처리에 전원이 입을 다물었다.

"어? 왜 멋있지?"

마이도 넋이 나간 얼굴로 자신의 눈을 의심했다.

사람은 갭에 약하다.

한심한 모습만 줄곧 보여주던 디노가 갑자기 진지한 표정을 지었다. 그것만으로도 멋있어 보이는데 세 사람이 고전하고 있던 적을 순식간에 없애버리니 칭찬하고픈 마음이 샘솟는 것도 당연했다.

피코는 자신의 일처럼 자랑스러운 표정을 지으면서도 말투는 쌀쌀맞았다.

"처음부터 했으면 좋았잖아."

그런 식으로 비난을 하면서도 기쁜 얼굴은 숨기지 못했다.

가라샤도 한숨 돌렸다.

이 모습의 디노를 보는 것은 정말 오랜만이었다.

베루다나바가 건재했을 때, 그 시절 이후로 처음인가.

그 모습을 본 것만으로도 안도감이 굉장했다.

어떤 적을 상대해도 질 것 같지 않다. 그것이 예나 지금이나 변함없는 감상이었다.

(정말이지……. 얼마나 게으른 거야…….)

어이없어 하는 마음과는 달리, 가라샤의 얼굴에도 절로 미소가 새어나오고 있었다.

본능대로 날뛰는 것이 더 행복했는데, 베가의 자아는 희미하게 돌아오고 있었다.

그것은 '아지 다하카'의 권능인 '병렬사고'에 의해 폭주 상태인 본체에서 다른 자아가 독립적으로 파생된 덕분이었다.

그와 동시에 현 상황을 조금씩 파악했다.

계속 거대해지는 것은 자신의 에너지(마력요소)양이다.

실제로 베가의 존재치는 증가해 있었다. 제라누스의 잔재를 먹어 치운 데다 미궁도 계속 흡수하고 있었으니 당연하다.

반면 베가가 죽이려 했던 적── 디아블로는 어떤가 하면, 실로 안정적이며 별다른 변화가 없다. 그래서 더 무서웠다.

처음부터 쭉, 수치상으로는 베가에게 미치지 못하는 상대였다. 그런데도 정작 밀리는 쪽은 베가였다.

잡아보고자 수많은 촉수를 던져봐도 시저스에 의해 썰려버릴 뿐.

그래서 직접 소멸시키려고 대구경 고출력 빔을 쏴보기도 했지만, 아무리 맞춰도 빗나가고 말았다.

디아블로의 레벨(기량)은 탁월했다.

두려움에서 벗어나기 위해 온갖 수단을 다 써보았는데도 소용이 없었다.

그제서야 베가도 이해한 것이다.

강함이란 무엇인지, 승패를 결정짓는 것은 존재치의 크고 작음이 아니라 운적인 요소를 포함해 종합력으로 판단해야 한다는 것을.

베가는 결정적으로 레벨(기량)이 부족했다.

노력하지 않아도 그럭저럭 강했던 탓에 단조로운 싸움밖에 경험하지 못했기 때문이었다.

반면 디아블로는 싸움을 더 즐기기 위해 성장을 멈췄으니 그 차이는 하늘과 땅, 메울 수 없을 정도로 벌어져 있었다.

(이 녀석을 죽이는 건 무리야……. 반대로 나 역시 죽을 일은 없겠지만…….)

디아블로는 수동적으로 반응할 뿐 공격 태세로 전환하지 않았다. 베가의 '사룡수'를 썰어버렸을 때처럼 베가의 본체를 노리지 않았다.

하지만 맞은 장소의 '격통'은 사라지지 않았다. 그것을 반복하는 것만으로도 베가의 정신은 분명 피폐해질 것이었다.

(전혀 모르겠어. 뭘 노리고 있는지도 모르겠고.)

심지어 이제는 공격이 오지 않는 것이 반대로 더 무서웠다.

디아블로가 짓고 있는 것은 의미심장한 미소.

베가를 약자로서 내려다보며, 자신의 승리를 의심치 않는 모습이었다.

그리고 그것은 결코 허세나 거짓이 아니었다.

베가는 약자의 입장도 알고 있는 남자였다.

힘이 만능으로 늘어나는 느낌이 들면서도 디아블로를 향한 두려움은 지워지지 않았다. 이것은 이미 '절대 이길 수 없다'는 사인이나 다름없었다.

그렇게 되면 베가에게 남겨진 것은 평소 쓰는 방법——'도망'
이라는 수단뿐이었다.

　그러나 상황이 그렇게 간단하지 않았다.

　베가는 무의식 상태에서도 미궁침식을 계속 진행했는데, 현재
침식률은 30퍼센트 정도였다. 이는 순조롭다고 부를 수 있는 수
치로 꽤 굉장한 일이었다. 하지만 여기서부터 문제가 발생했다.

　(어쩌지. 이 뒤부터는 아무것도 없어…….)

　그랬다, 적도 대책을 세운 것이다.

　아무래도 베가는 격리된 모양이었다.

　전이 계열 스킬이 없는 베가로서는 도망갈 수도 없는 상황이
었다.

　그러나 가능성은 남아 있었다.

　베가에게서 떨어져나간 세포가 어딘가에 남아 있으면 거기서
완전부활하는 것이 가능했다. 물론 세포의 일부만 있으면 되는
수준의 이야기는 아니었고, '사룡수' 정도 크기의 복제체가 필요
했다.

　베가에게서 일정 거리 이상 멀어지면 사멸해 버리기 때문에 보
존하는 것도 불가능하다.

　그러면 아무 의미가 없지 않을까 싶지만, 그렇지는 않았다. 영
향 범위 직전의 공간에 놓아두기만 하면 여차할 때 보험이 되어
줄 수 있는 것이다.

　베가는 그것을 이용해 그 교활하고 방심할 수 없는 테스타로사
에게서도 도망친 전적을 갖고 있었다. 그것은 자랑해도 될 만한
경력이다.

이번에는 미궁 밖에 한 마리 남겨두었지만 연락이 끊겨버렸다.

미궁 안과 바깥은 차원의 층이 다르기 때문이었다.

현시점에서 남아 있는 것은 미궁의 최하층을 목표로 한 '사룡수' 한 마리뿐이었다.

(미궁 밖으로 가라는 명령을 내려야…… 아니, 입구도 봉쇄돼버렸군…….)

미궁을 먹으면서 알게된 사실인데, 라미리스의 미궁에는 불변의 룰이 존재했다.

그 중 하나가 바로 '반드시 현실세계와의 연결고리를 남겨둬야 한다'는 것이었다.

그리고 '각 차원의 층마다 출입구를 설치해야 한다'는 것.

이를 다시 설명하면 '다른 차원은 항상 연결해 둬야 한다'라는 것이었다.

인공위성과 지구를 우주 엘리베이터로 연결하는 것과 같았다. 다만 지구 중력에 이끌린 인공위성과 달리 이계에서는 건축물의 위치가 고정되지 않는다. 그래서 증설은 가능하지만 반드시 어딘가에 붙여두지 않으면 지구의 자전에 뒤처져 어딘가로 날아가 버릴 것이다. 그와 마찬가지로 라미리스의 미궁도 이계와 인접해 있었기 때문에 반드시 접속 장소를 지정해두어야만 했다.

베가 일행이 침입한 출입구는 이미 한참 전에 닫힌 상태였다. 그리고 지금은 최종 방위 라인인 베루도라의 방을 지나간 그 끝, 보호받고 있는 부분에 새로운 출입구가 열린 상태였다.

(이렇게 된 이상 도박이겠군. 최대한 내 힘을 분산시켜두길 잘했어. 최악의 경우에도 어느 한쪽에서 살아남을 수 있는 거니까.)

베가는 그렇게 생각했지만, 확률적으로는 '사룡수'가 살아남지 않을까 생각했다.

겨우 네 마리밖에 내지 못한 만큼 지금의 '사룡수'는 한 마리 한 마리의 존재치가 500만 남짓이었다. 외피는 갓즈급의 강도였으니 어중간한 상대라면 충분히 압도할 수 있을 만한 전력이었다.

그렇다 해도 수치만으로 강함을 알 수 없다는 사실을 깨달은 지금으로서는 안심할 수 없었다. 그래서 베가는 자신에게 있는 모든 지혜를 쥐어짜 생존할 수 있는 방법을 고민했다.

미궁 내 전력은 베가의 본체를 토벌하는 데 집중되어 있었다. 이를 더욱 가속화한다면?

디아블로와 제기온, 또 있을지도 모르지만 어쨌든 여기서 더 난동을 부리면 '사룡수' 쪽의 대처가 느슨해질 것이라고 생각한 것이다.

(한다고, 해주겠다 이거야! 그래, 여기서 녀석들을 몰살해 버리면 이 쓸데없는 불안감도 다 사라질 테니까…….)

그것이 불가능하다는 것을 알면서도, 베가는 단언했다.

객기도 이 정도면 칭찬받을 만한 수준이었다.

디아블로는 무섭지만, 어쩌면 운이 자신의 편을 들어줄지도 모른다.

베가는 자신이 '강운'이라고 생각했다. 그 자신감에 힘입어 아무런 근거가 없음에도 작전이 성공할 것이라 믿어 의심치 않았다.

이미 그 운이 다한 줄도 모르고, 베가는 기다렸다는 듯이 난동을 부리기 시작했다.

이 녀석, 무슨 짓을 꾸미는 거지?

디아블로는 눈을 가늘게 뜨고 베가를 쳐다보았다.

(쿠후후후후. 어차피 필사적으로 살아남으려는 것뿐이겠죠. 쓸데없는 발버둥이지만, 잠시 어울려 주도록 할까요.)

디아블로에게 방심이란 없었다.

베가가 기대하는 것처럼 실수를 범할 일도 없다.

더 이상은 무리였다.

디아블로가 공격으로 돌아서지 않은 것은 베가의 역량을 정확히 읽어내기 위함이었다.

그것도 이미 거의 끝나가고 있었다.

베가의 성장 속도까지 더해 계산했지만, 미궁 격리가 막바지에 접어든 현 시점에서는 그 한계점까지 이미 간파한 상태였다.

남은 일은 먼지 한 톨 남기지 않고 베가를 소멸시키는 일뿐인데, 여기서 한 가지 귀찮은 사실이 밝혀졌다.

베가의 권능을 해석한 결과, 본체를 처리해도 분기된 세포에서 부활할 것 같다는 점이었다.

(아마도 베가의 '아지 다하카'도 계승될 테고, 제라누스의 암흑 세포 정보도 확실히 전해진다고 봐야겠군요. 여기서 이 녀석을 처치한다 해도 도망친 '사룡수'가 새로운 베가로 부활할 뿐…….)

테스타로사가 놓친 이유가 있었구나. 디아블로는 씁쓸하게 생각했다.

자신도 같은 실수를 하는 것은 결코 용납할 수 없는 일이었다.

그래서 디아블로는 조금 고민했다. 베가를 쓰러뜨리는 것뿐이라면 간단하지만, 부활하지 못하도록 처리해야 한다면 순서를 좀더 밟을 필요가 있었다.

그리고 두 가지 불안 요소가 더 있었다.

첫 번째는 마이를 노릴 수 있다는 점.

베가는 '전이' 능력을 갖고 있지 않았으니 그것을 빼앗고자 하는 것은 자연스러웠다. 하지만 노릴 것이라는 확증이 있다면 대책은 세울 수 있었다.

이 부분은 제기온이 남몰래 눈을 번득이고 있었으니 베가의 소망이 이뤄지는 일은 없을 것이다.

두 번째, 이것이 문제였다.

베가의 성격상 불가능할 것이라 생각되는 수단이다. 하지만 궁지에 몰린 자는 무슨 일을 저지를지 알 수 없다.

그렇게 생각하고 고민하던 디아블로에게 베니마루의 '사념전달'이 도착했다.

『베가를 격리해둔 층 말인데, 모두 폐기하기로 했다.』

『흐음. 그에 대해서는 저도 동의합니다.』

『음? 또 다른 문제가 있나?』

베니마루도 대형 스크린으로 상황을 파악한 상태였다. 하지만 현장의 자세한 분위기는 모두 파악하기 어려웠기에 디아블로의 의견에 귀를 기울였다.

그것이 어떤 사소한 문제라도 공유해야 한다는, 리무루의 방침 덕분이었다.

『아니요, 이대로 이 녀석을 처리해 버리면 아래층으로 향하고 있는 '사룡수'로 옮겨 갈 우려가 있을 것 같아서 말이죠. 그렇게 되지 않도록 먼저 그쪽을 처치해야 합니다.』

정석대로 간다면 베가 같은 상대는 재빨리 처치하는 것이 최선이었다. 그러지 않으면 괜히 쓸데없는 힘을 길러 더 성가신 존재가 될 수도 있었다.

그것을 알고 있음에도 디아블로가 그렇게 하지 않은 것은, 테스타로사가 그를 놓치는 실수를 저질렀기 때문이다.

그 일로 실컷 구박을 하긴 했지만 디아블로는 테스타로사를 인정하고 있었다. 그런 그녀가 실수를 했다면 그것은 적을 다시 봐야 한다는 뜻이었다.

그리고 실제로 베가가 가진 성질이 성가시다는 것을 깨달았다.

귀찮은 상대일수록 좀 돌아가더라도 확실하게 일을 진행해야 한다. 그것을 다시 한번 인식하고 디아블로는 정신을 바짝 차렸다.

디노 쪽이 상대하고 있는 '사룡수'도 벌써 몇 번이나 부활했다. 디아블로가 처음 쓰러뜨린 한 마리도 부활해 지금은 세 마리를 동시에 상대하고 있었다.

그렇다 해도 진심을 드러낸 디노의 적수는 아니었지만, 베가가 계속 힘을 나눠주는 덕분인지 조금씩 강해지는 모습이었다.

아래층으로 향한 녀석은 본체에서 떨어져 있으니 그 정도의 불사성을 갖고 있지는 않겠지만…….

성가신 녀석이라며 디아블로는 고개를 저었다.

『그렇군…….』

베니마루도 상황을 파악하고 고민에 빠졌다.

디아블로가 베가를 압도하는 모습을 본 베니마루는 새로운 작전을 떠올렸다.

디아블로가 베가를 쓰러뜨리면 곧바로 격리한 미궁을 폐기한다. 그렇게 되면 만일 베가가 부활한다고 해도 이곳에는 돌아오지 못할 것이라는 계산이었다.

미궁 격리가 완료된 시점에서는 모니터로 상황 확인도 할 수 없었다. 그렇게 되기 전에 디아블로와 의견을 나눠볼 생각이었던 것이다.

자신의 생각이 안이했다며 베니마루는 반성했다.

『좋아, 알았다. 그쪽의 처리는 우리끼리 할 테니까 너는 지금 상태를 유지해 줘.』

『연락을 기다리도록 하죠.』

그렇게 말한 디아블로는 베니마루와의 '사념전달'을 끝냈다.

그리고 담담하게, 재미없다는 표정으로 베가의 힘을 소모시켜 나가기 시작했다.

●

기세 좋게 싸우던 디노는 점점 기력이 떨어져갔다.

처음에는 두 마리뿐이던 '사룡수'가 세 마리로 늘어난 시점에서 싸울 의욕이 크게 줄어들었다.

"그나저나 이대로면 끝이 없겠네……."

디노는 덤벼드는 '사룡수'를 베어 쓰러뜨리면서 투덜댔다.

베가는 미궁의 권능을 빼앗으려 했고, 그것은 일부분이지만 성공했다. 라미리스가 61~90층까지를 격리했기에 거기까지는 베가의 지배가 미치고 있었다.

즉 에너지가 소진되지 않는 한 '사룡수'는 무궁무진하게 부활하는 것이다. 심지어 조금 전까지는 일격에 쓰러뜨릴 수 있었는데 조금씩 강화되는 느낌마저 들었다.

다행인 것은 동시에 내보낼 수 있는 수에 한계가 있다는 점이었다.

하지만 그 밖에도 걸리는 점이 있었다.

두 마리를 향해 딥 불릿(농축마력탄)을 날려도 가슴에 구멍이 날 뿐 죽지는 않았다. 그리고 그때 제기온에게 충고가 날아왔다.

"방출계 기술은 무의미하다. 적에게 도움을 주는 행위라고 생각해라."

제기온은 미궁 내 최강의 수호자였기에 그 성질을 누구보다 잘 알고 있었다. 그렇기에 해서는 안 되는 행동도 파악하고 있었다.

"어?"

그 말을 듣고 디노도 알아차렸다.

디아블로 역시 베가를 향해 타격이나 참격만으로 대처하고 있다는 것을.

그리고 이해했다.

베가가 격리된 미궁과 동조되어 있는 이상 미궁 내에서 방출된 에너지는 모두 흡수된다, 라는 사실을 미리 알아차렸어야 했다.

디노도 눈치는 제법 있었지만 애석하게도 게을렀다.

디아블로나 제기온처럼 듣지 않고도 눈치챌 수 있는 능력은 갖고 있지 않은 것이다. 그보다 애초에 그 두 사람과 비교한다면 대부분의 사람이 주의력 산만이라는 평을 받을 것 같지만…….

디노의 에너지(마력요소)양도 나름 방대했기에 마력탄을 수천 발 쏜 정도로는 문제가 되지 않지만, 그 에너지가 베가에게 간다고 하면 이야기가 달라진다.

"진짜? 그럼 베가 그 녀석, 본인만 미궁의 보호를 받고 있다는 거네?"

맞는 말이라는 듯, 제기온이 말없이 고개를 끄덕였다.

그것이 답이라면 베가 본체를 쓰러뜨리지 않는 한 디노 일행의 싸움도 끝나지 않는다는 뜻이었다.

디노는 벌써부터 우울해졌다.

에너지가 소진될 때까지 무궁무진하게 재생 가능한 '사룡수'가 조금씩 강화되면서 덤벼드는 것이다. 꼭 디노가 아니더라도 누구라도 한숨 정도는 내뱉을 상황이었다.

유일한 희망이라면 '사룡수'에게는 레벨(기량)이 없다는 점이다. 이 상태에서 만약 베루글린드 같은 '별신체'였다면 속수무책이었겠지.

하지만 소용없다는 것을 알아도 대처할 수밖에 없었다.

디노는 지겨워하면서도 쌍검만으로 '사룡수'와 싸우기로 했다.

그와 병행해 뭔가 방법이 없는지 라미리스에게 질문했다.

『이봐, 라미리스! 네 미궁에도 뭔가 약점은 있겠지? 그걸 알려 줘. 안 그러면 쓰러뜨려도 끝이 없겠어!』

은밀한 '사념전달'이라는 방식을 써서 나름 배려해준 것이었다.

하지만 세상은 늘 생각대로 흐르지 않는 법.

특히 지금의 라미리스에겐 여유가 없었기에 대응도 쌀쌀맞았다.

『바보 아냐! 내 미궁에 약점 따윈 없어!』

『웃기시네! 그 무적의 미궁을 베가에게 빼앗긴 주제에 말은 잘해요!』

『뺏긴 적 없거든요~! 이미 격리돼 있으니까 내 권능을 불완전하게 흉내내고 있는 것뿐이거든요~!!』

그것도 충분히 위험한 상황이었다.

『이 바보야! 그것 때문에 우리가 고생하고 있잖아!』

라미리스와 그런 대화를 주고받으며 디노의 쌍검이 번쩍였다.

그와 동시에 한 마리의 '사룡수'가 가루가 되어 사라졌다.

투덜거리면서도 디노의 실력은 훌륭했다.

라미리스도 감탄했다.

『대단하잖아 디노! 그 상태로 현상 유지에 힘써줘.』

『뭐어?』

『지금 말이지, 디아블로와 베니마루가 의논을 했거든. 이쪽으로 한 마리가 오고 있는데 그 녀석을 해치우지 않으면 베가가 옮겨갈지도 모른대.』

라미리스의 설명은 한참이나 부족했지만 디노는 상황을 알아차렸다.

(그렇군. 그래서 디아블로 녀석이 아까부터 철저하게 사전 준비를 하고 있던 건가?)

디아블로는 베가의 공격을 받아치며 신중하게 마력을 가다듬고 있었다. 이미 한참 전에 베가를 쓰러뜨릴 수 있는 밀도까지 도달했는데도 움직일 기미가 없어 디노도 의아함을 느끼고 있던 참이었다.

당장 숨통을 끊어도 도망가 버린다고 하면 지금의 대응도 납득이 갔다.

그러나 그렇게 되면 라미리스의 대처가 끝날 때까지 지금 상태가 이어진다는 것인데…….

디노가 든 성검과 마검이 흰색과 검은색의 오라(검기)를 휘감으며 빛났다. 디노는 그것을 능숙하게 휘둘러 '사룡수'를 물리쳤다.

결말이 나지 않는다는 것을 알고 에너지 절약 모드로 전환한 것이다.

"아직 시간이 좀 더 걸릴 것 같아. 미안하지만 너희들도 도와줄 수 있을까?"

디노가 뒤를 돌아보지 않은 채 그렇게 부탁하자 피코와 가라샤는 이미 '신령무장'을 두른 채 아포테오시스(생체신격화)한 상태였다.

그 모습을 보니 의욕은 충분해보였다.

"드디어 내가 나설 차례네♪"

"뭐, 우리들이 없으면 디노는 아무것도 못하니까. 도와줄게."

처음부터 도와줄 생각이었으면서, 두 사람은 그런 가벼운 말을 던지며 참전했다.

디노와 닮은 모습으로, 세 사람은 서로를 의지하며 싸워나갔다.

자아가 없다고는 해도 본능에 의존해 달려드는 '사룡수'는 분명 위험한 존재였다. 그 존재치도 이제는 아포테오시스(생체신격화)하기 전의 디노 일행을 웃돌았다. 게다가 최대한 에너지를 덜 소모시키기 위해 검으로만 싸우는 것도 생각 이상의 중노동이었다.

물론 신체적으로 피곤하다는 의미가 아니라 정신적으로 귀찮다는 뜻이었는데, 이런 단조로운 작업일수록 실수가 일어나기 더 쉬웠다. 허세를 부리지 않고 도움을 구한 디노의 행동은 정답이었다.

그리고 이 세 명의 상성은 그야말로 최고였다.

가라샤도 이지스(신의 방패)를 소환하여 방비도 완벽했다. 전면에 서서 방패 역할을 맡고 있었다.

가라샤가 막아내고 디노가 벤다.

피코는 보조 담당으로 이리저리 움직이며 방해가 되지 않도록 센스 있게 처신했다.

세 마리의 '사룡수'가 차례로 향해 왔지만 힘없이 나가떨어졌다. 조금 전보다 강화되었지만 세 사람의 연계 앞에서는 적수가 되지 못하는 모습이었다.

디노의 검기, 가라샤의 방패, 피코의 상황 판단까지 갖추어진 덕에 장시간이라도 피로해지지 않은 채로 싸울 수 있었다.

사실 아포테오시스(생체신격화)는 부담이 크다. 짧은 시간이라면 영향이 없지만 이것이 장시간 계속된다면 그 반동은 어마어마했다.

전투 중 갑자기 해제될 수도 있었다.

그런 일이 벌어지면 치명적이었으니 대책을 세워두는 것은 당연했다.

지금의 세 사람이라면 몇 시간이라도 싸울 수 있었다.

이제 이걸로 아무 걱정이 없다. 그렇게 생각했을 때, 라미리스에게서 아무렇지도 않은 투로 '사념전달'이 도착했다.

『아, 맞다. 참. 미궁의 격리 말인데, 완전히 끝나면 그쪽의 모습은 더는 볼 수 없게 돼.』

『응, 그래서?』

디노는 그렇구나, 하고 흘려보내려 했지만, 라미리스의 다음 발언에 말문이 막혀버렸다.

『그렇다는 건 즉 내 권능도 더는 미치지 않는다는 뜻이야.』

라미리스 입장에서는 당연한 말을 한 것이겠지만, 디노 입장에서는 충격이었다.

어쨌든 그것이 의미하는 바는 하나였으니까.

『어? 그렇다는 건 혹시 '부활의 팔찌'의 효과도 사라지는 거야……?』

『당연하지.』

당연하지—— 가 아니잖아, 하고 디노는 머리를 싸맸다.

『아니, 잠깐. 그럼 격리가 끝난 후에 우리는 어떻게 탈출해?』

아까 라미리스의 설명으로 이 격리된 층을 폐기한다는 것까지는 알았다. 이대로 이 안에 남겨진다면 베가와 함께 시공의 틈을 헤매게 될 수도 있었다.

디노는 이를 우려하여 라미리스에게 되물은 것이다.

『아, 그거라면 베니마루가 타이밍에 맞춰서 그쪽으로 갈 거야.』

라미리스가 말하길 베니마루의 '시공간조작'으로 공간을 연결해 두고 모두를 탈출시킬 계획이라고 했다.

연습 없는 실전이 성공할 수 있을지 어떨지 디노는 상당히 불안했다.

『그거 괜찮은 거야? 정말 그렇게 잘 될까?』

『된다 안 된다가 아니라, 할 거야. 그 외에는 탈출 방법이 없어!』

『……아, 그래.』

그 이상은 물어봐도 소용없다고 판단한 디노는 단념했다.

라미리스가 할 수밖에 없다고 말한 이상 할 수밖에 없는 것이다.

남은 것은 어떻게 해서든 그 작전을 성공시키게 만드는 것뿐이었다.

라미리스와의 통신을 마친 디노는 모두에게 상황을 설명했다.

싸우면서 하느라 대화에 여유가 있지는 않았다.

"……그렇다고 하니까 지금 상황을 계속 유지해줘!"

"뭐, 길이 보였다는 건 좋은 일이지."

"맞아. 이 이상 베가를 자극하는 것도 뭔가 좀 위험할 것 같고. 디아블로에게 맡기면 안심이겠지만."

중요한 것은 타이밍이었기에 누구에게서도 반박은 나오지 않았다. 애초에 불평이 있더라도 다른 대안이 없었으니 얌전히 따를 수밖에 없는 것이 현실이었다.

그런 가운데 후방을 지원하고 있던 마이가 무료하다는 듯이 물었다.

"저기, 저는요?"

자신의 권능이라면 쉽게 탈출할 수 있을 것이라 생각하고 그 부분을 알려주려 했는데…….

세 사람의 연계가 너무 완성되어 있던 탓에 마이는 섣불리 손을 대지 못한 것이다.

디노 입장에서는 놀라운 질문이었다. 땡땡이 치면 안 되는 타이밍조차 쉬고 싶은 남자였기에, 마이도 쉴 수 있을 때 쉬면 된다고 생각했던 것이다.

그래서 제기온이 있는 방향을 가리키며 다정하게 말했다.

"마이는 거기서 대기해줘. 무슨 일이 있어도 제기온이 지켜줄 테니까 거기서 엄호를 부탁해."

"맞아. 앞으로 나서면 위험하니까."

"뭐, 여긴 우리들한테 맡겨!"

그렇게 되고 말았다.

마이는 제기온을 부축하는 아피트 옆에 서서 디노 일행을 믿고 지켜보기로 했다.

●

'관제실'에서는 베니마루가 상황 설명을 끝냈다.

"세상에, 정말 걸리적거리는 녀석이네⋯⋯."

"이건 정말 격리시키는 작전이 정답이었네요."

"내 말이. 미궁 재사용도 생각하고 있었는데, 그랬으면 아직 어딘가에 살아남아 있지 않을까 나중에 더 불안했을 것 같아."

세간에서 말하는 청결주의 같은 것이었다.

조금 다르지만 쉽게 비유하자면 '변기에 떨어진 칫솔은 아무리 깨끗이 씻어도 사용하고 싶지 않다'는 의미였다.

이에 동의하는 사람은 많았다.

트레이니도 그 중 한 명으로, 라미리스와 함께 고개를 끄덕였다. 라미리스의 발언이라면 뭐든지 다 긍정해 버리니 어쩌면 다른 사상을 갖고 있을 수도 있겠지만, 그건 아무래도 상관없는 이야기였다.

베레타가 주스를 가져와 라미리스에게 건네주었다.

그것을 꿀꺽꿀꺽 들이킨 라미리스가 입을 열었다.

"근데 그 '사룡수'는 정말 쓰러뜨릴 수 있어?"

그것은 핵심을 찌르는 질문이었다.

베니마루도 내심 그것을 불안하게 여기고 있었다.

디아블로에게 폼을 잡은 것까지는 좋았지만, 사대용왕과 하쿠로우만으로는 불가능할 것 같았다.

"내가 갈 수밖에 없겠네."

베니마루가 말했다.

대형 스크린에서는 하쿠로우가 '사룡수'를 베고 있었다. 그 빼어난 검기는 훌륭한 일격이었지만 안타깝게도 '사룡수'를 소멸시킬 수 있을 정도는 아니었다. 베가와의 연결이 끊긴 '사룡수'는 '무한재생'은 잃었어도 '초속재생'은 갖고 있었다. 몇 번이고 다시 재생하고 마는 것이다.

무엇보다 50배 이상 힘의 격차가 있는 상대를 벨 수 있다는 시점에서 하쿠로우는 비정상이었다. 베니마루 입장에서는 '역시 스승이다'라며 뿌듯한 마음도 들었다.

하지만 하쿠로우만으로는 쓰러뜨릴 수 없다는 것도 사실이었다.

그렇다면 사대용왕은 어떤가 하면.

붉은 머리의 미녀인 '염옥용왕' 에우로스가 작열을 휘감은 불꽃의 채찍으로 '사룡수'를 포박했다. 지속적인 열 손상을 입혀서 세포를 다 태우려는 작전이었다.

이 기회를 얻기 위해 상당한 희생을 치른 것으로 보였다. 노출이 많은 드레스는 적갈색 피부를 다 가리지 못해 온몸에 아물지 않는 상처가 생겼기 때문이다.

호리호리한 체격의 미남자는 문에 기대듯이 앉아 있었다.

'빙설용왕' 제피로스다. 우아하고 다정한 풍모였지만, 지금은 뚫어질 듯한 시선으로 '사룡수'를 노려보고 있다. 에우로스의 공격을 보조하려다 큰 타격을 입은 모습이었다.

제피로스보다 더 처참한 상태인 것은 '천뢰용왕' 노토스였다.

작은 몸집의 어린 소녀 노토스는 그 괴력을 살려 '사룡수'를 제압하려 했다. 그러나 실력 자체가 너무나도 달랐다. 만약 상대에게 자아가 있었다면 노토스는 상대조차 되지 않았을 것이다.

애쓴 노토스를 대신하여 이번에는 자기 차례라는 듯이 '지멸용왕' 보레아스가 사력을 다하고 있었다. 온몸을 뒤덮은 용의 비늘이 부서지면서도 쓰러진 제피로스와 노토스를 지키고 있는 것이다.

에우로스의 불꽃 채찍이 결국 망가졌다.

힘의 차이가 너무 극명했다.

불꽃 채찍의 지속적인 대미지도 결국은 '사룡수'의 회복량을 넘어서지 못했다. 순간적으로 발이 묶는 데는 성공했지만, 거기서 끝이었다.

분한 얼굴로 혀를 차는 작열의 에우로스. 미녀답지 않은 몸짓이었지만, 그조차 그림처럼 아름다웠다.

하쿠로우가 에우로스와 교대했다.

결정적인 힘의 부족으로 '사룡수'에게 쓸 수 있는 수단이 없었기에 에우로스는 얌전히 물러설 수밖에 없었다. 하지만 그런 하쿠로우조차…….

모두의 노력은 충분히 칭찬할 만했지만 역시 발을 묶는 것만으로도 한계였다. 처음의 작전대로라면 문제없었겠지만, 이 멤버로 '사룡수'를 소멸시키는 것은 불가능했다.

두 번 다시 부활할 수 없도록, 세포 한 조각 남기지 않고 없애버릴 수 있을 정도의 전력이 필요했기 때문이다.

베니마루의 말처럼 누군가가 도우러 가야 할 상황이었다.

그것이 베니마루라면 확실히 이길 수 있겠지만…….

"잠깐, 부사령관? 너한테는 격리층 안에 남겨진 제기온이랑 다른 애들을 데려온다는 엄청나게 중요한 임무가 있잖아."

맞는 말이었다.

타이밍이 관건이었기에 이곳의 '사룡수'를 쓰러뜨림과 동시에 격리된 곳 안에서도 신속하게 움직여야 했다.

베니마루가 안 된다면 남는 전사는 적다.

소우에이는 곳곳에 '분신체'를 파견하여 정보 수집에 한창이었다.

가비루는 회복 중. 전력인 상태라면 이길 수 있었을지도 모르지만, 그렇다 해도 갑절 이상의 존재치를 자랑하는 '사룡수'를 상대로는 고전을 면치 못했을 것이다. 지금 나간다 해도 이길 확률은 낮았다.

란가 역시 마찬가지. 전력이었다면 확실하게 이길 수 있었겠지만 지금은 게루도의 부담을 지게된 탓에 힘의 소모가 상당했다. 큰 기술을 사용하는 것은 말도 안 되는 짓이었기에 나가는 것 자체가 시간 낭비였다.

거기서 베레타가 나섰다.

"그렇게 되면 역시 여기선 제가 갈 수밖에……."

그 말을 막아선 라미리스가 당장에 기각했다.

"무슨 말도 안 되는 소리야! 베레타가 연산을 도와주지 않으면 나 혼자 미궁을 폐기하는 건 불가능하다고!!"

불가능은 아니었지만 시간이 걸린다.

그리고 그것은 베가에게 회복의 기회를 주는 것과 다름없었고…… 다시 말해 작전의 실패를 의미했다.

따라서 라미리스를 돕기 위해 베레타가 도와줄 수밖에 없었다.

그때 한 인물이 일어섰다.

"드디어 제 차례가 온 것 같군요."

힘 있는 어조로 그렇게 말한 것은, 타오르는 불꽃같은 검은색과 붉은색으로 물든 머리와 갈색의 피부를 가진 전사── 카리스였다.

드라고타이트(용기마강)라는 그릇과 완전한 융합을 이루면서 이전보다 풍격이 더해졌다. 물론 내면도 단단했다.

"카리스!!"

라미리스가 '떠올랐다!'라는 얼굴로 눈을 빛냈다.

"그렇군. 베루도라 님의 조수인 너라면 이 대역을 맡겨도 괜찮겠어."

베니마루도 고개를 끄덕였다.

한눈에 카리스의 힘을 꿰뚫어보고 '사룡수'를 이길 수 있다고 판단한 것이다.

베니마루가 인정한 상황, 누구에게서도 반대 의견은 나오지 않았다.

잊혀져 가던 카리스도 이때를 기다렸다는 듯이 기합을 넣고 출격했다.

카리스가 떠난 '관제실'에서.

"참고로 카리스의 존재치는 얼마야?"

"네, 현시점으로 274만입니다."

수치로만 보면 '사룡수'에 뒤지지만, 그것은 간부들과 비교해도 빠지지 않을 정도로 강한 지표였다.

"모르고 내보낸 겁니까, 라미리스 님?"

"까탈스럽네, 부사령관. 괜찮다고! 왜냐하면 카리스는 사부의 조수잖아. 완벽한 전투계인데 질 리가 없지!"

그들 안에서도 '존재치는 구성 내용에 따라 전투능력이 크게 달라진다'라는 것이 상식이 되어가고 있었다. 이번 싸움의 예를 보아도 의심의 여지는 없었다.

디아블로처럼 수치를 속일 수 있는 괴물(변태)도 있었지만, 그것은 무척 희귀한 케이스이니 예에서는 제외되었다.

어디까지나 지표이지 전부는 아닌 것이다.

카리스의 능력은 대체로 평화적으로 이용되고 있었지만 모든 권능이 전투에 효과적이었다. 특히 이번과 같은 위기 상황의 경우 전투에 특화시켜 활용할 수 있었다.

다시 말해 사용하기 나름인 것이다.

만능이라는 점이 카리스의 뛰어난 점이었다.

그렇기에 카리스의 승리는 틀림없을 것이라 판단했다.

그리고 그 예상이 빗나가는 일은 없다.

베니마루도 그제서야 안도한 미소를 지으며 최종 마무리 준비에 들어갔다.

*

전장으로 향하는 문을 연 카리스의 눈에 분전하는 하쿠로우의 모습이 들어왔다.

"류수참!"

하쿠로우는 지팡이 칼로 '사룡수'의 주먹을 흘려보냈다.

갓즈(신화)급 위력을 지닌 주먹이었지만, 하쿠로우의 검은 부서지지 않았다.

그것은 레벨(기량)이 높아야만 가능한 일이었다.

그리고 한 가지 더.

쿠로베의 손을 한 번 더 거쳐 레전드(전설)급 중에서도 최상급인 명검이 되어 있었다.

지팡이 칼 '사메구모'——.

이것이 하쿠로우의 애검 이름이었다.

부러지지 않고, 구부러지지 않으며, 유연하지만 부서지지 않는다. 부드럽지만 심지는 강한 검, 하쿠로우가 주문한 그대로의 검이 완성된 것이다.

위력보다도 그 몸을 안심하고 맡길 수 있는 견고함을 택한 것이 바로 이 '사메구모'였다.

여기에 더해 하쿠로우가 오라(검기)로 칼날을 보호하고 있는 데다, 부러지지 않도록 기술을 더해놓은 덕에 날이 손상되는 일 없이 갓즈급의 외피조차 베어낼 수 있던 것이다.

카리스는 훌륭하다며 칭찬했다.

그러나 안타깝게도 그것만으로는 '사룡수'를 이길 수 없었다.

문 근처에 있던 제피로스와 노토스, 그리고 보레아스가 카리스를 위해 길을 터주었다.

도중에 눈이 마주친 에우로스가 뺨을 상기시킨 채 카리스에게 목례를 한다. 에우로스는 카리스를 동경했기에 이런 상황에서도 설레는 표정을 지어보였다.

그것을 가볍게 지나치는 카리스. 무시 스킬은 베루도라에게 단련받아 이미 MAX였다.

당당하게 걸음을 옮긴 카리스는 하쿠로우의 옆에 나란히 선 채 말을 걸었다.

"하쿠로우 공, 교대하지요."

"음? 자네는 카리스인가. 그래, 내가 나설 차례는 이제 끝인 게로군."

"충분히 만족하시지 않았습니까? 아직 태어나지 않은 손자에게도 하쿠로우 공의 용감한 모습은 분명 전해졌을 겁니다."

"허허허. 겉보기와는 달리 아첨에 능하군 그래."

"베루도라 님께 단련받았으니까요."

베루도라 님께 단련받았으니까요── 이 말에는 카리스의 만감이 담겨 있었다.

매번 무모하고 황당한 짓만 벌여대는 상사를 뒀다면 그 심정에 공감할 수 있지 않을까.

이에 고개를 끄덕인 것은 이 자리에 없는 베레타였다. 카리스와는 술친구로서 가끔씩 의견을 나누는 사이인 것이다.

어쨌든 하쿠로우는 순순히 물러섰다.

시간 벌기라고 들었지만, 사정이 달라진 것을 짐작한 것이다.

"도와줄 필요도 없겠지?"

"네, 저 하나로도 충분합니다."

이는 하쿠로우를 무시하는 것이 아니었다. 순수하게 그가 말려들지 않도록 배려해준 것이다. 어쨌든 카리스의 싸움 방식은 초고열에 의한 소멸이 특기였기 때문이다.

하쿠로우가 있으면 제힘을 다 발휘할 수 없다. 그래서 드래곤 로드(용왕)들과 함께 떨어진 곳까지 피난을 가게 했다.

"허허허. 알겠네. 무운을 빌지."

"맡겨주십시오. 승리를 약속하겠습니다."

이 대화를 끝으로 하쿠로우는 에우로스와 함께 드래곤 로드들이 있는 문까지 내려갔다.

그리고 카리스가 '사룡수'와 대치했다.

힘만이라면 '사룡수'의 손을 들어줄 수 있었지만, 전투능력으로는 과연——.

"시간이 없다는군요. 어느 정도의 상대인지 시험해보고 싶었는데, 곧바로 끝내겠습니다."

카리스가 일방적으로 선언했다.

그 말을 이해할 리 없는 '사룡수'가 카리스를 적으로 간주하고 달려들었다.

카리스는 그것을── 가볍게 걷어찼다.

"키힉?!"

상상 이상의 충격과 예상 밖의 결과에 '사룡수'가 고통과 경악이 담긴 외침을 토했다.

그런 것 따위 무시한 카리스는 다시 한번 공격을 가했다.

"'베루도라류 투살법'── 버닝 불릿(작열연탄)."

눈에 보이지 않는 속도로 튀어나가는 카리스의 주먹. 그것은 뜨겁게 달군 공기를 총알로 변환시켰고, 플라즈마를 일으키면서 '사룡수'에게 연속으로 직격했다.

"⋯⋯?!"

소리 없는 절규를 내지르는 '사룡수'. 하지만 그것을 신경 쓸 카리스가 아니었다.

아직 '사룡수'가 공중에 떠 있는 틈을 타 땅바닥에 마법진을 그렸다. 그리고 발동시킨 것은──.

"그리운 기술로 끝내주마── "드래고닉 플레어(흑염룡화폭옥패, 黑炎龍化爆獄覇)."

떨어지는 '사룡수'가 정확히 돔 안으로 들어오는 타이밍에 기술이 완성되었다. 이전, 리무루를 상대로 사용하려다 막혔던 이플리트의 오의 '플레어 서클(염화폭옥진, 炎火爆獄陳)'이 진화한 기술이었다.

그 위력은 차원이 달랐다.

개량에 개량을 거듭하여 실전에 특화한 것이다.

그 범위는 지름 3미터 정도로 상당히 좁다. 그러나 그 결과 내부에 봉쇄되는 열에너지는 그와 비례하여 증대된다.

베니마루의 '헬 플레어(흑염옥)'를 웃도는 수준이었으며 화염계에서는 최강급의 오의였다.

어쨌든 이 기술은 한번 발동시키면 끝이 아니었다. 불로 변한 카리스가 자신의 의지에 따라 내부 온도를 조절할 수 있었다.

리무루를 상대로 싸웠을 때의 부족한 점을 보완해 내부의 적에게 열을 집중시킬 수 있도록 만들었다.

결계 내부에는 도망갈 곳이 없었고, 카리스의 열은 모든 것을 태울 때까지 사라지지 않았다.

"크악――."

영혼이 부스러지는 절규를 남기며 '사룡수'가 소멸했다.

부활 따위는 허락하지 않는, 카리스의 완전 승리였다.

"훌륭하군."

흠 하나 없는 카리스의 압승을 하쿠로우가 칭찬했다.

"아뇨, 아뇨. 제가 여기 남겨진 이유는 이 순간을 위해서였으니까요. 이기는 것이 당연한 일입니다."

웃는 얼굴로 응한 카리스―― 였지만, 속으로는 다른 생각을 하고 있다.

(베루도라 님은 분명 절 잊으신 거겠죠. 물론 리무루 님이 의지해주신 것이 기뻤던 것은 이해합니다만, 저도 데려가 주셨으면 좋았을 것을…….)

베루도라가 자신을 남기고 간 것에 대한 응어리가 아직도 풀리지 않은 것이다.

이번에 도움이 되지 못했다면 정말로 삐지려던 참이었다.

그런 사정을 모르는 드래곤 로드(용왕)들은 카리스의 듬직한 모습에 감동했다.

"대단해! 역시 카리스님이세요!! 멋져♡"

카리스의 팬임을 공언하고 다니는 에우로스가 맹렬하게 극찬하며 뺨을 물들이고 감격에 젖었다. 작열의 미녀 같은 외모임에도 꿈에 젖은 소녀처럼 귀여운 몸짓이었다.

"큭, 우린 아직 멀었군."

"지금은 어쩔 수 없으니까, 좀 더 경험을 쌓아야겠네."

"저희도 질 수는 없으니까요. 제기온 공 같은 보스 자리까지는 못 맡더라도 최하층 앞을 지키는 드래곤 로드(용왕)로서 더 강해져야겠습니다."

보레아스, 노토스, 제피로스 순으로 소감을 밝힌다.

이날의 아쉬움을 발판으로 사대용왕은 더욱 적극적으로 변했다. 그 결과 미궁 난이도가 더더욱 치솟게 되는데…… 그것은 아직 한참 뒤의 이야기였다.

●

'관제실'은 카리스의 승리에 환호했다.

"거봐! 내 말이 맞았잖아!!"

자신의 공적이라도 되는 것처럼 자랑하는 라미리스에게 대부분의 사람들이 "그러네요!"라며 냉큼 응석을 받아주었다.

베레타는 연산에 집중하고 있어 끼어들지 못했다. 그렇다기보단 늘 있는 일이었기에 이제는 포기 상태였다.

주의를 준다고 하면 부사령관 베니마루 정도인데, 이미 격리된 층으로 향한 상태라 이 자리엔 없었다. 이제 이 자리는 라미리스의 독무대였고, 가비루나 란가는 도저히 끼어들 분위기가 아니었다.

그렇다고 긴장감이 사라진 것은 아니었다.

일부 대형 스크린의 상태가 좋지 못해 잡음이 일고 있었다. 그 앞이 격리층이라는 것은 굳이 설명할 필요도 없는 이야기였다.

이 싸움도 막바지에 이르렀다.

이제 베가를 쓰러뜨리고 격리 부분을 떼어내기만 하면 된다.

그리고 모두가 무사히 돌아오기를 바랄 뿐이었다.

라미리스도 유난히 야단법석을 피우는 것처럼 보이지만, 그것은 불안함의 표출이었다.

작전의 성공을 믿고 라미리스는 베니마루의 연락을 기다렸다.

그리고 베니마루가 향한 곳에서――.

디아블로는 베니마루가 등장한 것을 보고 시간이 다가왔음을 알아차렸다.

아직까지는 순조롭다. 하지만 방심할 수 없는 상황이었다.

한계까지 몰린 베가가 움직인다면 바로 지금이었다.

디아블로가 힐끔 시선을 돌리자 제기온이 바로 알아차리고 고개를 끄덕였다.

이심전심이 따로 없었다.

그렇다면 안심이다, 라고 생각한 순간 예상대로 베가가 외쳤다.

"캬하하하하! 그렇군, 그런 수가 있었구나!!"

디아블로를 노리는 것처럼 가장해 땅을 기어가던 촉수가 꿈틀거렸다. 일제히 늘어나는가 싶더니 초속으로 마이에게 다가간다.

"어?"

기척을 느끼고 돌아보는 마이. 시야를 가득 메우는 수많은 촉수를 보고 그 표정이 경악으로 물들었다.

디노 일행의 서포트에 힘쓰고 있던 마이는 베가의 본체에는 신경을 쓰지 못하고 있었다. 설마 자신을 노릴 거라고는 꿈에도 생각하지 못한 것이다.

그러나 그 촉수가 마이에게 닿는 일은 없었다.

"소용없다."

제기온의 말이 마이의 귀에 닿은 것은, 허공에 흩어지는 촉수의 잔해를 본 순간이었다.

제기온의 충공영역은 정결한 청색이었다. 탁하지 않고 투명하며 아름다우면서도 덧없어 보였지만, 그 실체는 아피트보다 더 강력했다. 심지어 비교가 안 될 정도로.

공방일체이면서 제기온의 의사에 따라 공간단절이라는 공격성까지 갖추고 있었다.

베가의 촉수는 여기에 막혔다. 마이의 털끝조차 건드리지 못한 채 디스토션 필드(공간왜곡방어영역)의 시공 진동에 휘말려 흩어진 것이었다.

"저, 저 혹시 노려졌었나요?"

마이가 그 사실을 알아차렸을 땐 이미 모든 것이 끝난 후였다.

궁지에 몰린 베가는 마지막에 얻은 희망마저 빼앗기고 말았다. 처음부터 그런 것은 없었지만, 베가가 절망하기에는 충분한 사건이었다.

"마, 말도 안 돼?!"

그렇게 소리쳐보지만, 그런다 한들 사태가 호전될 리는 만무하다.

모든 일은 여기서 무사히 끝날 거라 생각했다.

●

이건 꿈이야, 말도 안 돼!

여기서 내가 죽는다고?

그런 건 절대 인정 못해!!

베가는 혼란과 공포의 절정을 맛보고 있었다.

마이를 잡아먹고 그 권능을 빼앗는다. 그리고 이 자리에서 탈출하겠다는 완벽한 작전도 마치 간파당한 것처럼 완전히 막혀버리고 말았다.

모든 것이 이해되지 않는 일뿐이었다.

(나만큼 뛰어난 전사가 이런 곳에서 죽는다니…….)

그러나 더 이상 방법이 없었다.

베가가 얕보고 덤벼든 디아블로는 상상 이상의 괴물이었다. 베가의 모든 것을 꿰뚫고 있는 것처럼 그 어떤 공격을 해도 통하지 않았다.

든든하게 여기고 있던 '사룡수'들도 기대를 배반했다.

새로운 전사── 베니마루가 이곳에 온 것을 보면 아래층으로 향했던 한 마리도 죽었을 것이라 짐작할 수 있었다.

여기까지 와서야 베가의 이해력도 한계까지 향상되었다.

궁지에 몰리며 더 이상 뒤가 없다는 것을 깨닫고, 생존하기 위해 두뇌가 활성화된 것이다.

하지만 베가에게 남겨진 가능성은 전무했다.

그들이 무언가를 꾸미고 있는 것은 확실했고, 그것을 견딜 수 있을 거라는 생각은 들지 않았다. 어쩌면 베가가 얻은 불사성이라면 살아날 수 있을지도 모르지만…… 죽느냐 사느냐에 내기를 거는 짓 따위는 절대로 사양이었다.

베가는 억울했다.

누구나 인정할 만큼 강해졌는데, 그 누구에게도 존경받지 못했다.

믿을 수 있는 동료도 생기지 않았다.

안주할 땅도 얻지 못했다.

마음이 채워지지 않았다.

욕망은 끝이 없었다.

그것들은 당연했다.

베가 자신의 벌인 행동의 결과인 것이다.

자신이 상대방을 믿지 않았으니 상대방 역시 자신을 믿을 수 있을 리가 없다.

단순히 강해졌다며 잘난 척하는 것만으로는 아무것도 이룰 수 없다.

사람은 의외로 본질을 꿰뚫어본다는 사실을 베가는 알지 못한 것이다.

원하기만 해서는 아무것도 이룰 수 없다.

주기만 하고 돌아오지 않는 경우도 있지만, 주지 않으면 아무것도 시작되지 않는다.

베가는 그것을 모르고 살아왔다. 그 성장에는 동정의 여지도 있었지만, 갱생의 기회는 여러 번 있었다.

따라서 결국 베가의 행동에 책임을 져야 할 존재는 자기 자신뿐이라는 결론에 다다르는 것이다.

하지만 베가는 그것을 기쁘게 여기지 않았다.

"웃기지 말라고! 이 빌어먹을——!"

온몸으로 불만을 표시하며 소리쳤다.

그리고 그 순간, 금단의 수단이 떠올랐다.

(그래, 그거야. 나만 죽다니, 그런 건 너무 이상하잖아. 그렇다면 전원을 길동무로 끌고가주마. 그럼 저승길을 간다 해도 외로울 일은 없겠지!!)

그것은 바로 디아블로가 염려하던 그 가능성이었다.

겁이 많고 생에 집착하는 베가라면 취하지 않을 수단이라고 생각하면서도 그럴 가능성을 버리지 못한 것은 베가의 머리가 지나치게 나빴기 때문이다.

어떠한 사상조차 없이 그저 즉흥적으로, 닥치는 대로 살고 있었다. 떠오르는 대로 말하며 주장을 번복하고, 당장 떠오른 계책을 조금도 고민하지 않고 실행하는 어리석은 성격……

그런 베가였기에 마지막 순간 파멸의 가능성에 눈을 뜨지 않을 것이라 단언하지 못한 것이다. 디아블로는 그것을 경계했다.

그 예감이 적중하고 말았다.

베가가 씨익 웃었다.

"헤헤헤, 그래. 네놈이 나보다 강하다는 건 인정하지만, 마지막으로 웃는 건 바로 나다. 캬하하하하하, 그래! 처음부터 이러면 좋았을걸!!"

웃음은 이윽고 더욱 크게 터져나왔고, 베가가 내뿜는 사악한 기색이 점점 짙어졌다.

●

디아블로는 혀를 찼다.

이렇게 될 가능성을 내다보고 미리 대책을 세워두었기에 베가가 흩뿌리려는 박테리아(마성세균)를 미연에 억제해 두었다. 하지만 제라누스의 암흑세포와 융합하면서 베가의 박테리아(마성세균)는 더 강화된 상태였다.

이미 베가에게서 흘러나온 세포가 어느 정도 공기 중을 채우고 있었던 것이다.

앞선 촉수의 잔해도 마성세균으로 변해 있었다.

(이렇게까지 성가셔질 줄이야. 처음의 상태였다면 더 편하게 막을 수 있었을 텐데, 지긋지긋한 녀석 같으니…….)

베가는 이 전투 동안에도 조금씩 강해졌다. 질 나쁜 권능까지 획득한 덕에 디아블로로선 불안 요소밖에 없었던 것이다.

이대로라면 베가의 행동을 막을 수 없었을 테니 미리 준비해 놓은 것이 정답이었다.

"'절계(絶界)'──."

디아블로는 신속하게 대항책을 실행했다.

베가의 본체가 디아블로의 '아자젤(유혹지왕)'에 사로잡혔다. 이로 인해 베가의 의식은 외부와 단절되었다.

순식간에 베가의 목적은 저지당했다.

즉, 디아블로가 베가의 자폭을 미연에 방지한 것이다.

"그렇군. 이 격리층에 가득 차 있던 본인의 세포를 일제히 붕괴시키려고 한 건가."

붕괴라고 할까, 베가가 내포하고 있는 에너지양은 상당했기 때문에 그것이 의미하는 바는 결국 대폭발이었다.

역시 디아블로야, 라고 베니마루는 생각했다.

"맞습니다. 이 녀석처럼 무슨 생각을 하는지 알 수 없는 한심한 자는 빠르게 처치하는 게 제일이지요."

디아블로 한 명이라면 살아남을 수 있었겠지만 체력이 동난 다른 이들이었다면 그 피해 규모를 예상하기 어려웠다. 그래서 디아블로는 초장부터 저지하기 위해 손을 써둔 것이다.

만약 이런 상황이 아니었다면 디아블로의 손으로 진작에 베가를 처리했을 것이다. 불확정 요소를 살려두면 어떤 재앙이 일어날지 알 수 없기 때문이다.

살려둘 의미도 없으니 용서할 필요도 없다.

어쨌든 모든 절차가 완료된 이상 남은 것은 베가를 매장한 뒤 격리 부분을 폐기하는 것뿐이었다.

그럴 예정이었는데…….

여기서 베가의 '사룡수'에 변화가 생겼다.

베가의 악랄한 발버둥이, 한층 더 힘을 얻는 계기가 되어 버린 것이다.

"흐악하하하하! 해냈어, 역시 나야!!"

그 외침은 '사룡수'가 내뱉은 것이다.

세 마리가 있었는데 지금은 한 마리밖에 부활하지 않았다. 그러나 그 한 마리의 얼굴은 베가 그 자체가 되었고, 지금까지와는 격이 다른 존재감을 내뿜고 있었다.

베가의 얼티밋 스킬 '아지 다하카'에는 '병렬사고' 권능도 있었다. 그것이 지금의 '사룡수'에 깃든 것이다.

"""……윽?!"""

곧바로 그 위험성을 인지한 것은 디아블로, 제기온, 베니마루 이 세 명이었다.

뒤늦게 디노 일행도 상황을 파악했다.

하지만 아무도 움직일 수 없었다.

디아블로는 베가 본체를 봉쇄하느라 손을 쓸 수 없었다.

베니마루는 '시공간조작'을 발동시켜 이 자리와 대피 장소를 연결하고 있었다.

디노는 드디어 쉴 수 있다며 기뻐하고 있었다.

피코랑 가라샤도 디노와 똑같았다.

안도한 표정의 아피트도 싸우다 지친 제기온을 위로하듯 부축해주고 있었다.

그런 제기온도 공격을 한순간 주저하고 말았다.

왜냐하면 베가가 마이에게 가려져 있었기 때문이다.

제기온에게 보호받고 있던 마이가, 무슨 생각을 한 것인지 베가 앞으로 뛰쳐나간 것이다. 이 행동은 제기온에게도 예상외였기에 대처가 한발 늦었다.

베가는 '사룡수'에게 사고를 깃들게만 할 수 있었지 그 권능을 모두 다룰 수 있는 것은 아니었다. 그럼에도 디아블로의 '절계'에서 '병렬사고'를 작동시킨 것은 베가의 엄청난 집념 덕분이라고 할 수 있었다.

모처럼 디아블로가 봉인했는데 이대로 마이를 잡아먹고 도망쳐버린다면 베가의 승리였다.

그것이 이루어지지 않더라도 이대로 모두를 끌어들여 자폭해버리면 베가의 울분은 해소될 것이다.

누구를 향한 분노인지도 알 수 없는 추악한 감정에 지배되어 베가는 악의를 사방에 퍼뜨렸다.

적어도 격리된 부분과 함께 추방할 수 있었다면—— 모두가 그렇게 생각했던 때였다.

"이렇게 될 줄 알았어. 당신, 계속 끈질겼거든요."

마이가 포기했다는 투로 담담하게 중얼거린 것이다.

그 목소리는 작았지만 고요한 현장 속에서 크게 울려 퍼졌다.

"허?"

저도 모르게 얼빠진 목소리를 낸 '사룡수' 베가에게 마이가 도전적인 시선을 던졌다.

"그러니까 제가 데려다 줄게요. 당신이 그 누구에게도 폐를 끼칠 수 없게, 어딘가 먼 미지의 장소로."

"뭐? 뭐라고 지껄이는 거야, 넌?!"

고래고래 소리치며 묻는 베가에게 마이는 대답하지 않았다.

"잠깐, 멈춰……."

베가가 거부하는 것보다 더 빠른 속도로 마이의 '테라 마테르(성계지왕)'가 빛을 내며 발동했다.

마이 역시 계속 보호만 받고 있지는 않았다.

베가를 관찰하며 그 끈질김에 몸서리쳤다.

그리고 이렇게 되지 않을까 어렴풋이 예감하고 있었던 것이다.

그래서 베가가 자신을 노린다는 것을 알면서도 굳이 도망치지 않았다. 자신만을 희생하여 모두를 지켜내려 한 것이다.

사라져가는 '테라 마테르'의 광휘.

그 마지막 순간—— 마이의 사념의 잔재가 디노 일행에게 도착했다.

안녕, 디노.

당신은 진지할 땐 멋있었어.

나에게 용기를 줘서 고마워.

안녕, 가라샤.

든든해서 마치 언니 같았어.

안녕, 피코.

짧은 만남이었지만 친구처럼 생각했어.

안녕, 모두들.

잘 지내.

영원을 사는 당신들이라면 나에 대해 금방 잊겠지만——.

거기서 마이의 목소리가 끊겼다.

만약 기억해 준다면 기쁠 거야. 디노는 마치 그 뒷말이 들린 것 같은 기분이었다.

*

마이가 사라지고, 위협도 사라졌다.

남겨진 베가의 본체를 살려둘 의미는 없었다.

디아블로가 망설임 없이 처치했다.

"'엔드 오브 월드(세계의 붕괴)'──."

세계의 붕괴에 대항할 방법은 없다.

이 순간 베가의 본체가 소멸했다.

다만 아마도 마이와 함께 사라진 '사룡수'로 본체의 권능이 옮겨가 진짜 베가가 되어 완전한 부활을 이뤘을 것이다.

디아블로가 못마땅하다는 얼굴로 혀를 찼다.

결국은 테스타로사를 나무랄 수 없는 결과가 되어버리고 말았기 때문이다.

뭐, 됐어── 라며, 디아블로는 마음을 고쳐먹었다.

"빨리 끝내죠."

제라누스를 잡아먹고 베가가 어떤 진화를 이뤘는지는 알 수 없다.

이 격리층에는 아직 베가의 세포가 남아 있었다. 이를 방치하면 또다시 마물을 잡아먹고 부활할 우려가 있었다.

감상에 잠겨 있을 때가 아니라 미리 결정해둔 계획대로 일을 진행해야 했다.

"뭘 넋 놓고 있는 겁니까, 디노."

"아니, 그치만……."

"그치만, 뭐요? 쓸데없는 감정에 사로잡혀 사명을 다하지 못하는 것이 더 문제입니다."

디아블로가 냉정하게 전했다.

맞는 말이라는 것은 디노도 알고 있었다.

"뭐, 적어도 전별 정도는 해주자고. 아주 화려하게 말이지."

베니마루가 그렇게 말하며 상황을 정리했다.

그리고 그것을 실천하기 위해 모두가 행동에 나서게 되었다.

그러던 중 디노는 혼자 생각했다.

(마이가 기뻐한다면―― 아니, 그 녀석이라면 분명 화를 내겠지.)

마이는 성실하고 눈에 띄는 것을 싫어하는 구석이 있었다.

게다가 화려한 것도 좋아하지 않을 것 같았다.

디노는 그런 생각들을 떠올렸지만, 굳이 입 밖으로 내지 않고 삼켰다.

*

베니마루가 '시공간조작'으로 연결한 대피 장소는 미궁의 '외연부'에 있었다.

미궁 안임에도 외연부라 불리는 데엔 나름의 이유가 있다.

그곳은 시공간의 틈새였기 때문이다.

미궁은 이계―― 즉, 아공간에 인접해 있어 수많은 어나더 월드(다른 차원의 세계)와도 맞닿은 곳에 있었다. 그렇기 때문에 미궁 밖을 기축세계라고 하면 미궁의 안쪽은 '외연부'라고 일컬어지는 것이다.

그곳의 가장 끝에 선 사람은 베니마루, 디아블로, 제기온, 그리고 디노 네 명이었다.

베니마루의 제안으로 지금부터 화려한 불꽃을 쏘아올리려는 참이었다.

단 4명뿐인 것은, 다른 사람들은 이 앞에서 움직일 수 있는 권능──'시공간조작'을 가지고 있지 않기 때문이다.

제기온은 제라누스에게 권능을 넘겨받아 '시공간조작'에서 진화하여 '시공간지배'가 된 상태였다.

디아블로는 미카엘에게 '시간정지'에서 뒤처진 것을 분하게 여겨 진작에 '시공간지배' 권능을 획득했다.

그리고 베니마루도 디아블로에게 가르침을 받으며 특훈을 해온 덕에 아주 짧은 기간에 '공간지배'를 '시공간조작'으로 성장시켰다.

베니마루조차 간신히 다룰 수 있게 된 권능이었기에 다른 자들이 다룰 수 없는 것은 어쩌면 당연했다.

피코와 가라샤조차 '공간지배'밖에 갖고 있지 않아 아공간 안에서 존재를 유지하기는 어려웠다.

그만큼 이 뒤의 공간은 위험한 것이다.

어려운 일에 도전하려는 상황이었지만, 그렇다고 미궁의 기능 회복을 잊은 것은 아니었다.

『다들 정말 잘해줬어! 난 믿고 있었다고!!』

라미리스가 기뻐하며 말했다.

미궁 안으로 돌아왔다는 증거였다. 이곳에서 사망하더라도 '부활의 팔찌'의 효과로 살아날 수 있다는 안도감 덕분에 모두의 표정에도 한결 편안함이 감돌았다.

다만 지금부터 하려는 작전에 임하는 자들에겐 라미리스의 미궁 법칙조차 적용되지 않았다.

『그래서, 정말 하려고?』

이대로 그냥 방치해도 되잖아. 라미리스는 그렇게 말하고 싶은 모양이었다.

그 말대로 지금부터 이 네 사람이 하려고 하는 것은 폐기한 30층 부분을 전력을 다해 공격하는 것이었다. 베니마루에게 '사념 전달'을 통해 설명을 듣긴 했지만 영 내키지 않는 눈치였다.

베니마루나 다른 이들에게서는 베가의 부활을 절대 용서치 않겠다는 기백이 느껴졌다.

마이가 데려간 '사룡수'가 남아 있었지만, 그것은 그것. 지금부터 하는 것은 단순한 마무리 의식이었다.

그것을 알고 있는 라미리스는 반대하는 입장이었다. 그렇지만 네 사람의 마음을 이해하고 있어 말리지 않았을 뿐이다.

이계와 맞닿은 대피 장소에서는 폐기된 30층 부분이 보였다.

이는 그저 놔두기만 해도 머지않아 이계에 휩쓸려 날아가 버릴 것이다.

아공간에서는 항상 위치의 변동이 발생한다. 그것은 예측할 수 있는 것이 아니었다. 그런 것에 휘말리면 어떤 다른 차원의 공간으로 날아갈지 예측할 수 없었다.

시간의 흐름조차도 왜곡된 이계였기에, 설령 '공간지배'를 갖고 있다 하더라도 날아간 곳에서 지금과 같은 지점으로 복귀한다는 것은 현실적이지 않은 일이었다.

베루글린드는 그것을 해냈지만, 그것은 우연과 기적이 겹친 예외였다.

날아간 곳에 대해 좀 더 말하자면, 사람이 사는 어나더 월드(다른 차원의 세계)라면 그나마 낫고, 아무것도 없는 우주의 종말이거나 생명이 탄생하기 전 대폭발이 한창일 때라고 해도 이상하지 않았다.

아무리 정신생명체라고 해도 그런 곳에서 생존할 가능성은 절망적이었다.

그것을 알고 있는 만큼 라미리스가 진지하게 충고했다.

『알겠어? 본인을 '결계'로 제대로 방어하고, 구명줄을 절대로 놓치지 마. 아공간에 한번 휩쓸려서 떠내려가 버리면 어디로 튕겨나갈지 모르니까.』

라미리스의 경고에 디노가 고개를 크게 끄덕였다.

실제로 베니마루, 디아블로, 제기온 세 사람은 리무루를 경유한 '영혼의 회랑'이라는 연결고리가 있었다. 지금부터 작전 행동을 벌일 네 명 중 디노만이 확고한 유대가 없는 것이다.

"뭐, 괜찮아. 나랑 피코가 단단히 받쳐줄 테니까 안심해."

"아니, 난 우리한테 유대가 없었다는 게 충격인데."

"신경 쓰지 마!"

"그래, 우린 동료고 서로를 믿고 있잖아. '영혼의 회랑'인지 뭔지 하는 영문 모를 게 있는 쪽이 이상한 거지."

맞는 말이긴 한데—— 라고 디노도 생각했지만, 조금 쓸쓸한 기분이 들었다.

어쨌든 지금부터는 정신을 바짝 차려야 했다.

아공간에서는 발을 디딜 곳이 없었기에 구명줄에 의지할 수밖에 없었다.

라미리스의 말처럼 매우 위험한 행위였다.

그래도 디노는 드물게 의욕을 보였다.

디노에게 있어 최선은 말할 필요도 없이 일하지 않는 것이다.

하지만 그렇다고 일을 못하는 것은 아니다.

하기 싫은 것뿐이다.

그렇기에 진심이 된 디노는 일처리가 빨랐다.

필요한 상황이 닥쳤다면 최대한 빠르게 끝내버린다. 그것이 디노라는 남자였다.

그런 디노가 가장 먼저 아공간으로 뛰쳐나갔다.

이어서 제기온이 디노의 맞은편에 도착했다.

베니마루가 가장 익숙하지 않았기에 그나마 안전권에 가까운 위치에 자리를 잡았다.

제일 위험한 맨 안쪽에는 어느새 디아블로가. 디노의 자리에서는 정삼각형으로 보이는 배치였다.

그리고 그것은 다른 사람들의 자리에서도 마찬가지였다. 즉, 4명을 꼭짓점으로 둔 정사면체의 진형이었다.

이것으로 준비는 끝났다.

그것은 네 명 이상이 필요한 의식이자 오의였다.

라미리스가 이왕 할 거면 그렇게 하자고 제안했고, 이에 디아블로가 "쿠후후후후, 재미있군요" 하며 찬동했다.

제기온은 묵묵히 동의했고, 발안자였던 베니마루와 그를 따라온 디노가 뒤늦게 동참하는 모양새가 되었다.

사실 그 의식 자체도 이곳만큼이나 위험한 행위였던 것이다.

(디아블로는 몰라도 제기온과 베니마루까지. 굉장하네. 또 에너지(마력요소)양이 늘어났잖아…….)

제기온은…… 앞의 싸움을 목격했기 때문에 이해하고 싶지 않아도 이해할 수 있었다.

하지만 어느새 베니마루마저 전력을 낸 디노와 맞먹을 정도로 강해져 있었다.

말도 안 된다고 생각하면서도 지적할 기운은 없었다.

디노는 작전에 집중하기로 했다.

『조심해!』

불안함이 담긴 라미리스의 사념이 닿았다.

전원이 정해진 위치에 도착한 것을 확인한 뒤부터가 본격적인 실전이었다.

둘이라면 점과 점을 잇는 1차원.

셋이라면 면을 그리는 2차원.

넷이 되면 공간을 형성하는 3차원이 된다.

목표를 중심으로 각 사람이 정사면체의 꼭짓점에 서 있었다.

즉 지금부터 하려는 것은 폐기된 미궁 30층 부분을 에워싸듯이 완성된 정사면체에서 중앙을 향해 각각의 오의를 쏟아붓는 것이었다.

그리하여 적층형 마법진을 아득히 능가하는 공간형 마법진이 형성되었고…….

(상상을 초월하는 위력이 될 것 같네, 정말로.)

디노는 꿀꺽 침을 삼켰다.

생각할수록 무모한 이야기였다. 무심코 기세에 휩쓸려 이야기에 응해버렸지만, 실전 직전 이성이 돌아오며 '이거 진짜 위험하잖아'라는 생각이 든 것이다.

하지만 디노 이외의 세 사람은 의외로 의욕이 가득했다.

『쿠후후후후, 오랜만에 전력을 내보는군요.』

『그래. 나도 이번 기회에 내 한계를 알아보고 싶다.』

『그러게. 몸은 엉망진창인데 어쩐지 할 수 있을 것 같은 기분이야.』

그 '사념전달'을 통한 대화를 듣고 디노는 생각했다.

일단 디아블로.

넌 전력을 내지 마!

다음으로 제기온.

너한테 한계 따윈 없거든!

그리고 베니마루.

몸이 엉망진창이면 대체 왜 이런 제안을 한 겁니까?

이 자식들, 확실히 이상해! 디노는 전력을 다해 그렇게 외치고 싶은 심정이었다.

하지만 새삼스러운 일이었기에 아무 말도 하지 않았다.

말해도 소용없고 잘못하면 분위기만 나빠질 거라 생각했으니까.

디노는 의외로 배려심 많은 남자였다.

그런 식으로 디아블로를 필두로 한 템페스트 간부들에게 묘한 거리감을 느끼는 와중, 카운트다운이 시작되었다.

『알고 있겠죠, 디노? 주 기술은 당신에게 맡길 겁니다. 저희들이 타이밍을 맞출 테니까요.』

디아블로가 말했다.

베니마루나 제기온도 이론은 없었다.

세 사람뿐이라면 완벽하게 타이밍을 맞출 자신이 있었지만, 디노에게 그것을 요구하는 것은 가혹한 일이었기 때문이다.

그래서 디노가 기술을 발휘하고 세 사람이 그것을 따르기로 한 것이다.

디노도 여기에 불만은 없었다.

오히려 이 정도로 난이도 높은 의식 오의에서, 다짜고짜 실전에서 타이밍을 맞추라는 말을 듣지 않아도 되서 살았다며 가슴을 쓸어내렸을 정도였다.

『알았어. 전력으로 간다!』

그렇게 대답한 디노는 정신을 가다듬었다.

최고의 일격을 내보내기 위해 의식을 집중시켰고―― 그 순간 디노의 6쌍 12장의 흰색과 검은색의 날개가 빛났다.

디노의 쌍검―― 엑스칼리버(황금의 검)와 칼리번(암흑의 검)에 압도적인 힘이 모여들었다.

『폴른 크루세이드(천마쌍격패, 天魔雙擊覇)!!』

백광의 날과 흑영의 날이 잔광을 남기며 정사면체의 중심에서 멋지게 교차했다.

그리고 바로 그 순간, 만개한 꽃이 무자비하게 피어났다.

『프로미넌스 액셀러레이션(양광흑염패가속여기)――!!』

『엔드 오브 월드 레퀴엠(종말세계에 바치는 진혼가)'――.』

『디베스테이터 스톰(환상증식파동람, 幻像增殖波動嵐)'!!』

베니마루가 쏘아올린 프로미넌스 액셀러레이션은 두말할 것도 없이 알려진 것 중 최강 오의였다.

디아블로의 '엔드 오브 월드 레퀴엠'은 세계가 멸망하는 모습을 재현하여 국소적 파괴를 일으키는 궁극의 환상 원소계 파멸 마법이다. 스킬(능력)과 아츠(기술), 그리고 마법의 복합기로, 말할 것도 없이 디아블로의 오리지널 중 최강이자 최악의 오의였다.

그리고 제기온의 '디베스테이터 스톰'. 이쪽은 제라누스에게 넘겨받은 힘을 받아들인 후 제기온의 최강 오의였던 '디멘션 스톰(환상차원파동람)'이 더욱 흉악하게 진화한 형태였다.

각자가 자신이 내보낼 수 있는 최대의 힘을 발휘한 것이다.

한치의 오차 없이 쏘아진 엄청난 기술들이 정확하고 절묘한 타이밍에 디노가 날린 기술을 뒤덮듯이 정사면체의 중심부로 도달했다.

그곳에 놓인 미궁 폐기 부분에서 찬란한 극광이 피어나며 아공간을 눈부시게 물들였다.

그것은 전별이라는 말에 걸맞게 아름다웠다.

다만 그 잠재된 위력은── 우주 개벽 이래 최대 규모의 재앙적인 파괴력을 발생시켰다.

위력이 빠져나가지 못하도록 구축된 정사면체 내부를 파괴의 재앙이 가득 메워나갔다.

──쿼텟 스킬(4중 복합절기): 브레이크다운 노스탤지어(절격추억멸광붕, 絕擊追憶滅光崩)──

네 사람의 힘이 하나로 합쳐지며 유례없는 궁극의 파괴력을 만들어낸 것이다.

조금이라도 타이밍이 어긋나면 술자 본인까지 끌어들일 수 있는 위험한 기술로, 이를 눈앞에서 겪은 디노가 공포심을 느낀 것은 말할 필요도 없었다.

처음부터 실전에서 시도하기에는 너무 위험한 기술이었다고, 후일 디노는 그렇게 말했다.

새로운 무용담이 또 하나 탄생한 순간이었다.

*

'관제실'에서도 이 상황은 파악하고 있었다.

이 광경을 목격한 사람들은 모두 짜맞춘 듯이 입을 다물었다.

미친듯이 휘몰아치는 파괴의 폭풍은 도무지 가라앉을 기미가 보이지 않았다.

이 자리가 아공간이었던 것은 다행이라고 할 수 있었다. 만약 이것이 미궁 안이었다면 얼마나 많은 층이 휘말렸을지 상상조차 할 수 없을 정도였다.

『……저기, 너무 위험한데요?』

라미리스에게서 무심코 속마음이 흘러나왔다.

파괴의 중심에 있던 '폐기된 30층'은 파괴의 에너지와 닿은 순간 소멸하고 말았다. 이런 흉악하기 짝이 없는 기술을 만약 지상에서 사용했다면…….

행성도 사라질 것이고 태양계마저 삼켜질 것이다.

베루글린드의 힘마저 완전히 뛰어넘는 파괴력. 이 세계의 상위자 4명이 펼친 퀴텟 스킬(4중 복합절기)은 시너지 효과를 일으키며 상상을 초월하는 결과를 만들어냈다.

그렇게 침묵에 휩싸인 '관제실'로 화기애애한 대화를 나누며 돌아오는 이들이 있었다.

디아블로와 베니마루다.

"이거, 정말 즐거운 체험이었습니다."

"그래, 동감이야. 온몸이 비명을 지르는 상태였는데도 막상 실전이 다가오니 오히려 그 어느 때보다 힘이 넘치는 느낌이었어. 또 하고 싶지만 더는 기회가 없을 것 같아 아쉽네."

"쿠후후후후. 카레라가 '층을 때려부수는 건 정말 즐겁다'라며 호들갑을 부렸습니다만, 이제야 그 기분을 이해하겠군요."

"맞다. 힘의 한계를 시험해보는 건 쉽게 할 수 없는 경험이니까."

마지막에는 제기온까지 말을 보태는 것이 다들 꽤 들뜬 모습이다.

'관제실'과는 크게 다른 온도차에 라미리스의 몸이 부들부들 떨려왔다.

불안은 곧 분노로 변했다.

라미리스는 온 방 안을 이리저리 돌아다니면서, 돌아온 네 사람을 향해 '절대 금지'를 선언한 것이었다.

그러던 중 더는 아무것도 하기 싫을 만큼 지쳐버린 사람이 있었다. 그들 옆에 있던 디노다.

피코와 가라샤도 당연하다는 듯이 응접용 소파에 몸을 웅크렸다.

그런 디노 일행에게 슬며시 홍차와 과자를 내미는 슈나.

"수고하셨어요."

그렇게 말하며 미소를 지어주면, 그것에 마음이 흔들리는 것이 남자라는 생물이었다.

디노도 빠지지 않고 애쓴 보람이 있었구나, 하며 고생을 보답받는 기분이었다.

베니마루 쪽과 달리 디노는 오로지 자력으로 싸웠다.

그러니 이것은 스스로에게 주는 보상이다. 그렇게 생각한 디노는 당당한 태도로 긴 의자에 누웠다.

우아하고 한가롭게 누워 슈나에게 홍차 리필을 부탁했다.

그런 상태로 디노는 피로를 풀었다.

전혀 이질감 없는 디노의 그 모습에 베니마루가 어이없다는 얼굴로 투덜댔다.

"이봐."

"응?"

"왜 그렇게 여유롭게 누워있어?"

"아니, 그야 내 일은 다 끝났잖아?"

디노가 실로 가볍게 대답했다.

이에 발끈한 베니마루가 되물었다.

"그럼 왜 본인 집으로 안 돌아가는데?"

그 말을 들은 디노가 어리둥절한 반응을 보였다.

그런 디노를 보고 베니마루가 더 당황했을 정도다.

"어? 아니, 싸움이 끝난 뒤니까 이제 '강적이라 쓰고 친구라고 읽는다' 아냐? 그럼 우리가 살 곳도 이제 여기 말고 없다는 거잖아?"

디노가 산뜻하게 설명했다.

아주 후련할 정도로 자신들의 상황밖에 생각하지 않았다.

가볍게 윙크까지 해오는 모습에 베니마루의 짜증은 극에 달했다.

그래서 무심코 거친 말투가 나와버렸다.

"그런 이야기가 아니잖아! 애초에 너희는 얼마 전까지 우리랑

적대하지 않았나?!"

어쨌든 디노는 마왕이었기에 이런 말투는 실례였지만…… 피코나 가라샤에게서도 클레임은 나오지 않았다. 디노를 그렇게까지 존경하지는 않는 것이다.

디노 본인도 전혀 개의치 않는지 가볍게 흘려넘기더니, 이제는 라미리스마저 끌어들인다.

"어? 이제 화해한 거 아니야? 안 그래, 라미리스?"

"어? 뭐, 뭐 그렇지. 다시 일하고 싶다면 고용해주지 못할 것도 없지!"

라미리스의 기분은 이미 다 풀린 상태였다. 디노와 화해한 것을 떠올리고는 미소를 짓고 있다.

그대로 디노와 함께 과자를 쩝쩝대며 먹기 시작했는데, 그러기엔 아직 일렀다.

잊어서는 안 되지만 이곳은 '관제실'이다.

미궁 안의 위기는 사라졌지만 아직 세계 곳곳에서는 고난이 이어지고 있었다.

소우에이도 정보 수집으로 바쁘게 돌아다니고 있었고, 결코 모든 일이 해결된 것은 아니다.

그런데도 디노 일행은 더는 본인과는 아무 상관없다는 듯 마치 남의 일 같은 태도였다.

피코나 가라샤도 마찬가지다.

아니, 더 심하다.

대화를 나누는 디노 쪽을 무시하고 둘이 함께 케이크를 퍼먹고 있던 것이다.

"이, 이거! 엄청나게 맛있는데?! 세 개나 있으니까 남은 한 개도 내가 먹어도 되지?"

"피코, 날뛰지 마. 이 마지막 하나는 내가 노리던 사냥감이거든."

"뭐? 무슨 소리야. 내가 먼저 선언했으니까 권리는 나한테 있지!"

슈나가 준비한 케이크를 서로 빼앗으려 하는 추악한 싸움이 벌어지고 있었다.

여기에 디노가 참전했다.

아니, 애초에 그가 당사자였다.

"야?! 그건 남은 게 아니라 내 거거든! 너희들 권리 따윈 처음부터 없었다고!!"

그렇게 외친 디노는 황급히 자신 몫의 케이크를 확보하려 했지만, 그 주장이 받아들여지는 일은 없었다.

우정도 케이크 앞에는 무력했다……

그런 생각을 하는 템페스트 일동.

그 모습을 보고 한숨을 내쉬는 베니마루.

자신도 케이크는 무척 좋아하지만 이건 좀 심하다, 라고 생각했다.

"한심한 남자의 응석을 받아주는 건 반대 입장이지만, 슈나, 하나 더 준비해 줘."

끈기 싸움에서 진 것은 결국 베니마루였다.

이대로 가다가는 이야기를 진행할 수 없을 것이라 생각한 것이다. 디노에게 하는 말치고는 거침이 없었지만 마왕의 풍격이 느껴지지 않았으니 어쩔 수 없다.

슈나는 쓴웃음을 지으며 고개를 끄덕였다.

그런 줄도 모르고 디노 쪽은 본성을 드러내며 한참을 싸워댔다.

역시 우정이란 이렇게나 덧없는 것이다.

세계적인 규모의 싸움과 비교하면 귀여운 수준이지만, 세 사람이 모두 한 치의 양보 없는 모습으로 서로를 노려보았다.

슈나가 새것을 준비해 가져올 때까지 그 다툼은 계속되었다.

결국 케이크를 다 먹은 디노 일행은 베니마루의 산하에 들어가는 것으로 합의를 보았다.

슈나, 즉 음식을 관장하는 권력자의 손위 형제를 거역하는 것은 어리석은 일이라고 판단한 것이다.

어떤 세계에서도 부엌을 지배하는 자는 강하다.

그리하여 일시적 동맹이 성립되었다.

"나는 이래 봬도 마왕이니까. 결코 매수당한 게 아냐."

"그래, 적어도 하루에 세 개는 준비해주지 않으면 아주 곤란해."

"하지만 말이지? 세계가 멸망하면 이 케이크도 못 먹을 테니까 도와주는 수밖에 없지."

그런 식으로 교섭이 성립된 것이다.

그 후 디노 일행은 라미리스에게 고용될 예정이지만, 그것은 이후 협상에 달려 있었다.

어쨌든 이 세계를 지키는 것이 우선이다.

베니마루 휘하에 들어간 것은 그것이 가장 효율적이라 판단했기 때문이다.

디아블로도 그렇지만 베니마루도 자신들의 승리를 믿어 의심치 않았다.

리무루가 귀환할 것이라고 믿고 이 기축세계를 지키고자 하는 것이다.

그것도 국가라는 틀을 넘어선 세계적인 규모로 말이다.

아직 젊은데도 대단하구나── 라며 디노도 인정할 수밖에 없었다.

그런 베니마루를 보고 디노도 생각했다.

마이도 어쩌면, 무사히 돌아올 수 있지 않을까.

그 성실한 동료 소녀가 설마 자기희생 정신을 발휘할 줄은 꿈에도 생각하지 못했다.

그 행동에 도움을 받은 것은 사실이지만, 본의 아니게 은혜도 갚을 수 없는 상황이 되어버리고 말았다.

디노로서는 납득할 수 없는 일이었기에 적어도 베니마루에게 협력하고자 한 것이다. 그것이 아니었다면 결코 나서서 움직이지 않았을 것이다.

디노는 생각했다.

(마이가 돌아오면 이 케이크를 대접해줘야지.)

그러기 위해서는 가라샤도 말했듯이 이 세계의 평화를 지킬 필요가 있었다.

사실 일하고 싶진 않지만, 디노는 어쩔 수 없다고 생각했다.

●

후루키 마이는 전력으로 뛰어간 그곳에서, 어딘지도 모르는 공간을 떠돌고 있었다.

아마도 아공간이라 일컫는 차원의 틈새일 것이다.

라미리스의 미궁에서 계획없이 뛰어버린 탓에 위치 좌표를 잃어버린 것이다.

살아있는 것만으로도 감사한 일이었지만, 이는 마이의 권능에 의해 '생존 가능한 공간을 자동 조정'받은 결과였다.

그런 줄도 모르고 마이는 자신의 행운에 감사했다.

그와 동시에, 이유없이 괜히 케이크가 먹고 싶어졌다.

누군가 마이에 대한 이야기를 하고 있는 것일까. 그런데 왜 케이크가 생각났는지는 의문이다.

케이크 같은 것은 쉽게 입에 댈 수 없는 사치품이었다.

그것도 대부분은 베이크드 치즈케이크나 호박 케이크 등이 주류였고, 푹신한 스펀지 쇼트케이크 등은 본 적도 없다.

찾아보면 있었을지도 모르지만, 제도의 디저트 가게는 너무 고급스러워서 마이의 급료로는 그림의 떡이나 다름없었다.

유우키가 종종 선물로 스위트 포테이토 같은 것을 가져다주었는데, 그것이 더 없을 정도의 보상이었다는 사실은 비밀이다.

(그 유우키 군도 자히르에 의해 죽고 말았지…….)

마지막으로 유우키가 떠오른 탓일까. 마이는 조용히 감상에 젖었다.

아무것도 모른 채 제국에서 방황하던 중 유우키에게 거둬지며 신세를 졌다. 그 이후 자신이 원래 있던 세계로 돌아갈 날을 꿈꾸며 필사적으로 살아왔다.

이제는 인간이 아닌 존재가 되어 이런 신기한 공간에서도 죽지 않고 살 수 있을 정도의 힘을 얻었지만, 아직 마이의 소망은 이루어지지 않았다.

마이는 얼티밋 스킬 '테라 마테르(성계지왕)'를 얻게되며 현실을 더욱 알게 되었다.

마이가 바라는 원래의 세계로 돌아갈 확률은 한없이 낮다는 것을.

이론상 결코 불가능한 것은 아니다. 다만 마이의 힘으로는 불가능했다.

차원의 벽을 넘기 위해서는 엄청난 에너지가 필요했기 때문이다.

그리고 그 이상으로 복잡하고 난해한 연산도 필요했고, 방대한 양의 '시간과 공간에 관한 위치 정보'도 알아야했다.

지금의 상황만 봐도 마이의 절망을 이해할 수 있었다. 하지만 반대로 그것이 마이의 안전을 지켜주었다.

마이는 아직 베가에게 붙잡힌 상태였다. 하지만 겁이 나지는 않았다. 이 상황에서 자신이 당장 살해당할 일은 없다는 것을 알고 있었기 때문이다.

"네놈, 뭘 웃고 있어?"

마이를 붙잡고 있던 베가가 기분 나쁘다는 투로 물었다.

"딱히. 그냥 케이크가 먹고 싶다는 생각이 들었을 뿐이에요."

"헷, 여유로워 보이시는군. 너, 본인만 도망치려고 해도 절대 그렇게는 못할걸?"

"도망친다? 무리예요."

"……아앙?"

베가는 이해할 수 없다는 표정으로 마이를 쳐다보았다.

그리고는 얼굴을 일그러뜨리듯 웃으며 마이를 위협했다.

"크큭큭. 내 본체가 죽어버리면 이쪽 몸에 얼티밋 스킬 '아지 다하카(사룡지왕)'가 깃든다고. 그렇게 되면 네놈을 제일 먼저 잡아먹어주마."

그렇게 되면 마이의 '순간이동'이 손에 들어온다.

자신은 더욱 강해져서 귀환할 수 있을 것이다. 베가는 그렇게 생각하고 히죽히죽 웃었다.

실은 이 시점에서 베가의 본체는 이미 소멸한 상태였다. 베가의 몸에 '아지 다하카'도 깃들어 있는데 본인은 전혀 모르고 있는 것이다.

베가가 자신의 권능을 전혀 이해하지 못하고 있다는 증거였으며, 실로 우스운 이야기였다.

하지만 마이는 베가의 위협에도 미동이 없었다.

"무리라니까요."

"헛소리 하지 마! 내 본체가 살해당하지 않고 봉인될까봐 그러는 거라면……."

"아, 그런 걱정은 없어요."

마이도 그 가능성은 생각했다.

베가의 본체를 죽여버리면 마이의 눈앞에 있는 '사룡수'가 본체가 될 뿐이다. 그런 것을 알고 있으니 봉인하겠다는 수를 쓰지는 않을까. 그런 생각도 했지만 곧바로 자신의 생각을 부정했다.

그 이유는 위험성이 너무 높았기 때문이다.

베가의 진화 속도는 범상치 않다. 그것을 감안하면 없앨 수 있는 것은 최대한 없애두는 편이 좋다, 라는 결론에 이를 것이다.

실제로 그렇게 되었으니 마이의 예상은 옳았다고 할 수 있었다.

그리고 마이가 자신을 가질 수 있었던 것은, 앞서 자신의 소망이 이루어질 수 없음을 이해하게 된 이유와 똑같았다.

"제 권능을 뺏을 수 있을지 없을지, 그것도 내기겠죠?"

"멍청아! 나라면 확실히 가능해."

마이도 그럴지도 모른다고 생각했지만, 여기선 침묵한 채 말을 이었다.

"하지만 위치 정보를 읽을 수 없잖아요?"

"뭐?"

"공간을 이동하려면 좌표 계산은 필수예요. 현재 위치 좌표와 전이 위치 정보, 최소한 이 두 개는 필요하거든요."

"음……."

"절 죽여버리면 그 정보는 얻을 수 없겠죠."

마이의 권능── 진화한 '테라 마테르(성계지왕)'는 '시공간도약'도 가능했다.

다만 앞서 말했듯이 수많은 정보가 필요했다.

목표한 인물의 파장을 향해 뛴다는 방법도 있지만, 차원이 다르면 갈 수 없었다.

또한 목표 지점의 시간축, 위치 좌표, 기타 정보를 알아냈다고 해도 그 사이를 막고 있는 차원의 벽이 있으면 마이의 힘으로는 넘을 수 없었다.

이것이 마이가 원래의 세계로 귀환하기를 포기한 이유였다.

인접한 차원이라면 벽을 넘을 수도 있다.

그러나 차원에 따라서는 벽의 높이도 제각각이라 어떻게 해도 불가능할 때도 있다. 그야말로 '명계문'을 찾든 뭘 하든 해서 꾸준히 차원 탐색을 반복하는 수밖에 없다.

마이에게는 무한할 정도의 수명이 있었지만, 그렇다 해도 고개를 저을 수밖에 없었다. 어쨌든 차원마다 시간축이 다 다르기 때문이다.

시간축이 동기화되어 있는 세계와 세계라면 차원도약을 해도 시차가 없다. 그러나 현실적으로는 그런 현상을 기대하기는 어려웠다.

같은 세계의 우주공간조차 광속을 넘는 속도로 팽창을 계속하고 있는 것이다. 시간과 공간의 상관성 같은 것은 마이가 이해할 수 있는 수준이 아니었다. 하물며 사랑하는 동생이 살아있는 시간과 장소에 도달할 확률이라고 하면 한없이 제로에 가까워질 수밖에 없다.

마이에게 더 강력한 에너지가 있다면 시간과 공간을 도약하는 것도 가능하다. 만약 '용종'이었다면 그런 무모한 일도 할 수 있었을지 모른다.

그러나 마이는 불가능하다.

그저 그뿐인 이야기였다.

내친김에 말하자면 전력을 다해 뛴 탓인지 마이 자신도 현재 위치 정보를 읽지 못하고 있었다. 베가에게서 무사히 도망친다고 해도 귀환의 가능성은 절망적이었다.

숨길 이야기도 아니었기에 마이는 그것을 솔직하게 설명해주었다.

당연하지만 베가가 이해할 리 만무했다.

"뭐, 라고? 그러니까, 뭐야? 다시 말해⋯⋯."

"제 도움이 없으면 어느 쪽이든 권능을 쓸 수는 없다, 라는 이야기예요."

강경한 자세로 나가면 베가의 결단을 늦출 수 있겠지. 그것이 마이의 목적이었다.

사실 그것은 성공했다.

다만 그것이 단순한 시간벌기에 지나지 않는다는 것을 마이 본인이 가장 잘 알고 있었다.

마이의 단언에 베가는 머리를 싸맸다.

부인할 수 없었기 때문이다.

애초에 베가는 얼티밋 스킬인 '아지 다하카'도 능숙하게 다룬다고 말하기 어려웠다. 마이의 말처럼 마이에게서 권능을 빼앗는다고 해도 능력을 썩힐 미래가 빤히 보였다.

그리고 이때서야 베가도 비로소 깨달았다.

자신에게 '아지 다하카'가 깃들어 있다는 것을⋯⋯.

하지만 베가는 아무것도 할 수 없었다.

(제, 젠장!! 듣고 보니 나로서는 복잡한 권능을 다룰 수 없을 것 같은데. 하지만⋯⋯ 그럼 어쩌지?)

이대로 마이에게 무시당하는 것은 열받고, 그렇다고 마이를 죽여서 그 권능을 빼앗아봤자 여기서 꼼짝도 할 수 없다면 아무 의미가 없었다.

베가는 고민했다.

이대로는 마이와 단둘이 이 어딘지도 모를 아공간에 남겨질 뿐이다.

여기서부터 다른 곳에 간다고 해도 마이에게 의지해야 한다. 마이의 기력이 회복되기를 기다렸다가 정처없이 '시공간도약'을 해야 하는 것이다.

그렇게 되면 협력은 필수인데다 매번 마이의 눈치를 봐야 했다.

솔직히 말해 베가는 그것이 귀찮게 느껴졌다. 이대로 시간을 두고 계속 생각했다면 결국은 마이를 잡아먹는다는 결론에 이르렀을 것이다.

도망쳐버리면 끝이고, 계속 마이를 잡고 있는 것도 힘들었다. 그렇다면 그 권능을 빼앗아 자력으로 어떻게든 하는 편이 낫다는 생각으로 돌아오는 것이다.

하지만.

베가는 그 답을 찾기도 전에 기회를 잃고 말았다.

"어?"

"저게 뭐야?!"

그것을 알아차린 것은 마이가 먼저였을까, 베가가 먼저였을까.

그 자리에 돌연 강력한 시공풍이 발생했다.

아공간의 법칙은 사람의 상식으로는 이해할 수 없다.

그 시공풍에 휘말려 무사할 수 있을지, 그마저도 확실하지 않았다.

"도망치는 게 좋겠어요."

"말하지 않아도……."

베가는 말을 끝마치지 못했다.

마이도 그렇지만, 더 막강한 힘을 흘리고 있던 베가를 중심으로 새로운 시공풍이 발생했기 때문이다.

"꺅?!"

"우악?!"

그것은 저항할 수 없을 정도의 막강한 에너지의 본류였다.

베가의 손이 마이에게서 떨어졌다.

그것은 기회였지만, 마이는 그런 생각을 할 겨를도 없었다.

빛이 흩날렸다.

그 시공의 소용돌이에 휘말리며 정신생명체인 마이의 의식마저 몽롱해졌고——.

『포기하지 말라고 했는데, 미안해, 유우키군…….』

마이는 속으로 그렇게 중얼거리며 의식의 끈을 내려놓았다.

●

시공풍이 지나가고 베가는 홀로 끈질기게 살아남았다.

"큭큭큭, 별것도 아니었네!"

들어갈 때 마음 다르고 나올 때 마음 다르다더니, 베가가 딱 그 짝이었다.

그래서 반성도 하지 않으니 자꾸 같은 실수를 반복하는 것이다.

"칫, 마이랑 떨어졌나. 이렇게 강력한 에너지 분류에 직격했다면 이미 죽었을지도 모르지."

마이가 죽어도 상관은 없었지만, 그 권능을 빼앗지 못한 것은 아쉽다—— 라고 베가는 생각했다.

하지만 베가는 '강운'의 남자다.

이번에도 무사히 살아남은 것이 바로 그 증거다. 적어도 본인은 그렇게 생각했다.

그러나 그것은 잘못된 생각이었다.

이미 베가의 운은 다했기 때문이다.

마이를 놓쳐버린 것이 확실한 증거였다.

──그곳은 아무에게도 알려지지 않은 장소──.

아무것도 없다.

바다도, 하늘도.

하늘과 땅, 위아래조차 없었다.

"어?"

베가는 비로소 자신이 처한 상황을 깨달았다.

그 장소에서는 별도 빛나지 않는다.

빛이 없으니 색깔도 없다.

아무것도 존재하지 않는 완전한 '무'인 것이다.

"아니, 잠깐……."

이것은 상당히 안 좋은 상황이 아닐까. 그 사실을 겨우 깨달은 베가.

아무것도 없으니 지표도 없다.

움직여 봤자 나아가고 있는지 후퇴하고 있는지, 그마저도 판별할 수 없는 상황이었다.

마력요소도 없다.

베가에게서 흘러나오는 마력요소가 퍼져나갔지만 무언가에 부딪칠 기미는 보이지 않았다.

어쩌면 시간조차 흐르지 않을지 모른다.

갑자기 베가의 마음에 공포가 치솟았다.

완전한 고독 상태라는 사실을 알아버린 것이다.

할 일은 아무것도 없다.

할 수 있는 일도 아무것도 없다.

"어이, 이봐, 잠깐만. 어떻게 된 거야? 빌어먹을, 아무도 없냐고!"

두려움은 곧 분노로 변한다.

"젠자아앙!! 내가 뭘 잘못했길래, 웃기지 말라고오!!"

아무도 없는 허공을 향해 베가가 부르짖었다.

있는 힘껏 소리쳤다.

그러나 아무도, 무엇도 대답이 없다.

반응은 제로였다.

아무도 없으니 잘난 척을 할 수도 없다.

허세를 부려도 아무 의미 없었지만, 베가는 시도해보았다.

"무시하지 말라고──!! 나는 불사신 베가다! 전 세계에서 최강
이자 불멸인……."

거기까지 외치다가, 갑자기 허무함을 느낀 베가.

무서워졌다.

그랬다, 베가는 불멸이다.

그것을 떠올려 버린 것이다.

"어이, 어이, 잠깐만. 잠깐만 기다려봐……."

온 에너지를 내뿜듯이 자기 자신을 중심으로 대폭발을 일으켜
보았다.

하지만 달라진 것은 없었다.

베가는 무사히 부활했다.

그리고 시간이 지나자 모든 것이 원래대로 돌아왔다.

베가에게는 스스로도 자부하는 끝없는 에너지가 있었다. 그러니 아무리 에너지를 방출해도 무궁무진하게 솟아났다.

충마왕 제라누스를 잡아먹은 성과였다.

이제 와서는 베가는 그것이 원망스러웠다.

어쨌든 베가의 육체는 불멸이며 에너지도 끝이 없다.

그렇게 되면 '자살조차 불가능'한 것이다.

"뭐? 꿈이지, 잠깐만⋯⋯. 말도 안 돼, 기다려⋯⋯ 기다려보라고⋯⋯."

원망의 소리는 그 누구에게도 닿지 않았다.

어느새 그것은 한탄으로 바뀌었고—

아무도 없는 고독한 그곳에서, 스스로 끝내는 일조차 이루지 못한 채 베가는 자신의 어리석음을 통탄했다.

홀로 외롭게, 언제까지나, 언제까지나⋯⋯.

종언의 끝

Regarding Reincarnated to Slime

나는 스르륵 눈을 떴다.

분명 밀림과 대치하고 있던 타이밍에 펠드웨이의 방해를 받았고, 그 후에는——.

《일어나셨습니까?》

이런, 시엘이 말을 걸어왔다.

시엘이 무사하다면 나도 아직 살아있다는 뜻이겠지.

마음이 놓이자 차례차례 의문이 솟아났다.

나는 가장 큰 의문을 입 밖으로 꺼냈다.

"여긴 어디야……?"

갑자기 시야가 흔들렸다는 것 외엔 무슨 일이 일어났는지 잘 모르겠다.

그렇게 당황하고 있는데, 시엘이 평이한 어조로 설명해주었다.

《이곳은 '끝의 세계'입니다. 일명—— '시공의 끝'이라고도 불리는 장소지요.》

허?

《펠드웨이에 의해 '시공전송'을 받아 이곳으로 튕겨져 나왔습니다.》

시엘이 말하길,

내가 밀림을 상대하고 있는 틈을 노린 펠드웨이에게 '크로노 샐테이션(시공도격진패)'을 맞아버렸다고 한다.

시간정지에 시간정지를 더해도 효과는 달라지지 않는다.

하지만 그것을 곱하면 극적인 변화를 가져온다.

그것이 바로 '시공전송'인 '크로노 샐테이션'── 모든 시간의 흐름을 막고 그것을 대상에게만 쏟아붓는 기술이었다.

흐르는 시간과 멈추려는 공간 사이의 반발. 그것이 강하면 강할수록 대상을 '시공의 저편'으로 더욱 쉽게 날려보낼 수 있었다.

그리고 내가 도착한 곳이 바로 이곳, '시공의 끝'이었다.

먼 미래, 시간과 공간의 끝이 만나는 장소── 란다.

그 시점의 나는 밀림을 펠드웨이의 지배에서 해방시킬 수 있을 정도로 무시할 수 없는 존재가 되어 있었다.

《펠드웨이의 입장에서는 자신과 필적하는──혹은 웃돌 가능성이 있는──초월적인 존재가 된 마스터(주인님)와 정면으로 싸우는 것을 피하고 싶었겠지요.》

즉, 펠드웨이도 나를 죽일 수 있을 거라는 생각은 하지 않은 것이다.

쉽게 쓰러뜨릴 수 없으니 그저 방해가 되지 않게 다른 곳으로 날려버렸다. 단순히 문제를 미뤄두는 것처럼 보일 수 있지만, 그것은 실로 합리적인 수단이었다.

보다시피 지금 현재, 나는 내가 있는 곳이 어딘지도 알지 못했다…….

이 색깔조차 없는 넓기만 한 공간이 '시공의 끝'이라는 말을 들어도 감이 오지 않는 것이다.

이 장소에서는 시간도 흐르지 않는다. 그런데도 '정지세계'와는 달리 '정보자'를 조작해도 공간의 확장조차 감지할 수 없었다.

《네. 이 장소에서는 시간의 흐름도 멈춰 있습니다. 그리고 공간의 확장은 종식되고 엔트로피의 법칙에 따라 허무에 이르렀습니다.》

이르렀다?
마치 보고 온 듯한 말투네?

《맞습니다. 펠드웨이의 '크로노 샐테이션'으로 저희는 시공의 저편으로 날아왔습니다. 그곳에서는 별의 수명이 이미 다했지만, 세계의 붕괴에는 이르지 못했습니다. 펠드웨이의 힘으로는 기축세계의 우주를 멸망시키는 것이 한계였을 것이라 추측됩니다.》

그 시간축에서 무슨 일이 일어났는지는 정확히 알 수 없었다.
시엘이 날아간 시점에서 모든 상황은 끝났기 때문이다.

이바라제가 어떻게 되었고 어떻게 움직였는지조차 알 수 없었지만, 그럼에도 확실한 것은 세계가 멸망하지 않았다는 사실이었다.

그것이 펠드웨이가 바라던 것인지 아닌지는 모르겠지만, 나에게는 아무래도 상관없는 이야기였다.

《……그 후 별조차 빛나지 않는 우주를 떠돌고 방황하며 이 세계의 종말을 지켜보았습니다.》

시엘이 무슨 말을 하는지 이해할 수 없었다.

날아간 장소는 '시간의 저편'이고, 거기서 시간이 지나 '시공의 끝'에 이르렀다고?

세계의 종말을 지켜봤다니, 대체 무슨 말을 하고 있는 것인지 이해가 가질 않았다.

애초에 그런 상태로 살 수 있을 리가 없잖아.

하려면 좀 더 나은 거짓말을—— 거기까지 생각했을 때, 시엘은 거짓말을 하지 않는다는 사실이 떠올랐다.

가끔 속기도 했지만, 그것은 거짓말이 아니라 내가 착각한—— 아니, 착각을 당한 이야기였을 뿐이다.

그렇다면, 여긴 정말로 세계의 종말?!

《네, 맞습니다.》

참 곤란하게 됐네요, 라는 실로 가벼운 투로 시엘이 수긍했다.

나로서는 그럴 수 없었다.

이해를 마치자 현 상황의 위험도가 더욱 뚜렷하게 와닿았다.

이바라제는 내가 없는 틈에 '펠드웨이가 원하는 대로 세계를 멸망시켜 버리면 그만'이라는 듯이 날뛸 것 같고, 그것으로 세계가 멸망하지 않았다는 말을 들어도 다행이라는 말은 도저히 나오지 않았다.

저기…… 그거 괜찮은 거야……?

《당했네요. 설마 그런 계책을 부릴 줄은 몰랐는데…….》

진짜로?!

역시 당한 거 맞아?

예전에 펠드웨이가 베루글린드를 날려보낼 때 쓴 기술인데, 나도 같은 방법으로 당할 줄은 몰랐다.

시엘에게 같은 수는 통하지 않는다는 생각에 조금 과신하고 있던 모양이다.

그 시엘이 패배를 인정하다니…….

《아니요, 인정하지 않았습니다. 이번에는 무승부, 정도라고 할 수 있겠죠.》

아니, 당했다고 말한 시점에서 이미 진 거나 다름없잖아.

《아닙니다, 기분 탓입니다.》

기분 탓일 리가 없…… 아니, 이제 됐어.

《그럼 바로 본론입니다만, 이후엔 어떻게 할까요?》

어떻게 할 것인가?

《오랜 시간이 흐른 덕분에 '허무붕괴' 에너지가 방대하게 쌓여 있습니다. 베루다나바는 세계를 창조한 일로 '허무붕괴'를 잃었지만, 마스터(주인님)에게는 '허수공간'이 있으므로 문제없었습니다.》

뭐가 문제가 없다는 말인가.
이미 모든 게 문제투성이인데…….
나의 '허수공간'은 무한히 펼쳐져 있으며 세계를 수만 번이라도 재구성할 수 있을 정도로 충전되었지만, 아직 채워지지 않았다고 한다.
그것이 무슨 관련이 있나 했더니, 시엘이 뜬금없는 말을 꺼냈다.

《마스터(주인님)와 관련된 자들의 모든 기억과 세계 환경을 재현하여 한없이 당시와 가까운 세계를 의도적으로 만들어 낼 수도 있습니다. 어떻게 할까요?》

어……?
시엘의 질문에 나는 할 말을 잃었다.

그렇구나. 그리고 이해했다.

모든 것이 끝나 버린 후에는, 더는 아무것도 할 수 없는 것이다.

그랬다, 여기는 끝.

모든 것이 끝난 후의 세계였다.

내가 살던 시절의 베니마루, 슈나, 시온, 템페스트의 동료들, 디아블로와 악마들, 기이와 마왕들, 밀림과 라미리스, 히나타, 그 밖의 모든 이들, 내가 사랑한 이들은 모두, 지금 세상을 둘러보아도 어디에도 존재하지 않는다. 나는 그것을―― 이제서야 이해했다.

즉, 그것은 패배나 다름없는 것이다.

《아니요, 그건 아닙니다. 마스터(주인님)는 살아있고, 그러니…….》

그 말대로, 나는 살아있다.

모든 것을 재현시켜서 아무 일도 없던 것처럼 평화롭게 사는 것도 가능하겠지. 시엘이 할 수 있다고 하니 확실할 것이다.

하지만 그것만으로는 아무 의미가 없다.

내가 사랑했던 자들을 지키지 못한 세계에서 나 홀로 살아남았다 한들 기쁘지도 좋지도 않다. 기쁨도 슬픔도, 모든 감정을 함께 느낄 동료들이 없다면 살아가는 의미를 잃어버린 것과 똑같았다.

설령 그것이 한없이 같은 기억을 가지고 있고, DNA조차 완전히 동일한 자라 할지라도. 내가 이 손으로 만들어낸 것이라면 그것을 본인이라고 우기는 것은 불가능했다.

지금까지와 똑같이 어울릴 수 있을 정도로 내 신경은 굵지 못했다.

신과 똑같은 시점에서, 뭔가 마음에 들지 않는 것이 있으면 간단하게 다시 시작할 수 있는 세계—— 그런 것은, 가짜였다.

내 소망과는 거리가 먼, 지옥이나 다름없는 세계였다.

시엘은 그저 합리적으로, 내가 원하는 새로운 세계를 구축하면 된다고 생각하는 것 같지만, 그런 짓은 할 수 없었다.

확실히 그것은 표면적으로 보면 정답이었다.

숫자상으로 보기엔 앞뒤가 맞아 보이니 아무런 문제가 없다고 말할 수도 있다. 하지만 그런 것으로는 납득할 수 없었다.

편리한 리셋 버튼 따위는 없는 것이다.

현실은 게임과는 다르다.

감정적이라며 비웃고 싶다면 비웃어라.

그저 나의 고독을 달래기 위해 허수아비나 다름없는 죽은 동료를 되살린다?

그런 짓은 죽어도 사양이었다.

스스로도 고집이 세다는 자각은 있다.

그렇기 때문에 더더욱, 자신의 입맛대로 돌아가는 세계를 만든다는 것을 인정할 수는 없었다.

그런 세계라면, 나라는 존재 자체가 조용히 죽어버릴 것이다.

과거에 매달려 스스로를 위로할 바에야 자랑스러운 고독을 택하는 것이 나았다.

《역시나. 마스터(주인님)라면 그렇게 대답할 거라 예상하고 있었습니다.》

그렇다면 그런 쓸데없는 제안은 하지 말라고── 아니, 뭐야?

화가 나서 그렇게 소리쳤는데, 시엘은 반대로 무척 기뻐보였다.

열이 오르려는 마음에 찬물을 끼얹은 느낌이다.

모든 것은 계획대로, 라는 듯한 이 반응은 어쩐지 기억에 있었다.

그것은 시엘이 사악한 계략을 꾸미고 있을 때 자주 봤던 것인데…….

내 생각은 완벽한 정답이었다.

시엘이, 지금 여기서 들은 말 중 제일 황당한 발언을 던진 것이다.

《조금 전에도 말했지만 마스터(주인님)는 지지 않았습니다. 지금부터 과거로 돌아가서 펠드웨이를 쓰러뜨리면 됩니다.》

별것 아니라는 투로 시엘이 그렇게 말했다.

지나간 과거로 돌아가서?

지금부터 쓰러뜨리러 가면 된다고?!

그런 일을 할 수 있을 리가 없잖아── 라고 생각했다.

클로에는 미래의 기억을 읽을 수 있는 '타임리프(시간도약)'가 가능해보였지만 그것은 어디까지나 과거의 자신에게 되돌아갈 수 있는 능력이다.

게다가 시간이 정지되어 있는 곳에서는 사용할 수 없다.

이 '시공의 끝'에서는 시간도 흐르지 않기 때문에 아마 클로에라 해도 과거로 돌아갈 수 없을 것이다.

──그렇게 생각한 나에게 시엘이 속삭였다.

《이런 일도 있을까 싶어서 '타임워프(시공간도약)'를 개발해 두었습니다.》

……타임, 워프?

시간왜곡과 공간왜곡을 합쳐서 원하는 이동을 가능하게 하는, 뭐 그런?

《그 정도로만 알고 있어도 대충 맞습니다.》

…….

너무 터무니없는 거 아닌가요?

물리법칙에 어긋난다고 말할 수준의 이야기도 아니다.

그거, 공간이동 계열 중에서도 유례없을 만큼 만능인 권능인데요.

마이의 순간이동도 굉장했는데, 그거보다 더 뛰어난 것 아닌가.

《그 후루키 마이가 소유하고 있던 얼티밋 인챈트(궁극부여) '월드맵(지형지왕)'말입니다만, 미카엘을 흡수했을 때 회수해두었습니다.》

뭐, 뭐어?

어째서 그런 중요한 이야기를, 이런 상황이 오기 전까지 침묵하고 있었던 거죠?!

그러면서 분통을 터뜨렸지만, 시엘의 반응은 냉랭했다.

《설명했습니다. 하지만 마스터(주인님)는 레인과의 대화에 정신이 팔려 제 이야기를 들어주지 않았습니다.》

어어?
갑자기 대화의 흐름이 이상해지기 시작했다.
레인과의 대화라고 하면 그림 거래 때인가?
아니, 분명…… 미카엘을 흡수한 뒤에도 몇 번 정도 레인과 교섭을 했었는데…….
지금 뭔가 내가 나쁘다는 흐름으로 가고 있는데, 잠깐만 기다려주길 바란다.
왜 그런 중대한 시간에 이런 중요한 설명을 하려고 한 거야?!
무조건 괴롭히려던 거지?

《아닙니다. 결단코.》

나는 말문이 막혔다.
도치법까지 써서 부정하니 더 의심스러운데요?
이번에 날 시험하려고 한 것도 그때의 복수가 아닌가 싶은 느낌이지만…….
하지만 이 문제를 추궁하는 것은 자살행위나 다름없다는 생각도 들었다.
그보다 지금은 여기서 어떻게 돌아가느냐가 중요했다.
나는 불편한 진실을 외면하고자, 지금부터라도 눈을 돌리기로 결심했다.

*

마이의 권능을 회수하여 연구한 결과, 만능인 '타임워프(시공간
도약)' 개발에 성공했다며 시엘은 자신만만했다.

아무리 봐도 이 '타임워프'란 너무나 대단한 권능이었다.

마이의 '월드 맵(지형지왕)'이 원형이라고 하는데, 거기에 포함되어
있던 '순간이동'은 미완성이었지만 가능성의 핵심이었다고 한다.

그 본질은 '한 번 가봤던 곳으로 얼마든지 이동할 수 있는 능력'
이 아니라, '모든 시공간을 넘어 원하는 곳에 도달하는 능력'이었
다고.

마이로서는 힘이 부족하여 그 진가를 발휘하지 못한 것이다.

하지만 나의 경우 반칙적인 '시간지배'를 갖고 있는 데다 시엘
이 말했던 것처럼 계측이 불가능할 정도의 방대한 에너지를 축적
한 덕분에…… 확실하게 이 '타임워프'를 해낼 수 있는 조건이 갖
추어진 상태였다.

《시간과 공간을 지배하는 마스터(주인님)라면 시간을 초월하는
것은 쉬운 일입니다.》

시엘이 자랑스럽게 말했다.

처음부터 내가 뭘 원하고 있는지 다 내다본 거겠지.

어쨌든 덕분에 정말로 돌아갈 수 있을 것 같았다.

《문제없습니다. '영혼의 회랑'으로 연결된 자가 다수 있으므로 이 지점의 시공간 좌표도 파악이 완료되었습니다.》

흐, 흐음?
그러니까 쉽게 돌아갈 수 있다는 거야?

《쉽지는 않지만, 뭐, 돌아갈 수는 있습니다.》

그렇다면 안심이다.
생각해보면 새로운 세계를 창조하는 것보다 난이도 자체는 낮아 보이고.
시엘이 있으면 나도 안심인 것이다.
그럼 빨리 돌아가자, 라고 생각했는데——.

《잠시만 기다려 주세요. 모처럼 생긴 기회이니 한계까지 정세를 지켜본 후에 적을 일망타진하는 게 좋지 않을까 생각합니다.》

……그거, 정말 좋은 생각인 거 맞지?
실수로 희생이 나왔습니다, 라는 일은 없겠지?

《잘 알고 있습니다.》

여전히 시엘은 자신만만하다.

펠드웨이의 계책에 당한 직후인데도 조금도 동요하지 않는 모습을 보니 정말 대단하다는 생각이 들었다.

그보다 그 계책이라는 거…… 과연 정말로 '시공전송'을 당했어야만 했던 걸까?

본인이──즉, 내가──직접 체험함으로써 시엘도 '크로노 샐테이션'의 완전해석이 가능했다고 한다.

고의로 그런 건 아니겠지?

그런 생각이 드는 것도 당연했다. 심지어 시엘의 이야기를 들으면 들을수록 그런 의심을 하지 않을 수가 없었다.

《어차피 원하는 타이밍에 돌아올 수 있으니 이번 기회에 마스터(주인님)도 권능을 파악해보는 건 어떨까요? 예를 들면 이건…….》

그러면서 권능 자랑을 시작했기 때문이다.

아니, 실제로는 '도망가라'라는 충고를 해주기도 했고, 고의는 아니었다고 생각하지만, 결과적으로는 시엘에게 유리한 상황이 되어 있었다.

그 엄청난 강운을 본받고 싶을 정도라고, 남몰래 그렇게 생각했다.

그리고 나는 한동안 시엘과의 대화에 어울리게 되었다.

나와 단둘뿐임에도 시엘은 생기가 넘쳤다.

나에게 화답하는 목소리에는 숨길 수 없는 기쁨이 배어 있었다.

시간은 얼마든지 있다는 듯이, 이런저런 권능을 해설해주었다.

오히려 시엘에게는 지금 이 상황이야말로 행복이 아닐까, 그런 생각이 들 정도의 여유로움이었다.

그것은 매우 드문 광경이기도 했다.

하지만 생각해보면 당연하다.

나는 방금 눈을 뜬 것이지만, 시엘은 헤아릴 수 없을 정도의 시간을, 그야말로 영원처럼 느껴질 정도의 긴 시간 동안 내가 깨어나기를 기다린 것이다.

홀로, 고독하게······.

그것은 강한 정신력이라는 말로 치부할 수 있는 이야기가 아니었다.

나라면 견딜 수 없을 것이라는 확신이 있었기에, 그만큼 시엘이 더 대단해보였다.

대단하다는 말 한마디로 끝낼 수 있는 수준도 아닌 것 같지만, 내 어휘력이 적으니 이해해주길 바란다.

아무튼 나는 시엘과 한동안 대화를 이어갔다.

그리고 지금의 내가 무엇을 할 수 있는지 정확히 파악하고 앞으로의 일을 대비했다.

궁지에 몰렸다고 생각했는데, 시간은 충분했다.

아니, 정확히 말하면 시간이 흐르지 않고 있으니 '충분히'가 아니라 제로다. 이 상황에서 태연할 수 있는 나도 꽤 이상한 존재가 되어버린 것 같다.

어쨌든 덕분에 준비는 완벽했다.

권능 중에는 시간이 흐르지 않으면 다룰 수 없는 것들이 많았으니 처음부터 실전에서 써야하는 상황도 많겠지만, 그래도 내 불안은 깨끗하게 사라져 있었다.

당한 빚은 갚아준다. 나는 지는 것을 싫어한다.

그리고 더는, 질 것 같지가 않았다.

조종당하고 있는 밀림도 풀어줘야 하고, 해야 할 일은 많다. 당장 돌아가서 펠드웨이를 쓰러뜨려버리자.

*

그렇게 해서 나는 '타임워프'을 처음으로 경험했고—— 쿵, 하며 뭔가가 튕겨나간 느낌을 받았다.

음?

혹시 초보운전 때 흔히 경험한다는, 접촉사고?

《기분 탓입니다.》

아, 그래?

내가 무슨 말을 하기도 전에 시엘이 그렇게 단언한다.

그렇게 말한다면 그런 거겠지.

우리가 지나온 '시공의 왜곡로'를 뛰어넘은 것 같은데, 아마 아공간에 떠돌던 쓰레기였을 것이다. 시엘이 신경 쓰지 않는다면 괜찮겠지. 아마.

처음 실행하는 '타임워프'라 가볍게 실수한 모양이다.

뭐, 그럴 수도 있지. 나는 굳이 신경 쓰지 않기로 했다.

그럼 다시 한번 정신 차리고——.

"가자!"

《예스, 마이로드──!!》

내 명령에 시엘이 답했다.

그것은 언제나처럼 간단하고, 당연한 일이었다.

시엘이 나를 절대적으로 신뢰하는 것이 느껴졌다.

그 마음을 배신하지 않도록 마음에 굳게 새겨 넣고, 나는 내가 옳다고 생각하는 세계를 선택할 것이다.

또다시 실패할지도 모르지만, 더 이상 나에게 패배란 없다.

이제 불행의 사슬을 끝내고 밝은 미래를 만들어 나가자!

그런 생각을 하면서 나는 모두가 기다리는 과거를 향해 '타임워프(시공간도약)'를 했다.

오래 기다리셨습니다! 21권이 나왔습니다.

이번 권도 즐겁게 읽어주신다면 좋겠지만, 작품을 내보내는 순간이 가장 긴장됩니다.

참고로 다 쓴 원고를 읽고 담당 편집자 I씨가 남긴 한마디.

"이거 절대로 다음 권에서 완결 안 나죠?"

저는 그 말을 듣고 이렇게 말했습니다.

아직 포기할 때가 아니에요, 라고 말이죠!

"포기하지 않은 건 후세 씨뿐이네요."

그것이 담당 편집자 I씨의 반격이었습니다.

요즘 면도날I라는 별명을 달게 되어 그런지 아주 날카롭고 깔끔한 지적이었습니다.

그렇게 부르고 있는 것은 후세 씨뿐입니다! 라는 환청이 들려오지만, 그것은 기분 탓이라고 생각하겠습니다.

애니메이션 프로듀서인 스기P도 "다음 한 권으로 끝내는 건 무리겠네요!"라며, 읽은 직후 메시지를 주셨습니다. 의문형이 아니라 미소가 담긴 확언이었던 것이 매우 인상적이었습니다.

이런, 다들 무슨 말씀을 하시는 건지. 저는 도통 이해가 가질 않는군요.

하지만······.

남은 이벤트를 쓰기 시작하면······ 그거랑 그거랑 그거랑······ 흠.

음?

전세가 바뀌었네요.

뭐, 네.

마지막 권이니까 엄청나게 두껍게 만드는 것도 괜찮겠네요.

그게 아니면——

22권, 상 ○○편

22권, 하 ○○편

이렇게 하면 다음 권으로 끝낼 수 있을지도 모릅니다.

세상에는 상, 중, 하가 끝난 뒤에 완결편 1~ 이렇게 이어지는 작품도 있으니 수단은 얼마든지 있습니다!

뭐, 농담은 이 정도로만 하고.

사실 다음 권에서 끝내고 싶다는 것이 속마음이긴 합니다. 하지만 남은 이벤트부터 계산을 해 나가면 문장의 양이 조금 늘어날 가능성을 부정할 수는 없습니다.

마지막 권이 되면 글을 남겨둘 순 없으니 한 번에 다 써내려가고 싶은 마음도 있습니다.

그렇게 됐으니, 다 쓴 뒤에 생각한다!!

다음 권이 한 권이 될지 어떨지는 장담할 수 없지만, 다음 권으로 완결을 낼 마음으로 노력할 생각입니다.

앞으로 완결을 향해 더 나은 구상을 짜보겠습니다. 다음 권도 여러분들이 재미있게 읽으실 수 있도록 노력할 테니 마지막까지 응원해주세요!

그럼 다음 권에서 다시 뵙겠습니다!!

TENSEI SITARA SURAIMU DATTA KEN Vol. 21
©2023 by Fuse / Mitz Vah
All rights reserved.
First published in Japan in 2023 by MICRO MAGAZINE, INC.
Korean translation rights reserved by Somy Media, Inc.

전생했더니 슬라임이었던 건에 대하여 21

2024년 1월 15일 1판 1쇄 발행

저 자 후세
일 러 스 트 밋츠바
옮 긴 이 이소정
발 행 인 유재옥
이 사 조병권
본 부 장 박광운
담당편집자 정영길
편 집 1팀 박광운 최서영
편 집 2팀 정영길 조찬희 박치우 정지원
편 집 3팀 오준영 이해빈 이소의
미 술 김보라 박민솔
라이츠담당 김정미 맹미영 이윤서
디 지 털 박상섭 김지연 윤희진
발 행 처 ㈜소미미디어
인쇄제작처 코리아피앤피
등 록 제2015-000008호
주 소 서울시 마포구 토정로222, 403호 (신수동, 한국출판콘텐츠센터)
판 매 ㈜소미미디어
마 케 팅 최원석 박수진 박소연 최정연
물 류 허석용
전 화 편집부 (070)4164-3962, 3963 기획실 (02)567-3388
      판매 및 마케팅 (070)4165-6688, Fax (02)322-7665

ISBN 979-11-384-2435-6 04830
ISBN 979-11-5710-126-9 (세트)